古典文獻研究輯刊

十一編

潘美月・杜潔祥 主編

第 **20** 冊

文字學數位內容加值應用之研究

羅凡晸 著

國家圖書館出版品預行編目資料

文字學數位內容加值應用之研究／羅凡晸 著—初版—台北
縣永和市：花木蘭文化出版社，2010〔民99〕
序 4+ 目 2+328 面；19×26 公分
（古典文獻研究輯刊 十一編；第 20 冊）
ISBN：978-986-254-303-0 （精裝）
1. 漢語文字學　2. 文獻數位化　3. 電腦應用
802.2029　　　　　　　　　　　　　　　99016389

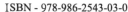

ISBN - 978-986-2543-03-0

9 789862 543030

古典文獻研究輯刊
十一編　第二十冊　　　　　　　ISBN：978-986-254-303-0

文字學數位內容加值應用之研究

作　　者　羅凡晸
主　　編　潘美月　杜潔祥
總 編 輯　杜潔祥
企劃出版　北京大學文化資源研究中心
出　　版　花木蘭文化出版社
發 行 所　花木蘭文化出版社
發 行 人　高小娟
聯絡地址　台北縣永和市中正路五九五號七樓之三
　　　　　電話：02-2923-1455／傳眞：02-2923-1452
網　　址　http://www.huamulan.tw 信箱 sut81518@ms59.hinet.net
印　　刷　普羅文化出版廣告事業
初　　版　2010 年 9 月
定　　價　十一編 20 冊（精裝）新台幣 31,000 元

文字學數位內容加值應用之研究

羅凡晸　著

作者簡介

羅凡晸，民國六十二年出生，國立臺灣師範大學國文學系博士，現任國立臺灣師範大學國文學系助理教授，曾任國立臺北大學中國文學系助理教授。著作有《郭店楚簡異體字研究》（碩士論文）《古文字資料庫建構研究——以《上海博物館藏戰國楚竹書（一）》為例》（博士論文），以及〈楚字典資料庫的建構模式初探〉、〈段玉裁《說文解字注》數位內容之設計與建置〉、〈《桃花源記》的延伸詮釋〉、大一國文中的「語文智慧」——淺析《干祿字書·序》文字、文學、書法三度空間的線上教學〉等單篇論文，主要學術專長為中文資料庫及電腦教學、應用文字學、戰國楚文字等。

提　　要

　　本文在此所從事者，乃針對文字學數位內容的加值應用過程進行探索，以大徐本《說文解字》一書為基本材料，旁及段玉裁《說文解字注》，以求提供文字學相關課題的相互證成。

　　首先針對《說文》小篆形體問題。筆者以為目前通行的電腦小篆字型良莠不齊，造成許多學子寫錯篆形而不自知，因此根據明末虞山毛氏汲古閣所刊印的《說文解字》進行電腦小篆字型設計，名之為「汲古閣篆」；此外亦詳細交待如何以一己之力製作電腦小篆字型，期望經由這個加值應用過程的解說，讓有興趣的人也能參與其中，共同讓電腦小篆字型日趨完善。

　　其次以如何建構《說文》大徐本與段注本網頁資料庫作為探討主題。筆者的初衷也是基於文字學教學上的需求，當全文電子資料庫完成，只要做適當的檢索運用，便能回答文字學課題當中「有那些」、「有多少」的疑惑，如：「古文」有那些字、「籀文」共有多少等；此外亦詳細交待建構的方式及步驟，期望這個加值應用的解說與實踐，能夠設計出好用的《說文》資料庫。

　　最後則以「大徐本『新附字』的篆形分析」、「大徐本『重文』字形與條例用語的總體掌握」、「《說文》大徐本與段注本『異文』比對——以五百四十部為例」等幾個文字學課題，利用筆者對於《說文》數位內容加值應用的成果進行全面式的舉例說明，讓這些傳統的文字學課題得以量化、深化的方式說服讀者，最後證成文字學數位內容加值應用之可行性。

目次

季 序

　　這是一本跨文字學與資訊的優秀著作。

　　凡晟唸過國立臺北工專五年制電機工程科（現為國立臺北科技大學電機工程系），並得過畢業專題軟體程式設計比賽首獎，資訊設計的基礎非常紮實。其後插班中文系，又考上國立臺灣師範大學國文學系碩、博士班。其間一直從事文字學與中文資訊化的整合研究，舉凡戰國楚文字、傳統文字學、國文教學等，均利用資訊科技進行相關的中文融入工作，獲得了一定的成就，這本《文字學數位內容加值應用之研究》便是在這個基礎之上的一個階段性成果展現。

　　從書中內容來看，第一個處理的課題是電腦小篆字型問題，他分析了目前所得見的電腦小篆字型材料，以為或有不足之處，而從版本學的角度參考本人九十二年度國科會計畫《靜嘉堂及汲古閣大徐本說文解字板本研究》（計畫編號：NSC92－2420－H－003－070－）計畫報告，選取了目前較佳的明末毛晉父子汲古閣本《說文解字》的字形加以製作，並將製作字型的技巧與大家分享，在知識經濟的時代，這是一種符合知識分享的良好示範，值得嘉許！至於第二個處理的是《說文解字》與《說文解字注》全文電子資料庫的問題，這項工作其實是極為繁複的，在 Big5 碼時代，沒有人敢處理《說文解字》這本書，到了 Unicode 碼時代，這本書的全文電子檔才有了處理契機，凡晟不同於一般的網頁製作方式，以網頁資料庫的建構處理了這本大部頭的著作，在此書的第四章中以《說文》五百四十部首為例，將大徐本與段注本文字使用的異同現象表列出來，充分地展現了《說文》大徐本與段注本網頁資料庫的魅力，可以輕易地將異文現象完全展現，以量化的方式讓我們看到了二個版

本不同之處，這種數據的呈現十分具有說服力，讓我們充分地感受到中文與資訊的科際整合成果。

　　此外，在文章的分析過程中，點出了中文資訊化時所存在的一個極大問題，亦即是：中文編碼的「萬碼奔騰」亂象，在漢字文化圈裡，臺灣、大陸、香港、日本、韓國、越南等都有它的編碼需求，雖然 Unicode 碼目前已能處理七萬多個中文字形，但依舊有其不足之處，書中也將這個問題點出來，希望有朝一日電腦界能徹底解決這個中文編碼不足的問題，也期望凡耴能在這個領域當中持續努力，讓中文學界有更多更好用的文字學數位內容以提供各式的加值應用服務！

玄奘中語系教授　李旭昇

序于臺北古亭

自 序

　　當數位時代來臨，人類的各項活動記錄已大部分被轉化成數位內容，以 0 與 1 的資料形態在數位虛擬空間活動，這種現象同時也表現在學術殿堂裡，各個學科無不在這網際網路當中頭角崢嶸，以期創造與開拓更多的學術資源；文字學門亦是如此，舉凡甲骨文、金文等古文字到現代網路特有的文字形態，均在網際網路中佔有一席之地，沒有人可以忽視它的存在性，而筆者也因長期浸淫在這個網路文字學範疇當中，發現了一個值得關注的焦點：文字學在網際網路世界裡該如何進行加值應用呢？這個加值應用的過程對於文字學在網際網路的未來發展應具有關鍵的樞紐地位，必須特別加以重視。筆者與業師季旭昇先生幾番討論，季師亦以爲應當可行，只是如何證成這種觀念，需要更多的努力。職是之故，筆者以「文字學數位內容加值應用之研究」爲題，期望透過此文的撰述，充分證成文字學數位內容加值應用的重要性。

　　筆者之所以敢冒然鑽向這個領域，與筆者所學有極大關係。在進入中文學術研究領域之前，筆者讀的是國立臺北工專五年制電機工程科（現已改制爲國立臺北科技大學電機工程系），在求學過程中雖然電機專業課程念得還不差（五年總平均爲班上第六名），但自己卻發現更喜歡置身於中文領域的學習，因此毅然參加大學中文系轉學考試，順利進入國立中興大學中國文學系就讀，開啓了筆者的中文學術之門，此後進入國立臺灣師範大學國文學系碩士班，對於文字學門領域充滿了興趣，在許師錟輝所教授的「甲骨文研討」、「金文研討」，李師國英所教授的「說文研討」，以及季師旭昇利用每星期四晚上的讀書會，與我們這些對於文字學研究有興趣的研究生及大學生們共同研讀《甲骨文字詁林》、《金文詁林》等諸多著作，讓筆者如沐春風，充分感

受到文字學的樂趣，自此以後，便與文字學結下了不解之緣。在碩士論文的寫作中，筆者以《郭店楚簡異體字研究》作爲寫作題目，時值郭店楚簡問世不久，許多材料及相關研究尚未充分開展，筆者苦思不知如何著手進行時，與季師旭昇說明自己的研究困境，季師一語道出筆者未來康莊之道：「你可以嘗試利用電腦來輔助戰國文字的相關研究呀！」一句簡單的話，有如醍醐灌頂，甘露滋心，這時筆者猛然想起自己在電機資訊領域也曾認真努力過，那麼，有沒有可能將戰國文字與電機資訊進行科際整合呢？後來發現，電腦資料庫等相關概念及應用可以輔助文字研究，到了博士班，在季師的鼓勵下，論文便以《古文字資料庫建構研究——以《上海博物館藏戰國楚竹書（一）》爲例》爲題，充分地運用資訊科技與中文領域進行科際整合的工作。

　　這一路下來，感謝諸多老師們的提攜指導與諸位友人的適時幫忙，讓筆者深信文字研究可以利用資訊科技開展出更多的研究面向。近幾年投身在文字研究中的數位內容加值應用領域裡，有時也會感到惶恐與困惑，但每當自己辛苦建構的資料庫被加以運用時，簡單的稱讚之語卻讓筆者雀躍許久，深深地感受到這一切的努力都是值得的。至於本書得以順利完成，內人慧蓮除了幫忙文字的糾誤校訂，同時也任勞任怨地幫忙打理家中一切事物，讓筆者無後顧之憂，全心投入研究工作；二位女兒埶允與粲允也貼心懂事地體諒爸爸無法常常帶她們到戶外活動，能靜靜地在一旁拿起看不太懂的課外書物煞有其事地陪讀，這一切的一切，點滴在心頭。

羅凡晸

序于臺北泰山

第一章　緒　論

　　1990 年代以來直至今日，在這二十年當中，網路一詞由陌生到熟悉，進
一步成為無所不知、無所不在的一個範疇，力量之強大，遍及各個層面，在
學術界中也造成極大的震撼。

　　回想起 1990 年代初期，筆者還是一位大學生，當時系上突然來了一位
金髮碧眼的德國同學——費希特，由於他對中文十分有興趣，因此獨自一人
來到臺灣當一年的交換學生。由於同樣都是住宿生，筆者也有較多的機會與
他互動，其中令筆者印象最為深刻的地方，便是這位同學常常跑到計算機中
心去玩 Unix 系統的電腦，一問之下，才發現他太想念家鄉，又不想花費太
多的國際電話，所以透過網路溝通協定模式與德國的同學及家人溝通聯絡；
與此同時，台灣當時的大學生最風行的活動便是到計算機中心上網，連線到
電子佈告欄系統（BBS, Bulletin Board System）觀看想要獲取的資訊。一眨
眼之間，全球資訊網（WWW, World Wide Web）的時代來臨，自此之後，筆
者也與它結下不解之緣。

　　臺灣由於政府大力推廣資訊產業，因此在網際網路的領域中搶得許多先
機，為了擴大產業需求，行政院於 2002 年 5 月通過「挑戰二○○八」國家發展
計畫，其中最引人注目的便是建設數位臺灣的政策，亦即所謂的「兩兆雙星」。
「兩兆」是指半導體與液晶顯示器兩種產業的產值分別將超過新台幣一兆元；
「雙星」則是將提升「生物科技」和「數位內容」兩大產業。在這兩大產業當
中，特別是數位內容產業具有發展知識經濟和數位經濟的指標意義，〔註 1〕而

〔註 1〕　經濟部數位內容產業推動辦公室，《2003 年數位內容產業白皮書》，網址：
　　　　　http://proj3.moeaidb.gov.tw/nmipo/upload/publish/2003/main.htm

文化教育領域也深深受到這股知識經濟和數位經濟浪潮的衝擊，紛紛在不同的學術範疇加以開展，筆者亦受到這股浪潮的啟發與激勵，在 2003 年 10 月完成博士論文《古文字資料庫建構研究——以《上海博物館藏戰國楚竹書（一）》為例》的寫作，〔註2〕直至今日持續關注數位內容各項課題的最新動態，本文寫作正是在這個前題之下，嘗試將文字學與數位內容進行結合，期望透過文字學數位內容加值應用的面向開展，讓文字學有更多的發展面貌。

第一節　文字學與數位內容的關係

一、數位內容簡介

經濟部數位內容產業推動辦公室在《2003 年數位內容產業白皮書》對於「數位內容」的定義為：

數位內容（Digital Content）係指將圖片、文字、影像、語音等運用資訊科技加以數位化並整合運用之產品或服務。依照領域別可分為數位影音應用、電腦動畫、數位遊戲、行動應用服務、數位學習、數位出版典藏、內容軟體、網路服務等。〔註3〕

此外，經濟部數位內容產業推動辦公室繪製了一張數位內容產業範疇圖，如下所示：〔註4〕

〔註2〕 羅凡晸：《古文字資料庫建構研究——以《上海博物館藏戰國楚竹書（一）》為例》，國立臺灣師範大學國文學系博士論文，2003 年 10 月。又，此書委託花木蘭文化出版社出版，目前已於排版中，預計 2010 年 9 月出版。

〔註3〕 經濟部數位內容產業推動辦公室，《2003 年數位內容產業白皮書》，網址：http://www.digitalcontent.org.tw/dc_p5.php

〔註4〕 經濟部數位內容產業推動辦公室，《2003 年數位內容產業白皮書》，網址：http://www.digitalcontent.org.tw/white/picture/pic_1-1.pdf 。 又 見 於 網 址：http://www.digitalcontent.org.tw/dc_p5.php

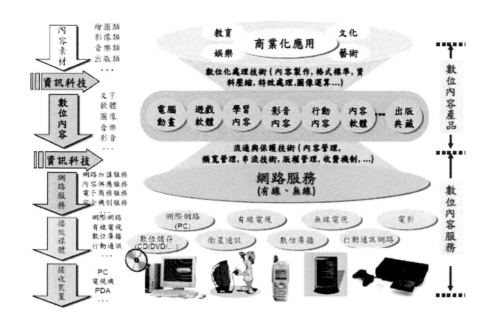

圖 1-1

　　上圖將數位內容產業的內容、流程及各項分工、產業輸出等概念全部加以概括納入，十分詳實清楚。另外，經濟部數位內容產業推動辦公室在《2009年數位內容產業年鑑（完整版）》中提到：

> 「數位內容」係將各類內容素材經過數位技術製作處理後，從傳統資料轉換成數位化格式，並賦予新的應用型態，使其具有易於接取、互動、傳輸、複製、搜尋、編輯與重複使用等優點。再搭配服務、頻寬、收費及版權等管理機制，透過網際網路、行動通訊網路、無線 有線電視、衛星通訊、電影、數位廣播等「媒體載具」，由電視、手機、PDA、個人電腦、MP3 等「系統設備」，傳送給消費者或機構用戶使用，即形成完整數位內容產業架構。〔註5〕

比較《2003年數位內容產業白皮書》及《2009年數位內容產業年鑑（完整版）》二段說明文字，可以發現二者對於數位內容（Digital Content）的定義，由「係指將圖片、文字、影像、語音等運用資訊科技加以數位化並整合運用之產品或服務。」這種原則性的揭示說明，當發展到 2009 年，數位內容的範疇與界說愈來愈明確，所謂數位內容「係將各類內容素材經過數位技術製作處理後，

〔註5〕　經濟部數位內容產業推動辦公室，《2009 年數位內容產業年鑑（完整版）》，網址：http://proj3.moeaidb.gov.tw/nmipo/upload2/content/Yearbook2009/Chapter2.pdf

從傳統資料轉換成數位化格式，並賦予新的應用型態，使其具有易於接取、互動、傳輸、複製、搜尋、編輯與重複使用等優點。」經過八、九年的時間，數位內容經過更多的討論與實踐，它的功能性已被肯定，應用型態也不斷地更新，使用者只要透過適當的「媒體載具」及「系統設備」，就能獲取數位內容資源。然而在這個過程當中，使用者應當會發現，數位內容的品質問題也開始被廣為重視。如何做出高品質的數位內容，也成為一個成功與否的重要關鍵點。

二、文字學數位內容發展概況

「文字學」是研究文字的一門學問，至於它的範疇，有廣義與狹義之分，廣義的文字學包含字形、字音、字義三方面，至於狹義的文字學，則專指字形方面的字形學，〔註6〕今日在大專校院中的「文字學」課程安排，多半著重文字的字形結構、演變，亦涉及文字的音、義問題以及文字學史等等的介紹；而授課教材多半以紙本為主。隨著數位時代來臨，許多傳統的文字學教材也開始進行數位化的工作，一開始的方式，多半先將紙本上的文字、圖形變成數位內容，當紙本教材變成數位內容教材，與此同時，也開始讓文字學教材出現了不同於以往的面貌。

當數位內容開始與文字學有了第一次的接觸，同時也開啟了無限的可能性。從教學的角度分析，可由下圖加以說明：

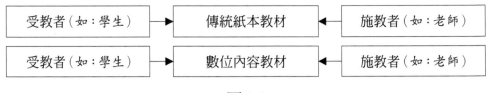

圖 1-2

以上二種不同的教學模式簡圖說明，最主要的差異在於「傳統紙本教材」與「數位內容教材」之不同，傳統紙本教材在數位時代來臨之前，已經歷幾千年的歷史，它的價值不言可喻；至於數位內容教材則是時代的產物，它是為了因應時代的變化而產生的，由於問世只有幾十年的時間，它還存有許多的變動性。就

〔註6〕 許師錟輝：《文字學簡編・基礎篇》（台北：萬卷樓圖書股份有限公司，1999年3月初版），頁6。

數位內容製作的角度來說，國際上有許多組織致力推動相關的標準，以期達成一定的規範，其中以美國國防部 ADL（Advanced Distribution Learning Initiative）所製定的 SCORM（Sharable Content Object Reference Model）最受重視，這項標準主要是提供數位內容教材的製作以及內容開發等一套共通的規範，〔註 7〕它具有以下四項主要的功能：第一，可重覆使用性（Reusability）；第二，教材取得容易性（Accessibility）；第三，教材的可互通性（Interoperability）；第四，教材的持續性（Durability）。〔註 8〕據此可見數位內容有其特有之處，而這些特有之處，也讓傳統的文字學教材有了新的面貌。

　　就目前的發展概況，文字學門的數位內容展現方式，隨著目的性的不同，呈現模式各有千秋。舉例來說，政府大力推廣的「數位典藏與學習之產業發展與推動計畫」裡有許多單位建置了各式各樣的文字資料庫，如中央研究院歷史語言研究所有「甲骨文數位典藏」的網頁資料庫，〔註 9〕國家圖書館也有「金石拓片資料庫」〔註 10〕等等，要找到與文字相關的資料庫，只要到「數位典藏與數位學習成果入口網」便可一網打盡，〔註 11〕在這個入口網站中可以查找到臺灣所典藏的絕大多數文字材料，相關單位也歷經多年時間辛苦的進行數位典藏建置，才能夠讓普羅大眾透過網際網路看到這些人類智慧的結晶。以上介紹，主要從「數位典藏」的角度出發。如果從「中文電子字典」的角度出發，像是教育部建置了多套電子字典，可由「國家語文綜合連結檢索系統」〔註 12〕這個入口網站進行查詢；其中「異體字字典」〔註 13〕收入了歷代字書相關的異體材料，對於文字形體的研究有著極大的幫助。此外還有文字學相關古籍的全文資料庫建置，如「中國基本古籍庫」〔註 14〕、「瀚堂典

〔註 7〕　「數位學習國家型科技計畫」辦公室，「數位典藏與數位學習國家型科技計畫」，網址：http://standard.teldap.tw/node/2

〔註 8〕　林安琪、吳鎰州：《數位內容實務：多媒體教學專案》（台北：學貫行銷股份有限公司，2007 年 5 月），頁 0-5。

〔註 9〕　中央研究院歷史語言研究所，「甲骨文數位典藏」，網址：http://rub.ihp.sinica.edu.tw/~oracle/

〔註 10〕　國家圖書館，「金石拓片資料庫」，網址：http://rarebook.ncl.edu.tw/gold/

〔註 11〕　數位典藏與數位學習國家型科技計畫，「數位典藏與數位學習成果入口網」網址：http://catalog.digitalarchives.tw/dacs5/System/Main.jsp

〔註 12〕　教育部，「國家語文綜合連結檢索系統」，網址：http://www.nlcsearch.moe.gov.tw/EDMS/admin/dict3/

〔註 13〕　教育部，「異體字字典」，網址：http://dict.variants.moe.edu.tw/main.htm

〔註 14〕　相關介紹請參見「漢珍數位圖書」，網址：http://www.tbmc.com.tw/tbmc2/cdb/

藏」〔註 15〕等大型的電子資料庫也提供了許多文字相關電子全文書籍材料，可惜的是，這二者是商業電子資料庫，費用並不便宜，一般讀者不太可能自行採購，只能由圖書館等相關單位進行採購，使用者才能一窺究竟。

以上三類的共同點是：使用者均能透過網際網路一窺這些文字學數位內容的堂奧。另外還有一種情況是單機版的文字學數位內容軟體，使用者只能在單機上使用而無法經由網路連線使用，如「文鼎筆順學習程式」是一套學習文字筆順的軟體，它雖然可以應用在個人電腦，也可以應用在「電子字典」上，〔註 16〕然而這個商業軟體的載體都是單機形式，無法經由網路連線進行分享。

綜上所述，本文從文字學數位內容建構的目的性作爲分類基準，簡單地說明其實在這波數位浪潮當中，出現了許許多多的文字學數位內容相關材料及網站，這些數位內容只要使用得當，對於使用者而言都是具有一定程度意義的學習教材。

那麼，在這些眾多的文字學數位內容材料當中，有沒有適合大專院校的「文字學」教材呢？答案當然是肯定的，如古國順在中華函授學校的網頁裡，有針對華文教師科所開設的「文字學」的數位教材，〔註 17〕這份數位教材亦可作爲大專院校的「文字學」授課基礎教材，而這份教材爲了避免裡頭的文字因網頁編碼而造成困擾，故以 swf 格式的文字稿爲主，這是一種不錯的數位內容處理方式；然而這樣的數位檔案格式會有一個小小的缺陷，就是因爲它的格式爲 swf，使用者可能無法利用搜尋的方式找到關鍵詞所相應的段落。古國順的網路文字學課程是經過整理的文字學數位內容，它是一種靜態的呈現，無法讓讀者更進一步利用既有的數位內容材料做加值應用。由這個例子可以看到，數位內容的格式問題其實是一個值得好好重視的課題，如何有效地讓這些文字學素材具備更多的加值應用空間，則是本文關注的重點所在。本文將在第二章、第三章、第四章進行詳細的文字學數位內容建構方式及加值應用討論。

---

intro/Chinese-caozuo.htm

〔註 15〕相關介紹請參見「瀚堂典藏資料庫系統」，網址：http://www.hytung.cn/
〔註 16〕參見「文鼎筆順學習程式在『電子字典』上的應用」，網址：http://www.arphic.com/tw/products/e-campus/e-campus-solution.htm
〔註 17〕參見僑務委員會，「中華函授學校全文網路課程——文字學」，網址：http://chcsdl.open2u.com.tw/full_content/A07/index.htm

第二節　文字學數位內容的資料形態及加值應用概說

　　數位內容的資料形態，往往因使用者需求不同而有不同層次的考量，對於文字學數位內容來說也是如此，本文所限定的「文字學」材料，以狹義文字學的範疇為主。但無論數位內容怎麼變動、怎麼重組，它的基本形態約可分為三大類：第一是文字，第二是圖形，第三是影音。當了解基本形態的資料特色之後，其實後續的加值應用才是數位內容得以好好表現的舞台。簡單的概念圖如下所示：

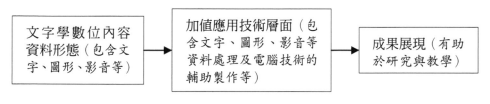

圖 1-3

　　以下將分別說明文字學材料當中「文字、圖形、影音」這三類的資料形態特色及加值應用說明。

一、文字學數位內容的文字形態及其加值應用

　　如前所述，狹義文字學本身便是在處理文字的字形問題，傳統的文字學紙本著作，只要有一支筆，便能將文字寫在上面；只要有排好的活字雕版，便能將文字轉印在上面；手寫的文字與手刻的雕版，常常會造成文字異體的產生，觀看歷代傳世文獻上的文字異體便是最好的證據。到了數位時代，電腦中處理漢字的方式是一字一碼，然而不同地方使用的編碼方式多不相同，以漢字使用區來說，臺灣目前的現狀，有使用 Big5 碼，也有使用 Unicode 碼；大陸地區的編碼現狀，有使用 GBK 碼，也有使用 Unicode 碼；其他如日本、韓國、越南等地也都有自己所屬的編碼系統，也有使用 Unicode 碼。換句話說，現在各國普遍都接受 Unicode 碼，然而也依舊還存有獨立運行的編碼系統。為求統一標準，本文將針對 Unicode 碼作為處理漢字問題的基本對象。

　　當確立以 Unicode 碼作為處理數位內容中的文字資料編碼之後，接下來要問的是：這個編碼系統的碼位夠嗎？早期的 Big5 碼位有其字數的限制，而Unicode 碼的出現，其中一個重點便是要處理漢字編碼區不足的問題，目前

Unicode 已發展至 5.2 版，共有 74394 個漢字形體，〔註18〕原則上可處理大部分的漢字楷體字形，然而漢字字形除了楷體之外，從甲骨文、金文、戰國文字、秦篆等歷代不同的字形該何去何從？中央研究院資訊所文獻處理實驗室的漢字構形資料庫〔註19〕以構字式及電腦字型檔處理這個問題，雖然可暫時解決部分問題，然而終究還是要面臨將甲骨文、金文、戰國文字、秦篆等字形編入 Unicode 裡，側聞現在 Unicode 正在處理甲骨文字形，未來應當會逐步處理金文、戰國文字、秦篆等古文字字形，只是到底什麼時候會這麼做？還是有其他辦法徹底解決電腦編碼亂象？目前尚未得知，只能有待於將來之能者。

　　雖然編碼問題目前無法徹底解決，還是有其他方式暫時解決文字字形的處理需求。筆者處理的方式是：Unicode 碼位已有之漢字區，就用 Unicode 既有的碼位；如果遇到缺字問題，則以 IDC 組字符方式配合動態組字程式加以解決。〔註20〕

　　了解電子文字檔的處理困境及目前所能運用的技巧，以現狀來說，有許多成功的加值應用範例，其中最為人廣知的便是中央研究院所製作的「漢籍電子文獻」，〔註21〕資料庫介紹內容如下：〔註22〕

> 「漢籍全文資料庫計畫」的建置肇始於民國七十三年，為「史籍自動化」計畫的延伸，開發的目標是為了收錄對中國傳統人文研究具有重要價值的文獻，並建立全文電子資料庫，以作為學術研究的輔助工具。「漢籍全文資料庫」是目前最具規模、資料統整最為嚴謹的中文全文資料庫之一。

> 資料庫內容包括經、史、子、集四部，其中以史部為主，經、子、集部為輔。若以類別相屬，又可略分為宗教文獻、醫藥文獻、文學與文集、政書、類書與史料彙編等，二十餘年來累計收錄歷代典籍已達四百六十多種（新增書目），三億八千八百萬字，內容幾乎涵括

〔註18〕 「Unicode 5.2.0」，網址：http://www.unicode.org/versions/Unicode5.2.0/

〔註19〕 中央研究院資訊科學研究所，「漢字構形資料庫」，網址：http://cdp.sinica.edu.tw/cdphanzi/

〔註20〕 詳細方法，請參見羅凡晸：〈段玉裁《說文解字注》數位內容之設計與建置〉，《興大人文學報》第四十二期，2009 年 3 月，頁 31-68。

〔註21〕 中央研究院，「漢籍電子文獻瀚典全文檢索系統」，網址：http://hanji.sinica.edu.tw/index.html?

〔註22〕 中央研究院歷史語言研究所，「漢籍電子文獻資料庫」，網址：http://hanchi.ihp.sinica.edu.tw/ihp/hanji.htm

　　了所有重要的典籍。計畫往後將以原建置書目爲中心，逐年增設主
　　題，並擴增系統功能，尚期爲專家、學者以及愛好文化人士，提供
　　品質更優良的電子文獻，以及更完備的檢索工具。

　　只要使用過這個資料庫，必定會驚豔於它的大量資料及資料的正確率，
也因爲有極大的成就，目前也是全球處理漢字資料的權威單位，有這麼強而
有力的資料庫作爲指標，帶領著我們持續前進，其實是非常幸福的一件事。
然而這個資料庫雖然非常龐大，但是在文字學領域當中的資料是有限的，舉
例來說，文字學的基本教材《說文解字》一書就沒有收錄在裡面。不過也由
於如此，才讓筆者在這方面有揮灑的空間，筆者曾撰文寫了一篇〈段玉裁《說
文解字注》數位內容之設計與建置〉，便是嘗試將段玉裁《說文解字注》作數
位內容的加值應用，這篇文章當中處理的數位內容形態便是以文字爲主，成
果於該文已做過說明，在此不再贅述。

二、文字學數位內容的圖形形態及其加值應用

　　文字學著作當中，如以《說文解字》一書爲例，裡頭的資料包含了文字資
料與圖形資料，文字資料的處理方式如上文所言，而圖形資料則充分的保留與
展現原書各類文字形體的原貌。以實際的操作過程來說，文字學數位內容的圖
形形態，指的便是將傳統紙本資料掃瞄成電子圖檔，這個電子圖檔的格式爲點
陣式的圖檔，如果要進行圖檔印刷，存成 TIFF 檔的品質最好；如果要在網頁上
呈現，則可存成 GIF、JPEG、PNG 等格式；另外，因應不同的需求，有時也需
要存成 BMP 檔。換句話說，圖檔格式沒有絕對的好與不好，只有合不合用的
問題，筆者在處理文字圖檔的經驗是：在掃瞄的過程中，先存成 TIFF 檔，爾後
依照不同的需求再利用繪圖程式或相關軟體進行圖檔的轉檔工作。

　　除了圖檔的格式問題之外，圖檔的解析度也十分重要，所謂的解析度就
是每單位長度上像素（pixel）的數目，一般而言，影像解析度是以英吋（inch）
爲主要的使用單位，也可以說是每英吋中所擁有像素的數目（ppi, pixel per
inch），就印刷清晰度的最基本要求，至少要 300ppi 才不會有太嚴重的失眞，
而筆者在掃瞄圖檔時，多半設定成 600ppi，因爲要將 600ppi 轉檔成 300ppi 是
十分容易的事，而要將 300ppi 變成 600ppi，唯一的方法是：只能重新再掃瞄
一次，與其重做，不如在一開始就以高規格的要求進行圖檔掃瞄。

　　圖檔的格式與解析度都設定完畢之後，接著便可從事不同形態的加值應

用。關於文字學數位內容的圖形加值應用，筆者在博士論文寫作時曾處理《上海博物館藏戰國楚竹書》（一）的電子圖檔問題，在這個基礎之上，筆者亦發表一篇〈楚系簡帛文字電子字典建構模式初探〉，〔註23〕處理的數位內容部分包含了文字與圖檔，部分畫面如下圖所示：

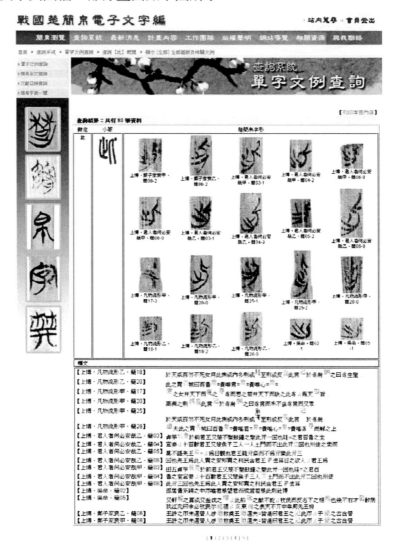

圖 1-4

〔註23〕 羅凡晸：〈楚字典資料庫的建構模式初探〉，「2010 經典與簡帛」學術研討會會議論文，2010 年 5 月 7 日。又，此文將收錄於「2010 經典與簡帛」學術研討會的會後論文集，待刊中。

　　根據此圖可以看到筆者將文字檔與圖檔以網頁資料庫的方式進行加值應用，透過查詢方式，使用者可以找到相關資料以從事更進一步的文字研究；必須要說明的是，這個成果的展現，裡頭集合了許多學者的研究成果，而筆者所負責的是如何將這些既有的研究成果透過數位內容的加值應用呈現在網際網路上，詳細內容可參看該文的介紹。

三、文字學數位內容的影音形態及其加值應用

　　文字學傳統紙本材料變成數位內容材料，主要的形式為電子文檔與電子圖檔，至於影音形態，就文字學數位內容而言，是一種加值應用。所謂的「影音」，包含了影像與聲音等條件，如網路上流行的 flash 動畫，便包含這兩項元素；此外，如 youtube 裡也有許多的影音內容，其中不乏與文字學有關的影音形態資料。例如：筆者在 youtube 網站中輸入「文字動畫」，可以找到一筆與「豕」字形體演變的動畫，截圖如下：〔註24〕

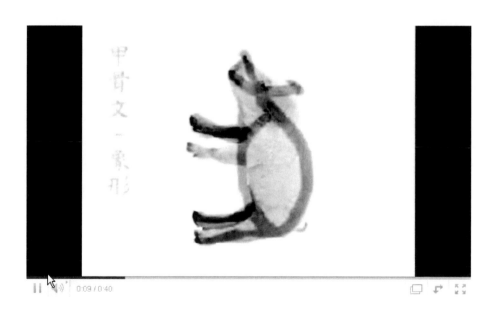

圖 1-5

　　根據上面的截圖，我們可以清楚的看到，它將「豕」字配合具象的實物圖形，經由動畫的方式說明它的演變歷程，這樣的內容可以強化我們對於「豕」

〔註24〕詳見網址：http://www.youtube.com/watch?v=is_9l2ViWVg

形的認知，有助於理解漢字的構形方法。細查這部動畫的來源，乃倉頡輸入法發明人朱邦復的作品，〔註 25〕其致力於漢字領域的電腦相關研究，成果早爲大眾肯定，如今以數位影音的方式作爲說明漢字構形的表現媒材，有其實質的成效。除了這部 40 秒的動畫作品，該網站的其他文字動畫作品，有興趣者可自行參看，相信有助於理解文字學數位內容的影音形態。

這些文字學數位內容的影音資料之所以問世，背後就是一種加值應用的概念，因爲在傳統的教學過程，授課教師口頭講解，有時或以板書書寫，有時或加上肢體語言說明授課內容，這些授課過程，隨著時間的流逝是不可能再現的；但是如果有台攝影機，將整個授課過程拍攝下來，然後進行影音格式的轉檔工作，最後上傳到 youtube 這類的影音平台，那麼學生就可以在下課後，自行連上這些平台不斷地重複學習老師所講的內容，直到精熟爲止，這樣的方式是數位時代出現之後才有的學習模式，如果文字學課程也這麼做的話，就是一種文字學數位內容影音加值應用的模式。〔註 26〕除了上面所言的影音加值應用，筆者亦曾利用線上虛擬教室進行文字相關課程的教學設計活動，線上虛擬教室可記錄種種的教學歷程，它也是一種影音的加值應用模式，詳細內容可參見筆者所撰寫的〈大一國文中的「語文智慧」──淺析《干祿字書・序》文字、文學、書法三度空間的線上教學〉。〔註 27〕

經由上文相關介紹，可以清楚的察覺到：當文字學置身在數位內容裡，兩者可以激盪出燦爛的火花，而其中最重要的關鍵點乃在於如何進行數位內容的加值應用，將其成果適切的展現出來。筆者於第二章與第三章中，將以許愼《說文解字》一書作爲建置與加值應用的研究對象，在第四章中則利用第二章與第三章的成果，舉例說明如何運用這些數位內容成果進行傳統文字學課題的分析，以求量化與深化的可能性。

〔註 25〕另外，此部動畫作品，上傳至 youtube 日期爲 2006 年 12 月 11 日。

〔註 26〕筆者曾將「數位內容與語文教學」這門課進行非同步數位影音教學，現收錄於「北一區區域教學資源中心」網站，網址：http://www.nttlrc.scu.edu.tw/ct.aspx?xItem=661501&ctNode=353&mp=100。至於將文字學課程進行數位內容影音加值應用，爲筆者未來努力的方向。

〔註 27〕羅凡晸：〈大一國文中的「語文智慧」──淺析《干祿字書・序》文字、文學、書法三度空間的線上教學〉，《東吳中文線上論文》第四期，2008 年 6 月。網址：http://art.pch.scu.edu.tw/7551/080602.pdf

第二章　文字學課程的數位內容教材開發
——以小篆字型設計為例

　　《說文解字》傳世的重要價值之一在於保存了東漢時期許慎所見的小篆形體面貌，這些存在於《說文》上的小篆形體或可視作經許慎整理過後所呈現的結果；如以傳世器物或現代所見出土器物上的秦篆與之相較，彼此的形體雖或同或異，大體而言，出入不會太大，所以將《說文》小篆視為秦朝李斯等人整理過後的篆體，站在廣義的角度看，應是可以被接受的。職是之故，在大專院校裡，中文、華語教學等相關學系的「文字學」課程，幾乎都是以《說文》小篆作為文字教學的出發點，上可推究甲、金、戰國文字，下可俯察隸、草、行、楷。隨著今日資訊科技的日新月異，小篆形體也走入了電腦世界當中，然而這些不同的電腦小篆字型彼此多有出入，〔註1〕因此小篆形體的數位化和數位化應用有其深入探討的必要性。

　　本文在此，主要針對現有的電腦小篆字型進行分析，期望透過電腦小篆字型的分析，探討其是否有教學上的實用價值；此外，擬開發並設計一套有字源依據的《說文》電腦小篆字型，並以明末虞山毛氏汲古閣所刊印的《說文解字》作為底本。希冀透過這項成果，有助於未來的教學與研究，並嘉惠莘莘學子們。

〔註1〕　筆者曾在〈段玉裁《說文解字注》數位內容之設計與建置〉一文中，將方正小篆體、北師大說文小篆、全字庫說文解字、漢儀篆書繁、中國龍金石篆等篆體字形，對其字形、寫法、收字和編碼的優缺點做出簡單的歸納比較，於此不再贅述。（詳見羅凡晸：〈段玉裁《說文解字注》數位內容之設計與建置〉，《興大人文學報》第四十二期（臺中：國立中興大學，2009 年 3 月），頁 59～62。）

第一節　現有電腦小篆字型的比較

　　筆者在文字學課堂中，曾請學生利用李白的詩句進行小篆書寫練習，同學或翻查大徐本或段注本的《說文》小篆形體，或直接利用現成的電腦小篆字型，如：逢甲大學宋建華製作的說文標篆體、北京師範大學說文小篆〔註 2〕、全字庫說文解字的小篆字體〔註 3〕、漢儀篆書繁、中國龍金石篆、方正小篆體、超世紀粗印篆、金梅印篆字、華康新篆體等進行作業的繳交，然而繳交出來的小篆練習作業彼此之間存在著篆體字形迥異的現象。舉例來說，如將李白〈月下獨酌〉「舉杯邀明月」這五個字直接套用電腦字型，結果如下所示：

表 2-1

電腦字型 字例	說文 標篆 體	北師 大小 篆	全字 庫小 篆	漢儀 篆書 繁	中國 龍金 石篆	方正 小篆 體	超世 紀粗 印篆	金梅 印篆 字	華康 新篆 體
舉									
杯									
邀									
明									
月									

　　由上表可見，當套用不同的字型檔後出現了幾個情況：

　　第一，套用字型後變成空白，如說文標篆體的「杯」、「邀」二字不見了，並不是此處筆者漏打了這二個字，而是當套用了此套字型時，由於字型檔本身缺少這二個字相應的小篆字型，同時也沒有補上楷體字，因此變成空白了。

　　第二，套用字型後字型維持原來的新細明體，如：北師大小篆、全字庫小篆的「杯」、「邀」二字，以及漢儀篆書繁、方正小篆體的「舉」字。

　　第三，有些字型檔明顯有美術化的傾向，並非忠實於小篆的筆法或結構，

〔註 2〕　以下簡稱為「北師大小篆」。

〔註 3〕　行政院主計處電子資料處理中心，「全字庫」，網址：http://www.cns11643.gov.tw/ AIDB/download.do?name=%E5%AD%97%E5%9E%8B%E4%B8%8B%E8%BC% 89

如：超世紀粗印篆、金梅印篆字、華康新篆體等，這三類由於字形訛變太大，許多筆法及字形結構不符合小篆原始樣貌，故不適用於小篆字形教學。

第四，這些小篆的字型來源爲何？是否有所依據？就筆者所知，說文標篆體的字形來源於沙青巖的《說文大字典》，全字庫小篆源自於段注本，其他則不見明確的字形來源依據說明。

文字學的字形研究，最重要的是要言之有據，在筆者所見的九種字型檔中有七種字型沒有清楚的交待字形來源，因此不建議在學習過程中採用它。至於說文標篆體源自於《說文大字典》，根據該書體例，得知這些字形應該是大徐本《說文》，然而卻也被沙青巖有意無意的整理過了，與明末虞山毛氏汲古閣所刊印的《說文解字》小篆字形〔註4〕也不太相類；全字庫小篆則採用了藝文印書館所出版之《說文解字注》的字形，〔註5〕共有 6721 個，還有一些缺漏字的問題，字型尚待補全。

綜上所述，筆者目前所看得到的電腦小篆字型，站在教學的立場來說，或多或少還存在著改善的空間，也由於還有修改的可能性，筆者擬據明末虞山毛氏汲古閣所刊印的《說文解字》小篆字形作爲底本，以有限之力開發並設計一套電腦小篆字型。

第二節　開發小篆字型的前奏曲——從紙本到電子圖檔

如何將紙本上的小篆字形變成電腦字型檔？在電腦發展初期，這是一項極度耗費人力與時間的工作，隨著電腦科技的與日俱進，要靠一己之力已不是不可能的任務。筆者有鑑於教學的需求，深感建構一套電腦小篆字型是一件重要的事，因此將筆者製作電腦子篆字型的過程與大家分享，期望透過交

〔註4〕　根據季師旭昇九十二年度國科會計畫《靜嘉堂及汲古閣大徐本說文解字板本研究》（計畫編號：NSC92－2420－H－003－070－），以爲歷來《說文解字》板本——以日本岩崎氏靜嘉堂、明末虞山毛氏汲古閣所刊印的《說文解字》二者爲佳；本計畫則先以明末虞山毛氏汲古閣所刊印的《說文解字》進行電腦小篆字型製作的第一步。

〔註5〕　係由南唐徐鉉所校定，清代段玉裁注之版本（世稱大徐本）並參考黎明文化事業公司之《說文解字注》，及南唐徐鍇所撰之《說文解字繫傳》。參見網址：http://www.cns11643.gov.tw/AIDB/download.do?name=%E5%AD%97%E5%9E%8B%E4%B8%8B%E8%BC%89。

流，讓電腦小篆字型得以讓人更加的信任。

一、本計畫所使用的硬體與軟體

（一）硬體部分

電腦主機：Intel® Core™2 Duo CPU　L7100 @1.20GHz　2GB RAM
掃瞄器一台

（二）軟體部分

Microsoft Windows XP Professional Version 2002 Service Pack 3

potrace-1.8.win32-i386.zip〔註6〕

Adobe Illustrator CS3〔註7〕

FontForge-mingw_2010_05_18.zip〔註8〕

二、紙本圖、點陣圖到向量圖

（一）紙本圖到點陣圖——掃瞄器與 XnView 影像程式

1. 掃瞄紙本檔案，設定成 600dpi，將檔案存成 bmp 格式的數位圖檔。

2. 我們利用 XnView 影像程式切割 bmp 圖檔上的小篆字形，將小篆字形存成 bmp 圖檔，至於檔案則依流水號的方式加以命名，包含數字與英文的代碼結合。例如：《說文》第一個字——「一」，包含了小篆字頭「一」形及其所從的古文「弌」形，共有二個形體，在此將第一個形體命名成「00001A.bmp」，第二個形體命名成「00001B.bmp」。以「一」形的檔名「00001A.bmp」來看，前面五個阿拉伯數字爲小篆字頭的流水號，至於後面所加的 A、B、C……代碼，如爲「A」，所指的是字頭形體（多數爲小篆形體）；如爲「B、C……」，則爲領首字頭後的重文形體，包含古文、籀文、篆文等。

（二）點陣圖至向量圖——以「potrace」作爲轉檔的利器

1. potrace 爲自由軟體，由於本計畫以 Windows XP 系統爲主，因此下載

〔註6〕 Potrace 下載網址：http://potrace.sourceforge.net/download/potrace-1.8.win32-i386.zip。

〔註7〕 Adobe 公司所開發的程式（以下將 Adobe Illustrator 簡稱爲 AI），功能強大，是處理向量圖的最佳選擇之一。

〔註8〕 FontForge 下載網址：http://www.geocities.jp/meir000/FontForge/FontForge-mingw_2010_05_18.zip

了 potrace-1.8.win32-i386 這個版本（for Windows）。首先，解開壓縮，將 potrace 原始程式所在的資料夾更名爲「potrace」，〔註9〕且將此資料夾複製到 c 碟中（如：c:/）

圖 2-1

　　2. 將切割完畢的小篆字形 bmp 檔全部放在一個「bmp」的資料夾，且將其置於 c:/potrace 裡，如下圖所示：

圖 2-2

〔註9〕 如使用解開壓縮檔後的原始名稱「potrace-1.8.win32-i386」，過於冗長，不利於後續的相關處理，因此改名爲「potrace」

3. 按左下角的「開始／執行」裡，輸入「cmd」之後，按下確定，開啓
Microsoft Windows XP[版本 5.1.2600]的 DOS 模式執行畫面，如下所示：

圖 2-3

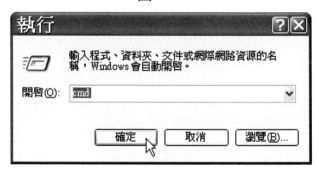

圖 2-4

圖 2-5

接著，在游標處，輸入：

```
cd\
cd/potrace
potrace bmp/*.*
```

圖 2-6

如下圖所示：

圖 2-7

　　執行完畢之後，會在 c:/potrace/bmp/ 裡產生*.eps 的檔案。此時已成功地將*.bmp 的點陣圖轉檔為*.eps 的向量圖。

　　4. 在 c:/potrace/bmp 裡新增一個 eps 的資料夾，然後將 c:/potrace/bmp/*.eps 的檔案全部選取，搬移至 c:/potrace/bmp/eps 資料夾裡，以利後續的相關作業。

（三）*.eps 轉*.svg──運用 AI 輔助格式的轉換

　　.eps 及.svg 二者，均為向量圖形的格式，為了能夠順利匯入至 FontForge，最好先將*.eps 轉檔成*.svg，這樣比較不會發生意外。此在，我們利用 AI 進行轉檔工作。

　　1. 首先，在 c:/potrace/bmp 裡新增一個名為 svg 的資料夾。如下圖所示：

圖 2-8

　2. 開啟 AI。為了快速進行*.eps 轉*.svg 的工作，我們使用 AI 裡的「視窗
／動作」，進行「動作」的錄製工作，以利後續的批次功能執行，如此便可讓
重覆的動作以批次方式進行，省下許多時間。首先，先打開一張*.eps 的圖檔，
然後點選「視窗／動作」，打開「動作」浮動視窗，並適當調整視窗大小，如
下圖所示：

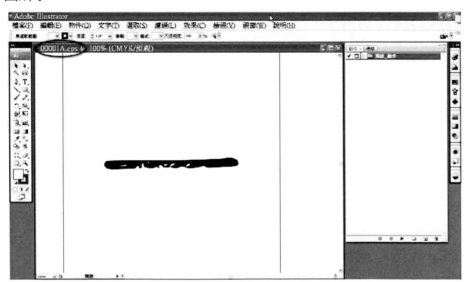

圖 2-9

3. 至「動作」浮動面版右下方，按下「建立新組合」鈕，並將此「組合」命名爲「eps_to_svg」。如下所示：

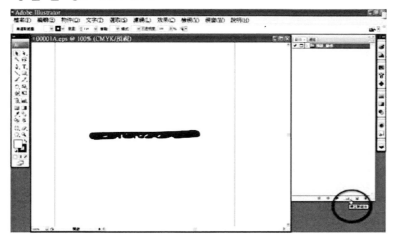

圖 2-10

圖 2-11

4. 接著，按下「製作新動作」鈕，如下圖所示：

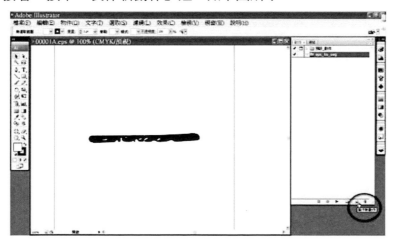

圖 2-12

圖 2-13

在「名稱」欄裡，輸入「eps 轉 svg」，然後再按下「記錄」鈕，即可開始進行「動作」的錄製：

（1）步驟一：用滑鼠選擇「檔案／另存新檔」，選擇 c:/potrace/bmp/svg

圖 2-14

圖 2-15

（2）步驟二：關閉 00001A.svg 檔案，如下所示：

圖 2-16

（3）步驟三：按下「停止播放／記錄」，如下圖所示：

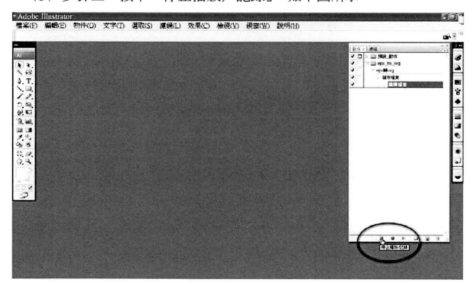

圖 2-17

依照上面步驟一至步驟三的操作，便已完成「動作」錄製的工作。

5. 接著，要利用「批次」的功能進行全部檔案的轉換，如下圖所示：

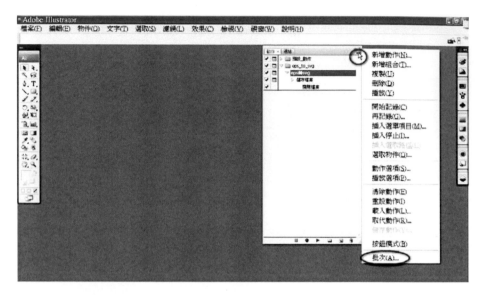

圖 2-18

圖 2-19

6. 如此便可開啟自動執行轉檔工作,最後當執行完畢之後,打開
c:/potrace/bmp/svg 的資料夾,便可看到已轉檔完成的檔案。如下所示:

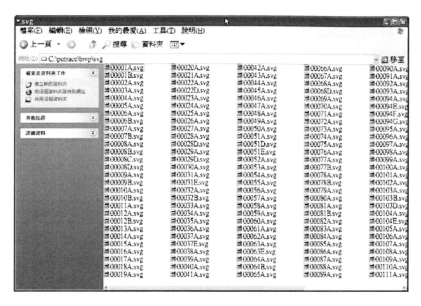

圖 2-20

最後，這些*.svg 再經過雜訊的處理〔註 10〕之後，即可成爲匯入 FontForge
裡的格式來源。

第三節　設計小篆字型的好幫手——FontForge 造字程式

當我們將小篆字形變成 svg 檔之後，接著就要開始利用 FontForge 這套強
大的自由軟體（開源軟體）進行造字工作。在理想的狀態下，一套字型最好可
以完全自己設計所有字碼區的字形，但是由於我們希望能夠以最少的時間來達
到最大的效益，因此，我們擬以取之於社會、用之於社會的分享原則，利用已
提供公眾授權的字型進行非商業的開發，因此，在這裡利用了文鼎科技 2010
年所提供的文鼎ＰＬ明體 U20-L（繁體 Unicode 2.0 碼）這套中文公眾授權字型
（Public License Font）〔註 11〕進行小篆字型的基礎，這樣可以簡省製作英文、

〔註 10〕產生雜訊的主因是紙本版面來源不見得是黑白分明的，因此在轉檔的過程中
　　　　或多或少會出現不該有的點畫及條線，這個部分只能用人工方式加以處理，
　　　　利用 AI 的編修功能即可完成，由於每個字型轉檔後產生的雜訊問題都不太一
　　　　樣，處理方式也不盡相同，相信只要熟練 AI 的操作便可處理掉不該存在的雜
　　　　訊；職是之故，在此不做進一步的操作示範。
〔註 11〕相關報導及下載處請參見「文鼎科技發佈新的公眾授權字型」，網址：

數字、符號等字型的時間，只要將文鼎 PL 明體字型置換成小篆字型即可。

一、FontForge 下載、安裝及 Windows 下的版本比較

　　FontForge〔註 12〕是由 George Williams 所設計的一套造字軟體，目前提供 Linux、Windows、MacOS 等不同平台的版本可供免費下載使用。在 Linux 系統（如：Ubuntu8.04 版以後）當中運行是沒有問題的，完全支援中文介面；然而在 Windows 系統中要運行 FontForge 則不是那麼的方便與容易，如依官方網站所下載的程式，必須要先安裝 Cygwin，〔註 13〕然後再安裝 FontForge。〔註 14〕然而安裝這二套程式，對於 Windows 的慣用者而言不見得是一件容易的事，因此，網友們紛紛做了一些程式的修改，以利在 Windows 上執行 FontForge，如日本網友〔註 15〕封包的最新版本為 FontForge_full-20100501，可以在 Windows XP/Vista/7 等環境操作 FontForge；又如大陸網友亦封包了自動安裝版〔註 16〕及解壓縮後可立即運行的版本，〔註 17〕讓 FontForge 在 Windows 系統下的操作變得容易許多。下面為各個版本的比較表：

表 2-2

FontForge for Windows XP 版本	安　裝　方　式	最後更新時間	是否容易上手	Windows XP 下以中文編碼呈現的整體評比
原始網站版本	須先安裝 Cygwin 程式，步驟不易。〔註 18〕	20090914	不易	／

http://www.arphic.com/tw/news/2010/20100420.html。
〔註 12〕 「FontForge」網站，網址：http://FontForge.sourceforge.net/。
〔註 13〕 簡單的說，Cygwin 在 Windows 上提供了一個像 linux （Linux-like）的環境，可以讓使用者在 Windows 上執行 linux 的程式。詳見「Cygwin Note」，網址：http://irw.ncut.edu.tw/peterju/Cygwin.html。
〔註 14〕 關於安裝 cgywin 及 FontForge 的教學，可參見「開源香港常用中文字體計劃」網站，網址：http://freefonts.oaka.org/material/FontForge4win/FontForge4win.htm。
〔註 15〕 參見「unofficial FontForge-mingw」，網址：http://www.geocities.jp/meir000/FontForge/。
〔註 16〕 參見「FontForge for Windows-by Digidea」，網址：http://digidea.blogbus.com/logs/20587929.html。
〔註 17〕 參見「ff4win （字體編輯軟體）」，網址：http://sites.google.com/site/cnhnln2/ff4win。
〔註 18〕 詳細安裝步驟可參見「FontForge」，網址：http://www.reocities.com/alexylee.geo/

日本網友版本	解開壓縮檔後，直接運行 FontForge.bat 即可。	20100501	易	尚可
Digidea 網友版本	直接點選 FontForge_Setup_20080824.exe 程式，接著按 next 即可安裝。	20080824	易	佳
cnhnln 網友版本	解開壓縮檔後，會有三個 exe 檔，分別是英文介面、簡體中文介面、繁體中文介面，其中繁體中文介面的中文化程度不夠，許多地方中、英文夾雜，是為美中不足之處。	20070715	易	佳

　　根據上表，最後一項欄位為「Windows XP 下以中文編碼呈現的整體評比」，就官方程式而言，由於在 winsows 安裝已屬不易，所以不推薦在 Windows 系統中使用，至於其他三組程式，我們將其運行的畫面以截圖方式呈現，如下所示：

日本網友版本

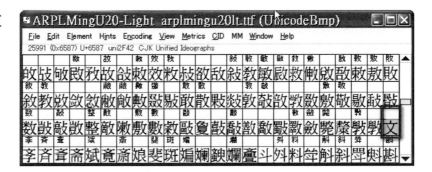

Digidea 網友版本

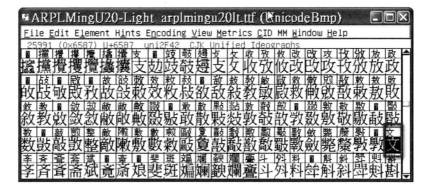

FontForge2.html 裡的「2.安裝（Windows 環境）」。

cnhnln 網
友版本

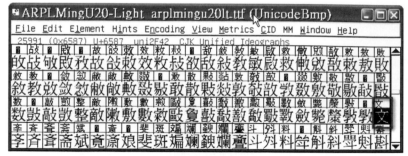

（以上為英文介面）

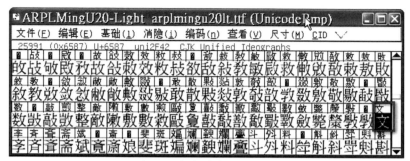

（以上為簡體中文介面）

圖 2-21

　　以上面三張截圖所圈選的範圍（以「文」（unicode 編碼為「U+6587」）為例，使用的字型檔為文鼎ＰＬ明體 U20-L），可以看到日本網友所封包的程式，由於編碼的問題，在介面上無法看到「文」字上面所從的提示文字，這個問題只要具備程式修改的能力當然可以修正它，然而對於大多數的使用者來說，與其使用這個版本，不如直接改用其他版本（如：Digidea、cnhnln 網友所封包的版本）來得快；另外，cnhnln 網友提供了英文、簡體中文、繁體中文介面，〔註 19〕提供使用者更多的選擇，然而有些專用術語在中文的領域尚未統一，如選單的「Element」網友譯成「基礎」，則或有可議之處，在這種情形之下，有時直接使用英文介面反而是較佳的選擇。職是之故，本文建議採用 Digidea 網友的版本或 cnhnln 網友的英文介面版本。當然，如果覺得英文的視窗介面可能造成使用的困擾，不妨採用 cnhnln 網友的簡體文介面版本，甚至是直接利用 Linux（如：ubuntu）系統的 FontForge 程式，直接開啟就是正體

〔註 19〕 上文截圖可看到 cnhnln 網友提供的英文、簡體中文畫面截圖，至於繁體中文介面由於中文化程度不足，與英文介面幾乎一樣，在此不做截圖的呈現，特此說明。

中文版本。〔註 20〕

二、FontForge 使用方式

　　本文採用 Digidea 網友的版本，安裝完畢之後會在選單中產生 icon，路徑在「開始／程式集／FontForge／FontForge」。爲了操作方便起見，我們先將所欲修改的字型——文鼎ＰＬ明體字型，放在一個新增的「wending-font」資料夾裡，並將此資料夾複製到 C:/Program Files/FontForge 裡，如下圖所示：

圖 2-22

接著用滑鼠按下「開始／程式集／FontForge／FontForge」，會出現下面視窗：

圖 2-23

〔註 20〕要利用 Ubuntu 系統的 FontForge 程式的話，還需要將自己的電腦硬碟作磁碟切割，再另裝一套 Ubuntu 系統程式，這個部分在此不做進一步的討論。然而嚴格地說，在 Ubuntu 系統執行 FontForge 程式與 Windows 系統下執行 FontForge 程式，兩者相較之下，Ubuntu 系統穩定許多，有興趣者可再做更多的程式測試。

然後點選「wending-font／arplmingu20lt.ttf」,最後按下 ok 鈕,如下所示:

圖 2-24

接著就會載入文鼎 PL 明體字型,畫面如下所示:

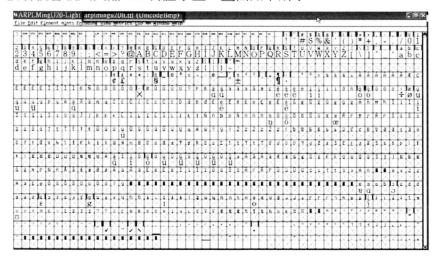

圖 2-25

由於文鼎此套字型已採用「ISO 10646-1(Unicode, BMP)」編碼,符合現代編碼需求,所以不用再修改編碼問題。如果使用者採用新增字型的方式,那麼就要到「Encoding/Force Encoding/」去修改自己想要的編碼,建議採用 ISO 10646-1(Unicode, BMP),如下所示:

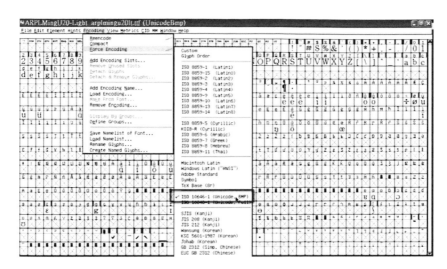

圖 2-26

（一）修改原來的字型名稱 〔註21〕

　　由於我們要做一套小篆字型，如果沒有修改原來的「文鼎 PL 明體」名稱，屆時字型檔會發生意外的狀況，所以要將「文鼎 PL 明體」改為其他名稱，如「xiaozhuan」，在此再一次感謝文鼎科技將此套字型開放，提供使用者進行非商業的使用，讓我們簡省許多製作字型的寶貴時間。

　　1. 利用 FontForge 開啟 arplmingu20lt.ttf 後，如下圖所示：

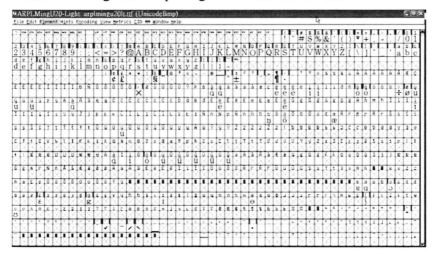

圖 2-27

〔註21〕以下步驟說明，主要參考自「FontForge」，網址：http://www.reocities.com/alexylee.geo/FontForge2.html。

2. 點選「Element／Font Info...」後，畫面如下所示：

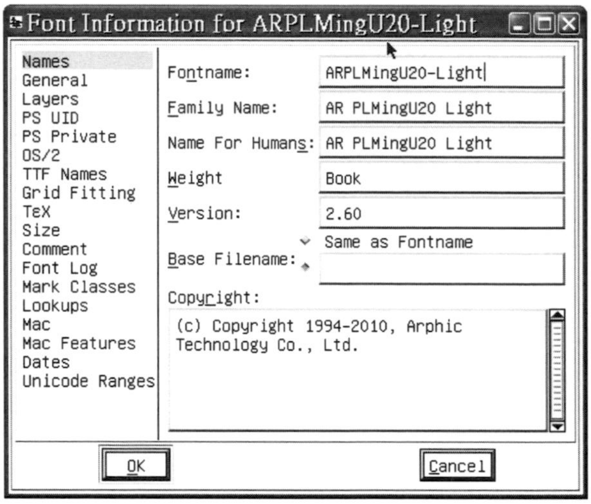

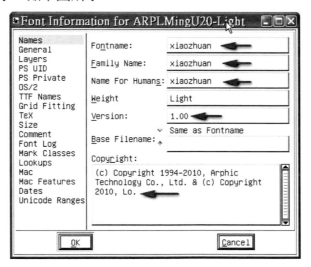

圖 2-28

在「Names」的標籤裡，有 Fontname、Family Name 和 Name For Humans 三處，將此三者改成相同名稱，如「xiaozhuan」，至於 Version 及 Copyright 則填入適當的文字。如下圖所示：

圖 2-29

3. 點選「TTF Names」標籤後，畫面如下所示：

圖 2-30

在這個畫面，將我們要提供使用者知道的資訊寫在此處，如：修改「English（US）」裡的 UniqueID、Version 等資料，同時將「Chinese （Taiwan）」的欄位與資料全部刪除，〔註22〕如下圖所示：

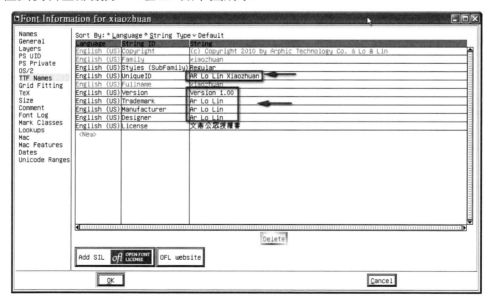

圖 2-31

〔註22〕以下步驟說明，主要參考自「FontForge」，網址：http://www.reocities.com/alexylee.geo/FontForge2.html。

根據上面的步驟，初步已完成基本的字型 Metadata 設定。

4. 最後，點選「File／Save」，將儲存檔名修改成 xiaozhuan.sfd，如下所示：

圖 2-32

＊.sfd 是 FontForge 保存檔案的獨特格式，為了保存自己辛苦製作的字型，要先將檔案存成 xiaozhuan.sfd。完畢之後，再點選「File／Generate Fonts...」，如下圖所示：

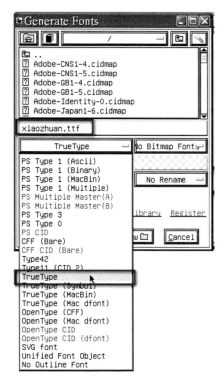

圖 2-33

接著選擇「TrueType」格式，並將檔案命名成 xiaozhuan.ttf，按下「save」鈕後，便做好了一個字型檔。請注意，此時還沒有任何的小篆字型在裡頭可供使用，必須開始進行個別字碼的字型處理工作。

（二）修改既有的字碼字型

我們先前將紙本小篆字形掃瞄後，由點陣圖轉檔成 svg 的向量圖檔，目的就是要匯入到 FontForge 程式當中，並取代既有的字碼字型。以下我們以「帝」字為例，具體操作步驟如下：

1. 利用 FontForge 打開先前已存檔的 xiaozhuan.sfd，開啓後畫面如下所示：

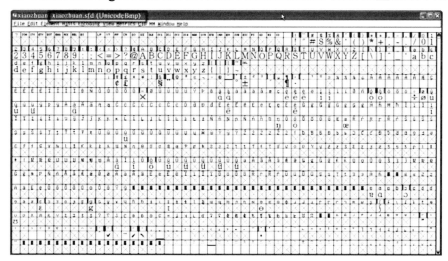

圖 2-34

2. 接著，我們要找「帝」字的 unicode 編碼碼號，可至 unicode 首頁〔註23〕或 unicode 工作小組所建置的網頁〔註24〕等便可查得，如果不見得能夠即時連上網際網路的話，也可以在 Microsoft Word 2003 中查得，方法是：只要在 word 文件中先打出一個「帝」字，再將游標放在「帝」字的後面，同時按下「Alt」及「x」，便可得知「帝」字的 unicode 為「5E1D」，完整的表達方式為「U+5E1D」（在匯入 FontForge 時需要完整的表達式）。

3. 得知「帝」字的 unicode 為「U+5E1D」後，點選「View／Goto」，如下所示：

〔註23〕　「The Unicode Consortium」，網址：http://www.unicode.org/。
〔註24〕　「unicode 工作小組」，網址：http://unicode.ncl.edu.tw/。

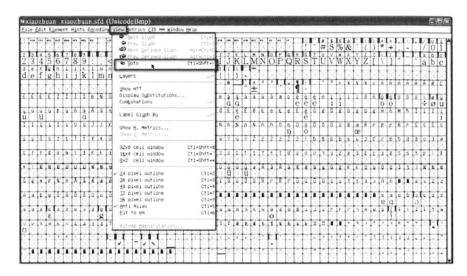

圖 2-35

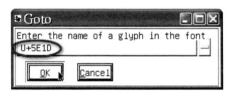

圖 2-36

4. 接著在跳出的視窗裡，輸入「U+5E1D」，再按下「OK」鈕，便可直接找到碼位所在之處，如下圖所示：

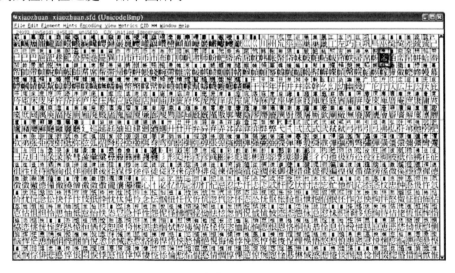

圖 2-37

接著在「帝」字所在的碼位上按滑鼠左鍵兩下，便可開啓「帝」字的字碼字形，如下所示：

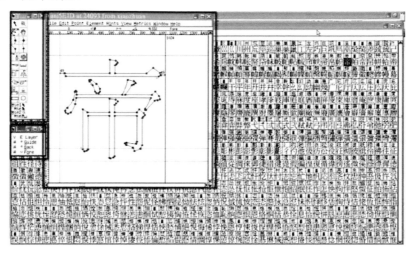

圖 2-38

5. 由上圖可以看到，會同時開啓三個視窗，左上角為工具視窗（Tools），左下角圖層視窗（Layers），至於右邊則為字碼視窗。開啓之後，我們點選右邊的字碼視窗，然後選擇「Edit／Select／Select All」（快速鍵是 Ctrl+A），如下圖所示：

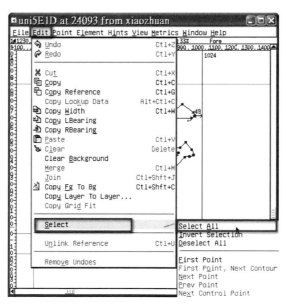

圖 2-39

　　我們可以看到「帝」字的外框由紅色的點變成黃綠色的點，這就表示已全選了，然後，我們要將所選的部分刪除，可直接按鍵盤上的 Del 鍵，先將既有字形刪除，等一下方便小篆字形的匯入，刪除之後如下所示：

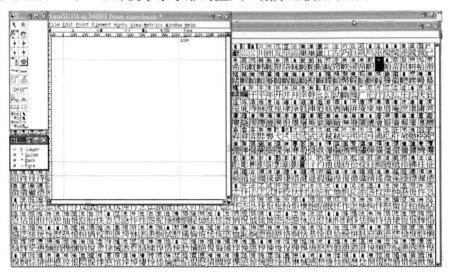

圖 2-40

　　6. 接著，點選「File／Import...」匯入「帝」字的 svg 檔，為求方便匯入，已事先將轉好的 svg 資料夾放到 FontForge 程式的資料夾中，「帝」字的 svg 檔名為「00007A.svg」，如下圖所示：

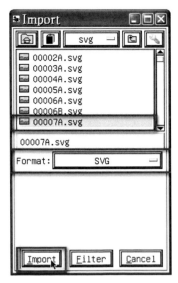

圖 2-41

請注意：要在 format 的下拉式選單中選擇檔案的格式為 svg，要不然會找不到「帝」字的 svg 圖檔。按下 Import 鈕之後，結果如下所示：

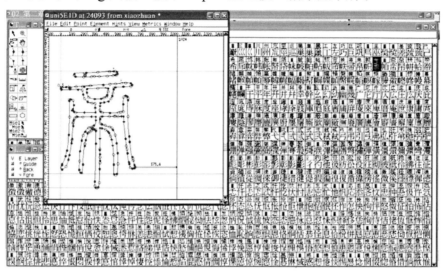

圖 2-42

7. 至此，我們已經順利將「帝」字的小篆字形順利匯入了，然而整體字型需要再調整至適當位置：首先，先將字型全選（按 Ctrl+A）；其次，點選「Metrics／Center in Width」，如下圖所示：

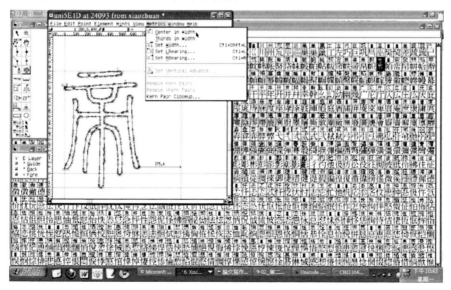

圖 2-43

如此操作，便可將字型移至中間，然而匯入的字型稍為大了些，所以需要再縮小比例，我們只要利用工具列的「Scale」便可打開「Transform」視窗，如下所示：

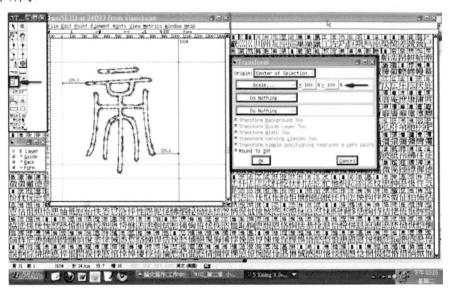

圖 2-44

8.接著在「Scale」的「X」及「Y」欄位裡將「100」%分別改成「90」%，便可將字型等比例縮小至百分之九十的大小，如下所示：

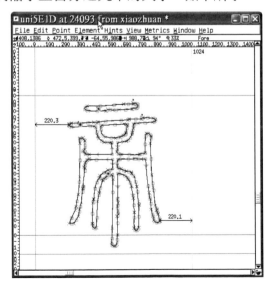

圖 2-45

　　如果要修改細部的畫畫，也是利用左邊工具列的相關工具即可進行微調，在此不再細述。當我們調整完畢之後，最後還有二個步驟：首先，點選「File／Save」，將檔案存為 xiaozhuan.sfd，如下圖所示：

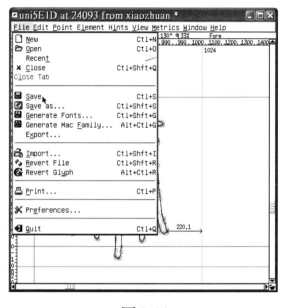

圖 2-46

　　9. 其次，點選「File／Generate Fonts...」，將檔案存為 xiaozhuan.ttf，在 Windows XP 系統中，只要將「xiaozhuan.ttf」複製到 c:/Windows/fonts 裡，便能將所造的小篆字型檔順利安裝完畢。為了測試是否成功，我們打開一個 word 檔，在裡頭輸入一個「帝」字，並將此字套用「xiaozhuan」，結果如下所示：

圖 2-47

　　由上圖可以看到，我們已順利造出了第一個大徐本小篆字型，其他字碼的修改方式也是如此。

第四節　小篆字型的成果展現——xiaozhuan.ttf

　　經過一連串的字型設計步驟，最後我們將產出的小篆字型稱之為「汲古閣大徐本小篆」，簡稱為「汲古閣篆」，充分說明字形的原始來源。在此，我們擬將本計畫製作的「汲古閣篆」，與「說文標篆體」、「北師大說文小篆」、「全字庫說文解字」、「方正小篆體」、「中國龍金石篆」等進行字型比較，各字型相關基本資訊如下所示：

表 2-3

電腦字型簡稱	電腦字型全名	製作者	字形來源	編碼	字數
汲古閣篆	汲古閣大徐本小篆	羅凡晸	明末虞山毛氏汲古閣所刊印的《說文解字》	Unicode	持續增加中
說文標篆	說文標篆體	宋建華	沙青巖《說文大字典》	Unicode〔註25〕	一萬多字
北師大	北師大說文小篆	北京師大	不明	BGK〔註26〕	一萬多字
全字庫篆	全字庫說文解字	全字庫	藝文印書館《說文解字注》	不明	6721 字
方正小篆	方正小篆體	北京北大方正電子有限公司	不明	不明	6866 字〔註27〕
中國龍篆	中國龍金石篆〔註28〕	瑩達資訊	不明	Big5	7000 字

一、《說文》五百四十部字形比較一覽表

　　許慎《說文》一書據形繫聯，從五百四十部首入門，可以看到許慎對於

〔註25〕作者以「符合 Unicode5.2 版之規範」作為字型的編碼。詳見宋建華：《漢字理論與教學》（台北：新學林出版股份有限公司，2009 年 7 月），頁 163。

〔註26〕「珍稀字體之北師大說文小篆」，資料來源：http://bbs.lc0771.com/archiver/tid-220668.html

〔註27〕「方正字體對照表」，資料來源：http://www.pipingsoft.com/ss7/?action-blogdetail-uid-2-id-79

〔註28〕「中國龍」，網址：http://www.indeed.com.tw/

小篆字形的理解，也可以藉此觀察到小篆筆法的基本書寫技巧與小篆結構的基本組合方式，可作爲初學者學習小篆的第一步。因此，我們先對五百四十部首進行電腦小篆字型的比較，透過字形的比對，讓使用電腦小篆字型者可以有正確的選擇。

以下爲了版面的方便安排，五百四十個字共分成二十七個表格，表格的製作方式爲九列二十一欄，欄位說明如下：

第一列爲「編號」：即《說文》五百四十部的流水號，由 1 至 540。

第二列爲「字頭」：即楷體字頭。

第三列爲「Unicode」：即第二列「楷體字頭」所使用的 Unicode 編碼值。

第四列至第九列：分別爲「汲古閣篆」、「說文標篆」、「北師大」、「全字庫篆」、「方正小篆」、「中國龍篆」等，這幾列的欄位內容均與第二列「字頭」相同，所不同者，乃爲套用字型之後所呈現的結果。

當筆者套用這些不同的電腦小篆字型之後，發現出現了幾個共同的問題：第一，有些楷體字頭套用字型之後，會變成「空白」的現象，如：中國龍篆的「丄」、「丨」等字。第二，有些楷體字頭套用字型之後，並不會有任何的改變，亦即保留原始楷體字頭的形狀，如：方正小篆的「丄」、「珏」、「艸」、「釆」等字。第三，有些楷體字頭套用字型之後，會出現空白的方框「▢」，如：中國龍篆的「品」、「商」、「辛」等字。以上三者均爲編碼所產生的問題，如表格中有上述三種現象，在個別表格下不再另行舉出，將留待下文一併分析說明。

（一）編號 1-20

表 2-4

編　號	1	2	3	4	5	6	7	8	9	10	11	12	13	14	15	16	17	18	19	20
字　頭	一	丄	示	三	王	玉	珏	气	士	丨	屮	艸	蓐	茻	小	八	釆	半	牛	犛
Unicode	4E00	4E04	793A	4E09	738B	7389	73A8	6C14	58EB	4E28	5C6E	8278	84D0	833B	5C0F	516B	91C6	534A	725B	729B
汲古閣篆	一	丄	示	三	王	王	珏	气	士	丨	屮	艸	蓐	茻	小	八	釆	半	牛	犛
說文標篆	一	丄	示	三	王	王	珏	气	士	丨	屮	艸	蓐	茻	小	八	釆	半	牛	犛
北師大			示	三	王	王	珏	气	士		屮	艸	蓐	茻	小	八	釆	半	牛	犛
全字庫篆	一	丄	示	三	王	王	珏	气	士	丨	屮	艸	蓐	茻	小	八	釆	半	牛	犛
方正小篆	一	丄	示	三	王	王	珏	气	士		屮	艸	蓐	茻	小	八	釆	半	牛	犛
中國龍篆	一		示	三	王	王	珏	气	士		屮	艸	蓐	茻	小	八	釆	半	牛	犛

現象說明：

1. 「气」字，方正小篆作「🦌」，其餘作「气 气 气 气 气」，〔註 29〕筆畫姿態或同或異（尤其是第三筆），但結構基本上是相同的。

2. 「士」字，篆形二橫畫基本上是上長下短，如「士」，〔註 30〕然而方正小篆「士」二橫畫似乎等長，不妥。

3. 「蜃」字中間所從的「辰」形，多數篆體均作「辰」，只有方正小篆寫成「辰」。

4. 「八」字，汲古閣篆、說文標篆、全字庫篆、中國龍篆作「八」，北師大、方正小篆作「八」，筆畫姿態有所差別。

5. 「采」字，所從四點多數分離，如「釆」；北師大「釆」則將上面二點與中間橫畫相連。

6. 「半」字，《說文》云：「从八从牛。」〔註 31〕所從「八」、「牛」二形彼此分離不相連，如「半」；方正小篆「半」則相連。

（二）編號 21-40

表 2-5

編　號	21	22	23	24	25	26	27	28	29	30	31	32	33	34	35	36	37	38	39	40
字　頭	告	口	凵	吅	哭	走	止	癶	步	此	正	是	辵	彳	廴	延	行	齒	牙	足
Unicode	544A	53E3	51F5	5405	54ED	8D70	6B62	7676	6B65	6B64	6B63	662F	8FB5	5F73	5EF4	389F	884C	9F52	7259	8DB3
汲古閣篆	告	口	凵	吅	哭	走	止	癶	步	此	正	是	辵	彳	廴	延	行	齒	牙	足
說文標篆	告	口	凵	吅	哭	走	止	癶	步	此	正	是	辵	彳	廴	延	行	齒	牙	足
北師大	告	口	凵		哭	走	止		步	此	正	是	辵	彳		延	行	齒	牙	足
全字庫篆	告	口	凵		哭	走	止		步	此	正	是	辵	彳		延	行	齒	牙	足
方正小篆	告	口	凵	吅	哭	走	止	癶	步	此	正	是	辵	彳	廴	延	行	齒	牙	足
中國龍篆	告	口	凵		哭	走	止		步	此	正	是		彳			延	齒	牙	足

現象說明：

1. 「告」字，《說文》云：「从口从牛。」所從「牛」、「口」二形有上下相連者，如「告」；有上下分離者，如「告」。

〔註 29〕引用電腦小篆字型，如引用多形者，為求行文方便，字型順序依照表格欄位由上而下呈現，以下不再另行說明。

〔註 30〕引用電腦小篆字型，如多數篆形相同而但舉一形以說明者，本文以「汲古閣篆」作為代表。

〔註 31〕引用《說文》，以大徐本《說文》為主，不再另行說明。

2. 「走」字，《說文》云：「从夭、止。」所从「夭」形有二類：第一爲「火」，中間豎筆不作曲筆，如汲古閣篆、方正小篆；第二爲「夭」，中間筆畫曲向右上方而不做正上方的豎筆，如說文標篆、北師大、全字庫篆、中國龍篆。

3. 「是」字，《說文》云：「从日、正。」多數均作「昰」，方正小篆則作「昰」，从早、止。

4. 「彳」字，多數作「彳」；方正小篆作「彳」，將第二筆與第三筆相連，相連處做一銳角；中國龍篆作「彳」，將第二筆與第三筆相連，相連處則以圓角處理。

5. 「夊」字，汲古閣篆及說文標篆作「夊」，方正小篆則作「夊」，第二、三筆的筆畫變異。

6. 「行」字，汲古閣篆、說文標篆、全字庫篆、中國龍篆等篆形下半部寫作「彳」，北師大、方正小篆等篆形下半部寫作「八」，與「八」字的狀況相同，筆畫姿態有所差別。

7. 「牙」字，可分成三類：第一爲「牙」，汲古閣篆、北師大、中國龍篆等寫作此形；第二爲「牙」，說文標篆、全字庫篆等寫作此形；第三爲「牙」，方正小篆寫作此形。第一與第二類差別在於中間二筆是否相連，第三類中間二筆改方角爲圓弧，筆畫姿態變化較大。

（三）編號 41-60

表 2-6

編　號	41	42	43	44	45	46	47	48	49	50	51	52	53	54	55	56	57	58	59	60
字　頭	疋	品	龠	冊	品	舌	干	谷	只	商	句	丩	古	十	卅	言	誩	音	辛	举
Unicode	758B	54C1	9FA0	518A	35CA	820C	5E72	27BAB	53EA	356F	53E5	4E29	53E4	5341	5345	8A00	8AA9	97F3	41C2	4E35
汲古閣篆	疋	品	龠	冊	品	舌	干	谷	只	商	句	丩	古	十	卅	言	誩	音	辛	举
說文標篆	疋	品	龠	冊	品	舌	干	谷	只	商	句	丩	古	十	卅	言	誩	音	辛	举
北師大	疋	品	龠	冊		舌	干		只		句		古			言		音		
全字庫篆	疋	品	龠	冊	品	舌	干		只	商	句	丩	古	十	卅	言	誩	音	辛	举
方正小篆	疋	品	龠	冊	品	舌	干	谷	只	商	句	丩	古	十	卅	言	誩	音	辛	举
中國龍篆	疋	品	龠	冊	品	舌	干	□ □	只		句		古		卅	言		音		

現象說明：

1. 「龠」字，多數作「龠」，下方「龠」形中間二橫畫，一作下弧形、一作上弧形；中國龍篆所從的「龠」形，中間二橫畫則寫成二條橫的平行線，筆畫姿態產生變異。

2. 「干」字，方正小篆作「干」，其餘作「干」。

3. 「只」字，多數作「只」，方正小篆則寫作「只」。

4. 「言」、「誩」、「音」三字所從的「辛」形分成二類：一類作「辛」，中間部分寫作向上之弧形，如汲古閣篆、北師大、方正小篆、中國龍篆等；一類作「辛」，中間寫作橫畫，如說文標篆、全字庫篆等。

5. 「芈」字，上方筆畫有二種寫法：一為「芈」，如汲古閣篆，一為「芈」，如說文標篆。

（四）編號 61-80

表 2-7

編　號	61	62	63	64	65	66	67	68	69	70	71	72	73	74	75	76	77	78	79	80
字　頭	羨	廾	䬰	共	異	舁	臼	晨	爨	革	鬲	弼	爪	孔	鬥	又	𠂇	史	支	聿
Unicode	83D0	20B1E	20B1C	5171	7570	8201	26951	4885	7228	9769	9B32	4C1C	722A	4E2E	9B25	53C8	20087	53F2	652F	26612
汲古閣篆	羨	廾	䬰	共	異	舁	臼	晨	爨	革	鬲	弼	爪	孔	鬥	又	𠂇	史	支	聿
說文標篆	羨	廾	䬰	共	異	舁	臼	晨	爨	革	鬲	弼	爪	孔	鬥	又	𠂇	史	支	聿
北師大				共	異	舁			爨	革	鬲		爪	孔	鬥	又		史	支	
全字庫篆	羨			共	異	舁		晨	爨	革	鬲	弼	爪	孔	鬥	又		史	支	
方正小篆	羨			共	異	舁		晨	爨	革	鬲	弼	爪	孔	鬥	又		史	支	
中國龍篆	□	□		共	異	舁			爨	革	鬲		爪	孔	鬥	□		史	支	

現象說明：

1. 「羨」字，與編號 60 的「芈」字狀況相同，形體上方有二種寫法：一為「羨」，如汲古閣篆，一為「羨」，如說文標篆。

2. 「舁」字，《說文》云：「从臼从廾。」形體多數為「舁」，中國龍篆則作「舁」，「𐀀」形下方筆畫相連，有誤，應作「臼」形。

3. 「爨」字，《說文》云：「臼象持甑，冂爲竈口，廾推林內火。」多數作「爨」形，中間上方的甑形多作「同」形；方正小篆、中國龍篆中間上方的甑形

則作「⿳」形。此外，中國龍篆下方改「⿰」形為「⿰」形，有誤。

（五）編號 81-100

表 2-8

編　號	81	82	83	84	85	86	87	88	89	90	91	92	93	94	95	96	97	98	99	100
字　頭	聿	畫	隸	臤	臣	殳	殺	几	寸	皮	甍	攴	教	卜	用	爻	爥	夏	目	䀠
Unicode	807F	756B	96B6	81E4	81E3	6BB3	6BBA	20627	5BF8	76AE	3F31	6534	6559	535C	7528	723B	3E1A	21565	76EE	4020
汲古閣篆	聿	畫	隸	臤	臣	殳	殺	几	寸	皮	甍	攴	教	卜	用	爻	爥	夏	目	䀠
說文標篆	聿	畫	隸	臤	臣	殳	殺	几	寸			攴	教	卜	用	爻	爥	夏	目	䀠
北師大	聿	畫			臣	殳	殺		寸	皮			教	卜	用	爻			目	
全字庫篆	聿	畫	隸	臤	臣	殳	殺		寸	皮	甍	攴	教	卜	用	爻		爥		目	䀠
方正小篆	聿	畫	繇	臤	臣	殳	殺		寸	皮	甍	攴	教	卜	用	爻		爥		目	䀠
中國龍篆	聿	畫			臣	殳	殺	□□	寸	皮			教	卜	用	爻		□□	目	

現象說明：

1. 「畫」字，形體有二類：第一類作「畫」，如汲古閣篆、北師大、中國龍篆等；第二類作「畫」，如說文標篆、全字庫篆等。二者差別，在於中間「田」形上方為一橫畫還是二橫畫。

2. 「隸」字，汲古閣篆、說文標篆作「隸」，方正小篆作「繇」。

3. 「教」字所從的「子」形，汲古閣篆、全字庫篆作「𡥀」，其餘作「𡥀」。二者之別，在於上方的圓形是否閉合。

4. 「用」字，《說文》云：「从卜从中。」電腦小篆字型可分成二類：一類作「用」，如汲古閣篆、北師大、方正小篆、中國龍等；一類作「用」，如說文標篆、全字庫篆等。二者之別，在於中間上方的「卜」形是否相連。

5. 「爻」字，多數作「爻」，方正小篆作「爻」，將下方的「乂」形縮小上移並相連，讓形體產生改變。

6. 「目」字，多數作「目」，全字庫篆作「目」，中間二短橫與外框不相連。

（六）編號 101-120

表 2-9

編　號	101	102	103	104	105	106	107	108	109	110	111	112	113	114	115	116	117	118	119	120
字　頭	眉	盾	自	白	鼻	皕	習	羽	隹	奞	萑	丫	首	羊	羴	瞿	雔	雥	鳥	烏
Unicode	7709	76FE	81EA	767D	9F3B	7695	7FD2	7FBD	96B9	595E	96C8	26AF3	25115	7F8A	7FB4	77BF	96D4	96E5	9CE5	70CF
汲古閣篆	眉	盾	自	白	鼻	皕	習	羽	隹	奞	萑	丫	首	羊	羴	瞿	雔	雥	鳥	烏
說文標篆	眉	盾	自	白	鼻	皕	習	羽	隹	奞	萑		首	羊	羴	瞿	雔	雥	鳥	烏
北師大	眉	盾	自	白	鼻	皕	習	羽	隹		萑			羊		瞿	雔	雥	鳥	烏
全字庫篆	眉	盾	自	白	鼻	皕	習	羽	隹	奞	萑			羊	羴	瞿	雔	雥	鳥	烏
方正小篆	眉	盾	自	白	鼻	皕	習	羽	隹	奞	萑			羊	羴	瞿	雔	雥	鳥	烏
中國龍篆	眉	盾	自	白	鼻	皕	習	羽	隹		萑	□□	□□	羊		瞿	雔	雥	鳥	烏

現象說明：

1. 「眉」字所從的「目」形有二：其一作「目」，中間二短橫畫有與外框相連者，如汲古閣篆、說文標篆、方正小篆等；另一作「目」，中間二短橫畫不相連者，如北師大、中國龍篆等。

2. 「自」字形體有二：其一作「自」，如汲古閣篆、方正小篆等；另一作「自」，如說文標篆、北師大、中國龍篆等。二者之別，在於中間二短橫畫是否有與外框相連。

3. 編號 103「白」字形體有二類：其一作「白」，如汲古閣篆、全字庫篆、中國龍篆等，其一作「白、白」，如說文標篆、北師大、方正小篆等。另外，編號 284 亦有「白」字，形體與編號 103「白」相同。編號 103 與編號 284 的形體，《說文》小篆並不相同，然而現在楷體的寫法相同，使用的 Unicode 碼位也都是「767D」，現行的 Unicode 編碼方式是一個編位一個字型，所以諸家電腦小篆字型各有所取，然而此法並非常久，必須要多一個碼位來放其中一個小篆的「白」。在現行辦法當中，當然可以找一個沒有使用到的碼位來處理，但是在資料的交換過程當中會造成對方無法正確讀取字型的情形；就如同台灣通行的 Big5 碼與大陸地區的 GBK 碼一樣，同一個漢字在不同編碼裡，它的碼位不見得相同。要徹底解決這個問題並不容易，

目前只能暫用空白碼位處理。

4. 「鼻」字所從「自」形中間二短橫畫,有與外框線條相連者,如汲古閣篆作「鼻」;有不與外框線條相連者,如說文標篆作「鼻」。

5. 「畱」字所從「白」形中間一短橫畫,有與外框線條相連者,如汲古閣篆作「畱」;有不與外框線條相連者,如說文標篆作「畱」。

6. 「習」字所從「白」形中間一短橫畫,有與外框線條相連者,如汲古閣篆作「習」;有不與外框線條相連者,如說文標篆作「習」。

7. 編號 111「萑」字,《說文》云:「从隹从艹,有毛角。」如用嚴式隸定,應爲「萑」而非「萑」,差別在於上方的形體爲「艹」頭還是「艸」頭。「萑」的 Unicode 碼位爲「96C8」,「萑」的 Unicode 碼位爲「8411」,此種情況與編號 104 及編號 284 的「白」字不同,筆者在此要修改碼位,以更符合篆楷對應的需求。又,查看宋建華對於「萑」與「萑」二字的篆形,似無分別,宜對此稍作修正。

8. 「艹」字,Unicode 裡有二個楷字,分別作「艹」(Unicode 碼位爲「26AF3」)與「丫」(Unicode 碼位爲「20065」),就小篆字形「艹」來說,二者的隸定似乎都是正確的,所以目前的權宜之計就是在這二個碼位都放入「艹」形的篆體。

(七)編號 121-140

表 2-10

編 號	121	122	123	124	125	126	127	128	129	130	131	132	133	134	135	136	137	138	139	140
字 頭	華	菁	幺	絲	叀	玄	予	放	受	叔	歺	死	冎	骨	肉	筋	刀	刃	韌	丰
Unicode	20992	5193	5E7A	221B6	53C0	7384	4E88	653E	20B2A	239BC	6B7A	6B7B	518E	9AA8	8089	7B4B	5200	5203	34DE	4E2F
汲古閣篆	華	菁	幺	絲	叀	玄	予	放	受	叔	歺	死	冎	骨	肉	筋	刀	刃	韌	丰
說文標篆	華	菁	幺	絲	叀	玄	予	放	受	叔	歺	死	冎	骨	肉	筋	刀	刃	韌	丰
北師大	□	菁		□	叀	玄	予	放		□		死		骨	肉	筋	刀	刃		
全字庫篆		菁	幺		叀	玄	予	放			歺	死	冎	骨	肉	筋	刀	刃	韌	丰
方正小篆		菁	幺			叀	玄	予	放		歺	死	冎	骨	肉	筋	刀	刃	韌	丰
中國龍篆	□	菁	幺	□		叀	予	放		□		死		骨	肉	筋	刀	刃		

現象說明：

1. 「華」字，有二種不同的形體：其一作「苹」，如汲古閣篆；其一作「苹」，如說文標篆。二者之別，在於中間豎筆是否有突出最上方的橫畫。

2. 「冓」字，有二種不同的形體：其一作「冓」，如汲古閣篆、說文標篆等；其一作「冓」，如北師大、全字庫篆、中國龍篆等。二者之別，與「華」字情況相同，在於中間豎筆是否有突出最上方的橫畫。

3. 「幺」字，有二種不同的形體：其一作「ꝝ」，如汲古閣篆；其一作「ꝝ」，如說文標篆。二者之別，在於所从的圓形是否封閉。

4. 「絲」字，有二種不同的形體：其一作「88」，如汲古閣篆；其一作「88」，如說文標篆。二者之別，與「幺」字情況相同，在於所从的圓形是否封閉。

5. 「叀」字，有二種不同的形體：其一作「叀」，如汲古閣篆；其一作「叀」，如說文標篆。二者之別，與「幺」字情況相同，在於下方所从的圓形是否封閉。

6. 「予」字，多數作「予」，方正小篆作「予」，將二個三角形寫成二個圓形。

7. 「咼」字，汲古閣篆與說文標篆上半部均作「冎」形，然而隸定成「咼」形，此爲傳統字書常用形體，現多改爲「咼」形。所以，目前的權宜之計是將「咼」（Unicode 碼位爲「54BC」）與「冎」（Unicode 碼位爲「518E」）二字楷體的 Unicode 碼位均放入「冎」形。另外，此字汲古閣篆的下方寫作「冂」，並非「冂」形，而說文標篆則寫成「冂」形。會產生這種不一樣的現象，主因是筆順運行的方式不同而造成二者之間的筆畫有所出入。

8. 「骨」字，異體頗多，除了有編號 133「咼」字的「冂」形異體外，「骨」字上方所从的「冎」形，絕大多數寫作「冎」形，但方正小篆寫作「冎」形；至於下方的「月」形，中國龍篆則寫成「月」形，最後一筆過於花俏，不妥。

9. 「肉」字，多數篆形寫作「肉」，而方正小篆寫作「肉」，中間二筆不作向下曲線而爲「仌」形，與他形不類。

10. 「筋」字所从的「力」形有二類：其一爲「力」，如汲古閣篆、北師大等；其一爲「力」，如說文標篆、全字庫篆、方正小篆、中國龍篆等。

（八）編號 141-160

表 2-11

編　號	141	142	143	144	145	146	147	148	149	150	151	152	153	154	155	156	157	158	159	160
字　頭	耒	角	竹	箕	丌	左	工	玨	巫	甘	曰	乃	丂	可	兮	号	亏	旨	喜	壴
Unicode	8012	89D2	7AF9	7B95	4E0C	5DE6	5DE5	382D	5DEB	7518	66F0	4E43	4E02	53EF	516E	53F7	4E8F	65E8	559C	58F4
汲古閣篆	耒	角	竹	箕	丌	左	工	玨	巫	曰	曰	乃	丂	可	兮	号	亏	旨	喜	壴
說文標篆	耒	角	竹	箕	丌	左	工	玨	巫	曰	曰	乃	丂	可	兮			旨	喜	壴
北師大	耒	角	竹	箕	丌	左	工		巫	曰	曰			可	兮			旨	喜	壴
全字庫篆	耒	角	竹	箕	丌	左	工	玨	巫	曰	曰	乃	丂	可	兮	号	亏	旨	喜	壴
方正小篆	耒	角	竹	箕	丌	左	工	玨	巫	曰	曰	乃	丂	可	兮	号	亏	旨	喜	壴
中國龍篆	耒	角	竹	箕	丌	左	工		巫	曰	曰			可	兮			旨	喜	壴

現象說明：

1. 「耒」字，多數作「耒」，上方為三筆從右上至左下的斜畫；方正小篆這三筆則作波浪之筆，如「耒」之形，加入了裝飾性的線條表現。

2. 「箕」字，多數作「箕」，中間寫作「廿」，而方正小篆則寫作「箕」，中間形體作「甘」。

3. 「左」字，多數作「左」，中國龍篆則作「左」。

4. 「曰」字，有二種形體：其一為「曰」，如汲古閣篆、說文標篆、全字庫篆、方正小篆等；另一為「曰」，如北師大、中國龍篆等。二者之別，在於中間的一短橫畫有無與外框線條相連。中間一短橫畫原為「口」形的線條之一，理應作「曰」而非「曰」，故「曰」形較「曰」形為佳。

5. 「乃」字有二形：其一為「乃」，中間曲筆約略以九十度的角度進行轉折運筆，如汲古閣篆、方正小篆等；另一為「乃」，中間曲筆則寫作「〈」形。

6. 「可」字，多數作「可」，末筆向右下收筆，方正小篆則作「可」，末筆向左下收筆。

7. 「号」字，汲古閣篆、說文標篆作「号」，方正小篆寫作「号」，不妥。

8. 「亏」字，汲古閣篆作「亏」，方正小篆作「亏」，不妥。

9. 「旨」字，《說文》云：「从甘匕聲。」多數篆形上方的「匕」形寫作「匕」，中國龍篆的「匕」形則寫作「匕」，與他形不類。

10. 「壴」字，《說文》云：「从屮从豆。」依《說文》之見，說文標篆、北師大、

全字庫篆等寫作「壴」形似爲佳。汲古閣篆則作「壴」，「豆」形的最上一筆寫成下向之弧形。中國龍篆的「壴」字上面則寫作「十」形而非「屮」形。

（九）編號 161-180

表 2-12

編　號	161	162	163	164	165	166	167	168	169	170	171	172	173	174	175	176	177	178	179	180
字　頭	鼓	豈	豆	豊	豐	䖒	虍	虎	虤	皿	凵	去	血	丶	丹	青	井	皀	鬯	食
Unicode	9F13	8C48	8C46	8C4A	8C50	4592	864D	864E	8664	76BF	51F5	53BB	8840	4E36	4E39	9752	4E95	7680	9B2F	98DF
汲古閣篆	鼓	豈	豆	豊	豐	䖒	虍	虎	虤	皿	凵	去	血	丶	丹	青	井	皀	鬯	食
說文標篆	鼓	豈	豆	豊	豐	䖒	虍	虎	虤	皿	凵	去	血	丶	丹	青	井	皀	鬯	食
北師大	鼓	豈	豆	豊	豐		虍	虎	虤	皿	凵	去	血		丹	青	井		鬯	食
全字庫篆	鼓	豈	豆	豊	豐	䖒	虍	虎	虤	皿	凵	去	血	丶	丹	青	井	皀	鬯	食
方正小篆	鼓	豈	豆	豊	豐	䖒	虍	虎	虤	皿	凵	去	血	丶	丹	青	井	皀	鬯	食
中國龍篆	鼓	豈	豆	豊	豐		虍	虎	虤	皿	凵	去	血		丹	青	井		鬯	食

現象說明：

1. 「鼓」字，《說文》云：「从壴，支象其手擊之也。」左旁所从之「壴」多數寫作「壴」形，汲古閣篆則作「壴」，中間橫畫做向下之弧線；至於右旁所从的「支」形，則分二類：一類作「支」，一類作「支」。
2. 「豊」字上方所从的形體，多數作「曲」，中國龍篆則作「曲」。
3. 「虎」字，《說文》云：「从虍，虎足象人足。」虎字下方的虎足所從之形，有作「儿」形者，如汲古閣篆、北師大、方正小篆等，有作「儿」形者，如說文標篆、全字庫篆等。至於中國龍篆下方則作「爪」形，不妥。
4. 「虤」字所从虎形下方的形體，與「虎」字狀況相同，有作「儿」形者，如汲古閣篆、北師大、中國龍篆等，有作「儿」形者，如說文標篆、全字庫篆等。
5. 「皿」字小篆形體多數作「皿」，方正小篆則作「皿」，將左右兩點與中間向上的曲筆相連。
6. 「血」字小篆形體多數作「血」，方正小篆、中國龍篆等作「血」，將左右兩點與中間向上的曲筆相連，與「皿」字的狀況相同。
7. 「青」字可概分爲二種形體：其一作「青」形，上面部件與下面部件相連；另一則作「青」形，上面部件與下面部件不相連。

8. 「井」字，多數形體作「井」，中間爲一小圓點，中國龍篆則作「井」，中間改爲一短橫畫。

9. 「皀」字，《說文》云：「象嘉穀在裹中之形。匕，所以扱之。」據《說文》之見，上面象嘉穀在裹中之形的「白」形，有二種形體：一作「白」形，如汲古閣篆，一作「白」形，如說文標篆。兩者之別，在於中間短橫畫是否有與外框線條相連。

10. 「匘」字，《說文》云：「从凵，凵，器也；中象米；匕，所以扱之。」多數形體作「匘」，方正小篆則作「匘」，下方所从之「匕」形與其他篆形不同。

11. 「食」字，《說文》云：「从皀亼聲。或說亼皀也。」電腦小篆字型上方所从之「亼」形皆同，而下方所从之「皀」形則分三類：一類作「皀」，如汲古閣篆；一類作「皀」，如說文標篆、北師大、全字庫篆、中國龍篆等；一類作「皀」，如方正小篆。

（十）編號 181-200

表 2-13

編號	181	182	183	184	185	186	187	188	189	190	191	192	193	194	195	196	197	198	199	200
字頭	亼	會	倉	入	缶	矢	高	冂	亶	京	亯	𣪊	富	𠆢	嗇	來	麥	夊	舛	舜
Unicode	4EBC	6703	5009	5165	7F36	77E2	9AD8	5182	29AD6	4EAC	4EAF	3AD7	7557	342D	55C7	4F86	9EA5	590A	821B	821C
汲古閣篆	亼	會	倉	入	缶	矢	高	冂	亶	京	亯	𣪊	富	𠆢	嗇	來	麥	夊	舛	舜
說文標篆	亼	會	倉	入	缶	矢	高	冂	亶	京	亯		富	𠆢	嗇	來	麥	夊	舛	舜
北師大		會	倉	入	缶	矢	高			京					嗇	來	麥		舛	舜
全字庫篆	亼	會	倉	入	缶	矢	高	冂		京	亯	𣪊	富	𠆢	嗇	來	麥	夊	舛	舜
方正小篆	亼	會	倉	入	缶	矢	高	冂		京	亯	𣪊	富	𠆢	嗇	來	麥	夊	舛	舜
中國龍篆		會	倉	入	缶	矢	高	□□		京					嗇	來	麥		舛	舜

現象說明：

1. 「會」字所从之「日」形分爲二類：一類作「日」，如汲古閣篆、全字庫篆等；一類作「日」，如說文標篆、北師大、中國龍篆等。兩者之別，在於「日」形中間短橫畫是否與外框線條相連。

2. 「倉」字，多數形體作「倉」，全字庫則作「倉」，兩者之別，在於「△」形下方是否有一短豎筆。至於「尸」形或「尸」形從何而來？《說文》云：

「倉，……从食省，口象倉形。」至於「食」字，《說文》云：「从皀亼聲。或說亼皀也。」據此，「倉」字「从食省」所省略的形體爲「皀」形，但「皀」形要省成「戶」形或「戶」形，似乎有點困難。

3. 「入」字，多數形體作「人」，北師大則作「𠆢」。

4. 「缶」字，多數形體作「击」，方正小篆作「𠙻」，最後一筆的「凵」形改爲向上之半圓弧形，美術化的傾向非常明顯。

5. 「矢」字，多數形體作「𠂤」，方正小篆作「𠂢」，將上方筆畫向下延伸，超過中間之橫畫，此亦爲美術化的表現。

6. 「高」字，多數作「高」形，如汲古閣篆、說文標篆、北師大、中國龍篆等，至於全字庫篆將「高」字中間的「冂」形寫成「八」形，而方正小篆將「高」字中間的二個「〇」形，一個寫作「𠙻」，一個寫作「𠙴」形。

7. 「京」字，多數作「京」，中間部分作「〇」形，方正小篆中間則作「𠙻」形。

8. 「嗇」字，多數作「嗇」，說文標篆則將中間豎筆斷開，作「嗇」。

（十一）編號 201-220

表 2-14

編　號	201	202	203	204	205	206	207	208	209	210	211	212	213	214	215	216	217	218	219	220
字　頭	韋	弟	夊	久	桀	木	東	林	才	叒	之	帀	出	朮	生	乇	巫	㣺	華	禾
Unicode	97CB	5F1F	5902	4E45	6840	6728	6771	6797	624D	53D2	4E4B	5E00	51FA	233B5	751F	4E47	200B9	20336	83EF	2574C
汲古閣篆	韋	弟	夊	久	桀	木	東	林	才	叒	之	帀	出	朮	生	乇	巫	㣺	華	禾
說文標篆	韋	弟	夊	久	桀	木	東	林	才	叒	之	帀	出	朮	生	乇	巫	㣺	華	禾
北師大	韋	弟		久	桀	木	東	林	才		之		出		生	乇			華	
全字庫篆	韋	弟	夊	久	桀	木	東	林	才	叒	之	帀	出		生	乇			華	
方正小篆	韋	弟	夊	久	桀	木	東	林	才	叒	之	帀	出		生	乇			華	
中國龍篆	韋	弟		久	桀	木	東	林	才		之		出	□□	生	乇	□□	□□	華	□□

現象說明：

1. 「弟」字，有作「弟」形者，如汲古閣篆、說文標篆、北師大、全字庫篆等；有作「弟」形者，如方正小篆、中國龍篆等。兩者之別，在於上方筆形不同。

2. 「桀」字，有作「𣩵」形者，如汲古閣篆、北師大、方正小篆、中國龍篆等；有作「𣩵」形者，如說文標篆、全字庫篆等。兩者之別，在於中間的筆畫有無斷開。

3. 「東」字，多數作「𣎴」，汲古閣篆則作「𣎴」。兩者之別，在於中間的短橫畫有無與外框線條相連。

4. 「才」字，有三種形體：其一爲「才」，如汲古閣篆；其二爲「才」，如說文標篆、北師大、全字庫篆、方正小篆；其三爲「才」，如中國龍篆。三者之別，在於下方筆畫書寫的角度與筆形。

5. 「之」字，多數作「之」，方正小篆作「之」，將右邊的線條由圓轉改爲方折之筆。

6. 「出」字，多數作「出」，方正小篆作「出」，將右下方的線條由圓轉改爲方折之筆，與「之」字的狀況相同。

7. 「毛」字，多數作「毛」，汲古閣作「毛」，將上半部線條由斜筆改爲橫筆，筆形彼此不同。

8. 「華」字，多數作「華」，中國龍篆作「華」，將上半部的「艸」形與下半部的「𠌶」線條相連，不妥。

（十二）編號 221-240

表 2-15

編　號	221	222	223	224	225	226	227	228	229	230	231	232	233	234	235	236	237	238	239	240
字　頭	稽	巢	桼	束	橐	囗	員	貝	邑	𡆸	日	旦	倝	㩱	冥	晶	月	有	朙	囧
Unicode	7A3D	5DE2	687C	675F	3BFB	56D7	54E1	8C9D	9091	286DC	65E5	65E6	501D	3AC3	51A5	6676	6708	6709	6719	56E7
汲古閣篆	稽	巢	桼	束	橐	囗	員	貝	邑	𡆸	日	旦	倝	㩱	冥	晶	月	有	朙	囧
說文標篆	稽	巢	桼	束	橐	囗	員	貝	邑	𡆸	日	旦	倝	㩱	冥	晶	月	有	朙	囧
北師大	稽	巢	桼	束		囗	員	貝			日	旦				晶	月	有		囧
全字庫篆	稽	巢	桼	束	橐	囗	員	貝	邑		日	旦	倝	㩱	冥	晶	月	有	朙	囧
方正小篆	稽	巢	桼	束	橐	囗	員	貝	邑		日	旦	倝	㩱	冥	晶	月	有	朙	囧
中國龍篆	稽	巢	桼	束		囗	員	貝	邑	𡆸	日	旦			冥	晶	月	有		囧

現象說明：

1. 「稽」字，多數作「稽」，方正小篆將「稽」字所從「尤」形寫作「尤」，末

筆多了一折，有美術化的傾向；至於中國龍篆則將「稽」字左半所從「米」形寫作「米」形，有誤。

2. 「巢」字，多數作「巢」，方正小篆作「巢」，中間的「ЄЗ」形改作「ЄЗ」形。

3. 「晶」字大體有二類：一類作「晶」，如汲古閣篆、北師大、方正小篆等；一類作「晶」，如說文標篆等。兩者之別，在於「日」形中間短橫畫是否與外框線條相連。又，「日」形的外框亦存在筆形的差異，如「晶、晶、品、晶」等外框線條或有出入，但不會造成構形的理解困擾。

4. 「月」形大體有二類：一類作「月」，如汲古閣篆、北師大、方正小篆、中國龍篆等；一類作「月」，如說文標篆、全字庫篆等。又，小篆字形中「月」形與「肉」形似乎存在著模糊地帶，如下表所示：

表 2-16

楷體	汲古閣篆	說文標篆	北師大	全字庫篆	方正小篆	中國龍篆
月	月	月	月	月	月	月
肉	肉	肉	肉	肉	肉	肉

據上表可見，為了清楚區別「月」與「肉」之不同，說文標篆、全字庫篆將以外框線條作為主要的區別方式，至於汲古閣篆、北師大、中國龍篆等或以裡面二短畫是否是向下的弧線（或以弧線的曲度大小）作為區別的方式。

5. 「有」字下面所從的形體，與編號 237「月」形相同，基本上有「月」、「月」二形。至於是「月」還是「肉」？《說文》云：「从月又聲。」且依《說文》本身的據形繫聯原則，「有」字在「月」字之後，可以看到許慎以為「有」字下面的形體為「月」形。然而亦有主張「有」字下面的形體為「肉」，如季師旭昇將「有」字做字形表列，以為「西周以下從又持肉，以示持有、擁有之意。《說文》釋為從『月』，不可從。」〔註 32〕筆者贊同後說。據此，「有」字下面的「肉」形中間二短畫應作向下弧筆會比較妥當。

6. 「朏」字所從的「月」有二形：其一作「月」，如汲古閣篆；另一作「月」，如說文標篆。

7. 「囧」字有三形：其一作「囧」，如汲古閣篆；其一作「囧」，如說文標篆、

〔註 32〕季師旭昇：《說文新證》（上）（台北：藝文印書館，2002 年 10 月），頁 551。

北師大、全字庫篆等；其一作「◎」，如中國龍篆等。三者之別，在於裡頭的「ᴖ」、「︿」、「∩」寫法不同。

（十三）編號 241-260

表 2-17

編　號	241	242	243	244	245	246	247	248	249	250	251	252	253	254	255	256	257	258	259	260
字　頭	夕	多	丗	丂	柬	卤	齊	束	片	鼎	克	彔	禾	秝	黍	香	米	毇	臼	凶
Unicode	5915	591A	6BCC	22398	2343A	209EA	9F4A	673F	7247	9F0E	514B	5F54	79BE	79DD	9ECD	9999	7C73	6BC7	81FC	51F6
汲古閣篆	⼣	多	丗	⼔	⽊	⾃	⾿	⽊	⽚	鼎	⼇	⾉	⽊	⽊	⾿	⾹	米	毇	⾂	凶
說文標篆	⼣	多	丗	⼔		⾃	⾿	⽊	⽚	鼎	⼇	⾉	⽊	⽊	⾿	⾹	米	毇	⾂	凶
北師大	⼣	多	丗				齊	⽊	⽚	鼎	⼇	⾉	⽊	⽊	⾿	⾹	米	毇	⾂	凶
全字庫篆	⼣	多	丗				⾿	⽊	⽚	鼎	⼇	⾉	⽊	秝	⾿	⾹	米	毇	⾂	凶
方正小篆	⼣	多	丗				齊	束	片	鼎	⼇	彔	禾	秝	⾿	⾹	米	毇	⾂	凶
中國龍篆	⼣	多	丗	□	□	□	齊	⽊	⽚	鼎	⼇	⾉	⽊	秝	⾿	⾹	米	毇	⾂	凶

現象說明：

1. 「夕」字可概分爲二類：一類作「⼣」，如汲古閣篆、全字庫篆等；一類作「⼣」，如說文標篆、北師大、中國龍篆等。二者之別，在於裡頭的筆畫是豎筆還是斜筆。

2. 「丂」字可概分爲二類：一類作「⼔」，如汲古閣篆；一類作「⼔」，如說文標篆。二者之別，在於第一筆的筆形有所差異。

3. 「柬」字，汲古閣篆作「⽊」，說文標篆無此字。查看宋建華〈說文標篆體字形對照表〉，《說文》第二百四十五字頭作「柬」（Unicode 碼位爲「233BA」），篆形作「柬」而非「⽊」，應據段注本而非大徐本。

4. 「卤」字，或作「⾃」形，如汲古閣篆；或作「卤」形，如說文標篆。二者之別，在於形體中間的筆形有所差異。

5. 「齊」字，上半部分的基本形體爲三個菱形，但又有眾多異形：如汲古閣篆的「⾿」字，在個別菱形上頭多了豎筆；如北師大的「齊」字，中間菱形的形體已有楷化的現象；如中國龍篆的「齊」字，菱形寫成中國式的飛簷之形。

6. 「克」字可概分爲二類：一類作「⼇」，如汲古閣篆；一類作「⼇」，如說文標篆。二者之別，在於形體上面的筆形有所差異。

7. 「彔」字可概分爲三類：一類作「彔」，如汲古閣篆；一類作「彔」，如說文標篆；一類作「彔」，如中國龍篆。三者之別，在於形體上面的部件分別寫作「屮」、「彐」、「彐」。

8. 「禾」字，多數作「禾」，方正小篆則將上面的斜筆與下面的木形筆畫交錯，作「禾」之形，有過度美術化的傾向。

9. 「黍」字，《說文》云：「从禾，雨省聲。」小篆形體可概分爲二：其一作「黍」，如汲古閣篆、北師大、方正小篆、中國龍篆等；另一作「黍」，如說文標篆、全字庫篆等。二者之別，在於形體下方的「雨省聲」寫作「黍」形或「黍」形。又，方正小篆「黍」字上方的寫法與「禾」字相同，「禾」形所从的上面斜筆與下面木形筆畫互相交錯。

10. 「香」字，《說文》云：「从黍从甘。」「香」字小篆諸形多作「香」，只有方正小篆「香」字上面的寫法與方正小篆的「禾」、「黍」狀況相同，「禾」形所从的上面斜筆與下面木形筆畫互相交錯。

11. 「毀」字，多數作「毀」，中國龍篆作「毀」，右半「殳」形寫法有異於他者。

12. 「凶」字，多數作「凶」，中國龍篆作「凶」，中間的「乂」形大於外框的「凵」形。

（十四）編號 261-280

表 2-18

編　號	261	262	263	264	265	266	267	268	269	270	271	272	273	274	275	276	277	278	279	280
字　頭	木	林	麻	朮	耑	韭	瓜	瓞	宀	宮	呂	穴	寱	广	一	冃	冄	兩	网	襾
Unicode	6729	233DF	9EBB	5C17	8011	97ED	74DC	74E0	5B80	5BAE	5442	7A74	3771	7592	5196	2053C	5183	34B3	7F51	897E
汲古閣篆	木	林	麻	朮	耑	韭	瓜	瓞	宀	宮	呂	穴	寱	广	一	冃	冄	兩	网	襾
說文標篆	木	林	麻	朮	耑	韭	瓜	瓞	宀	宮	呂	穴	寱	广	一	冃	冄	兩	网	襾
北師大			麻		耑	韭	瓜	瓞		宮	呂	穴							网	襾
全字庫篆	木		麻	朮	耑	韭	瓜	瓞	宀	宮	呂	穴	寱	广	一		冄	兩	网	襾
方正小篆	木		麻	朮	耑	韭	瓜	瓞	宀	宮	呂	穴	寱	广	一		冄	兩	网	襾
中國龍篆	☐☐		麻		耑	韭	瓜	瓞		宮	呂	穴				☐☐			网	襾

現象說明：

1. 「瓜」字可概分爲二類：一類作「瓜」，如汲古閣篆；一類作「瓜」，如說文

標篆。二者之別，在於中間的回圓筆形是否相連。

2. 「瓠」字所從「瓜」形，與編號 267「瓜」字相同，中間的回圓筆形有二種寫法。至於全字庫篆寫作「瓠」，左半上方所從「大」形有所殘缺，宜加以修改。

3. 「网」字可概分爲二類：一類作「网」，如汲古閣篆；一類作「网」，如中國龍篆。二者之別，在於外框「冂」形與中間「XX」形二者之間的大小比例不同而產生的形體相異。

（十五）編號 281-300

表 2-19

編　號	281	282	283	284	285	286	287	288	289	290	291	292	293	294	295	296	297	298	299	300
字　頭	巾	市	帛	白	㡀	黹	人	匕	匕	从	比	北	丘	似	壬	重	臥	身	𠂤	衣
Unicode	5DFE	5DFF	5E1B	767D	3840	9EF9	4EBA	2090E	5315	4ECE	6BD4	5317	4E18	343A	2123C	91CD	81E5	8EAB	3406	8863
汲古閣篆	巾	市	帛	白	㡀	黹	人	匕	匕	从	比	北	丘	似	壬	重	臥	身	𠂤	衣
說文標篆	巾	市	帛	白	㡀	黹	人	匕	匕	从	比	北	丘	似	壬	重	臥	身	𠂤	衣
北師大	巾	市	帛	白		黹	人		匕	从	比	北		似		重	臥	身	𠂤	衣
全字庫篆	巾	市	帛	白	㡀	黹	人		匕	从	比	北	丘	似		重	臥	身	𠂤	衣
方正小篆	巾	市	帛	白	㡀	黹	人		匕	从	比	北	丘	似		重	臥	身	𠂤	衣
中國龍篆	巾	市	帛	白		黹	人	□	匕	从	比	北	丘	似	□	重	臥	身	𠂤	衣

現象說明：

1. 「市」字，《說文》云：「韠也。上古衣蔽前而已，市以象之。天子朱市，諸侯赤市，大夫蔥衡。从巾，象連帶之形。」多數電腦小篆字型作「市」，中國龍篆則作「市」。

2. 「帛」字，《說文》云：「繒也。从巾白聲。」小篆形體，上面所從「白」形約有二類：一類作「帛」，所從「白」形外框爲圓角方框，如汲古閣篆、北師大等；一類作「帛」，所從「白」形外框爲三角框，如說文標篆、全字庫篆、方正小篆、中國龍篆等。

3. 編號 284「白」字，參見編號 104「白」字。

4. 「㡀」字可概分爲二類：一類作「㡀」，如汲古閣篆；一類作「㡀」，如說文標篆。二者之別，在於上方形體筆形不大相同，分別作「业」形與「川」形。

5. 「人」字，多數作「人」，方正小篆作「尺」，筆形有所差異。

6. 編號 289「七」字，多數作「∬」，中國龍篆作「𠃊」形，與編號 288「七」
   字相混，有誤。

7. 「从」字，多數作「∭」，方正小篆作「𢓸」，不妥。

8. 「壬」字，汲古閣篆作「𡈼」，二筆橫畫上短下長；說文標篆作「𡈼」，二筆
   橫畫一樣長。

9. 「衣」字可概分為二類：一類作「𧘇」，如汲古閣篆、北師大、方正小篆、
   中國龍篆等；一類作「𧘇」，如說文標篆、全字庫篆等。二者之別，在於「衣」
   形中間的線條不大相同，分別作「∾」形與「∾」形。

（十六）編號 301-320

表 2-20

編　號	301	302	303	304	305	306	307	308	309	310	311	312	313	314	315	316	317	318	319	320
字　頭	裘	老	毛	毳	尸	尺	尾	履	舟	方	儿	兄	先	兒	尢	先	禿	見	覞	欠
Unicode	88D8	8001	6BDB	6BF3	5C38	5C3A	5C3E	5C65	821F	65B9	513F	5144	5142	7683	20479	5148	79BF	898B	899E	6B20
汲古閣篆	裘	老	毛	毳	尸	尺	尾	履	舟	方	儿	兄	先	兒	尢	先	禿	見	覞	欠
說文標篆	裘	老	毛	毳	尸	尺	尾	履	舟	方	儿	兄	先	兒	尢	先	禿	見	覞	欠
北師大	裘	老	毛	毳	尸	尺	尾	履	舟	方	儿	兄				先	禿	見	覞	欠
全字庫篆	裘	老	毛	毳	尸	尺	尾	履	舟	方	儿	兄	先	兒		先	禿見	見	覞	欠
方正小篆	裘	老	毛	毳	尸	尺	尾	履	舟	方	儿	兄	先	兒		先	禿	見	覞	欠
中國龍篆	裘	老	毛	毳	尸	尺	尾	履	舟	方	川	兄			□□	先	禿	見	覞	欠

現象說明：

1. 「裘」字，《說文》云：「从衣求聲。」中間所从「求」形的上方有二種寫
   法：多數作「𠀔」，至於汲古閣篆則作「𠄎」，二者之別在於上方筆形的角
   度不同。

2. 「老」字，多數作「𦒱」；方正小篆作「𦒱」，上面形體與方正小篆「屰」
   頭的寫法相同，筆畫彼此之間互相交錯，過度美術化。

3. 「毛」字，多數作「毛」，中國龍篆作「毛」，上面形體與其他形體的筆形
   相差較大。

4. 「毳」字，多數作「毳」，中國龍篆作「毳」，上面形體與與「毛」字狀況
   相同，與其他「毛」字上面形體的筆形相差較大。

5. 「尸」字可概分爲二類：一類作「ⲅ」，如汲古閣篆、北師大、中國龍篆等；一類作「ⲅ」，如說文標篆、全字庫篆、方正小篆等。二者之別，在於「尸」形是一筆書寫完成還是分作二筆書寫。

6. 「尺」字可概分爲二類：一類作「ⲅ」，如汲古閣篆、北師大、全字庫篆、中國龍篆等；一類作「ⲅ」，如說文標篆、方正小篆等。二者之別，與「尸」字相同，在於「尸」形是一筆書寫完成還是分作二筆書寫。

7. 「尾」字所從的「尸」形可概分爲二類：一類作「ⲅ」，如汲古閣篆、北師大、中國龍篆等；一類作「ⲅ」，如說文標篆、全字庫篆、方正小篆等。二者之別，與「尸」字相同，在於「尸」形是一筆書寫完成還是分作二筆書寫。又，「尾」字所從的「毛」形亦可概分爲二類：一類作「ⲅ」，如汲古閣篆、說文標篆、全字庫篆、方正小篆等；一類作「ⲅ」，如北師大、中國龍篆等。二者之別，在於「毛」形上方有無曲筆。

8. 「方」字可概分爲二類：多數「ⲅ」，方正小篆則作「ⲅ」。二者之別，在於上方橫畫末筆有無向下引曳，筆形寫法有所差異。

9. 「儿」字可概分爲四類：汲古閣篆、說文標篆、全字庫篆均作「ⲅ」形；北師大則作「ⲅ」形，上面筆畫相連；方正小篆則作「ⲅ」形；中國龍篆則作「ⲅ」形，易與「八」形相混，不妥。

10. 「兄」字可概分爲二類：多數作「ⲅ」，方正小篆作「ⲅ」，下方所從「儿」形乃此套字體類化的寫法，亦可見於編號 316「先」字、編號 320「欠」字等。

11. 「兒」字上面所從的形體可概分爲二類：一類作「ⲅ」，如汲古閣篆；一類作「ⲅ」，如汲古閣篆。二種形體，爲「日」形常見的小篆筆形。

12. 「先」字，《說文》云：「從儿從之。」觀看小篆字形，「先」字所從的「之」形約可分成三類：第一類作「ⲅ」，如汲古閣篆、說文標篆、全字庫篆等；第二類作「ⲅ」，如北師大、中國龍篆；第三類作「ⲅ」，如方正小篆，此形爲其特有之筆法，如其「之」字，具有美術化之傾向。第一類與第二類不同之處，在於左右兩邊的豎筆末端連結至中間豎筆之處，是否有高低之別。

13. 「見」字，《說文》云：「從儿從目。」下方所從「儿」形可概分爲二類：一類作「ⲅ」，如汲古閣篆、說文標篆、全字庫篆等；一類作「ⲅ」，如北師大、中國龍篆等。

14. 「覞」字所從「見」形下方的「儿」形，與「見」字所從的「儿」形狀況

相同，可概分爲二類：一類作「𠂇」，如汲古閣篆、說文標篆、全字庫篆
等；一類作「𠂇」，如北師大、中國龍篆等。

15. 「欠」字，多數作「𣢦」，方正小篆作「𣢦」，與其他形不同。

（十七）編號 321-340

表 2-21

編　號	321	322	323	324	325	326	327	328	329	330	331	332	333	334	335	336	337	338	339	340
字　頭	歆	次	旡	頁	百	面	丏	首	県	須	彡	彣	文	髟	后	司	巵	卩	印	色
Unicode	3C43	3CC4	65E1	9801	268FB	9762	4E0F	9996	25109	9808	5F61	5F63	6587	9ADF	540E	53F8	536E	5369	5370	8272
汲古閣篆	歆	次	旡	頁	百	面	丏	首	県	須	彡	彣	文	髟	后	司	巵	卩	印	色
說文標篆	歆	次	旡	頁	百	面	丏	首	県	須	彡	彣	文	髟	后	司	巵	卩	印	色
北師大			旡	頁		面	丏		県				文	髟	后	司	巵			
全字庫篆	歆	次	旡	頁		面	丏	首	県	須	彡	彣	文	髟	后	司	巵	卩	印	色
方正小篆	歆	次	旡	頁		面	丏	首		須	彡	彣	文	髟	后	司	巵	卩	印	色
中國龍篆			旡	頁	□	面	丏	首	□	須			文	髟	后	司	巵		印	色

現象說明：

1. 「歆」字所從「欠」形有二類：一作「歆」，「欠」形下方的「儿」形上方
   筆畫相連，如汲古閣篆；一作「歆」，「欠」形下方的「儿」形筆畫不相連，
   如說文標篆。

2. 「旡」字，可概分爲三類：第一類作「旡」，如汲古閣篆、北師大、中國龍
   篆等；第二類作「旡」，如說文標篆；第三類作「旡」，如中國龍篆。

3. 「頁」字可概分爲二類：一類作「頁」，如汲古閣篆、說文標篆、全字庫篆
   等；一類作「頁」，如北師大、中國龍篆等。二者之別，在於「頁」字所
   從的「百」形中間二短橫畫是否有與外框線條相連。

4. 「首」字，多數作「首」形，中國龍篆作「首」，省略了上方的「巛」形。
   另外，「首」字所從的「自」形，方正小篆作「自」，將「八」形改作「⊥」
   形，與他者不類。

5. 「須」字，多數作「須」，中國龍篆作「須」，在左下方多加了「止」形。

6. 「彣」字，汲古閣篆作「彣」，將「彡」形寫在「文」形裡，爲包覆結構；
   說文標篆則作「彣」，「文」形與「彡」形爲左右結構。

7. 「髟」字，《說文》云：「從長從彡。」其所從「𦟘」形，多數作「長」，方正小篆則作「𣱙」。

8. 「后」字，多數作「后」，方正小篆則作「𠖗」，不妥。

9. 「卮」、「卩」、「印」、「色」諸字所從的「卩」形，一般多作「卩」，方正小篆則作「卩」，將末筆引曳之筆形作一番修改，加入了個人書寫風格。

（十八）編號341-360

表 2-22

編　號	341	342	343	344	345	346	347	348	349	350	351	352	353	354	355	356	357	358	359	360
字　頭	卯	辟	勹	包	苟	鬼	甶	厶	嵬	山	屾	屵	广	厂	丸	危	石	長	勿	冄
Unicode	20A0D	8F9F	52F9	5305	830D	9B3C	7536	53B6	5D6C	5C71	5C7E	5C75	5E7F	5382	4E38	5371	77F3	9577	52FF	5184
汲古閣篆	卯	辟	勹	包	苟	鬼	甶	厶	嵬	山	屾	屵	广	厂	丸	危	石	長	勿	冄
說文標篆	卯	辟	勹	包	苟	鬼	甶	厶	嵬	山	屾	屵	广	厂	丸	危	石	長	勿	冄
北師大		辟		包	苟	鬼			嵬	山	屾			厂	丸	危	石	長	勿	
全字庫篆		辟	勹	包	苟	鬼	甶	厶	嵬	山	屾	屵	广	厂	丸	危	石	長	勿	冄
方正小篆		辟	勹	包	苟	鬼	甶	厶	嵬	山	屾	屵	廣	廠	丸	危	石	長	勿	冄
中國龍篆	卯	辟		包	苟	鬼			嵬	山	屾			厂	丸	危	石	長	勿	

現象說明：

1. 「卯」字，《說文》云：「從卩、㔸。」一般隸定作「卯」，與編號 531「卯」字極易混淆，現 Unicode 編碼在碼位「20A0D」有一「卯」形，今從之。至於「卯」字篆形有二類：一類作「卯」，如汲古閣篆；一類作「卯」，如說文標篆。

2. 「辟」字，《說文》云：「從卩從辛，節制其辠也；從口，用法者也。」多數篆形作「辟」，方正小篆作「辟」。主要的差別在於方正小篆所從「卩」形末筆向右下收筆，其他末筆多轉一折，向中間或左下收筆。

3. 「勹」字可概分為二類：一類作「勹」，上方筆畫不相連，如汲古閣篆；一類作「勹」，上方筆畫相連，如說文標篆、方正小篆等。

4. 「包」字，《說文》云：「象人裹妊，巳在中，象子未成形也。」外面所從的「勹」形，與「勹」字狀況相同，可分為「勹」、「勹」二形，差別在於上方筆畫是否相連。另外，「包」字裡頭「象子未成形」的「巳」形，多

數作「ᔆ」，回圓之筆並未相連，而方正小篆則作「ᔆ」，回圓之筆相連。

5. 「苟」字，多數作「苟」，中國龍篆作「苟」。

6. 「厶」字，多數作「厶」，方正小篆作「厶」，筆形加入了書者個人的書風表現。

7. 「广」字，多數作「厂」，方正小篆作「广」，應為正、簡之別。

8. 「厂」字，多數作「厂」，方正小篆作「厂」，應為正、簡之別。

9. 「石」字，多數作「石」，方正小篆作「石」，中間改作「凵」形。《說文》云：「山石也。在厂之下；口，象形。」可以看到中間「口」乃象石頭之形，不宜作「凵」形，方正小篆寫法有誤。

10. 「長」字，多數作「長」，全字庫篆作「長」，右下方的筆畫多了一次曲筆。

11. 「勿」字，多數作「勿」，方正小篆作「勿」，中間有二筆的撇筆不與外框線條相連。

（十九）編號 361-380

表 2-23

編號	361	362	363	364	365	366	367	368	369	370	371	372	373	374	375	376	377	378	379	380
字頭	而	豕	希	互	豚	豸	骂	易	象	馬	廌	鹿	麤	龟	兔	莧	犬	狀	鼠	能
Unicode	800C	8C55	38C7	5F51	8C5A	8C78	24261	6613	8C61	99AC	22281	9E7F	9EA4	3C8B	5154	8408	72AC	3E5C	9F20	80FD
汲古閣篆	而	豕	希	互	豚	豸	骂	易	象	馬	廌	鹿	麤	龟	兔	莧	犬	狀	鼠	能
說文標篆	而	豕	希	互	豚	豸	骂	易	象	馬		鹿	麤	龟	兔	莧	犬	狀	鼠	能
北師大	而	豕			豚	豸	□	易	象	馬	□		麤		兔			狀	鼠	能
全字庫篆	而	豕	希	互	豚	豸		易	象	馬	廌	鹿	麤	龟	兔	莧	犬	狀	鼠	能
方正小篆	而	豕	希	互	豚	豸		易	象	馬	廌	鹿	麤	龟	兔	莧	犬	狀	鼠	能
中國龍篆	而	豕			豚	豸	□	易	象	馬	□	鹿	麤		兔		犬		鼠	能

現象說明：

1. 「而」字，多數作「而」，汲古閣篆作「而」，中間豎筆有下連至下方的「几」形。

2. 「豕」字，多數作「豕」，方正小篆作「豕」，右邊最後一筆的寫法明顯作二筆處理。

3. 「豚」字，多數作「豚」，汲古閣篆作「豚」。《說文》云：「小豕也。从象省，

象形。从又持肉，以給祠祀。」

4. 「豸」字，多數作「豸」，汲古閣篆作「豸」，下方形體與「巾」形相仿。

5. 「易」字，汲古閣篆作「易」，說文標篆作「易」，二者上方形體相同，下方形體一作「勿」、一作「勿」，不相類。

6. 「易」字上方所從的「日」形，與編號231「日」字的寫法變化相同。詳見編號231「日」字。

7. 「象」字形體可分爲二類：一作「象」，如汲古閣篆、全字庫篆等；一作「象」，如說文標篆、北師大、方正小篆、中國龍篆等。二者之別，在於中間的「囗」形寫法，一作「囗」，中間豎筆與左邊線條相連；一作「囗」，中間豎筆不與兩旁線條相連。

8. 「鹿」字小篆形體乍看之下大致相同，但細察則有三處不同：第一，上面所從的形體，多數寫作「屮」，方正小篆則寫作「屮」。第二，中間所從的形體，有寫作「比」者，有寫作「比」者，有寫作「比」者。第三，下方所從的形體，有寫作「比」者，有寫作「比」者。《說文》云：「獸也。象頭角四足之形。鳥鹿足相似，从匕。」據此可見，「鹿」爲獨體象形，或許到了小篆，此形依舊尚未完全統一，或許經由歷代的傳刻，或許因爲書手個人風格的融入，讓這個字具有眾多的異形。

9. 「能」字形體可概分爲二類：一作「能」，如汲古閣篆、方正小篆；一作「能」，如說文標篆、北師大、全字庫篆、中國龍篆等。

（二十）編號 381-400

表 2-24

編　號	381	382	383	384	385	386	387	388	389	390	391	392	393	394	395	396	397	398	399	400
字　頭	熊	火	炎	黑	囪	焱	炙	赤	大	亦	矢	夭	交	允	壺	壹	幸	奢	亢	本
Unicode	718A	706B	708E	9ED1	56EA	7131	7099	8D64	5927	4EA6	5928	592D	4EA4	5C23	58FA	58F9	5E78	5962	4EA2	5932
汲古閣篆																				
說文標篆																					
北師大																					
全字庫篆																					本
方正小篆																					本
中國龍篆																					

現象說明：

1. 「熊」字形體可概分為二類：一作「熊」，如汲古閣篆、北師大、方正小篆、
   中國龍篆等；一作「熊」，如說文標篆、全字庫篆等。二者之別，在於所從
   「能」形右上方形體有所差異。

2. 「黑」字，多數作「黑」，全字庫篆作「黑」，差別在於上方的形體，一作
   「⃝⃝」，一作「⃝⃝」。

3. 「大」字，多數作「大」，方正小篆作「大」。《說文》云：「天大，地大，人
   亦大。故大象人形。古文大也。」據《說文》之見，「籀文大，改古文。亦
   象人形。」形為古文而非篆文。又，《說文》五百四十部另有一「大」字（編
   號 402「大」字），《說文》云：「籀文大，改古文。亦象人形。」據此，方正
   小篆在「大」字（Unicode 碼位為「5927」）的字形或為「籀文」字形。

4. 「尣」（Unicode 碼位為「5C23」）字，汲古閣篆作「尢」，其他小篆不見此
   字形體。查看宋建華〈說文標篆體字形對照表〉，此字隸定作「尢」（Unicode
   碼位為「5C22」），形體作「尢」，與汲古閣相同。概「尢」形在隸定的過程
   中，存在著「尣」、「尢」不同的楷體寫法。就嚴式隸定來看，隸定作「尢」
   形較「尣」形為佳。

5. 「壹」字，《說文》云：「從壺吉聲。」多數「壹」字所從的「壺」形寫作
   「壺」，方正小篆則作「壺」，與其他形體差異較大。又，「壹」字所從的「吉」
   形可概分為三類：一類作「吉」，上方的二橫畫上短下長，如汲古閣篆；
   一類作「吉」，上方的二橫畫上長下短，如說文標篆；一類作「吉」，上方
   的二橫畫等長，如方正小篆。

6. 「幸」字，《說文》云：「從大從羊。」此字異體眾多，六種電腦字型裡有五
   種異形，如據《說文》之見，不是上方的「大」形不同，就是下方的「羊」
   形不同。就「大」形來說：有寫作「大」形者，如汲古閣篆、全字庫篆、
   中國龍篆；有寫作「大」形者，如說文標篆、北師大等；有寫作「大」形
   者，如方正小篆。就「羊」來說：有寫作「羊」形者，如汲古閣篆；有寫
   作「羊」形者，如說文標篆、北師大、中國龍篆；有寫作「羊」形者，如
   全字庫篆；有寫作「羊」形者，如方正小篆。可以看到此字的不定形狀況。

7. 「奢」字，《說文》云：「從大者聲。」下方所從的「者」形，可概分為四
   種：一為「者」，如汲古閣篆、全字庫篆、方正小篆等；二為「者」，如說
   文標篆；三為「者」，如北師大；四為「者」，如中國龍篆。

8. 「亢」字，多數作「亢」，下方形體作「∧」；汲古閣篆作「亢」，下方寫作「⺆」形。

9. 「本」字，《說文》云：「从大从十。」汲古閣篆作「𢎨」，說文標篆作「本」，二者之別在於上方所从的「大」形有所差異。

（二十一）編號 401-420

表 2-25

編　號	401	402	403	404	405	406	407	408	409	410	411	412	413	414	415	416	417	418	419	420
字　頭	夵	亢	夫	立	竝	囟	思	心	惢	水	沝	瀬	〈	〈〈	川	泉	蟲	永	辰	谷
Unicode	5930	4EA3	592B	7ACB	7ADD	56DF	601D	5FC3	60E2	6C34	6C9D	7015	304F	5DDC	5DDD	6CC9	7065	6C38	200A2	8C37
汲古閣篆	夵	亢	夫	立	竝	⊗	思	心	惢	水	沝	瀬	〈	〈〈	川	泉	蟲	永	辰	谷
說文標篆	夵	亢	夫	立	竝	⊗	思	心	惢	水	沝	瀬		〈〈	川	泉	蟲	永	辰	谷
北師大			夫	立		⊗	思	心	惢			瀬			川	泉	蟲	永		谷
全字庫篆	夵	亢	夫	立	竝	⊗	思	心	惢	水	沝	瀬	〈	〈〈	川	泉	蟲	永		谷
方正小篆	夵	亢	夫	立	竝	⊗	思	心	惢	水	沝	瀬	〈	〈〈	川	泉	蟲	永		谷
中國龍篆			夫	立		⊗	思	心	惢	水	沝	瀬			川	泉	蟲	永	□ □	谷

現象說明：

1. 「亢」字，汲古閣篆作「亢」，說文標篆作「亢」。二者之別在於上面的筆形不同。

2. 「夫」字可概分為二種：多數作「夫」，汲古閣篆則作「夫」。二者之別在於上面的筆形不同，與「亢」字狀況相同。

3. 「立」字可概分為二種：一作「立」，如汲古閣篆、北師大、中國龍篆等；一作「立」，如說文標篆、全字庫篆、方正小篆等。二者之別在於上面的筆形不同，與「亢」字、「夫」字狀況相同。

4. 「竝」字，汲古閣篆作「竝」，說文標篆作「竝」。二者之別在於上面的筆形不同，與「亢」字、「夫」字、「立」字等狀況相同。

5. 「囟」字可概分為二種：一作「⊗」，如汲古閣篆、北師大、方正小篆、中國龍篆等；一作「⊗」，如說文標篆、全字庫篆等。二者之別在於上面的筆形不同，一作封閉之線條，一作缺口之線條。

6. 「思」字，《說文》云：「从心囟聲。」上面所从之「囟」形，分概分為二

種：一作「囟」，如汲古閣篆、北師大、方正小篆、中國龍篆等；一作「囟」，如說文標篆、全字庫篆等。二者之別在於上面的筆形不同，一作封閉之線條，一作缺口之線條。狀況與「囟」字相同。

7. 「水」字可概分爲二種：一作「川」，如汲古閣篆、全字庫篆等；一作「川」，如說文標篆、北師大、方正小篆、中國龍篆等。二者之別在於右上方的筆形不同，汲古閣篆等的「水」形筆筆獨立，說文標篆等的「水」形右上筆與中間主筆相連。

8. 「瀕」字可概分爲二種：一作「瀕」，如汲古閣篆、北師大、全字庫篆等；一作「瀕」，如說文標篆、中國龍篆等。二者之別，在於前者左旁多了「川」形，後者少了這個偏旁。

9. 「く」字（Unicode 碼位爲「304F」）字，汲古閣篆作「ㄑ」，其他小篆不見此字形體。查看宋建華〈說文標篆體字形對照表〉，此字隸定作「く」（Unicode 碼位爲「21FE8」），形體作「ㄑ」，與汲古閣相似。此概 Unicode 同一楷字有二個不同的碼位，造成彼此歧異，有待 Unicode 將來之重新整合。

10. 「泉」字，多數作「泉」，汲古閣篆作「泉」。

（二十二）編號 421-440

表 2-26

編　號	421	422	423	424	425	426	427	428	429	430	431	432	433	434	435	436	437	438	439	440
字　頭	久	雨	雲	魚	鱻	燕	龍	飛	非	卂	乙	不	至	西	鹵	鹽	戶	門	耳	臣
Unicode	4ECC	96E8	96F2	9B5A	29EB0	71D5	9F8D	98DB	975E	5342	200C9	4E0D	81F3	897F	9E75	9E7D	6236	9580	8033	268DE
汲古閣篆	久	雨	雲	魚	鱻	燕	龍	飛	非	卂	ㄟ	不	至	西	鹵	鹽	戶	門	耳	臣
說文標篆	久	雨	雲	魚	鱻	燕	龍	飛	非	卂	ㄟ	不	至	西	鹵	鹽	戶	門	耳	臣
北師大		雨	雲	魚	□	燕	龍	飛	非		□	不	至	西	鹵	鹽	戶	門	耳	□
全字庫篆	久	雨	雲	魚		燕	龍	飛	非	卂		不	至	西	鹵	鹽	戶	門	耳	
方正小篆	久	雨	雲	魚		燕	龍	飛	非	卂		不	至	西	鹵	鹽	戶	門	耳	
中國龍篆		雨	雲	魚	□	燕	龍	飛	非		□	不	至	西	鹵	鹽	戶	門	耳	□

現象說明：

1. 「雲」字，《說文》云：「从雨，云象雲回轉形。」上面所从的「雨」形大多相同，下面所从的「云」形則可概分爲三種：一作「云」，末筆向右方

引曳；一作「ㅎ」，末筆作回圜之形，但沒有與他筆相連；一作「ㅎ」，末筆作回圜之形，最後成一封閉之橢圓形。

2. 「飛」字，多數作「飛」，中國龍篆作「飛」。

3. 「非」字，多數作「非」，方正小篆作「非」。

4. 「乙」字，汲古閣篆作「乚」，說文標篆作「乙」，兩者筆形有些差距。

5. 「鹽」字，《說文》云：「从鹵監聲。」據其形體可概分爲二種：一作「鹽」，如汲古閣篆、中國龍篆等；一作「鹽」，如說文標篆、北師大、方正小篆、全字庫篆等。二者之別在於下方所从的形體不同，一作「𥃨」形，一個「𥃩」形。又，《說文》在「監」字下云：「从臥，䘖省聲。」據《說文》之見，「鹽」字作从「𥃩」形的「鹽」似乎較佳。

6. 「戶」字可概分爲二種：一作「戶」，如汲古閣篆、北師大、中國龍篆等；一作「戶」，如說文標篆、全字庫篆等。兩者之別，在於「厂」形裡的筆形不同。

7. 「門」字可概分爲二種：一作「門」，如汲古閣篆、北師大、中國龍篆等；一作「門」，如說文標篆、全字庫篆等。兩者之別，在於上方形體連筆的方式不同。

（二十三）編號 441-460

表 2-27

編　號	441	442	443	444	445	446	447	448	449	450	451	452	453	454	455	456	457	458	459	460
字　頭	手	巫	女	毋	民	丿	厂	乀	氏	氐	戈	戊	我	亅	珡	乚	亡	匸	匚	曲
Unicode	624B	209AC	5973	6BCB	6C11	4E3F	20086	4E41	6C0F	6C10	6208	6209	6211	4E85	73E1	4E5A	4EA1	5338	531A	66F2
汲古閣篆	手	巫	女	毋	民	丿	厂	乀	氏	氐	戈	戊	我	亅	珡	乚	亡	匸	匚	曲
說文標篆	手	巫	女	毋	民	丿	厂	乀	氏	氐	戈	戊	我	亅			亡	匸	匚	曲
北師大	手		女	毋	民				氏	氐	戈	戊	我				亡		匚	曲
全字庫篆	手		女	毋	民	丿		乀	氏	氐	戈	戊	我	亅	珡	乚	亡	匸	匚	曲
方正小篆	手		女	毋	民	丿		乀	氏	氐	戈	戊	我	亅	珡	乚	亡	匸	匚	曲
中國龍篆	手	□□	女	毋	民	□□		乀	氏	氐	戈	戊	我			乚	亡		匚	曲

現象說明：

1. 「民」字，多數作「民」，方正小篆作「民」，右上方的筆形與他者相異。

2. 「丿」字，汲古閣篆與說文標篆作「丿」，由右上至左下，共做了三次的運筆變化，而方正小篆作「丿」，只做了二次的運筆變化。

3. 「我」字，多數作「𫝀」，方正小篆作「𫝀」，左上方的筆畫做了角度較大的曲筆。

4. 「珡」字（Unicode 碼位為「73E1」）字，汲古閣篆作「珡」，其他小篆不見此字形體。查看宋建華〈說文標篆體字形對照表〉，此字隸定作「琴」（Unicode 碼位為「7434」），形體作「珡」，與汲古閣相似。此概因隸定的問題而造成同一篆字用了二個不同的碼位，造成彼此歧異。

5. 「乚」字（Unicode 碼位為「4E5A」）字，汲古閣篆作「乚」，其他小篆不見此字形體。查看宋建華〈說文標篆體字形對照表〉，此字隸定作「乚」（Unicode 碼位為「200CA」），形體作「乚」，與汲古閣相同。此概 Unicode 有二個楷字，分別是「乚」與「乚」，二者因形體相近而造成彼此篆楷對應的歧異。

6. 「亡」字，汲古閣篆作「亡」，說文標篆作「亡」，兩者之別在於左上方筆畫是否相連。

7. 「曲」字，多數作「曲」，形體雖有環肥燕瘦之別，但沒有太大的差異；方正小篆則作「曲」，在中間加了「王」形。

（二十四）編號 461-480

表 2-28

編　號	461	462	463	464	465	466	467	468	469	470	471	472	473	474	475	476	477	478	479	480
字　頭	甾	瓦	弓	弜	弦	系	糸	素	絲	率	虫	虬	蟲	風	它	龜	黽	卵	二	土
Unicode	753E	74E6	5F13	5F1C	5F26	7CFB	7CF8	7D20	7D72	7387	866B	45B5	87F2	98A8	5B83	9F9C	9EFD	5375	4E8C	571F
汲古閣篆	甾	瓦	弓	弜	弦	系	糸	素	絲	率	虫	虬	蟲	風	它	龜	黽	卵	二	土
說文標篆	甾	瓦	弓	弜	弦	系	糸	素	絲	率	虫	虬	蟲	風	它	龜	黽	卵	二	土
北師大	甾	瓦	弓		弦	系	糸	素	絲	率			蟲	風	它	龜	黽	卵	二	土
全字庫篆	甾	瓦	弓	弜	弦		糸	素	絲	率	率	虬	蟲	風	它	龜	黽	卵	二	土
方正小篆	甾	瓦	弓	弜	弦	系	糸	素	絲	率	率	虫	蟲	風	它	龜	黽	卵	二	土
中國龍篆	甾	瓦	弓		弦	系	糸	素	絲	率	率		蟲	風	它	龜	黽	卵	二	土

現象說明：

1. 「甾」字約可分為三種形體：一作「甾」，如汲古閣篆、說文標篆、北師大、

方正小篆等；一作「㘝」，如全字庫篆，與汲古閣篆不同之處在於中間的二橫畫改爲由右上至左下的斜筆；一作「㘝」，與他者結構相異。

2. 「弦」字，多數作「㘝」，方正小篆作「㘝」。二者之別在於右旁所從的「玄」形上方有所不同。

3. 「系」字，多數作「㘝」，說文標篆作「㘝」，上面的筆形不太相同。

4. 「率」字，多數作「㘝」，中國龍篆作「㘝」，中間上方筆畫有斷開。

5. 「虫」字約可分爲三種形體：一作「㘝」，如汲古閣篆；一作「㘝」，如說文標篆、北師大、全字庫篆、中國龍篆等；一作「㘝」，如方正小篆，以應爲正體、簡體之異所造成的字型不同。至於前二者之別，在於上方筆形是否相連。

6. 「蚰」字，汲古閣篆作「㘝」，說文標篆作「蚰」。二者之別在於「虫」形上方的筆形是否相連。

7. 「蟲」字，與編號471「虫」字與編號472「蚰」字狀況相同，所從「虫」形，一作「㘝」，一作「㘝」。

8. 「風」字，與編號471「虫」字、編號472「蚰」字及編號473「蟲」字狀況相同，所從「虫」形，一作「㘝」，一作「㘝」。

9. 「它」字，形體大致相同，所不同者有二處：一處爲「它」形上方筆形爲曲筆或短豎筆，如「㘝」、「㘝」上面形體；一處爲外框線條是否封閉，如「㘝」、「㘝」外框線條。二處均爲筆形之異。

10. 「黽」字可概分爲二種：一作「㘝」，如汲古閣篆、北師大等；一作「㘝」，如說文標篆、全字庫篆、中國龍篆等。兩者之別，在於「ɛɝ」形是否與中間形體「㘝」形相連。

11. 「二」字多數作「二」，全字庫篆則作「二」。兩者之別，在於二橫畫是否等長。

（二十五）編號481-500

表2-29

編　號	481	482	483	484	485	486	487	488	489	490	491	492	493	494	495	496	497	498	499	500
字　頭	垚	堇	里	田	畕	黃	男	力	劦	金	开	勺	几	且	斤	斗	矛	車	自	㠯
Unicode	579A	5807	91CC	7530	7555	9EC3	7537	529B	52A6	91D1	5E75	52FA	51E0	4E14	65A4	6597	77DB	8ECA	200A4	28E0F
汲古閣篆	垚	堇	里	田	畕	黃	男	力	劦	金	开	勺	几	且	斤	斗	矛	車	自	㠯

說文標篆	堇	堇	里	田	畾	黃	男	力	劦	金	幵	勺	几	且	斗	斗	車	昌	昌
北師大	堇	堇	里	田		黃	男	力	劦	金	幵	勺	几	且	斗	斗	車		
全字庫篆	堇	堇	里	田	畾	黃	男	力	劦	金	幵	勺	几	且	斗	斗	車		
方正小篆	堇	堇	裏	田	畾	黃	男	力	劦	金	幵	勺	几	且	斗	斗	車		
中國龍篆	堇	堇	里	田		黃	睭	力	劦	金	幵	勺	几	且	斗	斗	車	□	□

現象說明：

1. 「堇」字可分爲三種形體：一作「堇」，如汲古閣篆、北師大等；一作「堇」，如說文標篆、全字庫篆、中國龍篆等；一作「堇」，如方正小篆。三者之別，在於中間形體有所差異。

2. 「里」字，多數作「里」，方正小篆作「裏」，應爲正體、簡體之別所造成的問題。

3. 「黃」字，多數作「黃」，全字庫篆作「黃」，中間結體斷開，與他者不同。

4. 「男」字可分爲三種形體：一作「男」，如汲古閣篆、北師大等；一作「男」，如說文標篆、全字庫篆、方正小篆等；一作「睭」，如中國龍篆，將上下結構改爲左右結構。至於前二者之別，在於「力」形體有所差異。

5. 「力」字可概分爲四種形體：一作「力」，如汲古閣篆；一作「力」，如說文標篆、方正小篆等；一作「力」，如北師大、中國龍篆等，一作「力」，如全字庫篆。主體形構雖然相近，但細察則姿態各異其趣。

6. 「劦」字可概分爲二種形體：一作「劦」，如汲古閣篆、北師大、中國龍篆等；一作「劦」，如說文標篆、全字庫篆等。二者之別，在於「力」形筆形有所差異。

7. 「勺」字可分爲三種形體：一作「勺」，如汲古閣篆；一作「勺」，如說文標篆；一作「勺」，如北師大、全字庫篆、方正小篆、中國龍篆等。三者之別，在於上方形體起筆角度與轉折方式有所差異。

8. 「几」字，多數作「几」，方正小篆作「几」，應爲正體、簡體之別所造成的問題。

9. 「斗」字可分爲三種形體：一作「斗」，如汲古閣篆；一作「斗」，如說文標篆、北師大、全字庫篆、中國龍篆等；一作「斗」，如方正小篆，應爲正體、簡體之別所造成的問題。至於前二者之別，在於上方三斜筆的筆形有所差異。

10. 「矛」字，多數作「𣏾」，方正小篆作「𣏾」，將中間主要的曲筆由一筆書
　　寫改爲分開的二筆。

（二十六）編號501-520

表2-30

編　號	501	502	503	504	505	506	507	508	509	510	511	512	513	514	515	516	517	518	519	520
字　頭	䣄	厽	四	宁	叕	亞	五	六	七	九	内	畽	甲	乙	丙	丁	戊	己	巴	庚
Unicode	28E85	53BD	56DB	5B81	53D5	4E9E	4E94	516D	4E03	4E5D	79B8	563C	7532	4E59	4E19	4E01	620A	5DF1	5DF4	5E9A
汲古閣篆	𨤅	厽	四	宁	叕	亞	五	六	七	九	内	畽	甲	乙	丙	丁	戊	己	巴	庚
說文標篆	𨤅	厽	四	宁	叕	亞	五	六	七	九	内	畽	甲	乙	丙	丁	戊	己	巴	庚
北師大	□		四	宁		亞	五	六	七	九	内		甲	乙	丙	丁	戊	己	巴	庚
全字庫篆		厽	四	宁	叕	亞	五	六	七	九	内	畽	甲	乙	丙	丁	戊	己	巴	庚
方正小篆		厽	四	宁	叕	亞	五	六	七	九	内	畽	甲	乙	丙	丁	戊	己	巴	庚
中國龍篆	□□		四	宁		亞	五	六	七	九	内		甲	乙	丙	丁	戊	己	巴	庚

現象說明：

1. 「宁」字可分爲三種形體：一作「宁」，如汲古閣篆、說文標篆、北師大、
　全字庫篆等；一作「宁」，如方正小篆，應爲正體、簡體之別所造成的問
　題；一作「宁」，如中國龍篆。

2. 「亞」字可分爲二種形體：一作「亞」，如汲古閣篆、說文標篆等；一作「亞」，
　如北師大、全字庫篆、中國龍篆等。

3. 「五」字，多數作「五」，說文標篆作「𠄡」。

4. 「七」字可分爲二種形體：一作「七」，如汲古閣篆、方正小篆、中國龍篆
　等；一作「七」，如說文標篆、北師大、全字庫篆等。二者之別，在於收筆
　時是否有再多轉一折，最後向中間收束。

5. 「九」字，多數作「九」，方正小篆作「九」，左上方筆形不同。

6. 「内」字，多數作「内」，中國龍篆作「内」，中間偏旁與右上方外框相連。

7. 「甲」字可分爲二種形體：一作「甲」，如汲古閣篆、北師大、方正小篆、
　中國龍篆等；一作「甲」，如說文標篆、全字庫篆等。二者之別，在於中間
　上方是否有短豎筆。

8. 「乙」字可分爲二種形體：一作「乙」，如汲古閣篆、說文標篆、全字庫篆、

中國龍篆等；一作「﹀」，如北師大、方正小篆等。二者主要的差別，在於中間上方筆形是否寫作橫勢。

9. 「丁」字可分為二種形體：一作「↑」，如汲古閣篆、全字庫篆等；一作「↑」，如說文標篆、北師大、方正小篆、中國龍篆等。二者主要的差別，在於中間上方筆形有所差異，一作「𠆢」，一作「⌒」。

10. 「戊」字，多數作「𢦏」，全字庫篆作「戉」，差別在於左上方的筆畫是斷開書寫還是一筆成形。

11. 「己」字可分為二種形體：一作「己」，如汲古閣篆、中國龍篆等；一作「弓」，如說文標篆、北師大、全字庫篆、方正小篆等。二者主要的差別，在於收筆時是否有向下引曳之形。

12. 「庚」字可分為二種形體：一作「庚」，如汲古閣篆、說文標篆、北師大、中國龍篆等；一作「庚」，如全字庫篆、方正小篆等。二者主要的差別，在於左、右兩旁的「𠂇」形是否有與中間豎筆相連。

（二十七）編號 521-540

表 2-31

編號	521	522	523	524	525	526	527	528	529	530	531	532	533	534	535	536	537	538	539	540
字頭	辛	辡	壬	癸	子	了	孨	厶	丑	寅	卯	辰	巳	午	未	申	酉	酋	戌	亥
Unicode	8F9B	8FA1	58EC	7678	5B50	4E86	5B68	20AD3	4E11	5BC5	536F	8FB0	5DF3	5348	672A	7533	9149	914B	620C	4EA5
汲古閣篆																				
說文標篆																				
北師大																				
全字庫篆																				
方正小篆																				
中國龍篆																				

現象說明：

1. 「癸」字，多數作「癸」，方正小篆作「癸」，將整個形體重心上移，下方則將內側兩筆拉長，透過筆形的改變讓整個字的結體美感產生變化。

2. 「子」字可分為二種形體：一作「𡿨」，如汲古閣篆、全字庫篆等；一作「𡿨」，如說文標篆、北師大、方正小篆、中國龍篆等。二者主要的差別，在於上

面的圓形筆畫是否密合。

3. 「了」字可分爲二種形體：一作「了」，如汲古閣篆、全字庫篆、中國龍篆等；一作「了」，如說文標篆、北師大、方正小篆等。二者主要的差別，在於上面的圓形筆畫是否密合，與編號 525「子」字狀況相同。

4. 「孑」字可分爲二種形體：一作「孑」，如汲古閣篆等；一作「孑」，如說文標篆等。二者主要的差別，在於上面的圓形筆畫是否密合，與編號 525「子」字、編號 526「了」字的狀況相同。

5. 「去」字可分爲二種形體：一作「去」，如汲古閣篆等；一作「去」，如說文標篆等。二者主要的差別，在於下面的圓形筆畫是否密合。

6. 「寅」字，多數作「寅」，方正小篆作「寅」，二者之別，在於中間一作「臼」，一作「臼」，筆形有所差異。

7. 「卯」字，多數作「卯」，方正小篆作「卯」，二者之別，在於中間筆形有所差異。

8. 「辰」字，多數作「辰」，方正小篆作「辰」，二者之別，在於中間筆形有所差異。

9. 「巳」字可分爲二種形體：一作「巳」，如汲古閣篆、說文標篆、北師大、全字庫篆等；一作「巳」，如方正小篆、中國龍篆等。二者主要的差別，在於上面的圓形筆畫是否密合

10. 「午」字約有三種形體：一作「午」，如汲古閣篆、北師大等；一作「午」，如說文標篆、全字庫篆、中國龍篆等；一作「午」，如方正小篆。前二者之別，在於上半部與下半部的形體是否相連。至於方正小篆的外框寫法與他者不同，作弧筆書寫。

11. 「酉」字，多數作「酉」，方正小篆作「酉」，內部下方寫作橫畫，與他者不同。

12. 「酋」字，多數作「酋」，方正小篆作「酋」，內部下方寫作橫畫，與他者不同，狀況與「酉」字相同。

13. 「戌」字，多數作「戌」，方正小篆作「戌」，與他者不同。

14. 「亥」字，可概分爲三種形體：一作「亥」，如汲古閣篆、說文標篆、北師大、全字庫篆等；一作「亥」，如方正小篆；一作「亥」，如中國龍篆。三者之別，在於左方的「L」形曲筆是否與他筆相連。

二、說文五百四十部電腦小篆字型綜論

從上面的電腦小篆字型比較，一開始所看到的幾個共同問題：

第一，有些楷體字頭套用字型之後，會變成「空白」的現象，如：中國龍篆的「⊥」、「丨」等字。

第二，有些楷體字頭套用字型之後，並不會有任何的改變，亦即保留原始楷體字頭的形狀，如：方正小篆的「⊥」、「珏」、「艸」、「釆」等字。

第三，有些楷體字頭套用字型之後，會出現空白的方框「吅」，如：中國龍篆的「吅」、「㕚」、「辛」等字。

至於其他問題的呈現，我們分成幾個面向加以嘗試說明：

（一）單字中的筆形問題

小篆字形對於初學者來說，一開始入手時會遇到的第一個問題是：這個線條到底要怎麼轉？要轉幾次？《說文》云：「篆，引書也。」充分的說出了小篆的線條特色。至於可能會遇到的第二個問題是：怎麼這麼多的圓弧之筆？因為多數初學者皆有楷體基礎，由楷入篆，一定會充分感受到方折之筆與圓轉之筆不同的地方，但由於楷體積習已深，由方入圓也存在著一定的困擾，腦袋當中雖想著圓筆，可是手中之筆寫出來的卻是方筆。以上二者，是筆者在進行小篆教學時看到學生普遍的用筆現象。職是之故，了解小篆「筆形」差異是一個重要的辨識過程。

本文在此所謂的「筆形」，強調的是單一筆畫所呈現的「筆形」問題。如前所述，小篆字形中充滿了圓弧之筆的「弧筆」，與此相對的則是「直筆」。直筆的形狀為任二點之間最短的距離，而它的方向性，可由上而下作「丨」形、由左而右作「一」形、由右上至左下作「／」形、由左上至右下作「＼」形等，如下表所示：

表 2-32

直筆線條	由上而下	由左而右	右上至左下	左上至右上
形體	丨	一	／（彡）	＼（Λ）
字例	丨	一	彡	亼

至於弧筆的筆形眾多，有「⊃、ㄴ、ㄩ、ㄇ、○、ㄍ、丶、乙、ㄩ、ㄅ、Ψ……」等，如下表所示：

表 2-33

弧筆 線條	左弧	右弧	上弧	下弧	圓弧	左曳	右曳	曲　筆
形體	⊃（⧃）	⊂（⧄）	∪	∩	〇	⁄	＼	己 ⁄ ⿻ ⿰……
字例	又	左	凵	一	口	厂	㇏	己 丨 虫 它……

對於小篆直筆與弧筆的筆形有所了解之後，本文在此基礎之上針對《說文》五百四十部首各個單字加以分析，筆者發現，就筆形這個角度來說，有以下幾種狀況：

1. 弧筆的角度、長短、方向不同

所謂弧筆，指的是線條並非直線運行，包含曲筆在內。如編號 9「气」字作「⍣、⍣、⍣、⍣、⍣」等形，筆畫姿態或同或異，、弧筆的運行方式基本上由左至右進行曲度的變化；如編號 17「八」字作「⫝、八」等形，弧筆的運行方式則由上至下進行曲度的變化。筆畫外貌雖有所不同，但基本上可以確定它們均屬於同一種結構模式。如編號 38「行」字，與編號 17「八」字狀況相同，「行」字下方亦寫作「⫝、八」等形。就《說文》五百四十部首的單字來看，540 字裡因「弧筆的角度、長短、方向之不同」所造成的整體與個別差異的比例，如下圖表所示：

表 2-34

「弧筆的角度、長短、方向不同」之差異類別比例圖表（全部共 540 字）		
差異類別	字數	字　　例
整體差異	61	气是丩弼又寸皮羽奞瞿鳥烏放左乃可旨鼓弟之出稽邑马彔黍人匕毛黽方印色辟丸危長兔鼠永谷乞女丿厂㇏氏氒戉丨瓦系勺斦矛七九內乙己有
個別 差異	汲古閣篆	0	
	說文標篆	0	
	北師大	2	半行
	全字庫篆	0	
	方正小篆	3	八正爪步
	中國龍篆	1	骨
統計 類別	整體與個別差異總字數	68	
	沒有明顯差異的總字數	472	
	合計字數	540	

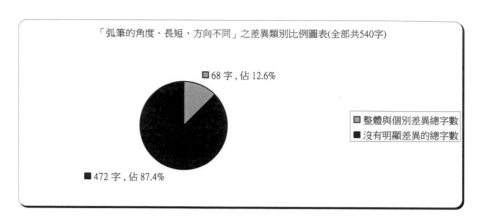

圖 2-48

在 540 字裡，有 68 字因弧筆的角度、長短或方向之不同而產生了筆形相異的問題，佔了 12.6%的比例。

2. 直筆的角度、長短、方向不同

所謂直筆，指的是線條直線運行，可由上而下，可由左而右，也可傾斜某個角度（如左上至右下），總體來說，線條本身是直線，可作任意角度的書寫。如編號 158「旨」字，多數篆形上方的「匕」形寫作「ꓘ」，中國龍篆的「匕」形則寫作「⊢」，與他形不類。如編號 209「才」字，有「ꓓ、ꓱ」等形，二者之別，在於下方筆畫書寫的角度有所不同。如編號 216「毛」字，多數作「ꓵ」，汲古閣作「ꓵ」，將上半部線條由斜筆改為橫筆，筆形彼此不同。就《說文》五百四十部首的單字來看，540 字裡因「直筆的角度、長短、方向之不同」所造成的整體與個別差異的比例，如下圖表所示：

表 2-35

「直筆的角度、長短、方向不同」之差異類別比例圖表（全部共 540 字）		
差異類別	字數	字　　例
整體差異	22	卜羊轟華菁刀刃未箕壹才毛冥壬面首壹雨二土垚甾
個別差異　汲古閣篆	0	
個別差異　說文標篆	0	
個別差異　北師大	0	
個別差異　全字庫篆	0	
個別差異　方正小篆	0	
個別差異　中國龍篆	0	

統計 類別	整體與個別差異總字數	22	
	沒有明顯差異的總字數	518	
	合計字數	540	

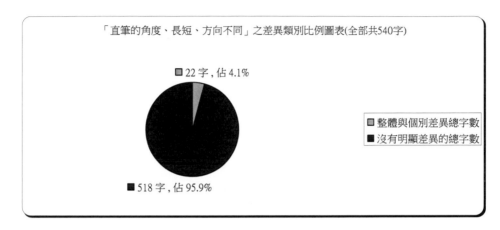

圖 2-49

在 540 字裡，有 22 字因直筆的角度、長短或方向之不同而產生了筆形相異的問題，佔了 4.1%的比例。

3. 直筆與弧筆之別

小篆字形中，有時直筆與弧筆的變化不會造成構形的理解困擾，有時些許的差異則是字形辨別的重點所在。如編號 27「走」字上方所從的「夭」形有「夨、夭」二類，差別在於中間筆畫是直筆還是由右上至左下後轉垂直之弧筆。據季師旭昇《說文新證》所言，「考古所見古文字材料，其上部所从『夭』形，沒有一個是傾頭的」〔註33〕據此，《說文》電腦小篆字型中「說文標篆」、「北師大」、「全字庫篆」、「中國龍篆」等不可信。又如編號 33「是」字多數作「昰」，方正小篆則作「昰」，末筆寫作弧筆，與他者相異。又如編號 40「牙」字有「𤘈、𤘈」，兩者之別在於後者中間二筆改方角爲圓弧，筆畫姿態變化較大。就《說文》五百四十部首的單字來看，540 字裡因「直筆與弧筆之別」所造成的整體與個別差異的比例，如下圖表所示：

〔註33〕季師旭昇：《說文新證》上冊，頁 96。

表 2-36

「直筆與弧筆之別」之差異類別比例圖表（全部共 540 字）			
差異類別		字數	字　例
整體差異		51	走足龠冊言誩舁業支雔矗玄死筋去入缶矢麥馭夕克香彇彡文交本大夫立竝心龍西耳手毋我堇黃斗丁音屰亥凸骨尾奢幸
個別差異	汲古閣篆	0	
	說文標篆	0	
	北師大	0	
	全字庫篆	0	
	方正小篆	3	牙自壬
	中國龍篆	2	屮儿
統計類別	整體與個別差異總字數	56	
	沒有明顯差異的總字數	484	
	合計字數	540	

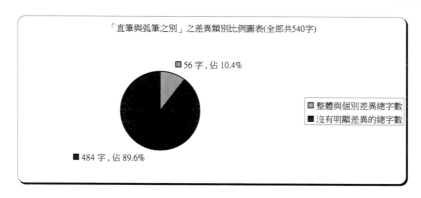

圖 2-50

在 540 字裡，有 56 字因直筆與弧筆之別而產生了筆形相異的問題，佔了 10.4%的比例。

4. 筆畫相連與否

小篆的筆畫，彼此之間相連與否，有時不會有太大的影響，有時則是二個不同字的判斷標準。以楷體來說，「己、已、巳」之別在於左上方筆畫的連結方式有所不同；小篆有時也存在著這種現象。在此處，所舉之例乃是指筆形雖有差異還不至於造成字形認知的歧異產生。如編號 18「釆」字，所從四點多數分離，如「釆」；北師大「釆」則將上面二點與中間橫畫相連。編號 19

「半」字，「八」、「牛」二形多數電腦字型彼此分離不相連，如「半」；方正小篆「半」則相連。編號 22「告」字所從「牛」、「口」二形有上下相連者，如「告」；有上下分離者，如「告」。就《說文》五百四十部首的單字來看，540字裡因「筆畫相連與否」所造成的整體與個別差異的比例，如下圖表所示：

表 2-37

「筆畫相連與否」之差異類別比例圖表（全部共 540 字）		
差異類別	字數	字　例
整體差異	70	告古聿教目眉盾鼻睂習隹首幺絲叀肉巫日皿血皀會東秝旦晶鹵瓜瓠重裘老舟丏后司厄勹包苟厶勿易象鹿黑水林雲戶亡素虫蚰蟲風它子了弄巳甾音厺亥午日瀕自卯
個別 差異	汲古閣篆	0	
	說文標篆	0	
	北師大	0	
	全字庫篆	2	示壺
	方正小篆	6	禾黍香裘老燕
	中國龍篆	4	秝米重鬼
統計 類別	整體與個別差異總字數	82	
	沒有明顯差異的總字數	458	
	合計字數	540	

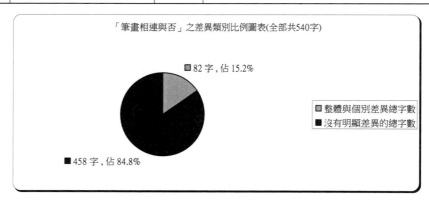

圖 2-51

　　在 540 字裡，有 82 字因筆畫相連與否而產生了筆形相異的問題，佔了15.2%的比例。

　　5. 筆畫分合之異

　　小篆的筆畫，有時為結構中獨立之筆，有時則將相鄰之筆相互連結而為一體成形之筆，雖然如此，尚且不會造成與他形相混的狀況發生。如編號 34「彳」字，多數作「彳」；方正小篆作「彳」，將第二筆與第三筆相連，相連處做一銳角；中國龍篆作「彳」，將第二筆與第三筆相連，相連處則以圓角處理。如編號 305「尸」字可概分為「尸、尸」二類，二者之別在於「尸」形是一筆書寫完成還是分作二筆書寫。如編號 506「亞」字可分為二種形體：一作「亞」一作「亞」，除上下二橫畫，前者中間部分共有六筆，後者只用二筆寫完六筆，這也是一種筆畫分合的狀況。就《說文》五百四十部首的單字來看，540 字裡因「筆畫分合之異」所造成的整體與個別差異的比例，如下圖表所示：

表 2-38

「筆畫分合之異」之差異類別比例圖表（全部共 540 字）			
差異類別		字數	字　　　例
整體差異		24	彳廴用高衣尸尺履豕炙率男力劦戊庚酉酋凸骨尾兀囟卯
個別差異	汲古閣篆	0	
	說文標篆	0	
	北師大	0	
	全字庫篆	1	哭
	方正小篆	5	彳行多壹矛
	中國龍篆	2	彳彔
統計類別	整體與個別差異總字數	32	
	沒有明顯差異的總字數	508	
	合計字數	540	

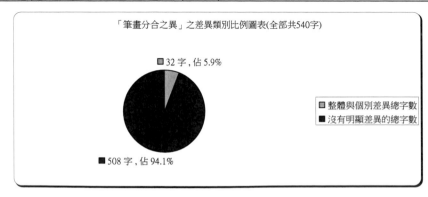

圖 2-52

在540字裡，有32字因筆畫分合之異而產生了筆形相異的問題，佔了5.9%的比例。必須要說明的是，同個字可能在「整體差異」與「個別差異」的統計中分別出現，如上表所列的「彳」字，在「整體差異」中有加以統計，而在「個別差異」也分見於方正小篆與中國龍篆，主因是不同的電腦小篆形體，它的個別字型表現過於與眾不同，因此會特別將這樣的現象也一併計算進去，以求保留整體差異與個別差異的不同現象。

6. 點畫與短橫畫之別

在《說文》五百四十部當中，絕大多數的筆畫不是直筆就是弧筆，然而在「井、卵」二字出現了「點畫」的運用。「點畫」在甲骨文、金文、戰國文字裡屢見不鮮，然而在小篆字形裡出現比例非常地少，由此可見，小篆筆畫的確是經過一番改動，致使點畫幾乎消失在小篆的筆形裡。不過我們仔細分析每個電腦小篆字型，還是發現了點畫的存在。如編號177「井」字，多數形體作「井」，中間爲一小圓點，中國龍篆則作「井」，中間改爲一短橫畫。就《說文》五百四十部首的單字來看，540字裡因「點畫與短橫畫之別」所造成的整體與個別差異的比例，如下圖所示：

表 2-39

「點畫與短橫畫之別」之差異類別比例圖表（全部共 540 字）			
差異類別		字數	字　　例
整體差異		2	井卵
個別差異	汲古閣篆	0	
	說文標篆	0	
	北師大	0	
	全字庫篆	0	
	方正小篆	0	
	中國龍篆	0	
統計類別	整體與個別差異總字數	2	
	沒有明顯差異的總字數	538	
	合計字數	540	

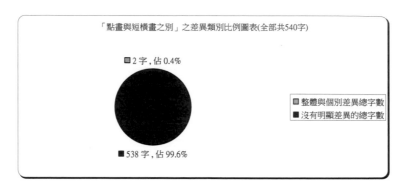

圖 2-53

在 540 字裡，有 2 字因點畫與短橫畫之別而產生了筆形相異的問題，佔了 0.4%的比例。

（二）單字中的部件、結構問題

本文所謂的「部件」，強調的是單字形體中的部分組成元件，包含不成文符號與成文符號。不成文符號不具有獨立完整的形、音、義；成文符號具有獨立完整的形、音、義，或可稱之為偏旁。而本文所謂的「結構」，強調的是單字形體中的組合部件及組合方式，以下將分項說明。

1. 部件大小比例不同

小篆形體的部件大小比例不同，有時可能是結構本身的組成需求，然而更多的情況可能是書寫者進行美術化的表現。如編號96「爻」字，多數作「爻」，方正小篆作「爻」，將下方的「乂」形縮小上移並相連，讓形體產生改變。如編號 260「凶」字，多數作「凶」，中國龍篆作「凶」，中間的「乂」形大於外框的「凵」形。如編號 279「网」字可概分為二類：一類作「网」，如汲古閣篆；一類作「网」，如中國龍篆。二者之別，在於外框「冂」形與中間「XX」形二者之間的大小比例不同而產生的形體相異。就《說文》五百四十部首的單字來看，540 字裡因「部件大小比例不同」所造成的整體與個別差異的比例，如下圖表所示：

表 2-40

「部件大小比例不同」之差異類別比例圖表（全部共 540 字）		
差異類別	字數	字　　　例
整體差異	4	厶网至午

個別差異	汲古閣篆	0	
	說文標篆	0	
	北師大	0	
	全字庫篆	0	
	方正小篆	4	士半爻矢
	中國龍篆	2	凶癸
統計類別	整體與個別差異總字數	10	
	沒有明顯差異的總字數	530	
	合計字數	540	

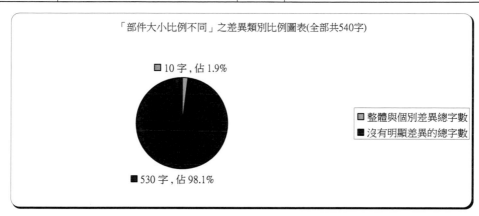

圖 2-54

　　在 540 字裡，有 10 字因部件大小比例不同而產生了筆形相異的問題，佔了 1.9% 的比例。

2. 部件中的結構產生變化

　　部件的結構按理說應當是定形的，然而就《說文》五百四十部首字形來說，體現出來的事實是：結構會因為某些緣故而產生變化。如編號 14「蓐」字，中間所從的「辰」形多數篆體均作「𠨧」，只有方正小篆寫成「𠨧」，將「辰」形中間的一筆橫畫上移至「辰」形的上方。又如編號 69「爨」字，《說文》云：「臼象持甑，冂為竈口，廾推林內火。」多數作「爨」形，中間上方的甑形多作「同」形；方正小篆、中國龍篆中間上方的甑形則作「同」形。此外，中國龍篆下方改「廾」形為「弓」形，有誤。如編號 320「欠」字，多數作「欠」，方正小篆作「欠」，與其他形不同。就《說文》五百四十部首的單字來看，540 字裡因「部件中的結構產生變化」所造成的整體與個別差異的比例，如下圖表所示：

表 2-41

「部件中的結構產生變化」之差異類別比例圖表（全部共 540 字）			
差異類別		字數	字　例
整體差異		35	畫白巢口月䀘岊毌齊臼穴宀帛兒先歙旡由嵬而熊飛門絲田亞五甲有奢幸日亢能白
個別差異	汲古閣篆	0	
	說文標篆	1	白
	北師大	0	
	全字庫篆	1	力
	方正小篆	13	蒔教予肉𨟬食高兄先欠大菫辰
	中國龍篆	2	乩𥺅
統計類別	整體與個別差異總字數	52	
	沒有明顯差異的總字數	488	
	合計字數	540	

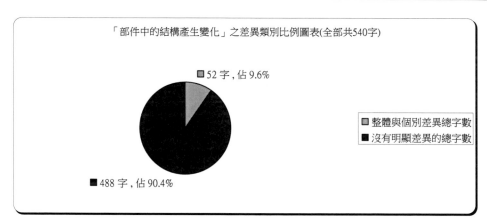

圖 2-55

　　在 540 字裡，有 52 字因部件中的結構產生變化而產生了筆形相異的問題，佔了 9.6%的比例。

3. 結構中的部件置換他形

　　一個篆形結構的組合部件，應有它一定的規範方式，但是這個規範不見得具有足夠的約束力，所以有時會發現同一個篆形裡的部件有時會替換其他部件。如編號 245「槑」字，汲古閣篆作「槑」，說文標篆無此字。查看宋建

華〈說文標篆體字形對照表〉,《說文》第二百四十五字頭作「朿」（Unicode 碼位爲「233BA」）,篆形作「朿」而非「朿」,應據段注本而非大徐本。如編號 258「毂」字,多數作「毂」,中國龍篆作「毂」,右半「殳」形寫法有異於他者,變「殳」爲「殳」。如編號 357「石」字,多數作「石」,方正小篆作「石」,中間改作「凵」形。《說文》云:「山石也。在厂之下;口,象形。」可以看到中間「口」乃象石頭之形,不宜作「凵」形,方正小篆寫法有誤。就《說文》五百四十部首的單字來看,540 字裡因「結構中的部件置換他形」所造成的整體與個別差異的比例,如下圖表所示:

表 2-42

「結構中的部件置換他形」之差異類別比例圖表（全部共 540 字）			
差異類別		字數	字　例
整體差異		11	史虎倉京石豸舄泉非幸萑
個別差異	汲古閣篆	2	革食
	說文標篆	0	
	北師大	0	
	全字庫篆	1	異
	方正小篆	7	是爨髟幸弦寅戌
	中國龍篆	6	爨毂匕荀宁壬
統計類別	整體與個別差異總字數	27	
	沒有明顯差異的總字數	513	
	合計字數	540	

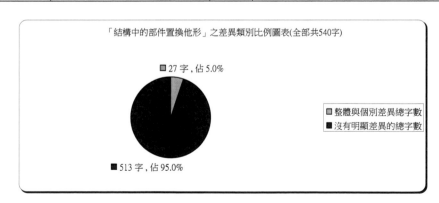

圖 2-56

在 540 字裡,有 27 字因結構中的部件置換他形而產生了筆形相異的問

題，佔了 5.0%的比例。

4. 增加或減少部件

篆形結構的部件除了會有替換的現象，有時也會有增如或減少的狀況出現。如編號 328「首」字，多數作「首」形，中國龍篆作「首」，省略了上方的「巛」形。如編號 330「須」字，多數作「須」，中國龍篆作「鬚」，在左下方多加了「土」形。如編號 365「豚」字，多數作「豚」，汲古閣篆作「豚」，增加了「勺」形。《說文》云：「小豕也。从象省，象形。从又持肉，以給祠祀。」就《說文》五百四十部首的單字來看，540 字裡因「增加或減少部件」所造成的整體與個別差異的比例，如下圖表所示：

表 2-43

「增加或減少部件」之差異類別比例圖表（全部共 540 字）			
差異類別		字數	字　例
整體差異		3	豚瀕凶
個別差異	汲古閣篆	0	
	說文標篆	0	
	北師大	0	
	全字庫篆	0	
	方正小篆	1	曲
	中國龍篆	3	首須虎
統計類別	整體與個別差異總字數	7	
	沒有明顯差異的總字數	533	
	合計字數	540	

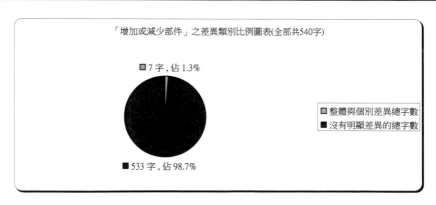

圖 2-57

在 540 字裡，有 7 字因增加或減少部件而產生了筆形相異的問題，佔了 1.3%的比例。

5. 部件位置不同

所謂的部件位置不同，強調的是篆形結構中的部件所處的方位問題。如編號 487「男」字一作「男」，如汲古閣篆、北師大等；一作「男」，如中國龍篆，將上下結構改爲左右結構。就《說文》五百四十部首的單字來看，540 字裡因「部件位置不同」所造成的整體與個別差異的比例，如下圖表所示：

表 2-44

「部件位置不同」之差異類別比例圖表（全部共 540 字）			
差異類別		字數	字　　例
整體差異		2	此能
個別差異	汲古閣篆	1	辵
	說文標篆	0	
	北師大	0	
	全字庫篆	0	
	方正小篆	0	
	中國龍篆	1	男
統計類別	整體與個別差異總字數	4	
	沒有明顯差異的總字數	536	
	合計字數	540	

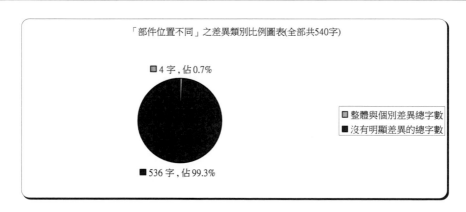

圖 2-58

在 540 字裡，有 4 字因部件位置不同而產生了筆形相異的問題，佔了 0.7%

的比例。

6. 正、簡體不同

出現正、簡體不同的現象，主要是方正小篆字型，如編號 8「干」、編號 9「气」、編號 49「只」等字。就《說文》五百四十部首的單字來看，540 字裡因「正、簡體不同」所造成的整體與個別差異的比例，如下圖表所示：

表 2-45

「部件位置不同」之差異類別比例圖表（全部共 540 字）			
差異類別		字數	字　　例
整體差異		0	
個別差異	汲古閣篆	0	
	說文標篆	0	
	北師大	0	
	全字庫篆	0	
	方正小篆	0	
	中國龍篆	17	气干只隶号亏从儿后广厂虫里几斗宁丑
統計類別	整體與個別差異總字數	17	
	沒有明顯差異的總字數	523	
	合計字數	540	

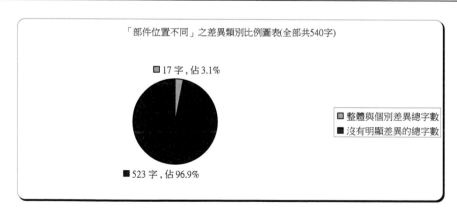

圖 2-59

在 540 字裡，有 17 字因正、簡體不同而產生了筆形相異的問題，佔了 3.1% 的比例。

7. 部件相連與否

　　篆形結構中，有時部件的組成或方位是一致的，而差別則是這些部件之間相連與否的問題，因爲連與不連有時會造成一定的認知困擾。如編號 176「青」字可概分爲二種形體：其一作「靑」形，上面部件與下面部件相連；另一則作「靑」形，上面部件與下面部件不相連。又如編號 195「嗇」字，多數作「嗇」，說文標篆則將中間豎筆斷開，作「嗇」。就《說文》五百四十部首的單字來看，540 字裡因「部件相連與否」所造成的整體與個別差異的比例，如下圖表所示：

表 2-46

「部件相連與否」之差異類別比例圖表（全部共 540 字）			
差異類別		字數	字　　例
整體差異		7	青嗇桀華鼎凶黽
個別差異	汲古閣篆	0	
	說文標篆	0	
	北師大	0	
	全字庫篆	0	
	方正小篆	0	
	中國龍篆	0	
統計類別	整體與個別差異總字數	7	
	沒有明顯差異的總字數	533	
	合計字數	540	

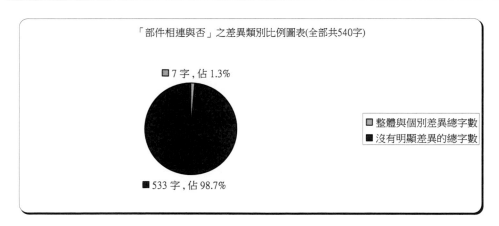

圖 2-60

在 540 字裡，有 7 字因部件相連與否而產生了筆形相異的問題，佔了 1.3% 的比例。

（三）編碼問題

網路世界目前處於一個萬「碼」奔騰的現象當中，以漢字使用區來說，目前的狀況是：台灣使用 Big5 與 Unicode 碼，香港使用 Big5、GBK、Unicode 碼，大陸地區使用 GBK、Unicode 碼。從中可以看到，Unicode 碼已成為漢字使用區的通行編碼，然而就目前所見電腦小篆字型，似乎還沒有達到一統的階段。以五百四十部首的諸定電腦小篆字型所呈現的字型套用結果來看，的的確確是如此。

1. 一篆形對應二個楷體字形

由篆至楷，中間存在著隸變這個過程，因為隸變的緣故，有時一個篆形在隸變之後的楷體寫法會有所不同，到了電腦編碼時則給了這些楷體不同的碼位，如對應到篆形，其實是同一個字形來源。如編號 112「屮」字，Unicode 裡有二個楷字，分別作「屮」（Unicode 碼位為「26AF3」）與「丫」（Unicode 碼位為「20065」），就小篆字形「屮」來說，二者的隸定似乎都是正確的，所以目前的權宜之計就是在這二個碼位都放入「屮」形的篆體。如編號 394「尣」（Unicode 碼位為「5C23」）字，汲古閣篆作「尣」，其他電腦小篆字型在 Unicode「5C23」碼位不見此字篆形。查看宋建華〈說文標篆體字形對照表〉，此字隸定作「尢」（Unicode 碼位為「5C22」），形體作「尢」，與汲古閣篆相同。蓋「尢」形在隸定的過程中，存在著「尣」、「尢」不同的楷體寫法，因此目前的權宜之計就是在「尣」、「尢」這二個碼位都放入「尢」形的篆體。

另外，如編號 413「く」字（Unicode 碼位為「304F」）字，汲古閣篆作「く」形，在 Unicode「304F」碼位看不到其他的電腦小篆字型。查看宋建華〈說文標篆體字形對照表〉，此字隸定作「く」（Unicode 碼位為「21FE8」），形體作「く」，與汲古閣相似，但採用的碼位與汲古閣篆不同，因此目前的權宜之計就是在「く」、「く」這二個碼位都放入「く」形的篆體。

以上這些問題的產生，有些是由篆至楷經隸變之後所產生的楷體岐異，如「屮」、「尢」二個篆形所對應的楷體問題；有些則是 Unicode 碼位將同一楷體分屬於兩個或兩個以上的不同碼位所造成的結果，如「く」形有「304F」、「21FE8」二個不同的碼位，這些問題有待 Unicode 將來之重新整合。就《說

文》五百四十部首的單字來看，540 字裡因「一篆形對應二個楷體字形」所造成的編碼問題，如下圖表所示：

表 2-47

「一篆形對應二個楷體字形」之差異類別比例圖表（全部共 540 字）			
差異類別		字數	字　　例
整體差異		6	屮允く琴乚萑
個別差異	汲古閣篆	0	
	說文標篆	0	
	北師大	0	
	全字庫篆	0	
	方正小篆	0	
	中國龍篆	0	
統計類別	整體與個別差異總字數	6	
	沒有明顯差異的總字數	534	
	合計字數	540	

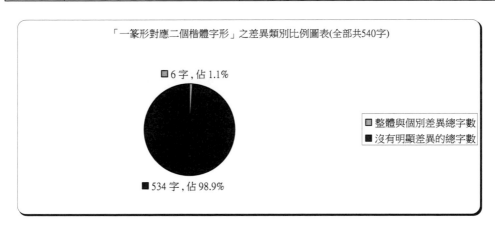

圖 2-61

在 540 字裡，有 6 字因一篆形對應二個楷體字形的問題，佔了 1.1%的比例。

2. 二篆形對應一個楷體字形

反過來看，其中一種狀況是：二個篆形本來是不同的，但是經過隸變而

到了楷體卻變得一致，因此會有二個不同的篆形寫法卻只有一個楷體字形。

如編號 103「白」字形體有二類：其一作「白」，如汲古閣篆、全字庫篆、中國龍篆等，其一作「白、白」，如說文標篆、北師大、方正小篆等。另外，編號 284 亦有「白」字，形體與編號 103「白」相同。編號 103 與編號 284 的形體，《說文》小篆並不相同，然而現在楷體的寫法相同，使用的 Unicode 碼位也都是「767D」，現行的 Unicode 編碼方式是一個編位一個字型，所以諸家電腦小篆字型各有所取，然而此法並非常久，必須要多一個碼位來放其中一個小篆的「白」。在現行辦法當中，當然可以找一個沒有使用到的碼位來處理，但是在資料的交換過程當中會造成對方無法正確讀取字型的情形；就如同台灣通行的 Big5 碼與大陸地區的 GBK 碼一樣，同一個漢字在不同編碼裡，它的碼位不見得相同。要徹底解決這個問題並不容易，目前只能暫用空白碼位處理。

另外，如編號 341「卯」字，《說文》云：「从卩、卩。」一般隸定作「卯」，與編號 531「卯」字極易混淆，現 Unicode 編碼在碼位「20A0D」有一「卯」形，今從之。至於「卯」字篆形有二類：一類作「𣬵」，如汲古閣篆；一類作「卯」，如說文標篆。就《說文》五百四十部首的單字來看，540 字裡因「二篆形對應一個楷體字形」所造成的編碼問題，如下圖表所示：

表 2-48

「二篆形對應一個楷體字形」之差異類別比例圖表（全部共 540 字）			
差異類別		字數	字　　例
整體差異		4	104 白、284 白、341 卯、531 卯
個別差異	汲古閣篆	0	
	說文標篆	0	
	北師大	0	
	全字庫篆	0	
	方正小篆	0	
	中國龍篆	0	
統計類別	整體與個別差異總字數	4	
	沒有明顯差異的總字數	536	
	合計字數	540	

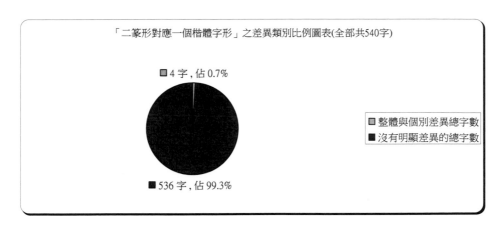

圖 2-62

　　在 540 字裡，有 4 字因二篆形對應一個楷體字形的問題，佔了 0.7%的比例。

3. 編碼區有缺字的現象

　　本文所表列的電腦小篆字型，以汲古閣篆及說文標篆作爲主要的比較對象，其他字型爲參照對象，採取直觀式的表列比較法；簡單的說，就是大家所用的楷體是一致的，然後再套用上所屬的字型，表列出來的結果如前文所言。〔註 34〕這些問題的發生，都是編碼所造成的問題：有些是因爲字型本身的編碼系統不同；有些則是字型本身所造的小篆字型字數太少，比較特別的小篆字形由於編在比較特別的碼位（諸如：Ext-A、Ext-B……），所以沒有進行造字的工作。

　　早期漢字的電腦編碼並不統一，因此我們看得到的電腦小篆字型編碼，就有用 Big5、GBK、utf-8 等不同的形式，也由於如此，使用者在使用這些電腦小篆字型就面臨了辛苦的抉擇，本文比較六種電腦小篆字型，以《說文》五百四十部的字頭當作樣本，便發現套用上字型之後，部分字型的缺字現象有些嚴重。缺字數量如下圖所示：

〔註34〕參見本節前文「一、《說文》五百四十部字形比較一覽表」處。

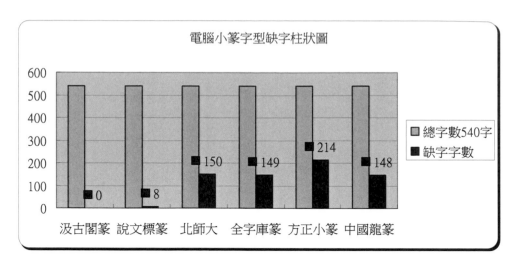

圖 2-63

　　根據上圖可以看到，汲古閣篆沒有缺字的問題發生，說文標篆則有 8 個缺字，北師大有 150 個缺字，全字庫篆有 149 個缺字，方正小篆有 214 個缺字，中國龍篆有 148 個缺字。站在使用者的立場，有些字型太多缺字，只會降低使用者使用的機率，那麼這樣便不是一套成功的電腦小篆字型。至於全字庫篆的網頁下載處提到：「由於說文解字原文與現行之 Unicode 編碼並無一完整的對應，因此無法將所有的字形收錄於本字型檔內以致於會有部份字碼無法顯示出正確字形的情形發生！」〔註 35〕根據此言，可以感受到製作一套小篆字形並非易事！

4. 編碼區的字型偏移太大，因此套用後無法看到字型

　　發生這個問題的字型為「全字庫篆」，筆者一開始只覺得為何有些常用字，如「釆」字，當套用了全字庫篆的字型之後卻沒有顯現而呈空白現象，後來將電子檔列印出來之後，才發現全字庫篆的字型跑到別的欄位了，如編號 18「釆」、編號 142「角」、編號 317「禿」等字。發生這個問題，主要是因為這些字在造字時的字寬太大，致使無法呈現在適當的位置上。就全字庫篆 540 字裡因「編碼區的字型偏移太大，因此套用後無法看到字型」的比例，如下圖表所示：

〔註35〕 「全字庫－應用工具與下載」，網址：http://www.cns11643.gov.tw/AIDB/
download.do?name=%E5%AD%97%E5%9E%8B%E4%B8%8B%E8%BC%89

表 2-49

「『全字庫篆』字型偏移太大，套用後無法看到字型」之差異類別比例圖表 （全部共 540 字）			
差異類別		字數	字　例
整體差異		0	
個別差異	汲古閣篆	0	
	說文標篆	0	
	北師大	0	
	全字庫篆	10	采足角禿豕赤谷系車辰
	方正小篆	0	
	中國龍篆	0	
統計類別	整體與個別差異總字數	10	
	沒有明顯差異的總字數	530	
	合計字數	540	

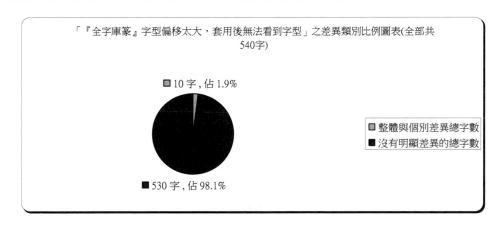

圖 2-64

　　在全字庫篆的 540 字裡，有 10 字因編碼區的字型偏移太大，因此套用後無法看到字型的狀況，佔了 1.9%的比例。

三、最高原則——提供使用者正確的電腦小篆字型

　　以小篆之形作為電腦字型的設計，就目前現狀來看：有據某個小篆版本

加以修改或製作者，如說文標篆據沙青巖《說文大字典》製作、全字庫篆依段玉裁《說文解字注》製作；有將小篆形體作美術化的呈現者，如方正小篆、中國龍篆，此類字形來源不明。有來源依據的字形對於學習小篆是一件重要的事，尤其對初學者來說；至於美術化傾向的電腦小篆字型，只要字形正確，也不失爲學習的對象。本文在此，將上列五種電腦小篆字型與自行製作的「汲古閣篆」字型一同並列比較，從三個向度切入分析：第一是「單字中的筆形問題」，第二是「單字中的部件、結構問題」，第三是「編碼問題」。

　　「單字中的筆形問題」與「單字中的部件、結構問題」二者乃是針對小篆的形體外貌所做的分析，有些是整體的差異現象，有些則是個別的差異現象。無論是小篆形體的整體差異還是個別差異，都需要有比較的對象，本文此處採用的是「形體互校法」，基本上先認同每套字型的每個字都是正確的，透過字形的並列比較，發現彼此的同異，然後加以進行類別的歸納。在歸納時，有些是顯而易見的個別字型所產生的差異行爲，如：方正小篆會做筆畫藝術性的改造，就起筆方式來說，如編號434「西」字上方所從的「己」形，其他五類字型都以由左至右的直筆起頭，方正小篆則寫成「己」形，起筆部分偏偏就會進行直筆變弧筆的筆形改造；有些形體的差異現象則是會出現在二種或二種以上的小篆字型身上，如「又」字小篆作「彐、彐」等形，弧筆的表現手法有作向左方的「彐」形（如：汲古篆、北師大、方正小篆、中國龍篆等），也有作向左上方的「彐」形（如：說文標篆、全字庫篆等），雖然只是弧筆開口的角度不同，並不會造成字形的混淆，卻也是一種筆形的差異，如有這種狀況，本文則將其視爲整體的差異現象。

　　從上述的狀況來看，透過形體互校法的方式，個別差異現象似乎比較能夠看得出來，而透過整體差異現象的分析，只能找出不同的字形類型。那麼，這些字形類型何者爲是？何者爲非？便要進一步作「小篆標準字」的判定。根據《說文‧敘》的記錄，秦始皇時期，曾命令李斯等人進行文字整理、統一的工作，就實際留存下來或現代出土文獻材料來看，小篆形體「大致」是統一了，然而以更加嚴謹的角度分析，還是存有一定比例的異體，如「亞」字小篆作「亞」、「亞」，二者孰正孰異，即使利用甲骨文、金文、戰國文字等材料作形體的比對，都找得到跟小篆「亞」、「亞」二形相應的較早字形來源。由此可見，小篆的正體字（或標準字）可能不只一個，在不同篆形都有不同來源的情況之下，「標準」判定不是一件簡單的事。本文在此爲了便於統計結

果的呈現，所採取的策略是：對於無法立即判定某字型的小篆形體差異是屬於個別差異還是整體差異的話，均歸類為整體差異。

首先，我們來看一下六套電腦小篆字型當中《說文》五百四十部字形的同異狀況，如下圖所示：

圖 2-65

「相同或相似」指的是在六套電腦小篆字型中，沒有缺字現象且小篆字形相同或相似者；「有筆形、部件、結構的差異」指的是六套電腦小篆字型中有一個以上的字型與其他字型有不一樣的地方，包含筆形不同、部件不同、結構不同等面向。據此，有六十三個字型差異較小，如果條件寬鬆一點，可以視為相同。

小篆字形雖已不再是現代的通行字體，然而只要是被書寫（包含刻寫）的對象，就一定存在著人為因素，這些人為因素所造成的結果，體現在字形上面便是筆形、部件、結構等不同面向的增加、減少或變異，當這些狀況讓電腦小篆字型本身產生錯誤時，它讓使用者用了錯誤的電腦小篆字型進行資訊傳遞，所造成的影響不可謂不大。

本文以五百四十部首進行電腦小篆字型的比較，發現某些字型會出現因筆形、部件、結構改變而造成小篆字型有誤：

就筆形問題來看，如編號 3「士」字，篆形二橫畫基本上是上長下短，如「士」，然而方正小篆「ᔜ」二橫畫似乎等長，不妥。因為在小篆字形裡，還有一個「土」字作「土」形，二橫畫基本上是上短下長，當這二橫畫長短不

分作等長的橫畫時，辨識者只能就上下文去辨別究竟是「士」字還是「土」字。

　　就部件問題來看，如編號135「肉」字，多數篆形作「⊘」形，方正小篆寫作「⊘」形，外框部件譌變成「勹」字（「勹」的小篆形體為「⊘」形），雖然可以理解這個字形可能是書寫者想要進行個人書風的創作，將「肉」形外框線條由一筆改為二筆書寫，然而此舉時造成字形的訛混，嚴格來說就是一個錯字，因此這種書寫的態度與方法不足取，宜為吾人在書寫創作時引以為鑑。

　　就結構問題來看，如編號504「宁」字，《說文》云：「辨積物也。象形。」小篆多數作「宁」形，方正小篆作「宁」形，應為正、簡體所產生的字形替換，這種現象在方正小篆中屢見不鮮；然而中國龍篆則作「宀」形，不像是正、簡轉換所造成的問題，因為中國龍篆似乎是以 Big5 作為編碼的基礎，所以在五百四十個字裡頭只有這個字產生了字型問題，據此，「宀」形就是一種因結構改變而產生的小篆字型問題。如小篆作「宁」形，符合字形演變規律，然而作「宀」形，應是根據楷體形體直接轉寫成小篆的一種錯誤現象。就楷體來看，「宁」字包含了「宀」、「丁」二個部件，「宀」小篆作「宀」，「丁」小篆作「↑」，因此中國龍篆「宁」字作「宀」形便是「宀↑」的組合結果。

　　從以上三個例子來看，電腦小篆字型如果設計失當，會造成使用者極大的困擾，這是我們必須要注意的地方。

　　綜上所述，我們看到了即使是電腦小篆字型，如此數位化的產物在其中也存在著人為因素，有因筆形改變、部件改變、結構改變等因素造成小篆字形的錯誤。其實這些錯誤是可以加以避免的，只要能對小篆構形有更深一層的認識，在取用的過程當中加以挑選正確無誤的字型，有問題的字型暫且不用，這是使用現行電腦小篆字型的重要注意事項。然而要能對小篆構形有更深一層的認識，不是一朝一夕之事，因此，本文在此最終的目的是先做出一套有字形依據的字型，同時這套字型的正確率是比較高的，在正確率為最高原則之下，盡量讓整體小篆風格能更加美觀，如下圖所示：

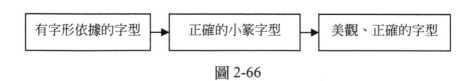

圖 2-66

　　本文在此所製作的「汲古閣篆」，採用的是明末虞山毛氏汲古閣所刊印的
《說文解字》小篆字形，目前的首要目標，是忠實地呈現汲古閣篆的小篆字
形，就版本的角度來看，此本字形當屬善本，本文經由五百四十部首的單字
分析，得到的結果也證實了這個看法，所以我們應當正面的肯定此版的小篆
字形地位與肯定它的傳世價值。

第三章 文字學課程的資料庫建構
——以大徐本《說文解字》、段玉裁《說文解字注》爲例

　　眾所周知，南唐徐鉉奉詔重新整理東漢許愼的《說文解字》，讓許愼此書得以較完整的版本重新面對世人，而清代段玉裁的《說文解字注》則是讓許愼此書成爲世人理解中國文字的最佳代表著作。基本上，徐鉉整理《說文》時以恢愎許書原貌爲最重要的一件事，而段玉裁則以對《說文》的多方考證成果及精闢的見解享譽學界；職是之故，二種版本在文字學課程教學時的重要性自不待言。對於徐鉉校定的版本，學界一般稱之爲「大徐本」，段玉裁的著作則稱之爲「段注本」，以下行文則以大徐本與段注本稱之，不再另行說明。

第一節　現有的《說文解字》網路資源舉隅〔註1〕

　　網際網路世界裡，有些網站設計不見得會將網站開張日期置於網頁內容中，就筆者所見所知，最早出現的二個與許愼《說文解字》有關的網頁資料庫，分別是北京師範大學所建置的《說文解字》檢索系統（主要內容以大徐本爲主）與「中華博物　今古博達網」所做的段玉裁《說文解字注》。此後，網際網路與《說文》相關的網站或資料庫，也分別從這兩個方面發展。

─────────────

〔註1〕 此節內容爲筆者〈段玉裁《說文解字注》數位內容之設計與建置〉（《興大人文學報》第四十二期，2009 年 3 月，頁 31-68。）一文部分成果，當時網站瀏覽的狀況是沒有問題的，可是近日（2010 年 7 月）再次瀏覽，發現部分網站功能已有改變，詳見內文敘述。

一、大徐本《說文》的網路面貌

北京師範大學所建置的「《說文解字》全文檢索測試版」，〔註2〕網站上署名是小童所做，從 2004 年 8 月開始提供測試，裡頭除了基本的「關鍵字」查詢，另外還有「高級檢索」，如：「拼音」、「楷字」、「卷」、「正文」、「注」、「重文正文及注」、「是否新附字」等檢索條件的運用。這個網站主要是以大徐本的《說文解字》為底本，如下圖所示：

圖 3-1

其中提供網友留言的功能，如果網友有任何意見，都可以在這個地方發言表示自己的意見。如果按下「我要瀏覽」，所出現的畫面如下圖所示：

圖 3-2

〔註 2〕 北京師範大學「《說文解字》全文檢索測試版」，網址：http://shuowen.chinese99. com/，瀏覽日期：2010 年 7 月 19 日。

　　由上圖可以看到，這個網站提供了小篆字形及相關的古文、籀文等字形，而字形部分以貼圖的方式呈現，此外並提供楷書、漢語拼音、許慎《說文解字》原文等內容。然而由於《說文解字》一書本身存在著許多的文字異體現象，所以為了正確呈現資料庫的內容，網站本身有告知使用者應要下載 Ext-B 及相應的超大字符集等。〔註3〕

　　隨著 Unicode（UTF-8）編碼的發展，多數的文字異體或難字可以順利在網際網路上呈現，因此也出現了其他與《說文解字》相關的網頁資料庫，如 Donald Sturgeon 所建置的「中國哲學書電子化計劃」網站，裡頭便有《說文解字》，〔註4〕如下圖所示：

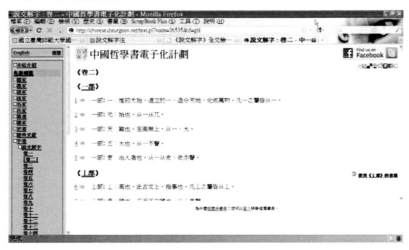

圖 3-3

　　網站所呈現的資料，筆者不清楚所依據的版本為何，資料庫的「卷一」是序文的內容，「卷二」的一開始才是「一部」的「一、元、天、丕、吏」等字，這個網站除了提供了全文檢索的功能，同時也利用了索引典（或關鍵詞）的連結技術，只要是網站所預設的關鍵詞，按下它的超連結，就可以自動找出該網站所有電子書中具有這個關鍵詞的前後原文，這是此站特別的地方。

〔註3〕　超大字符集，乃目前網路上所流傳的中日韓漢字超大字符集（Super CJK）通用字體支持包（Unicode 5.3 版），這個字庫包含近 10 萬個標準字符，其中中日韓越通用中文字元 75814 個。因行文之需，詳細介紹，請參見本文「四、楷體難字、小篆、古文、籀文等字形的打字及呈現問題」一節。

〔註4〕　「中國哲學書電子化計劃」裡的《說文解字》，網址：http://chinese.dsturgeon.net/text.pl?node=26160&if=gb

　　另外，有一個網站叫做「《說文解字》在線查詢」，〔註5〕這個網站的最大優點，就是查詢條件相較於其他網站，有了更多的彈性與選項。入口畫面如圖四，在圖右的部分可以看到：檢索方式包含了「楷書」、「拼音」、「部首」、「部首筆劃」、「結構類別」、「構件」、「反切」、「卷數」等：

圖 3-4

　　可惜的是，使用者無法由第一層的入口畫面看到小篆的寫法，必須要按下去某個「楷書」字頭之後，才能看到相應的小篆寫法，如圖五所示：

圖 3-5

〔註 5〕　「《說文解字》在線查詢」，網址：http://www.codebit.cn/shuowen/index.php

　　這個網站有一個它站所無的特色，它能夠將使用者所選的小篆字形「加入收藏」，然後再一次「生成一張大圖」，例如，筆者收藏了「說文篆體」這幾個字，然後再「生成圖片」，結果如圖六所示：

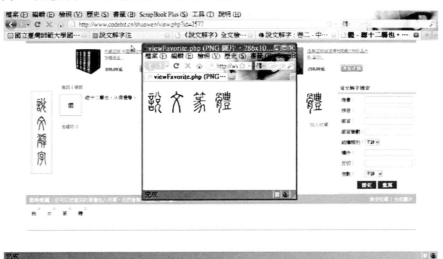

圖 3-6

　　如此可以產出使用者想要看到的小篆字形，然而這只限《說文解字》一書所收的字頭，如果不見於此書的其他楷字，那麼就無法看到相應的小篆字形了。

　　另外，華東師範大學中國文字研究與應用中心也做了一個「《說文解字》檢索系統」〔註6〕的網頁資料庫，並且取得了很好的成就，它的入口畫面如下圖所示：

〔註6〕　華東師範大學中國文字研究與應用中心的「《說文解字》檢索系統」，網址：http://www.wenzi.cn/shuzi/wenziyuanjiu.asp。此網站應是該單位所出版的《《說文解字》檢索系統》一書的網路檢索版。

圖 3-7

當筆者按下「《說文解字》檢索系統」右方的「進入檢索」之後，結果如下圖所示：

圖 3-8

由此圖我們可以看到，目前只提供了「拼音」（漢語拼音）的查詢方式。筆者在輸入欄裡，輸入了「luo2」，當按下「開始查詢」之後，所得到的結果如下圖所示：

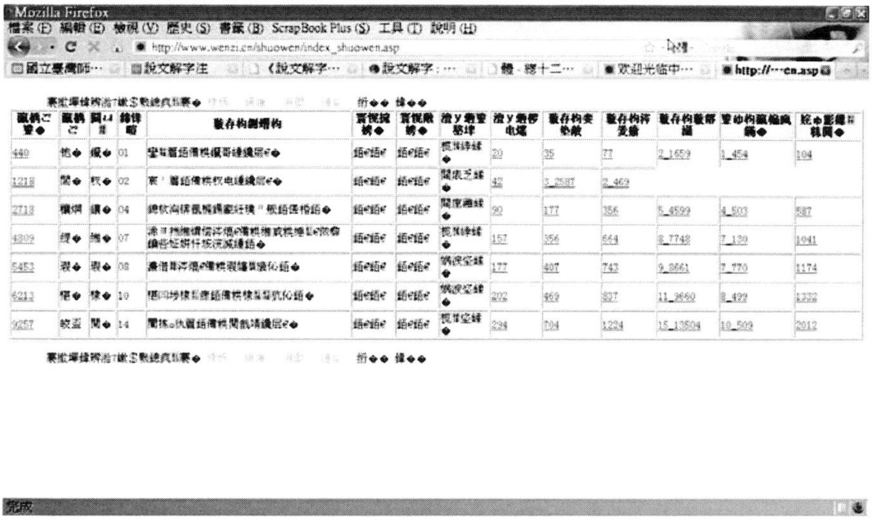

圖 3-9

筆者發現必須將編碼改成「Unicode（UTF-8）」，它才會出現正確的結果，如下圖所示：

圖 3-10

根據上圖，我們可以看到，它所提供的查詢結果包含了「字頭號」、「字頭」、「部首」、「卷數」、「説文原文」、「徐鉉注」、「徐鍇注」、「大徐反切」、「大徐頁碼」、「説文段注」、「説文義證」、「説文詁林」、「古文字詁林」等欄位，要製作這些欄位是要花費相當多的時間與工夫的！當我們按下「字頭號」時，

會出現小篆的字形，但前題是要安裝華東師範大學所做的小篆字形才能正常看到，否則就會如同筆者的狀況一樣，當按下「440」蘿字時，跳出的畫面變成了如下圖所示：

圖 3-11

如果我們按下了「35（說文段注）」，在筆者 2009 年 3 月發表〈段玉裁《說文解字注》數位內容之設計與建置〉一文時，可以正常的進行連結，如下圖所示的畫面：

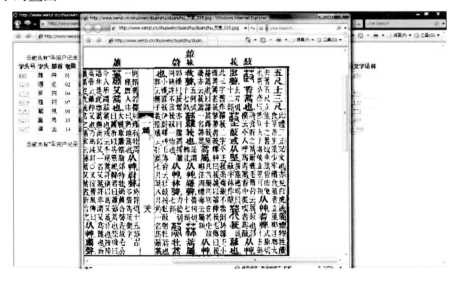

圖 3-12

然而筆者在 2010 年 7 月瀏覽時，這個連結則失效了，結果如下所示：

圖 3-13

可以看到，這個段注本全文掃瞄的圖檔連結失效，對於使用者來說會造成一定的困擾。筆者對於華東師範大學的資料庫進行了較爲仔細的網頁操作說明，主要的目的是要讓大家看到一件事：目前網頁編碼千百種，就此網站來看，至少用了一種以上不同的編碼，使用者如果無法正確找到相應的編碼，而逕自以爲這個網頁建構有誤，那麼辛苦建構的網站達不到它的實際功效，這樣殊爲可惜！

以下，本文表列諸多與大徐本《說文解字》有關之網站、網址，以清眉目：

表 3-1

編號	製作者或製作單位	網站名稱	網址
1	北京師範大學 小童	《說文解字》全文檢索測試版	http://shuowen.chinese99.com/
2	Donald Sturgeon	「中國哲學書電子化計劃」裡的《說文解字》	http://chinese.dsturgeon.net/text.pl?node=26160&if=gb
3	不明	《說文解字》在線查詢	http://www.codebit.cn/shuowen/index.php
4	華東師範大學中國文字研究與應用中心	《說文解字》檢索系統	http://www.wenzi.cn/shuzi/wenziyuanjiu.asp

二、段玉裁《說文解字注》的網路面貌

　　隨著《說文解字》的電子文本資料庫建構風潮，《說文解字注》也不遑多讓，以筆者所見，最早應是「中華博物　今古博達網」所做的《說文解字注》這個網頁資料庫，〔註7〕以楷書筆畫數作為查詢依據，當按下畫面左邊所欲查詢的單字時，右邊視窗則會出現相應的段注內容圖版，在 Unicode（UTF-8）編碼尚未公佈之前，這個網站提供了使用者極大的便利性，打開了《說文解字注》在網際網路的一扇大門。畫面如圖所示：

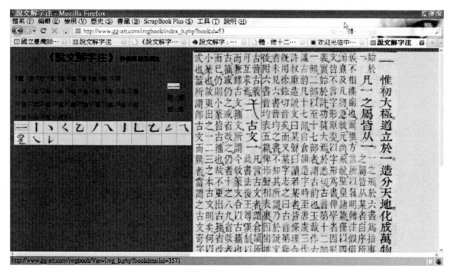

圖 3-14

　　除了「中華博物　今古博達網」的《說文解字注》以圖版方式呈現之外，華東師範大學中國文字研究與應用中心所建置的「《說文解字》檢索系統」，〔註8〕亦有段注內容的圖檔。〔註9〕此外，日本早稻田大學將他們所藏的《說文解字注》（經韻樓藏版）〔註10〕進行原書全文掃瞄，這種方式主要是以保存原書圖版樣貌為主，該單位以 HTML 及 pdf 檔置於網際網路，讓使用者得以觀看該書原貌。

〔註7〕　「中華博物　今古博達網」《說文解字注》，網址：http://www.gg-art.com/
　　　　imgbook/index_b.php?bookid=5，3

〔註8〕　華東師範大學中國文字研究與應用中心所建置的「《說文解字》檢索系統」，
　　　　網址：http://www.wenzi.cn/shuzi/swjzjs.asp

〔註9〕　前文已有論述，請參看圖十二所做的說明。

〔註10〕　日本早稻田大學所藏《說文解字注》（經韻樓藏版），網址：http://archive.wul.
　　　　waseda.ac.jp/kosho/ho04/ho04_00026/ho04_00026_0001/

　　值得注意的是，以日本學者村越貴代美爲代表所建置的說文解字注網站，〔註11〕則不再是圖檔的方式，而是以 xml 格式的全文電子檔作爲網頁資料庫的建構基礎，如圖所示：

圖 3-15

　　在這個頁面，我們可以看到他們建構網站的基本架構及模式。當我們進一步按下左邊「說文解字第一篇上」時，所得結果如下圖所示：

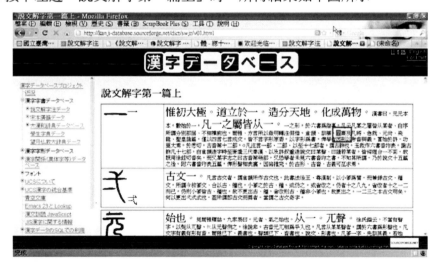

圖 3-16

〔註11〕 「說文解字注データ」，網址：http://kanji-database.sourceforge.net/dict/swjz/index.html

我們可以看到，此站利用 xsl 樣式表配合 xml 文檔來進行文字的編排。如為字頭，則放大至於表格左側，在字頭部分，包含篆體與楷體；至於表格右側，則分為大字與小字，其中大字是許慎原文，小字則是段注內文。建構了這樣的一個網站，讓使用者得以進一步利用段注原文進行更多的加值應用，比起圖檔的形式來說，基本上已經克服了大部分的難字問題，然而還有些許文字尚未處理完畢，如上圖「？熹」之處應為「淿熹」。至於這個網站也是在 Unicode 編碼應用之後所建置的，所以已處理了大部分的缺字問題，值得推薦給大家使用；可惜的是，似乎沒有看到提供便利的搜尋介面，使用者必須要清楚知道某個字是在《說文解字注》的第幾卷，如此才能找得到所欲查找的單字，這種現象會造成使用者一定程度的困擾。

以上介紹的「中華博物　今古博達網」所做的《說文解字注》、華東師範大學中國文字研究與應用中心所建置的「《說文解字》檢索系統」以及日本學者村越貴代美為代表所建置的說文解字注網站等，使用者在檢索過程當中是不需收費的，這樣比較符合知識共享的網路時代精神，可以讓人類共同累積的知識財產得以迅速的傳播與開展。至於目前市面上資料庫公司所做的中文古籍資料庫，就筆者的瀏覽經驗，有「瀚堂典藏」〔註 12〕、「中國基本古籍庫」〔註 13〕等二個大型資料庫均建置了《說文解字注》。可惜的是，這二個資料庫不提供個人使用者試用，必須到有購買這個資料庫的大學圖書館等單位才能使用，由於種種的主、客觀限制，筆者無法詳述這二個資料庫的實際操作全貌，有興趣者可自行至這二個網站一窺概貌。

以下，本文表列上文所提及與大徐本《說文解字》有關之網站、網址，以清眉目：

表 3-2

編號	製作者或製作單位	網站名稱	網　址
1	不明	中華博物　今古博達網	http://www.gg-art.com/imgbook/index_b.php?bookid=53
2	華東師範大學中國文字研究與應用中心	《說文解字》檢索系統	http://www.wenzi.cn/shuzi/swjzjs.asp

〔註 12〕「瀚堂典藏」為北京時代瀚堂科技有限公司所建置，網址：http://www.hytung.cn/
〔註 13〕漢珍數位圖書股份有限公司有代理北京愛如生數字化技術研究中心所建置的「中國基本古籍庫」，網址：http://www.tbmc.com.tw/tbmc2/cdb/intro/Chinese-caozuo.htm

| 3 | 日本早稻田大學 | 《說文解字注》（經韻樓藏版） | http://archive.wul.waseda.ac.jp/kosho/ho04/ho04_00026/ho04_00026_0001/ |
| 4 | 以日本學者村越貴代美爲代表 | 說文解字注データ | http://kanji-database.sourceforge.net/dict/swjz/index.html |

　　《說文解字》、《說文解字注》有關的網頁資料庫，除了網頁資料庫的形式之外，亦有隨著圖書所附贈的《說文解字》單機版者。如：臧克和、王平等編了《說文解字全文檢索》一書，〔註14〕書後附有光碟版，文獻依據清代孫星衍刻本，是目前流傳最廣的大徐本《說文解字》，能夠查詢全部的說文解字，可惜的是，這個版本只能查看，不能進一步的利用。至於王宏源新勘的《說文解字（現代版）》，〔註15〕書後亦附有光碟演示版，但只能查詢說文第四卷及第十一卷。以上兩者都只限於許愼的《說文解字》原文，而沒有段注的內容。

第二節　大徐本、段注本屬性分析與資料庫欄位設計

　　《說文解字》一書所涵括的面向極爲廣大，歷來研究者從眾多面向加以分析探討，取得了極大的成就，由丁福保的《說文解字詁林》可見一斑；另外，由蔡信發《一九四九年以來臺灣地區《說文》論著專題研究》〔註16〕一書的收錄，也可以看到臺灣地區現代整個《說文》研究的面貌。整體來說，《說文》是一部以形爲主的字書，因此就內容本身具備了文字的「形」、「音」、「義」三大基本條件，因此多數的研究者也都從這三個面向進行深入探求，本文在此，則是針對「字形」作爲整個資料庫的設計核心，並旁及基本的音、義問題。

一、文本資料來源

　　本資料庫的電子文本資料來源，以香港中華書局印行的大徐本《說文解字》作爲主要依據，此版於前言處提到：

〔註14〕臧克和、王平等編：《說文解字全文檢索》（廣州：南方日報出版社），2004年4月第1版。
〔註15〕王宏源：《說文解字（現代版）》（北京：社會科學文獻出版社），2005年2月第1版。
〔註16〕蔡信發《一九四九年以來臺灣地區《說文》論著專題研究》，台北：文津出版社，2005年。

清嘉慶十四年（公元一八〇九），孫星衍覆刻宋本說文解字，世稱精
善，但密行小字，連貫而下，不便閱讀。同治十二年（公元一八七
三）番禺陳昌治復據孫星衍本改刻爲一篆一行本，以許書原文爲大
字，徐鉉校注者爲雙行小字，每部後之新附字則低一格，如此乃覺
眉目清朗，開卷瞭然。〔註17〕

據此，明顯的指出了此版爲清代陳昌治根據孫星衍本的改刻本，查看此書內
容，的確是「眉目清朗，開卷瞭然」，可惜的是，由於印刷或版本問題，此書
的小篆、籀文、古文等字形，有時條線的表現不夠清楚，爲改善這種狀況，
在「字形」部分，本資料庫的《說文》字形採用了明末虞山毛氏汲古閣所刊
印的《說文解字》作爲底本。

　　至於段注本，我們所採用的是「經韵樓藏版」影印本，此版爲目前最爲
通行的段玉裁《說文解字注》版本，如台北的藝文印書館、洪葉文化事業有
限公司，或北京中華書局等均採用「經韵樓藏版」。

二、資料屬性分析

　　細察大徐本的文本現象，主要包含了二種不同的素材：一是文字材料，
二是圖版材料。我們以「禮」字作爲說明：

　　　禮　履也，所以事神致福也。从示，从豊，豊亦聲。^{靈啓}^切　𧗪，古文禮。

從上面可以看到：「禮」爲禮字的小篆圖版材料，「履也，所以事神致福也。」
爲「字義」的文字材料，「从示从豊，豊亦聲。」爲「六書分類」的文字材料，
「靈啓切」爲徐鉉據孫愐《唐韻》所加入的「字音」材料，「𧗪」爲禮字古文
的圖版材料，「古文禮」則是許慎對於前列字形所做的字形來源說明與判斷的
結果。以上但舉「禮」字說明許慎文字的使用方式，然而許書九三五三字的
釋形、釋音、釋義條例種類繁多，不一而足，因此必須針對使用者需求做不
同的設計。本階段主要以「形」作爲考量，那麼，就禮字的「形」來說，則
包含了小篆字形「禮」與古文字形「𧗪」二個圖版條件，以及「从示从豊，豊
亦聲」的結構分析條件；然而爲求基本的檢索需求，釋義及字音也會一併考
量納入，讓文字的形、音、義三個向度都有材料可茲參考。此外，上面引文
的文字有大有小，大字爲許慎《說文》的原本文字，小字爲徐鉉所加入有註

〔註17〕　〔漢〕許慎撰、〔宋〕徐鉉等校定：《說文解字》，香港：中華書局，1972年6
　　　　月初版。「前言」頁4-5。

腳，在處理文本時，這些是需要特別注意的地方。

　　至於細察段注本的文本現象，主要包含了二種不同的素材：一是文字材料，二是圖版材料。我們以「禮」字作爲說明：

　　禮　履也。見《禮記·祭義》、《周易·序卦傳》。履，足所依也。引伸之凡所依皆曰履，此假借之法。履，履也。禮，履也。履同而義不同。所㠯事神致福也。禮有五經，莫重於祭，故禮字从示。豐者，行禮之器。豐亦聲。靈啓切。十五部。〈〈〈 古文禮。

上面引文，小字爲段玉裁的注文，大字爲段注本所引之許愼《說文解字》一書的原來文字樣貌。如果先將段氏注文省略，保留段注本的許愼原文，則如下所示：

　　禮　履也。所㠯事神致福也。从示，从豐，豐亦聲。〈〈〈 古文禮。(段注本)

　　禮　履也，所以事神致福也。从示，从豊，豊亦聲。〈〈〈，古文禮。(大徐本)

本文在此也將大徐本文字排列於段注本下面，二相對照，可以發現有一些彼此不同之處：第一，「履」與「履」之別；第二，「㠯」與「以」之別；第三，「豐」與「豊」之別。文字雖無增減，然卻有楷體用字之異。

　　原則上，大徐本與段注本所引用的許愼《說文》原文在此字並無不同，然而有些字所使用的文字則有所出入，如「一」字：

　　惟初大極，道立於一，造分天地，化成萬物。凡一之屬皆从一。(段注本)

　　惟初太始，道立於一，造分天地，化成萬物。凡一之屬皆从一。(大徐本)

段注本作「大極」，大徐本作「太始」，由此可見，將大徐本與段注本兩相對照，可以發現許愼《說文》的異文現象。此外，據段注本的內容來看，比起大徐本，除了有更多的注釋之外，在切語下面多了古音分部，這也是段注本的重大成就之一。

三、資料庫欄位設計

　　對於文本資料有所了解之後，接下來便是進行資料庫的設計。本計畫擬採

用 MySQL 資料庫，它是一個免費且功能強大的關聯式資料庫管理系統，[註18]
就關聯式資料庫來說，欄位是最基本的設計需求。就大徐本《說文》的資料屬
性來說，本計畫擬以「字形」為主，旁及「字音」與「字義」，在這樣的需求前
題之下，欄位需求如下所示：

表 3-3

1	流水號	作為《說文》字頭的區別編號
2	說文 540 部首	每個字頭所屬的 540 部的部首歸類
3	字頭	《說文》單字，不計算重文形體楷化後的單字
4	大徐版心頁碼	每一版面魚尾之間的頁碼
5	大徐書本頁碼	香港中華書局本頁面左下或右下方的頁碼
6	說文 540 部首從屬字	計算說文 540 部首從屬字的數量
7	是否為新附字	如為大徐本的新附字，則在此欄位做註記。
8	字頭 Unicode 編碼	《說文》單字的 Unicode 編碼
9	小篆字形編碼	將字形個別裁切的圖檔檔名
10	大徐本許慎原文	大徐本《說文》原文
11	大徐本切語	徐鉉據孫愐《唐韻》的切語
12	大徐本漢語拼音	以漢語拼音表示的現代讀音
13	大徐本注音	以注音符號表示的現代讀音
14	古文	據《說文》原文中所言之「古文」字形，在此欄位做註記。
15	籀文	據《說文》原文中所言之「籀文」字形，在此欄位做註記。
16	篆文	據《說文》原文中所言之「篆文」字形，在此欄位做註記。
17	奇字、或體等其他異體	據《說文》原文中所言之「奇字、或體」等其他異體字形，在此欄位做註記。
18	段注許慎原文	段注本《說文》原文
19	段注本切語	段玉裁修改徐鉉所用的切語
20	段玉裁古音分部	段玉裁對字頭的古音進行十七部的歸類
21	段注本漢語拼音	以漢語拼音表示的現代讀音
22	段注本注音	以注音符號表示的現代讀音
23	段注本頁碼	段玉裁《說文解字注》一書的頁碼（以藝文印書館為主）
24	康熙字典 214 部首	將 9353 字字頭進行康熙字典的部首分類
25	段注本全文	包含許慎原文與段玉裁注解

[註18] 「MySQL 是一個快速、多執行緒（multithread）、多使用者且功能強大的關聯式資料庫管理系統（relational database management system, RDBMS），可以與 C、C++、Java、Perl、PHP 等語言很容易的連結，可以運行於多種平台上，例如：Solaris、RedHat、Linux、FreeBSD、OS/2、Windows 等等。」參見「MySQL 初探」，網址：http://chensh.loxa.edu.tw/php/C_1.php。

　　上表將大徐本與段注本所含的資料進行欄位設計，共有二十五個欄位，以求符合本資料庫以形爲主、旁及音義的需求。

第三節　《說文》大徐本與段注本網頁資料庫製作

　　本文所欲建構的《說文》大徐本與段注本網頁資料庫，擬採用動態網頁資料庫的方式作爲設計主軸，動態網頁資料庫在網際網路中，已成爲一種重要的存在模式，當使用者提出他的資料需求時，透過程式語言進行伺服器端資料庫的存取，便可輸出去使用者的面前。如下圖所示：

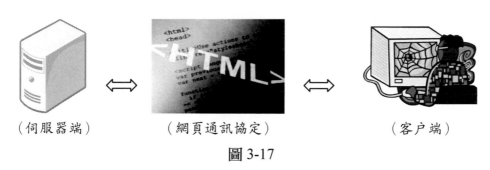

（伺服器端）　　　　（網頁通訊協定）　　　　（客户端）

圖 3-17

　　那麼，伺服器端的「動態網頁資料庫」要如何製作呢？我們可以用下面的概念圖示進行說明：

（紙本文件）　　（掃瞄）　　（電腦資料處理及建置）　　（動態網頁資料庫）

圖 3-18　伺服器端的製作流程

　　上面的概念流程圖包含四個部分：第一是「紙本文件」，第二是「掃瞄」，第三是「電腦資料處理及建置」，第四是動態「網頁資料庫」。

　　就大徐本《說文》而言，它的「紙本文件」包含了二大資料：第一是文字，第二是圖形。文字與圖形可用掃瞄器「掃瞄」轉存爲電子檔。當紙本文件成爲電子文件之後，便要進入到「電腦資料處理及建置」這個階段。

　　「電腦資料處理及建置」包含二大步驟：第一是將電子文件資料加以「處

理」；第二是當處理完畢之後要「建置」成為有機的資訊進行溝通與分享。據此，大徐本的電子文件要「處理」文字與圖形二個部分。就文字方面來說，由於我們已將紙本文件掃瞄成電子文件，因此可透過文字辨識軟體的幫忙，減低文字輸入工作，這對大部分的紙本文字是沒有太大的問題的，然而就《說文》文本則會存在著許多的困難，因為《說文》一書存有許多的罕用字及難字，如利用文字辨識軟體進行辨識，產出的電子文檔會有許多的錯別字；與其對這個電子文檔進行文字校正工作，還不如直接進行文檔繕打來得快，這是筆者多年來製作文字資料庫的深刻經驗。至於圖形方面來說，先前掃瞄所得的電子圖檔則要進行相關的裁切動作，並將所裁得的圖檔加以處理，最後再進行後續的相關建置工作。「處理」完畢之後的「建置」流程，相當於本文前面所進行的「資料屬性分析」及「資料庫欄位設計」二大部分，於此不再贅述。

　　最後一個階段為「動態網頁資料庫」的製作。顧名思義，所謂的網頁資料庫，便是建置在網路上面的資料庫，它包含二種類別：一種是靜態的，一種是動態的。靜態網頁資料庫多半是將資料存放在 HTML、XHTML 等網頁裡，再透過搜尋程式的輔助找到所欲查找的資料，是一種客戶端的程式運用；至於動態網頁資料庫則是將資料存放在資料庫管理程式裡（如：MySQL、Microsoft Office Access 2003、Oracle 等），再透過動態網頁程式語言（如：PHP、ASP、ASP.Net 等）的程式運行，將搜尋結果呈現在使用者的眼前，是一種伺服器端的程式運用。本文所欲建置的是動態網頁資料庫，對使用者來說，可以依照自己不同的需求獲取不同的資料，這是動態網頁資料庫最大的優點。

一、網站開發設備與環境設定

　　本網站開發採用的是 AMP（Apache+MySQL+PHP），它是一種製作動態網頁的開放源碼解決方案：Apache 是網頁伺服器，MySQL 是資料庫伺服器，PHP 是一種在伺服器端執行的程式語言。這些程式本來執行的作業系統是在 unix、linux、ubuntu 等，經過多年時間，在 windows 系統上也能正常運作，程式的發展日新月異，因此許多有志之士將這些程式封裝成套件，將 AMP 三種程式再加上 phpmyadmin，而為 AMPP。至於 AMPP 種類繁多，較為通行的有 XAMPP、appserv、EasyPHP 等架站軟體，不同的架站軟體所內含的程式或有出入，但一定包含 AMPP。本網站開發最後採用 XAMPP。

　　根據 XAMPP 官網介紹，它「是一個相當容易安裝的 Apache 擴充版本，

它已經包括了 MySQL、PHP 及 Perl 等軟體在其中。XAMPP 非常容易安裝及使用，你只需要：下載、解壓縮及啓動就可以了。」〔註 19〕雖然確如其言，在此本文還是不厭其煩的將安裝過程與大家分享，證明它眞的是一套非常容易上手的軟體。

（一）安裝 XAMPP 架站程式

本網站由於開發的時間較早，採用的是 XAMPP1.6.4 版，目前已更新到 1.7.3 版。首先，用滑鼠左鍵點選 xampp-win32-1.6.4-installer.exe 二下，便開啓如下面所示的畫面：

圖 3-19

按下「OK」之後，便到了下個畫面：

圖 3-20

〔註 19〕詳細參見「Apache friends-XAMPP」，網址：http://www.apachefriends.org/zh_tw/xampp.html

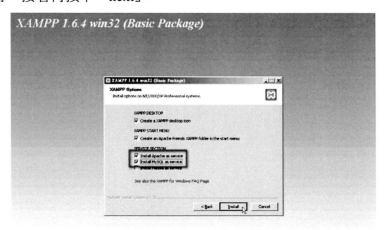

接著按下「next」：

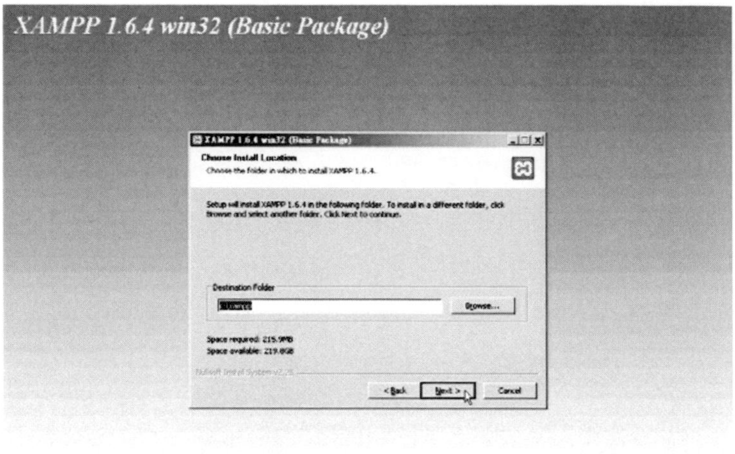

圖 3-21

此時會問你要安裝的路徑為何，如果沒有特別的需求，直接採用預設的路徑即可，接著再按下「next」：

圖 3-22

此時安裝程式會請你「SERVICE SECTION」，我們選擇「Install Apache as service」、「Install MySQL as service」二者，然後再按下「Install」：

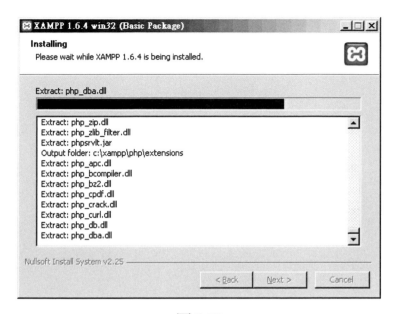

圖 3-23

接著便會自動安裝這二套程式，隨著電腦主機的快慢，安裝速度會有所不同，但原則上在 10 分鐘之內便會完成。

圖 3-24

安裝完畢之後，會請你按下「Finish」。

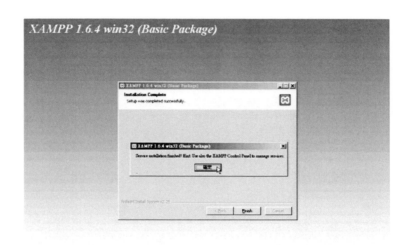

圖 3-25

按下之後，會跳出一個視窗，告訴你安裝完畢之後可利用「XAMPP Control Pannel」來做進一步的管理。按下「確定」之後，會跳到下面的畫面：

圖 3-26

如上圖，我們即將完成 XAMPP 的安裝，最後一個步驟會問你：現在要不要開啟管理畫面，如果按下「是」，便會在螢幕右下角出現如下圖的畫面：

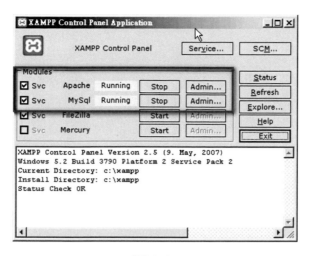

圖 3-27

　　此時，你的電腦已開始在運行「Apache」與「MySQL」了；換句話說，你的電腦已成爲一台單機測試的伺服器，至此已完成第一階段的安裝步驟。

（二）修改 MySQL 連線編碼

　　由於本計畫的文字包含了許多罕用字，這些罕用字的使用包含了 Ext-A、Ext-B、Ext-C 等字集，要將這些罕用字順利存入 MySQL 裡是需要一些特別的設定的。如前所述，我們利用 xampp 架站軟體來安裝 MySQL 程式，而 phpmyadmin 則是管理 MySQL 的好幫手。首先，利用瀏覽器程式（如：firefox、IE 等），在網址列輸入網址爲：「http://localhost/phpmyadmin/」，便可開啓如下面的畫面：

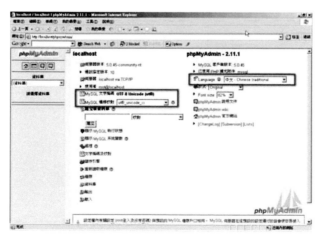

圖 3-28

我們由這個畫面可看到幾項資訊：第一，phpmyadmin 的版本為 2.11.1；第二，MySQL 的版本為 5.0.45；第三，Language 的部分為「中文-Chinese traditional」，這個設定主要是 phpmyadmin 的語系介面設定；第四，MySQL 文字編碼為「UTF-8 Unicode （utf8）」；第五，MySQL 連線校對，預設為「utf8_unicode_ci」。除了版本說明外，就文字編碼的狀況來看，簡單的說，MySQL 預設的所有編碼均為 utf-8，這對大部分的中文資料庫其實是非常好的一種作法，可以減少許多的網頁編碼問題；然而對於有 Ext-A、Ext-B、Ext-C 的字，如「𥛱（U+256F1）」字在 Ext-B 裡，可是如果將這個字以上面所言的 MySQL 預設編碼環境下存入 MySQL 資料庫當中，儲存格的內容將會是空白的！為了修正這個重大的問題，我們需要做一些調整，亦即：要將 MySQL 文字編碼由「UTF-8 Unicode （utf8）」改為「cp1252 West European （latin1）」。

首先，先找到「c:/xampp/phpMyAdmin/Libraries/select_lang.lib.php」，並利用文字編輯器（如：PSPad、emeditor 等純文字的編輯軟體）打開「select_lang.lib.php」這個檔案：

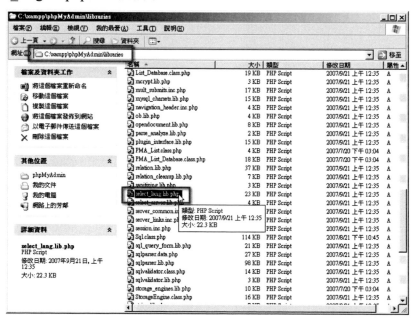

圖 3-29

開啟之後，找到行數 377 行（不同的 phpmyadmin 版本行數會稍有不同，

但位置大約在此處），將「utf8」改爲「latin1」，如下圖所示：

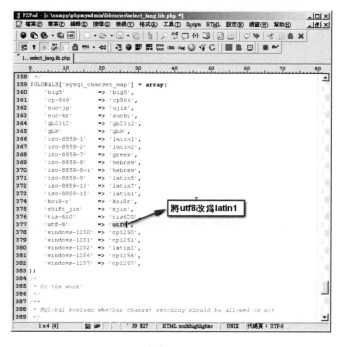

圖 3-30

改完之後記得要按下「檔案／儲存」。儲存完畢之後，到視窗右下角把「XAMPP Control Panel」打開，如下圖所示：

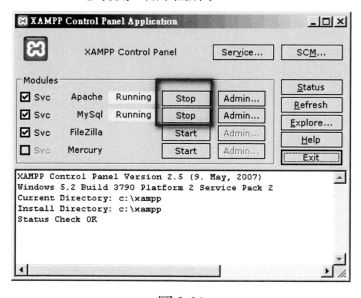

圖 3-31

　　然後將 Apache 及 MySQL 二套軟體先按下「Stop」，稍待幾秒鐘的時間，「Stop」會變成「Start」，此時的狀態告訴我們：Apache 及 MySQL 二套軟體已經順利關閉了；由於我們先前修改了部分程式碼，所以要先將 Apache 及 MySQL 二套軟體關閉。為了測試到底有沒有順利修正「MySQL 文字編碼」，因此，我們需要再將 Apache 及 MySQL 二套軟體重新啟動，因此再將 Apache 及 MySQL 右方的「Start」鈕按下去，表示已順利啟動程式。最後，再按下瀏覽器的頁面重新整理鈕，如下所示：

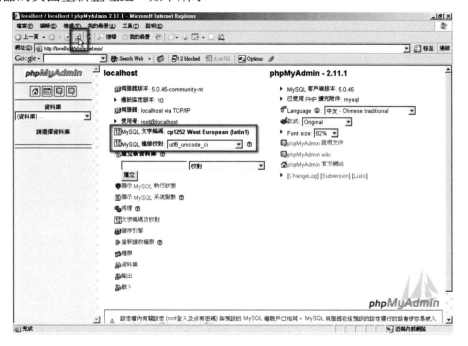

圖 3-32

　　到這個步驟，我們已順利將 MySQL 文字編碼由「UTF-8 Unicode（utf8）」改為「cp1252 West European （latin1）」。

二、網站製作流程圖與資料處理的具體方式

　　本流程圖採用由上而下結構化程式設計（Top-down Structured Programming）觀念加以繪製，在網站製作時如果能夠先以流程圖加以表示製作過程，不但能夠讓設計者觀念更加清楚，也能夠讓閱讀者了解整個網站的設計步驟。本網站的製作步驟如下圖所示：

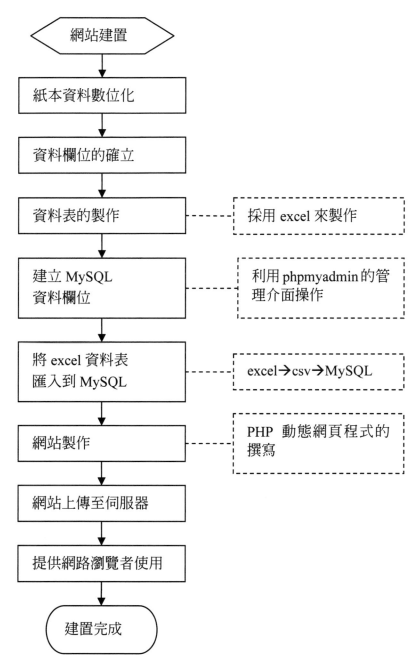

圖 3-33　《說文》大徐本與段注本資料庫網站製作流程圖

　　根據網站製作流程圖，主要可概分爲二大類：第一類是網站資料處理的具體方式，由「紙本資料數位化」、「資料屬性分析」、「資料欄位的確立」、「資料表的製作」、「建立 MySQL 的資料欄位」，到「將 Excel 資料表匯入到 MySQL」

這個步驟均屬之；第二類是網站製作及成果展現，包含「網站製作」、「網站上傳至伺服器」、「提供網路瀏覽者使用」等三個步驟。

（一）由 Word 到 Excel

本網站的主要文本材料爲《說文》大徐本及段注本的內容，前文對於「紙本資料數位化」、「資料屬性分析」、「資料欄位的確立」等部分已做過說明，這三個部分或許可視爲資料處理的前置作業，在此不再贅述；當資料欄位確定之後，接著便是將電子文本資料置入到資料庫，由於我們的前置作業是將《說文》大徐本及段注本的內容變成全文電子檔（圖形檔另外處理），且以 Microsoft Word 2003 的格式儲存，因此要將 Word 全文檔修改成欄位的形式，然後再轉存至 Excel 裡。Excel 資料表可視爲最簡單的關聯式資料庫形式，因爲二者同樣都是利用欄位置放資料；此外，Excel 還有許多處理資料的快速方法，例如：第一個欄位爲「流水號」，如在 Word 表格裡，要讓第一欄自動由 1 開始累加至最後一個儲存格，必須要利用函式才能做得到，一般 Word 使用者不見得會運用 Word 函式，而 Excel 只要在儲存格的右下角點一下便可由 1 開始累加至最後一個儲存格。因此，在 Excel 處理資料相形之下顯得容易許多。職是之故，本文採用 Excel 處理資料，而不採用一筆一筆資料輸入至 MySQL 的方式，這樣可以減少許多人力資源，且能縮短資料處理時間。

（二）由 Excel 到 MySQL

當資料在 Excel 處理完畢之後，接著便要將 Excel 資料匯入至 MySQL 資料庫裡，在匯入資料之前，必須先建立 MySQL 的資料欄位，而欄位的建立可利用 phpmyadmin 的管理介面加以操作。

1. phpmyadmin 管理 MySQL 的操作步驟

首先，我們要利用 phpmyadmin 的管理畫面新增一個名爲「shuowen」的資料庫，如下圖所示：

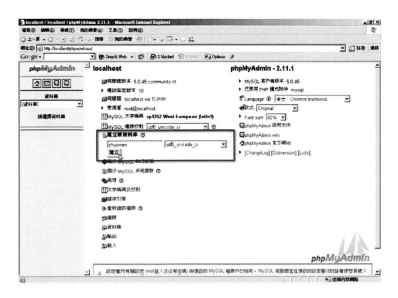

圖 3-34

　　在「建立資料庫」輸入欄裡輸入「shuowen」，並將編碼設爲
「utf8_unicode_ci」，按下「建立」鈕，接著便會出現下面的畫面：

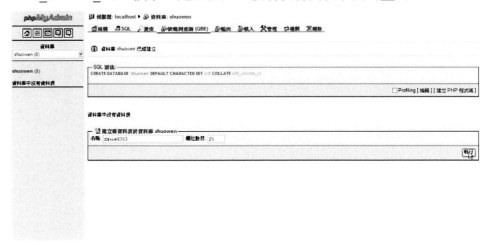

圖 3-35

　　根據上文「資料庫欄位設計」的需求，共需要有二十五個欄位；另外，
本計畫以大徐本的字頭爲主，因此將資料表的名稱命名爲「daxue9353」，同
時將欄位數目設爲「25」，之後按下右下角的「執行」鈕，畫面如下所示：

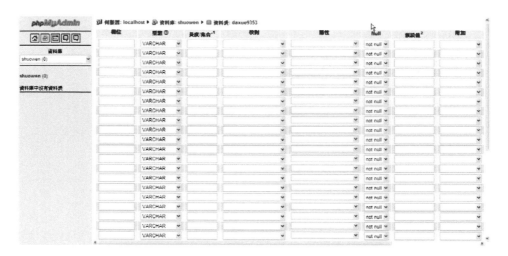

圖 3-36

依照資料庫欄位設計需求的實際狀況，依序填入相關資料後，結果如下
所示：

欄位	型態	校對	屬性	Null	預設值	附加	執行
id	int(10)		UNSIGNED	否		auto_increment	
radical_540	varchar(255)	utf8_unicode_ci		否			
title	varchar(255)	utf8_unicode_ci		否			
page_daxue_middle	varchar(255)	utf8_unicode_ci		否			
page_book	varchar(255)	utf8_unicode_ci		否			
radical540_follow_word	varchar(255)	utf8_unicode_ci		否			
xinfuword	varchar(255)	utf8_unicode_ci		否			
unicode	varchar(255)	utf8_unicode_ci		否			
xiaozhuan_pic	varchar(255)	utf8_unicode_ci		否			
article	text	utf8_unicode_ci		否			
qie_ue	varchar(255)	utf8_unicode_ci		否			
daxue_han_phone	varchar(255)	utf8_unicode_ci		否			
daxue_phone	varchar(255)	utf8_unicode_ci		否			
guwen	varchar(255)	utf8_unicode_ci		否			
zowen	varchar(255)	utf8_unicode_ci		否			
zhuanwen	varchar(255)	utf8_unicode_ci		否			
chizi_etc	varchar(255)	utf8_unicode_ci		否			
duan_xiu_content	text	utf8_unicode_ci		否			
duan_qie_ue	varchar(255)	utf8_unicode_ci		否			
duan_guin	varchar(255)	utf8_unicode_ci		否			
duan_han_phone	varchar(255)	utf8_unicode_ci		否			
duan_phone	varchar(255)	utf8_unicode_ci		否			
duan_page	varchar(255)	utf8_unicode_ci		否			
kanxi_radical_214	varchar(255)	utf8_unicode_ci		否			
duan_all_content	text	utf8_unicode_ci		否			

圖 3-37

至此，透過 phpmyadmin 管理介面，我們已將 MySQL 欄位新增完成。

2. 將 Excel 資料表匯入到 MySQL

當 MySQL 欄位新增完成之後，接著便要將 Excel 資料表匯入到 MySQL 裡，雖然有一些工具程式可供使用，如 DBconverter，〔註20〕但是在處理中文資料上還是存在著一些問題，因爲 Excel 檔存在著許多不確定的「格式」問題，所以如果直接匯入到 MySQL 裡，常常會有亂碼的狀況或無法順利匯入的狀況，因此，要先將 Excel 檔另存成 csv 檔（編碼要設定爲 utf8），然後再匯入到 MySQL 裡，在匯入的過程中也要注意特殊字元問題。

舉例來說：筆者在處理資料的過程當中，將資料由 Word 複製到 Excel 欄位，然後再由 Excel 轉成 csv 檔，結果在 Excel 檔裡列數本來是 9831 列，〔註21〕可是到了轉完檔後的 csv 檔卻變成了 9838 列，多出來的 7 列，一開始筆者也不覺得是什麼大問題，然而當由 csv 匯入到 MySQL 時，卻發生匯入錯誤！所幸 phpmyadmin 會告訴你發生錯誤是在第幾列，當筆者仔細查看問題究竟在什麼地方，後來才發現在某個字的後面多了一個 Word 裡的強制分行符號「↓」，這個淡灰色下向箭頭的強制分行符號並不容易察覺，在 Word 檔中，如果沒有將工具列「⊡」（顯示／隱藏）鈕按下去的話，其實是不會發現這個符號的存在。所以，當一時不查的情形之下，由 Word 到 Excel 看不到這個問題，由 Excel 到 csv 也不太容易看出來（因爲筆者也是找了很久之後才發現行數由 9831 行變成 9838 行），當最後由 csv 到 MySQL 時才冒出這個問題。當發現這個問題而要找出問題癥結點究竟在什麼地方，這個過程也著實花費了筆者不少的時間。

從上面所舉的例子可以看到，在轉檔的過程中存在著不容易察覺的特殊字元所造成的匯入問題，要完全解決這些問題才不會造成匯入的失敗。步驟如下圖所示：

圖 3-38

〔註20〕　參見 http://dbconvert.com/convert-excel-to-mysql-pro.php?DB=9
〔註21〕　《說文》雖然明言有九千三百五十三個字，但大徐本加上新附字之後實際的字數是九千八百三十一個字。

那麼，為什麼要用CSV（Comma Separated Value）格式作為Excel與MySQL的中介格式呢？因為CSV檔案格式有一個特色，它利用了「逗號」作為分隔儲存格資料的標記。查看一個CSV檔的資料形態，它實際的呈現方式是：每筆資料（record）以一行表示，而每個欄位值之間，則用逗號隔開來。然而並不是只能用「逗號」作為區隔，根據筆者使用經驗，透過phpmyadmin的管理介面，當要將資料由CSV檔匯入至MySQL時，它預設的格式如下圖所示：

圖 3-39

從上圖可見，它預設「欄位分隔」使用字元為「;」，「欄位」使用字元為「"」，實際檔案如下所示：

圖 3-40

當 CSV 檔處理完畢之後，便可順利將資料匯入至 MySQL 資料庫裡。

三、網站製作及成果展現

當資料庫處理完畢之後，接著所要做的事，便是設計動態網頁，透過動態網頁來讓客戶端的使用者能夠用到這些資料。設計網頁有許多程式與工具軟體，本文擬採用 Dreamweaver 8 這套所見即所得的軟體來幫忙。

（一）利用 Dreamweaver 8 建置管理網站

在設計及撰寫 php 網頁時，良好的操作習慣可節省許多時間，也可避免因一時不察所造成的錯誤，利用 Dreamweaver 8 建置及管理網站，便具備了這個功效。使用 Dreamweaver 8 的第一個步驟是進行網站定義的工作，首先用滑鼠點選「網站／新增網站」，如下圖所示：

圖 3-41

點選之後，接著打開下面的畫面：

圖 3-42

　　我們將網站命名為「shuowen」，此外，在上傳完整的網站之前，我們希望能先進行單機測試的工作，所以 http 網址設為：「http://localhost/shuowen」，至於「localhost」所設定的本機實際路徑是：「c:/xampp/htdocs/」，因此，「http://localhost/shuowen」所指定的網站資料夾，最後會存放在「c:/xampp/htdocs/shuowen」裡。按下「下一頁」之後，接著會出現下面的畫面：

圖 3-43

由於我們要做的是動態網頁資料庫，使用的資料庫爲 MySQL，使用的網頁語言爲 PHP，因此選擇「PHP MySQL」。接著再按「下一頁」，所得結果如下圖所示：

圖 3-44

在這個步驟裡，我們因爲要先進行單機測試，所以選擇「在本機編輯和測試（這台電腦就是我的測試伺服器）（E）」，而存放的路徑設定成「c:\xampp\htdocs\shuowen\」（在這個地方，先要在 c:\xampp\htdocs 裡新增一個名爲 shuowen 的資料夾，如此才能正確的進行設定工作），設定完畢之後，按下「下一頁」，接著會換到下一個畫面：

圖 3-45

　　由於我們還在測試階段，所以選擇「否」，不要使用遠端伺服器。接著，再按下「下一頁」，所得畫面如下：

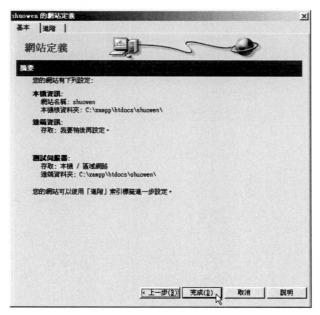

圖 3-46

　　到了這個步驟，已快完全定義網站的工作，最後再按下「完成」，所得畫面如下所示：

圖 3-47

　　從上圖右邊的畫面可以看到，目前在「c:/xampp/htdocs/shuowen」裡並沒有任何網頁，所以它是空白的，我們可藉由中間「建立新檔案」的方式新增一個「HTML」檔的網頁，開始進行我們的動態網頁的設計工作。

（二）網站設計架構圖

爲了突顯「《說文》大徐本與段注本資料庫網站」的功能性取向，在本網站設計中，許多與資料庫本身無關的網頁美工設計及網頁程式設計部分，暫且略而不論。職是之故，網站設計架構圖十分簡潔，如下所示：

圖 3-48

1. 「網站緣起」：主要是文字內容，說明整個網站的特色、價值與存在意義。
2. 「最新公告」：爲 PHP 程式，目的是說明網站修改狀況或公佈一些訊息。
3. 「查詢系統」：爲本網站最重要的一項功能，透過這個查詢系統可以對《說文》有更多的了解。
4. 「相關資源」：收集網路上筆者所見的大徐本與段注本相關網站。
5. 「與我聯絡」：如果有任何問題，可透過 email 的方式與我聯絡，暫且不提供線上互動的討論平台。

（三）查詢系統程式介紹

本網頁建置，大部分網頁採用 CSS & XHTML 網頁技術，它是由 W3C 所定訂的全新一代的網頁設計的新標準，透過結構化的 XHTML 可使網頁語法變得乾淨簡潔、容易讀取、容易維護，如：「網站緣起」、「相關資源」、「與我聯絡」等網頁便是依此方法設計，然而這個部分並非本文的重點，故略而不談。本網站最重要的部分是「查詢系統」這個部分，也是最核心的網頁，筆者採用的是 PHP 語言來撰寫這個部分的程式，主要的查詢程式有二個部分，第一個是入口查詢頁面程式，第二個是呈現詳細《說文》內容的頁面程式。

1. 入口查詢頁面程式

筆者利用 Dreamweaver 8 的輔助進行程式撰寫，此程式可以切換程式碼與設計視窗，讓程式設計師可以隨時做不同層次的靈活運用。爲了便於程式說明，首先將結果畫面截取下來，如下圖所示：

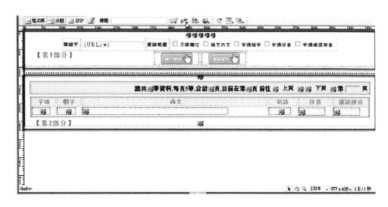

圖 3-49

上圖是「設計」視窗所看到的結果，本頁面程式主要包含二個區塊，筆者在此圖標誌為【第1部分】與【第2部分】。在【第1部分】前的程式碼如下所示：

```
1   <? $nowat="index.php";
2       include('manage/connect.php');
3
4   ?>
5
6   <?php
7
8   $page = 0 + $_GET["page"];
9   if ($page < 0) $page = 0;
10  $ord = 0 + $_GET["ord"];
11  if (($ord < 0) || ($ord > 4)) $ord = 0;
12  $s0 = filter($_GET["s0"]);
13  $s1 = filter($_GET["s1"]);
14  $s2 = filter($_GET["s2"]);
15  $s3 = filter($_GET["s3"]);
16  $s4 = filter($_GET["s4"]);
17  if ($s0.$s1.$s2.$s3.$s4 != ""){
18      if ($s1 != ""){
19          $s1 = " (article like '%".$s1."%') ";
20          if ($s2.$s3.$s4.$s0 != "") $s1 .= "and";
21      }
22      if ($s2 != ""){
23          $s2 = " (title like '%".$s2."%') ";
24          if ($s3.$s4.$s0 != "") $s2 .= "and";
25      }
26      if ($s3 != ""){
27          $s3 = " (daxue_phone like '%".$s3."%') ";
28          if ($s4.$s0 != "") $s3 .= "and";
29      }
30      if ($s4 != ""){
31          $s4 = " (daxue_han_phone like '%".$s4."%') ";
32          if ($s0 != "") $s4 .= "and";
33      }
34      if ($s0 != "") $s0 = " ((qie_ue like '%".$s0."%') or (daxue_han_phone like '%".$s0."%') or (article like '%".$s0."%') or
(title like '%".$s0."%') or (xinfuword like '%".$s0."%') or (daxue_phone like '%".$s0."%')) ";
35      $ordlist = array("title","daxue_phone","article","qie_ue","daxue_han_phone");
36      $result = mysql_query("select SQL_CALC_FOUND_ROWS * from daxue9353 where".$s1.$s2.$s3.$s4.$s0." order by CONVERT(".$ordlist[
$ord]." USING utf8) LIMIT ".($page * 5).",5") or die(mysql_error());
37  //echo "select SQL_CALC_FOUND_ROWS * from daxue where".$s1.$s2.$s3.$s0." order by CoNVERT(".$ordlist[$ord]." USING big5) LIMIT
".($page * 10).",10";
38      $result2 = mysql_query("select FOUND_ROWS()") or die(mysql_error());
39      for ($i = 0;$row = mysql_fetch_array($result);$i++){
40          $special[$i] = $row;
41      }
42      $all_num = mysql_fetch_array($result2);
43      $pag_num = ceil($all_num[0] / 5);
44  }
45  ?>
46
47
48
```

圖 3-50

程式碼 1-48 行部分，主要是前端頁面「查詢範圍」的程式碼，由於前端

提供使用者不同的設定條件，因此程式的撰寫來滿足這項需求。

```html
49  <html>
50  <head>
51  <title></title>
52  <style>a{text-decoration:none}</style>
53  <meta http-equiv="Content-Type" content="text/html; charset=utf-8">
54  <!-- ImageReady Preload Script (top nav) -->
55
56
57  <style>
58  body {
59      -moz-user-select:none;
60      background-image: url(../images/b6.jpg);
61  }
62  .inp0 {font-size:26px;font-family:"xiaozhuan",Serif;}
63  .inp {font-size:16px}
64  .td0 {font-size:16px;background:#c7e6df}
65  .style1 {color: #FF0000}
66  </style>
67
68
69  <!-- ImageReady Preload Script (top.psd) -->
70  <script type="text/javascript">
71
72
73  function newImage(arg) {
74      if (document.images) {
75          rslt = new Image();
76          rslt.src = arg;
77          return rslt;
78      }
79  }
80
81  function changeImages() {
82      if (document.images && (preloadFlag == true)) {
83          for (var i=0; i<changeImages.arguments.length; i+=2) {
84              document[changeImages.arguments[i]].src = changeImages.arguments[i+1];
85          }
86      }
87  }
88
89  var preloadFlag = false;
90  function preloadImages() {
91      if (document.images) {
92          top_03_over = newImage("images/top_03-over.gif");
93          top_04_over = newImage("images/top_04-over.gif");
94          top_06_over = newImage("images/top_06-over.gif");
95          top_07_over = newImage("images/top_07-over.gif");
96          top_08_over = newImage("images/top_08-over.gif");
97          top_09_over = newImage("images/top_09-over.gif");
98          top_10_over = newImage("images/top_10-over.gif");
99          top_11_over = newImage("images/top_11-over.gif");
100         top_12_over = newImage("images/top_12-over.gif");
101         top_13_over = newImage("images/top_13-over.gif");
102         top_14_over = newImage("images/top_14-over.gif");
103         preloadFlag = true;
104     }
105 }
106
107 function submitFrm() {
108     var frm = document.frm203;
109     var len = frm.elements.length;
110     var flag = 0;
111     if (frm.sw.value == "") {
112         alert("請輸入查詢關鍵字!!");
113         return false;
114     }
115     for (var i = 0; i < len; i++) {
116         var e = frm.elements[i];
117         if (e.name == "sf") {
118             x = e.value;
119             if (e.checked == true) {
120                 flag = 1;
121                 eval("frm."+ x +".value = frm.sw.value;");
122             } else {
123                 eval("frm."+ x +".value = '';");
124             }
125         }
126     }
127     if (flag > 0) {
128         return true;
129     } else {
130         alert("請勾選查詢範圍!!");
131         return false;
132     }
133 }
134
135 function resetFrm() {
136     var frm = document.frm203;
137     var len = frm.elements.length;
138     frm.sw.value='';
139     frm.s0.value='';
140     frm.s1.value='';
141     frm.s2.value='';
142     frm.s3.value='';
143     frm.s4.value='';
144     for (var i = 0; i < len; i++) {
145         var e = frm.elements[i];
146         if (e.name == "sf") {
147             e.checked = false;
148         }
149     }
150 }
151
152 </script>
153 <!-- End Preload Script -->
154 </head>
155
```

圖 3-51

　　上面的程式碼包含了<html>標籤及一些網頁內容的基本檔頭資訊，還有一些 function 程式、script 程式等。

```
155
156  <body link="0077A3" vlink="0077A3" alink="0077A3" leftmargin="0" topmargin="0" marginwidth="0" marginheight="0" onLoad=
     "preloadImages();MM_preloadImages('../book/images/enter_a.gif')">
157  <tr>
158  </tr>
159  <tr>
160
161      <td align="center" valign=top width="100%"><TABLE WIDTH="100%" BORDER=0 CELLPADDING=0 CELLSPACING=0>
162        <TR>
163          <TD width="100%" height="100%" COLSPAN=2 align="center" valign="top"><div align="center">
164            <form name="frm203" onSubmit="return submitFrm();">
165              <input type="hidden" name="s0" value="<?php echo $_GET["s0"]; ?>">
166              <input type="hidden" name="s1" value="<?php echo $_GET["s1"]; ?>">
167              <input type="hidden" name="s2" value="<?php echo $_GET["s2"]; ?>">
168              <input type="hidden" name="s3" value="<?php echo $_GET["s3"]; ?>">
169              <input type="hidden" name="s4" value="<?php echo $_GET["s4"]; ?>">
170              <table border="0" cellspacing="0" cellpadding="5" style="font-size:11px;letter-spacing:3px;line-height:25px;">
171                <tr>
172                  <td bgcolor="D7F6EF">關鍵字</td>
173                  <td><input type="text" name="sw" value="<?php echo $_GET["sw"]; ?>"></td>
174                  <td bgcolor="D7F6EF">查詢範圍</td>
175                  <td>
176                    <input type="checkbox" name="sf" value="s0" <?php if($_GET["s0"]) echo "checked"; ?>>
177                    不限檔位
178                    <input type="checkbox" name="sf" value="s1" <?php if($_GET["s1"]) echo "checked"; ?>>
179                    說文內文
180                    <input type="checkbox" name="sf" value="s2" <?php if($_GET["s2"]) echo "checked"; ?>>
181                    字頭楷字
182                    <input type="checkbox" name="sf" value="s3" <?php if($_GET["s3"]) echo "checked"; ?>>
183                    字頭注音
184                    <input type="checkbox" name="sf" value="s4" <?php if($_GET["s4"]) echo "checked"; ?>>
185                    字頭漢語拼音
186                  </td>
187                </tr>
188              </table>
189              <table width="27%" border="0" cellspacing="0" cellpadding="5">
190                <tr>
191                  <td><div align="center">
192                      <input type="image" name="search" src="images/up5.jpg" width="89" height="32"> <!--width="89"
     height="32"-->
193                    </div></td>
194                  <td><div align="center"> <img onClick="resetFrm();" src="images/up51.jpg" width="89" height="32"
     onMouseOver="style.cursor='pointer';"> </div></td>
195                </tr>
196              </table>
197            </form>
198          </div>
199
```

圖 3-52

　　以上的程式片段為前端頁面的【第 1 部分】，程式碼行數從 155 到 199 行，程式說明到此，可以了解一個頁面在執行時，其實有很多的前行程式（程式碼 1-154）要撰寫，每個部分都是缺一不可的。

```
200
201            <div align="center">
202                <?php if ($_GET["s0"].$_GET["s1"].$_GET["s2"].$_GET["s3"].$_GET["s4"] != ""){ ?>
203
204
205
206
207
208
209
210                <table width="98%" border=0 cellpadding="2" cellspacing="2" style="margin:6px;border:1px solid black">
211                    <tr>
212                        <th align="right" bgcolor="#FF0000" class="td0">總共<span class="style1"><?php echo $all_num[0]; ?></span>筆
資料,每頁5筆,合計<span class="style1"><?php echo $pag_num; ?></span>頁,目前在第<span class="style1"><?php echo $page + 1; ?></span>頁
 前往
213                        <?php if ($page > 0){ ?>
214                        <input name="button" type="button" class="td0" style="width:44px" onClick="location.href='?page=<?php
echo ($page - 1)."&sw=".$_GET["sw"]."&s0=".$_GET["s0"]."&s1=".$_GET["s1"]."&s2=".$_GET["s2"]."&s3=".$_GET["s3"]."&s4=".$_GET["s4"
]."&ord=".$ord; ?>'" value="上頁">
215                        <?php } ?>
216                        <?php if ($page < ($pag_num - 1)){ ?>
217                        <input name="button" type="button" class="td0" style="width:44px" onClick="location.href='?page=<?php
echo ($page + 1)."&sw=".$_GET["sw"]."&s0=".$_GET["s0"]."&s1=".$_GET["s1"]."&s2=".$_GET["s2"]."&s3=".$_GET["s3"]."&s4=".$_GET["s4
]."&ord=".$ord; ?>'" value="下頁">
218                        <?php } ?>
219                        第
220                        <input name="text" type="text" class="td0 inp" id="gogo" style="width:40px">
221                        <input name="button" type="button" class="td0" style="width:20px" onClick=
"location.href='?page='+(document.getElementById('gogo').value - 1)+'<?php echo "&sw=".$_GET["sw"]."&s0=".$_GET["s0"]."&s1=".
$_GET["s1"]."&s2=".$_GET["s2"]."&s3=".$_GET["s3"]."&s4=".$_GET["s4"]."&ord=".$ord; ?>'" value="頁"></th>
222                    </tr>
223                </table>
224
225
226
227
228
229
230                <table width="98%" border=0 cellpadding="2" cellspacing="2" style="margin:8px;border:1px solid black">
231                    <tr>
232                        <th class="td0"><a href="../book/?page=<?php echo $page."&s0=".$_GET["s0"]."&s1=".$_GET["s1"]."&s2=".$_GET[
"s2"]."&s3=".$_GET["s3"]."&s4=".$_GET["s4"]."&ord=0"; ?>">字頭</a></th>
233                        <th class="td0"><a href="../book/?page=<?php echo $page."&s0=".$_GET["s0"]."&s1=".$_GET["s1"]."&s2=".$_GET[
"s2"]."&s3=".$_GET["s3"]."&s4=".$_GET["s4"]."&ord=0"; ?>">楷字</a></th>
234                        <th class="td0"><a href="../book/?page=<?php echo $page."&s0=".$_GET["s0"]."&s1=".$_GET["s1"]."&s2=".$_GET[
"s2"]."&s3=".$_GET["s3"]."&s4=".$_GET["s4"]."&ord=2"; ?>">內文</a></th>
235                        <th class="td0"><a href="../book/?page=<?php echo $page."&s0=".$_GET["s0"]."&s1=".$_GET["s1"]."&s2=".$_GET[
"s2"]."&s3=".$_GET["s3"]."&s4=".$_GET["s4"]."&ord=3"; ?>">闕語</a></th>
236                        <th class="td0"><a href="../book/?page=<?php echo $page."&s0=".$_GET["s0"]."&s1=".$_GET["s1"]."&s2=".$_GET[
"s2"]."&s3=".$_GET["s3"]."&s4=".$_GET["s4"]."&ord=4"; ?>">注語</a></th>
237                        <th class="td0"><a href="../book/?page=<?php echo $page."&s0=".$_GET["s0"]."&s1=".$_GET["s1"]."&s2=".$_GET[
"s2"]."&s3=".$_GET["s3"]."&s4=".$_GET["s4"]."&ord=1"; ?>">漢語拼音</a></th>
238                    </tr>
239                    <?php } ?>
240                    <?php for ($i = 0;$i < count($special);$i++){ ?>
241                    <tr class="tr<?php echo $i % 2; ?>" onClick="location.href='03-search-content.php?id=<?php echo $special[$i][
"id"]; ?>'" onMouseOver="this.style.background='#EEDDCC'" onMouseOut="this.style.background=''">
242                        <td><div class="inp0" style="width:50px;overflow-x:auto;text-align:center;word-break:break-all"><a style="
color:black" href="03-search-content.php?id=<?php echo $special[$i]["id"]; ?>"><?php echo $special[$i]["title"]; ?></div></td>
243                        <td><div class="inp" style="width:50px;overflow-x:auto;text-align:center;word-break:break-all"><a style="
color:black" href="03-search-content.php?id=<?php echo $special[$i]["id"]; ?>"><?php echo $special[$i]["title"]; ?></div></td>
244                        <td><div class="inp" style="width:400px;overflow-x:auto;text-align:left;word-break:break-all"><a style="
color:black" href="03-search-content.php?id=<?php echo $special[$i]["id"]; ?>"><?php echo $special[$i]["article"]; ?></a></div></
td>
245                        <td><div class="inp" style="width:60px;overflow-x:auto;text-align:center;word-break:break-all"><a style="
color:black" href="03-search-content.php?id=<?php echo $special[$i]["id"]; ?>"><?php echo $special[$i]["qie_ue"]; ?></div></td>
246                        <td><div class="inp" style="width:70px;overflow-x:auto;text-align:center;word-break:break-all"><a style="
color:black" href="03-search-content.php?id=<?php echo $special[$i]["id"]; ?>">
247 <div align="left"><?php echo $special[$i]["daxue_phone"]; ?></div>
248                        </div></td>
249                        <td><div class="inp" style="width:70px;overflow-x:auto;text-align:center;word-break:break-all"><a style="
color:black" href="03-search-content.php?id=<?php echo $special[$i]["id"]; ?>">
250 <div align="left"><?php echo $special[$i]["daxue_han_phone"]; ?></div>
251                        </div></td>
252                    </tr>
253                    <?php } ?>
254                <?php if ($_GET["s0"].$_GET["s1"].$_GET["s2"].$_GET["s3"].$_GET["s4"] != ""){ ?>
255                </table>
256
257
258
259
260                <?php } ?>
261 </div></TD>
262            </TR>
263        </TABLE>
264 </body>
265
266 </html>
```

圖 3-53

　　至於程式碼 200 行到 266 行，則爲前端頁面的【第 2 部分】，這個部分主要是呼叫資料庫的相應欄位，將使用者輸入的查詢項所得的結果呈現在前端頁面，以下以「天」字爲查詢項，結果如下所示：

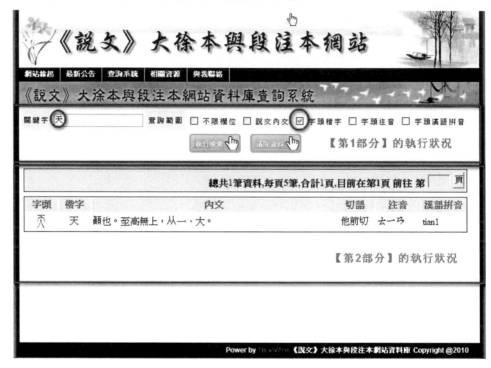

圖 3-54

　　以上爲入口查詢頁面程式的簡單介紹。至於 PHP 語法說明，由於牽涉範圍太廣，讀者如有進一步的需求，可參閱相關書籍的解說。〔註 22〕

2. 呈現詳細《說文》內容的頁面程式

　　爲了同時呈現「大徐本」與「段注本」《說文》的內容，筆者寫了一支程式，在 Dreamweaver 8 的設計頁面如下所示：

〔註 22〕相關書籍如：陳會安《PHP 與 MySQL 網頁設計範例教本》（台北：學貫行銷，2009 年）、陳惠貞、陳俊榮《PHP & MySQL 程式設計實例講座》（台北：學貫行銷，2009 年）等著作。

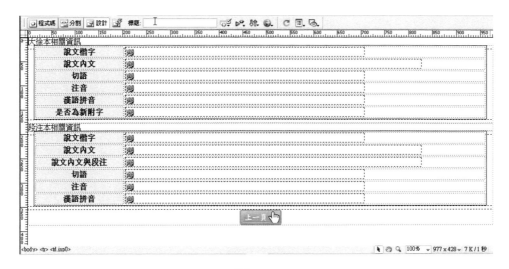

圖 3-55

切換到程式碼，說明如下：

```php
1   <? $nowat="index.php";
2      include('manage/connect.php');
3   ?>
4
5   <?php
6
7   $id = 0 + $_GET["id"];
8   if ($id < 0) $id = 0;
9   $result = mysql_query("select * from daxue9353 where id=".$id) or die(mysql_error());
10  $special = mysql_fetch_array($result);
11
12  ?>
13
14
15
16  <html>
17  <head>
18  <title></title>
19  <style>a{text-decoration:none}</style>
20  <meta http-equiv="Content-Type" content="text/html; charset=utf-8">
21  <!-- ImageReady Preload Script (top.psd) -->
```

圖 3-56

以上爲開啓 MySQL 資料庫及 HTML 的檔頭語法。

```
22  <script type="text/javascript"
23  >
24  <!--
25
26
27
28  function MM_preloadImages() { //v3.0
29    var d=document; if(d.images){ if(!d.MM_p) d.MM_p=new Array();
30      var i,j=d.MM_p.length,a=MM_preloadImages.arguments; for(i=0; i<a.length; i++)
31      if (a[i].indexOf("#")!=0){ d.MM_p[j]=new Image; d.MM_p[j++].src=a[i];}}
32  }
33  //-->
34  </script>
35  <script type="text/javascript">
36      //document.oncontextmenu=function(){return false};
37      //document.ondragstart=function(){return false};
38      // document.onselectstart =function(){return false};
39      //document.onselect=function(){document.selection.empty();};
40      //document.oncopy=function(){document.selection.empty();};
41      //document.onbeforecopy=function(){return false};
42  </script>
43  <script type="text/javascript">
44  <!--
45  //document.oncontextmenu=function(e){return false;}
46  //-->
47  </script>
48  <style>
49  body {
50  -moz-user-select:none;
51  }
52  .inp0 {
53      font-size:16px;
54      font-family: "細明體";
55  }
56  .inp {font-size:16px}
57  .td0 {font-size:16px;background:#c7e6df}
58  .td1 {font-size:16px;background:#F1FBFC}
59  </style>
60
61
62  <!-- ImageReady Preload Script (top.psd) -->
63  <script type="text/javascript">
64  <!--
65
66  function newImage(arg) {
67      if (document.images) {
68          rslt = new Image();
69          rslt.src = arg;
70          return rslt;
71      }
72  }
73
74  function changeImages() {
75      if (document.images && (preloadFlag == true)) {
76          for (var i=0; i<changeImages.arguments.length; i+=2) {
77              document[changeImages.arguments[i]].src = changeImages.arguments[i+1];
78          }
79      }
80  }
81
82  var preloadFlag = false;
83  function preloadImages() {
84      if (document.images) {
85          top_03_over = newImage("images/top_03-over.gif");
86          top_04_over = newImage("images/top_04-over.gif");
87          top_06_over = newImage("images/top_06-over.gif");
88          top_07_over = newImage("images/top_07-over.gif");
89          top_08_over = newImage("images/top_08-over.gif");
90          top_09_over = newImage("images/top_09-over.gif");
91          top_10_over = newImage("images/top_10-over.gif");
92          top_11_over = newImage("images/top_11-over.gif");
93          top_12_over = newImage("images/top_12-over.gif");
94          top_13_over = newImage("images/top_13-over.gif");
95          top_14_over = newImage("images/top_14-over.gif");
96          preloadFlag = true;
97      }
98  }
99
100 // -->
101 </script>
102 <!-- End Preload Script -->
103 </head>
```

圖 3-57

以上為寫在<head>標籤裡的 script 語法及相關 function 程式。

```
104
105    <body link="0077A3" vlink="0077A3" alink="0077A3" leftmargin="0" background="../book/images/index_bg.jpg" topmargin="0"
       marginwidth="0" marginheight="0" onLoad="preloadImages();MM_preloadImages('../book/images/enter_a.gif')">
106
107
108    <tr><td class="inp0">大徐本相關資訊</td></tr>
109    <tr>
110          <td align="center" valign=top width="98%"><TABLE WIDTH="100%" BORDER=0 CELLPADDING=0 CELLSPACING=0>
111            <TR>
112              <TD COLSPAN=2 valign="top" height="90%"><div align="center">
113                <table width="99%" border=0 cellpadding="2" cellspacing="2" style="margin:8px;border:1px solid black">
114                  <tr>
115                    <th width="20%" class="td0">說文楷字</th>
116                    <td width="80%" class="td1"><div style="width:500px;overflow-x:auto;text-align:left;word-break:break-all">
       <?php echo $special["title"]; ?></div></td>
117                  </tr>
118                  <tr>
119                    <th width="20%" class="td0">說文內文</th>
120                    <td width="80%" class="td1"><div style="width:620px;overflow-x:auto;text-align:left;word-break:break-all">
       <?php echo $special["article"]; ?></div></td>
121                  </tr>
122
123                  <tr>
124                    <th width="20%" class="td0">切語</th>
125                    <td width="80%" class="td1"><div style="width:500px;overflow-x:auto;text-align:left;word-break:break-all">
       <?php echo $special["qie_ue"]; ?></div></td>
126                  </tr>
127                  <tr>
128                    <th width="20%" class="td0">注音</th>
129                    <td width="80%" class="td1"><div style="width:500px;overflow-x:auto;text-align:left;word-break:break-all">
       <?php echo $special["daxue_phone"]; ?></div></td>
130                  </tr>
131                  <tr>
132                    <th width="20%" class="td0">漢語拼音</th>
133                    <td width="80%" class="td1"><div style="width:500px;overflow-x:auto;text-align:left;word-break:break-all">
       <?php echo $special["daxue_han_phone"]; ?></div></td>
134                  </tr>
135                  <tr>
136                    <th width="20%" class="td0">是否爲新附字</th>
137                    <td width="80%" class="td1"><div style="width:500px;overflow-x:auto;text-align:left;word-break:break-all">
       <?php echo $special["xinfuword"]; ?></div></td>
138                  </tr>
139                </table>
140              </div>
141            </TR>
142
```

圖 3-58

以上爲呼叫大徐本資料欄位的語法。

```
142
143
144        <tr>
145          <td class="inp0">段注本相關資訊</td>
146        </tr>
147        <TR>
148          <TD COLSPAN=2 valign="top" height="90%"><div align="center">
149            <table width="99%" border=0 cellpadding="2" cellspacing="2" style="margin:8px;border:1px solid black">
150              <tr>
151                <th width="20%" class="td0">說文楷字</th>
152                <td width="80%" class="td1"><div style="width:500px;overflow-x:auto;text-align:left;word-break:break-all">
<?php echo $special["title"]; ?></div></td>
153              </tr>
154              <tr>
155                <th width="20%" class="td0">說文內文</th>
156                <td width="80%" class="td1"><div style="width:620px;overflow-x:auto;text-align:left;word-break:break-all">
<?php echo $special["duan_xiu_content"]; ?></div></td>
157              </tr>
158              <tr>
159                <th class="td0">說文內文與段注</th>
160                <td class="td1"><div style="width:620px;overflow-x:auto;text-align:left;word-break:break-all"><?php echo
$special["duan_all_content"]; ?></div></td>
161              </tr>
162              <tr>
163                <th class="td0">切語</th>
164                <td class="td1"><div style="width:500px;overflow-x:auto;text-align:left;word-break:break-all"><?php echo
$special["duan_qie_ue"]; ?></div></td>
165              </tr>
166              <tr>
167                <th width="20%" class="td0">注音</th>
168                <td width="80%" class="td1"><div style="width:500px;overflow-x:auto;text-align:left;word-break:break-all">
<?php echo $special["duan_phone"]; ?></div></td>
169              </tr>
170              <tr>
171                <th width="20%" class="td0">漢語拼音</th>
172                <td width="80%" class="td1"><div style="width:500px;overflow-x:auto;text-align:left;word-break:break-all">
<?php echo $special["duan_han_phone"]; ?></div></td>
173              </tr>
174            </table>
175          </div>
176          <div align="center"> <a href="javascript:history.go(-1)"><img src="images/up.jpg" border="0"></a> </div></TD>
177        </TR>
178      </TABLE>
179    </td>
180  </tr>
181  </body>
182  </html>
```

圖 3-59

以上為呼叫段注本資料欄位的語法。經由以上的程式運行，所得結果如下所示：

圖 3-60

　　本程式這個頁面，是《說文》大徐本與段注本異文互校的比對頁面，至
於這些欄位是可以加以調整的，只需在適當的程式碼位置加入相應的欄位呼
叫語法即可。

（四）網站成果展現

　　如前所述，網站當中全部的網頁資料存放在「shuowen」這個資料夾，而
這個資料夾則必須放置於 c:/xampp/htdocs/裡，同時做好 MySQL 資料庫的連
結，如此才能進行單機程式的展現。此外，由於本網站使用了自造小篆字型
檔——汲古閣電腦小篆字型，在 windows xp 系統下，使用者必須先將
「xiaozhuan.ttf」安裝複製到 c:/windows/fonts 裡，或是藉由「開啟／設定／控
制台／字型」的路徑，將「xiaozhuan.ttf」新增到正在使用的電腦當中，如下
圖所示：

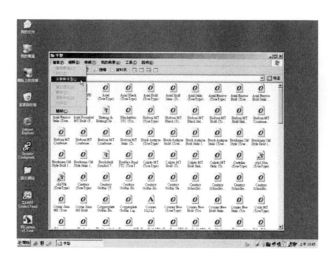

圖 3-61

接著，透過瀏覽器連結到本機伺服器，由於本網頁資料庫在開發的過程中均以 FireFox 瀏覽器作爲運行測試，建議以此瀏覽器進行瀏覽會獲得最好的呈現效果，測試網址爲「http://localhost/shuowen/index.html」。網站開啓畫面如下所示：

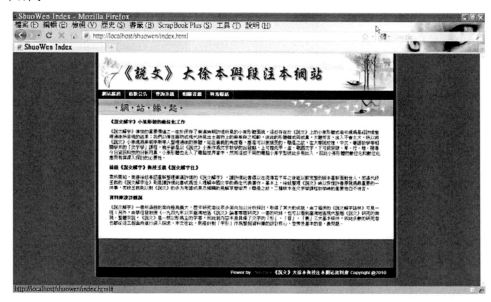

圖 3-62

本網站風格以簡樸、沈穩的理念作爲設計主軸，主要成果則展現在「查詢系統」這項選單當中。

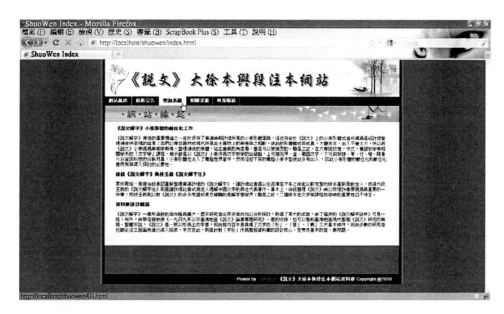

圖 3-63

利用滑鼠點選到「查詢系統」，按下去之後開啓如下面的畫面：

圖 3-64

我們以「天」字爲例，在查詢欄輸入「天」字，同時點選「字頭楷字」
這個選項，然後按下「執行檢索」，所得結果如下所示：

圖 3-65

　　從上圖可以看到，這個畫面主要呈現了六個欄位的內容：第一是「字頭」部分，這個地方只要安裝了「汲古閣電腦小篆字型」之後，便會出現明末毛晉父子二人所留下來的大徐本《說文解字》的字頭字形；第二是「楷字」，即現代對於篆文的隸定方式；第三是「內文」，呈現的是大徐本《說文》中的許慎原文；第四是切語，為徐鉉根據唐代孫愐的《唐韻》所補入的切語；第五是「注音」，即現代的讀音；第六是「漢語拼音」，提供使用者不同的讀音需求。

　　如果使用者進一步點選「天」字所在的這一列內容，則可開啟另一個網頁頁面，如下所示：

圖 3-66

　　根據上圖，我們可以看到在這個頁面當中，同時呈現「大徐本相關資訊」
與「段注本相關資訊」，透過二個版本的比較，提供了使用者更多的資訊。另
外，如查詢「男」字，所得結果如下所示：

圖 3-67

如進一步點選「男」字所在的那一列文字，接著便會開啓另一個新頁面，

如下所示：

圖 3-68

　　從這個頁面，我們就可以發現，「男」字在大徐本與段注本當中所引的「說
文內文」不同，為求一目瞭然，在此我們將二個版本的文字並列如下：

　　　　丈夫也。從田從力。言男用力於田也。凡男之屬皆從男。【大徐本】

　　　　丈夫也。從田力。言男子力於田也。凡男之屬皆從男。【段注本】

以上有二個相異之處：第一，大徐本作「從田從力」，段注本作「從男力」，
雖然只差一個「從」字，乍看之下沒有太大的不同，但嚴格說起來，「從某從
某」、「從某某」等乃許慎《說文》的釋例用語，在此字雖然沒有不同，但有
時候還是存在著些微的差別。〔註23〕第二，大徐本作「男用力於田」，段注本
作「男子力於田」，二者讀法不同，語意有所差別。據此可見，透過異文互相
比對，可以從中了解更多的資訊，而這些資訊如果經由大量的數據比對，或
許會有不同的文獻解讀方式。〔註24〕這也是本網站的特色之一。

〔註23〕相關例證，請參見本文第四章第二節「大徐本「重文」字形與條例用語的總
　　　　體掌握」的舉例說明。

〔註24〕相關例證，請參見本文第四章第三節「《說文》大徐本與段注本「異文」比對
　　　　——以五百四十部為例」的舉例說明。

第四章　大徐本與段注本網頁資料庫的文字學數位加值應用

　　當大徐本與段注本網頁資料庫製作完成之後，便可進行各式各樣的文字學數位加值應用。傳統文字學的基本工夫，便是查閱《說文》原典，將此書所透露出來的訊息加以分析整理，清代學者此番成就極大，例如：段玉裁《說文解字注》、王筠《說文句讀》、桂馥《說文解字義證》、朱駿聲《說文通訓定聲》等人的諸多著作，均是立足於《說文》原典之上。當數位時代來臨，這些著作已是人類的公共文化資產，許多有志之士也都將其內容加以數位化，筆者亦忝為其中之一，在眾多成果的基礎之上，重新將徐鉉校注的《說文解字》與段玉裁《說文解字注》二書進行數位化工作，分別已於前文第二章與第三章分析說明，第二章主要是處理《說文》一書當中「圖形」的問題，換言之，乃針對字形（包含：篆文字頭、重文中的古文、籀文、篆文等）進行汲古閣本的小篆字型設計，第三章則是處理《說文》一書當中「文字」的問題，在處理的過程中則「以形為主、旁及音義」作為整理文字資料的核心，順利完成了《說文》大徐本與段注本網頁資料庫的建置。

　　當基礎的數位化工作順利完成，接下來，便是運用這些數位化的成果對《說文》一書進行各式各樣的分析與研究。本文在此擬對下面三個文字學課題進行文字學數位加值應用的技巧、分析與說明：第一，大徐本「新附字」的篆形分析；第二，大徐本「重文」字形的總體掌握；第三，《說文》大徐本與段注本「異文」比對——以五百四十部為例。這三個文字學課題都是與「字形」有關的問題，接下來本文將分別對這些問題進行數位化的應用分析。

第一節　大徐本「新附字」的篆形分析

徐鉉〈上《說文》表〉裡提到：

> 凡傳寫《說文》者皆非其人，故錯亂遺落不可盡究。今以集書正副本及群臣家藏者，備加詳考，有許慎注義、序例中所載而諸部不見者，審知漏落，悉從補錄。復有經典相承及時俗要用而《說文》不載者，承詔皆附益之，以廣篆籀之路，亦皆形聲相從，不違六書之義者。〔註1〕

章季濤據此段文字，認為徐鉉等人選錄新附字的原則有三點：第一是見於《說文》解說詞、敘言中而未被許慎列為字頭的字；第二是經典常用字；第三是民俗常用字。而所增加的新附字共計四百零二個。這些新附字都按部首列在《說文》各部之末，別題曰「新附字」以示區別。〔註2〕

至於郭慧在〈《說文解字》新附字初探〉一文亦據此段文字及其研究心得，對於「新附字」有四點看法：（一）所謂「新附字」，即「經典相承及時俗要用而《說文》不載者。」共四百零二字，附於每部之末。（二）徐鉉加新附字目的是補錄見於「經典相承及時俗要用」而不見於《說文》之字，「以廣篆籀之路，亦皆形聲相從，不違六書之義者。」（三）所附之字，多為形聲字，也有少數為會意字，如「鬧，不靜也。從市、鬥。如教切。」但沒有意形字和指事字。（四）徐鉉依照《說文》體例逐字進行形、音、義分析，並加注釋，題以「臣鉉等曰」，附以自己的見解，例如，「祚，福也。從示，乍聲。臣鉉等曰：『凡祭必受胙，胙即福也。此字後人所加。』徂故切。」〔註3〕這樣的意見其實不出章季濤之說。

對於「新附字」的研究或始於清代，如：錢大昭《說文徐氏新補新附考證》一卷、鈕樹玉《說文新附考》六卷、鄭珍《說文新附考》六卷、毛際盛《說文新附通誼》二卷、王筠《說文新附考校正》一卷、邵瑛祥《說文新附考通正》等。郭慧則通過對於前人之說，重新對新附字的性質進行探討，將四百零二字分成四類：第一，經典或古籍中有，而《說文》未收。第二，傳寫中脫誤。第三，當時有，但屬俗字，許慎不收。第四，後起字，產生於許

〔註1〕　〔漢〕許慎著，〔宋〕徐鉉等校訂：《說文解字》，頁321。

〔註2〕　章季濤：《怎樣學習《說文解字》》（臺北：群玉堂出版事業股份有限公司，1992年10月），頁138-139。

〔註3〕　郭慧：〈《說文解字》新附字初探〉，《漢字文化》2003年第2期，頁31。

慎後。〔註 4〕最後得到的結論是：「不論新附字是出於徐鉉本意還是奉詔而作，但在客觀上對我們研究《說文》及漢字的發展是有幫助的。1.新附字反映出《說文》所收經典用字和漢時俗要用之字間的矛盾，對我們整理漢魏間俗字，提供了豐富的資料。2.新附字反映出漢字不斷孳乳的過程，具有發展的觀點。3.許多新附字是爲語言中的新詞而設，可據此窺見漢語詞彙的發展變化。」〔註 5〕

　　以上見解頗爲中肯，讓我們對於徐鉉新附字的基本概況有更清楚的了解。本文在此，則擬從「字形」的角度重新審視這些新附字。對這些「新附字」的「篆形」來說，是徐鉉前有所承呢？還是依據他當時所理解的小篆寫法，透過偏旁組合的方式加以呈現？以下將進一步分析說明。

一、大徐本新附字一覽表──以「汲古閣篆」爲例

　　本文前面花了許多的時間重新將毛晉父子的汲古閣本《說文》篆形進行字型檔的設計，在分析過程當中，也發現了一些文字形體所體現的現象，茲將汲古閣篆的新附字形及其楷體羅列如下：

表 4-1

1	2	3	4	5	6	7	8	9	10	11	12	13	14	15	16	17	18	19	20
襧	祧	祅	䄱	珈	璩	瑑	琛	璫	琲	珂	玘	玨	璀	璨	琡	瑄	珙	芙	蓉
21	22	23	24	25	26	27	28	29	30	31	32	33	34	35	36	37	38	39	40
蓮	荀	苲	蓀	蔬	芊	茗	蕲	藏	蔵	蘸	犍	犝	哦	嗝	售	喩	嗁	喫	喚
41	42	43	44	45	46	47	48	49	50	51	52	53	54	55	56	57	58	59	60
咍	嘲	呀	些	邂	逅	遑	逼	遷	退	迄	迸	透	邐	迢	逍	遥	齡	蹕	蹭
61	62	63	64	65	66	67	68	69	70	71	72	73	74	75	76	77	78	79	80
蹬	蹉	跎	躄	躔	詢	讞	譜	詎	諛	謎	誌	訣	韜	韆	韡	靮	鬧	皸	

─────────────

〔註 4〕　郭慧：〈《說文解字》新附字初探〉，頁 31。
〔註 5〕　郭慧：〈《說文解字》新附字初探〉，頁 31。

81	82	83	84	85	86	87	88	89	90	91	92	93	94	95	96	97	98	99	100
嫐	瞼	眨	眭	眹	眸	睚	翻	翎	翁	鷗	鵠	鴨	鵝	麼	旅	脊	胺	腔	胸

101	102	103	104	105	106	107	108	109	110	111	112	113	114	115	116	117	118	119	120
脬	刎	剜	劇	剎	笑	簃	筠	笏	篦	篙	叵	甓	甑	盇	餕	饈	罐	麨	靭

121	122	123	124	125	126	127	128	129	130	131	132	133	134	135	136	137	138	139	140
梔	榭	槊	榹	楊	檟	欋	棹	椿	櫻	棟	梵	賊	賵	睹	貼	貽	賺	賽	賻

141	142	143	144	145	146	147	148	149	150	151	152	153	154	155	156	157	158	159	160
贍	瞳	曬	旰	昉	晙	晟	昶	暈	晬	映	曙	昳	曡	曆	昂	昇	朦	朧	穩

161	162	163	164	165	166	167	168	169	170	171	172	173	174	175	176	177	178	179	180
稕	馥	糧	粕	粔	粖	糐	糖	寊	寏	寀	罳	罠	瞿	幢	幟	帟	幗	幨	帒

181	182	183	184	185	186	187	188	189	190	191	192	193	194	195	196	197	198	199	200
帊	僕	幡	侶	侲	倅	傔	個	儻	俷	倒	儈	低	債	價	停	儌	伺	僧	佇

201	202	203	204	205	206	207	208	209	210	211	212	213	214	215	216	217	218	219	220
偵	祛	衫	襖	牦	氆	氄	氉	氊	毵	屨	舸	艇	艅	艎	覲	歆	預	醫	

221	222	223	224	225	226	227	228	229	230	231	232	233	234	235	236	237	238	239	240
彩	髻	髫	髻	饕	魃	魘	魘	嶙	峋	岌	嶠	嵌	嶼	嶺	嵐	嵩	崑	崙	秫

241	242	243	244	245	246	247	248	249	250	251	252	253	254	255	256	257	258	259	260
廈	廊	廂	庪	慶	廖	礦	碏	磯	碌	砧	砌	磺	礎	硾	貓	駛	駴	駿	駄

261	262	263	264	265	266	267	268	269	270	271	272	273	274	275	276	277	278	279	280
驛	巍	狨	猙	狷	獟	爐	煽	烙	爍	燦	煥	虺	椵	憊	悱	怩	惉	懣	懇

281	282	283	284	285	286	287	288	289	290	291	292	293	294	295	296	297	298	299	300
忖	怊	憅	惹	恰	悌	懌	瀼	溥	汭	泯	瀄	濾	瀟	瀛	滁	洺	潺	湲	濤

301	302	303	304	305	306	307	308	309	310	311	312	313	314	315	316	317	318	319	320
潎	港	瀦	灛	淼	潔	浹	溢	潠	涯	霞	霏	霎	霽	靁	鰈	魼	鮺	闉	闈

321	322	323	324	325	326	327	328	329	330	331	332	333	334	335	336	337	338	339	340
閿	閥	闡	聱	撷	攪	擂	掠	掐	捻	拗	撼	捌	攤	抛	撟	打	嬑	妲	嬌

341	342	343	344	345	346	347	348	349	350	351	352	353	354	355	356	357	358	359	360
嬋	娟	嫠	姤	琵	琶	瓷	瓶	紺	緋	緅	撤	練	縡	繡	綣	蜑	螶	蟻	虮

361	362	363	364	365	366	367	368	369	370	371	372	373	374	375	376	377	378	379	380
蜢	蟋	螳	颺	颴	颭	鼇	塗	塡	堎	場	境	塾	墾	塘	坳	墡	墜	塔	坊

381	382	383	384	385	386	387	388	389	390	391	392	393	394	395	396	397	398	399	400
劬	勢	勘	辦	鏜	銘	鎖	鈿	釧	釵	釟	輳	轔	轍	阞	阡	酩	醐	酪	酊

401	402
醒	醍

從上面四百零二個新附字的結構來看，全部都是合體字，這個現象其實反映出：漢字在發展過程中，到了徐鉉所處的南唐、北宋時期，象形、指事等獨體字的結構模式幾乎已經沒有創造的空間；如遇到用字需求，則從既有的漢字部件或偏旁進行文字組合，以解決用字需要。

二、大徐本新附字結構類型分析

那麼，大徐本的新附字到底是如何進行文字組合呢？筆者在此採用逆推法，從既有的文字組合結果反推回去，以期進一步理解大徐本新附字的文字組合法。方法及步驟如下所示：

表 4-2

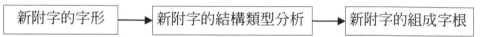

　　由此可見，最重要的關鍵點便是結構類型問題。關於漢字結構分析，本文於此採用表意文字序列（Ideographic Description Sequence，IDS）概念，它是 Unicode 3.0 以後所採取的一種詮釋模式，利用表意文字組合符（Ideographic Description Character，IDC）與文字部件或偏旁的組合陳述，〔註6〕有利於漢字結構類型的分析及說明。

　　至於表意文字組合符（Ideographic Description Character，IDC）共有十二種符號，如下所示：

表 4-3

符號	Unicode 碼	字例	結構表示法
⿰	U+2FF0	蛙	⿰虫圭
⿱	U+2FF1	圭	⿱土土
⿲	U+2FF2	謝	⿲言身寸
⿳	U+2FF3	葉	⿳艹世木
⿴	U+2FF4	國	⿴囗或
⿵	U+2FF5	閉	⿵門才
⿶	U+2FF6	凶	⿶凵乂
⿷	U+2FF7	叵	⿷匚口
⿸	U+2FF8	厭	⿸厂猒
⿹	U+2FF9	匐	⿹勹缶
⿺	U+2FFa	迪	⿺辶由
⿻	U+2FFb	巫	⿻从工

　　以上的表述方式是最基本的，如果結構繁複，它的表達方式也就千變萬化，如「熟」字，可表示為「⿱孰火」或「⿱⿰享丸火」，後者表示式的結合邏輯是由內至外，所以，如果是「⿱⿰享丸火」，它的邏輯如下：

　　第一步：　⿰享丸
　　第二步：　⿱孰火
　　結果：　　熟

〔註 6〕　詳見「Unicode」，網址：http://www.unicode.org/versions/Unicode4.0.0/ch11.pdf

　　至於使用這種方法，要如何顯示其組字結果呢？原則上，只要有支援表意文字組合符（Ideographic Description Character，IDC）的文字編輯器即可。如：刹那搜尋工坊所開發的無限組字編輯器即有支援這項功能，〔註7〕筆者也曾利用這項技術成功地建構段玉裁《說文解字注》〔註8〕，可逕行參酌。

　　爲求一清眉目，於此製作「大徐本新附字結構類型分析一覽表」，本表共包含八個欄位：第一欄爲「新附字流水號」，第二欄位新附字所屬的五百四十部首，第三欄爲字頭，第四欄爲字頭相應的 Unicode 碼，第五欄爲新附字內文，第六欄爲小篆結構類型及偏旁分析，第七欄爲大徐本切語，第八欄爲大徐本頁碼，如下所示：

表 4-4

新附字流水號	540部首	字頭	Unicode碼	新附字內文	小篆結構類型及偏旁分析	大徐切語	大徐頁碼
1	示部	禰	U+79B0	親廟也。从示爾聲。一本云古文禮也。	□ 示 爾	泥米	9
2	示部	祧	U+7967	遷廟也。从示兆聲。	□ 示 兆	他彫	9
3	示部	祆	U+7946	胡神也。从示天聲。	□ 示 天	火千	9
4	示部	祚	U+795A	福也。从示乍聲。	□ 示 乍	徂故	9
5	玉部	珈	U+73C8	婦人首飾。从玉加聲。《詩》曰：「副筓六珈。」	□ 玉 加	古牙	14
6	玉部	璬	U+74A9	環屬。从玉彔聲。見《山海經》。	□ 玉 彔	彊魚	14
7	玉部	瑑	U+7416	玉爵也。夏曰琖，殷曰斚，周曰爵。从玉戔聲。或从皿。	□ 玉 戔	阻限	14
8	玉部	琛	U+741B	寶也。从玉，深省聲。	□ 玉 罙	丑林	14
9	玉部	璫	U+74AB	華飾也。从玉當聲。	□ 玉 當	都郎	14
10	玉部	琲	U+7432	珠五百枚也。从玉非聲。	□ 玉 非	普乃	14

〔註7〕　詳見「Accelon3 古籍檢索平台」，網址：http://www.ksana.tw/ccg/index.html
〔註8〕　羅凡晸：〈段玉裁《說文解字注》數位內容之設計與建置〉，《興大人文學報》第四十二期，2009 年 3 月，頁 31-68。

11	玉部	珂	U+73C2	玉也。从玉可聲。	□ 王 可	苦何	14
12	玉部	玘	U+7398	玉也。从玉己聲。	□ 王 己	去里	14
13	玉部	珝	U+73DD	玉也。从玉羽聲。	□ 王 羽	況主	14
14	玉部	璀	U+7480	璀璨，玉光也。从玉崔聲。	□ 王 崔	七罪	14
15	玉部	璨	U+74A8	玉光也。从玉粲聲。	□ 王 粲	倉案	14
16	玉部	琡	U+7421	玉也。从玉叔聲。	□ 王 叔	昌六	14
17	玉部	瑄	U+7444	璧六寸也。从玉宣聲。	□ 王 宣	須緣	14
18	玉部	珙	U+73D9	玉也。从玉共聲。	□ 王 共	拘竦	14
19	艸部	芙	U+8299	芙蓉也。从艸夫聲。	日 艸 夫	方無	27
20	艸部	蓉	U+84C9	芙蓉也。从艸容聲。	日 艸 容	余封	27
21	艸部	蒍	U+85B3	艸也。《左氏傳》:「楚大夫蒍子馮。」从艸遠聲。	日 艸 遠	韋委	27
22	艸部	荀	U+8340	艸也。从艸旬聲。	日 艸 旬	相倫	27
23	艸部	莋	U+838B	越嶲縣名，見《史記》。从艸作聲。	日 艸 作	在各	27
24	艸部	蓀	U+84C0	香艸也。从艸孫聲。	日 艸 孫	思渾	27
25	艸部	蔬	U+852C	菜也。从艸疏聲。	日 艸 疏	所菹	27
26	艸部	芊	U+828A	艸盛也。从艸千聲。	日 艸 千	倉先	27
27	艸部	茗	U+8317	茶芽也。从艸名聲。	日 艸 名	莫迥	27
28	艸部	薌	U+858C	穀气也。从艸鄉聲。	日 艸 鄉	許良	27
29	艸部	藏	U+85CF	匿也。臣鉉等案:《漢書》通用臧字，从艸，後人所加。	日 艸 臧	昨郎	27
30	艸部	蕆	U+8546	《左氏傳》:「以蕆陳事。」杜預注云:蕆，敕也。从艸，未詳。	日 艸 □ 虍 貝	丑善	27
31	艸部	蘸	U+8638	以物没水也。此蓋俗語。从艸，未詳。	日 艸 釀	斬陷	27
32	牛部	犍	U+728D	犗牛也。从牛建聲。亦郡名。	□ 牛 建	居言	30

33	牛部	犝	U+729D	無角牛也。从牛童聲。古通用僮。	□ 半 童	徒紅	30
34	口部	哦	U+54E6	吟也。从口我聲。	□ 廿 我	五何	35
35	口部	嗃	U+55C3	嗃嗃，嚴酷皃。从口高聲。	□ 廿 高	呼各	35
36	口部	售	U+552E	賣去手也。从口，雔省聲。《詩》曰：「賈用不售」。	□ 雀 廿	承臭	35
37	口部	噞	U+565E	噞喁，魚口上見也。从口僉聲。	□ 廿 僉	魚檢	35
38	口部	唳	U+5533	鶴鳴也。从口戾聲。	□ 廿 戾	朗計	35
39	口部	喫	U+55AB	食也。从口㓷聲。	□ 廿 㓷	苦擊	35
40	口部	喚	U+559A	評也。从口奐聲。古通用奐。	□ 廿 奐	呼貫	35
41	口部	咍	U+548D	蚩笑也。从口从台。	□ 廿 咠	呼來	35
42	口部	嘲	U+5632	謔也。从口朝聲。《漢書》通用啁。	□ 廿 朝	陟交	35
43	口部	呀	U+5440	張口皃。从口牙聲。	□ 廿 牙	許加	35
44	此部	些	U+4E9B	語辭也。見《楚辭》。从此从二。其義未詳。	□ 此 二	蘇箇	38
45	辵部	邂	U+9082	邂逅，不期而遇也。从辵解聲。	□ 辵 解	胡懈	42
46	辵部	逅	U+9005	邂逅也。从辵后聲。	□ 辵 后	胡遘	42
47	辵部	遑	U+9051	急也。从辵皇聲 或从彳。	□ 辵 皇	胡光	42
48	辵部	逼	U+903C	近也。从辵畐聲。〔註9〕	□ 辵 畐	彼力	42
49	辵部	邈	U+28637	遠也。从辵䫂聲。	□ 辵 䫂	莫角	42
50	辵部	遐	U+9050	遠也。从辵叚聲。	□ 辵 叚	胡加	42

〔註9〕　筆者按：「畐」字並非《說文》字頭字形，僅見於字頭字形的偏旁，在本欄位中如有非篆形之偏旁而爲楷體字形者，處理方式與「畐」字相同，不再另行加注。相關說明參見下文「四、大徐本新附字組字概況，(三) 組字偏旁不見於《說文》字頭，只見於《說文》某字部分偏旁」處。

51	辵部	訖	U+8FC4	至也。从辵气聲。	□ 辵 气	許訖	42
52	辵部	迸	U+8FF8	散走也。从辵并聲。	□ 辵 并	北諍	42
53	辵部	透	U+900F	跳也。過也。从辵秀聲。	□ 辵 秀	他候	42
54	辵部	邏	U+908F	巡也。从辵羅聲。	□ 辵 羅	郎左	42
55	辵部	迢	U+8FE2	迢，遰也。从辵召聲。	□ 辵 召	徒聊	42
56	辵部	遙	U+900D	逍遙，猶翱翔也。从辵肖聲。	□ 辵 肖	相邀	42
57	辵部	遙	U+9065	逍遙也。又，遠也。从辵䍃聲。	□ 辵 䍃	余招	42
58	齒部	齡	U+9F61	年也。从齒令聲。	□ 齒 令	郎丁	45
59	足部	蹁	U+8E6E	蹁躚，旋行。从足扁聲。	□ 足 扁	穌前	48
60	足部	蹭	U+8E6D	蹭蹬，失道也。从足曾聲。	□ 足 曾	七鄧	48
61	足部	蹬	U+8E6C	蹭蹬也。从足登聲。	□ 足 登	徒亘	48
62	足部	蹉	U+8E49	蹉跎，失時也。从足差聲。	□ 足 差	七何	48
63	足部	跎	U+8DCE	蹉跎也。从足它聲。	□ 足 它	徒何	48
64	足部	蹙	U+8E59	迫也。从足戚聲。	□ 足 戚	子六	48
65	足部	踸	U+8E38	踸踔，行無常皃。从足甚聲。	□ 足 甚	丑甚	48
66	言部	詢	U+8A62	謀也。从言旬聲。	□ 言 旬	相倫	57
67	言部	讜	U+8B9C	直言也。从言黨聲。	□ 言 黨	多朗	57
68	言部	譜	U+8B5C	籍錄也。从言普聲。《史記》从並。	□ 言 普	博古	57
69	言部	詎	U+8A4E	詎猶豈也。从言巨聲。	□ 言 巨	其呂	57
70	言部	譥	U+27A6E	小也。誘也。从言変聲。《禮記》曰：「足以諉聞。」	□ 言 変	先鳥	57
71	言部	謎	U+8B0E	隱語也。从言、迷，迷亦聲。	□ 言 迷	莫計	57
72	言部	誌	U+8A8C	記誌也。从言志聲。	□ 言 志	職吏	57

73	言部	譺	U+8A23	訣別也。一曰法也。从言，決省聲。	□ 音 夬	古穴	57
74	音部	韻	U+97FB	和也。从音員聲。裴光遠云：古與均同。未知其審。	□ 音 員	王問	58
75	革部	鞘	U+9798	刀室也。从革肖聲。	□ 革 肖	私妙	62
76	革部	韀	U+97C9	馬鞁具也。从革薦聲。	□ 革 薦	則前	62
77	革部	鞾	U+97BE	鞻屬。从革華聲。	□ 革 華	許媿	62
78	革部	靮	U+976E	馬羈也。从革勺聲。	□ 革 勺	都歷	62
79	鬥部	鬧	U+9B27	不静也。从市、鬥。	□ 市 鬥	奴教	64
80	皮部	皸	U+76B8	足坼也。从皮軍聲。	□ 軍 皮	矩云	67
81	皮部	皴	U+76B4	皮細起也。从皮夋聲。	□ 夋 皮	七倫	67
82	目部	瞼	U+77BC	目上下瞼也。从目僉聲。	□ 目 僉	居奄	73
83	目部	眨	U+7728	動目也。从目乏聲。	□ 目 乏	側洽	73
84	目部	眭	U+772D	深目也。亦人姓。从目圭聲。	□ 目 圭	許規	73
85	目部	眣	U+7739	目精也。从目夲聲。	□ 目 夲	直引	73
86	目部	眸	U+7738	目童子也。从目车聲。《說文》直作牟。	□ 目 车	莫浮	73
87	目部	睚	U+775A	目際也。从目、厓。	□ 目 厓	五隘	73
88	羽部	翻	U+7FFB	飛也。从羽番聲。或从飛。	□ 番 羽	孚袁	75
89	羽部	翎	U+7FCE	羽也。从羽令聲。	□ 令 羽	郎丁	75
90	羽部	𦏺	U+263FA	飛聲。从羽工聲。	□ 工 羽	户公	76
91	鳥部	鷓	U+9DD3	鷓鴣，鳥名。从鳥庶聲。	□ 庶 鳥	之夜	82
92	鳥部	鴣	U+9D23	鷓鴣也。从鳥古聲。	□ 古 鳥	古乎	82
93	鳥部	鴨	U+9D28	鶩也。俗謂之鴨。从鳥甲聲。	□ 甲 鳥	烏狎	82
94	鳥部	鵡	U+2A026	鵡鴣，水鳥。从鳥式聲。	□ 式 鳥	恥力	82

95	幺部	麿	U+9EBD	細也。从幺麻聲。	日麻 宮	亡果	83
96	玄部	玈	U+7388	黑色也。从玄，旅省聲。義當用黸。	□ 吉	洛乎	84
97	肉部	蘭	U+43FF	肥腸也。从肉，啓省聲。	日 攺 月	康禮	90
98	肉部	朘	U+8127	赤子陰也。从肉夋聲。或从血。	□ 月 夋	子回	90
99	肉部	腔	U+8154	内空也。从肉从空，空亦聲。	□ 月 宐	苦江	90
100	肉部	胸	U+266A7	胸朐，蟲名。漢中有□朐縣，地下多此蟲，因以爲名。从肉旬聲。考其義，當作潤蠢。	□ 月 自	如順	90
101	肉部	朏	U+43F0	胸朐也。从肉忍聲。	□ 月 忍	尺尹	90
102	刀部	刎	U+520E	剄也。从刀勿聲。	□ 多 刀	武粉	92
103	刀部	剜	U+525C	削也。从刀宛聲。	□ 宛 刀	一丸	92
104	刀部	劇	U+5287	尤甚也。从刀，未詳。豦聲。	□ 豦 刀	渠力	93
105	刀部	刹	U+5239	柱也。从刀，未詳。殺省聲。	□ 杀 刀	初轄	93
106	竹部	笑	U+7B11	此字本闕。	日 竹 夭	私妙	99
107	竹部	簃	U+7C03	閣邊小屋也。从竹移聲。《說文》通用扅。	日 竹 移	弋支	99
108	竹部	筠	U+7B60	竹皮也。从竹均聲。	日 竹 均	王春	99
109	竹部	笏	U+7B0F	公及士所搢也。从竹勿聲。案：籀文作□，象形。義云佩也。古笏佩之。此字後人所加。	日 竹 多	呼骨	99
110	竹部	篦	U+7BE6	導也。今俗謂之篦。从竹毘聲。	日 竹	邊兮	99
111	竹部	篙	U+7BD9	所以進船也。从竹高聲。	日 竹 高	古牢	99
112	可部	叵	U+53F5	不可也。从反可。	日 ㄎ 日	普火	101
113	虎部	虦	U+271D2	虐也。急也。从虎从武。見《周禮》。	□ 虎	薄報	103

114	虎部	虪	U+4598	楚人謂虎爲烏虪。从虎兔聲。	☐ 虤 虧	同都	103
115	皿部	盆	U+76CB	盆器。盂屬。从皿夋聲。或从金从本。	☐ 夋 皿	北末	104
116	食部	餕	U+9915	食之餘也。从食夋聲。	☐ 食 夋	子陵	108
117	食部	餻	U+993B	餌屬。从食羔聲。	☐ 食 羔	古牢	108
118	缶部	罐	U+7F50	器也。从缶雚聲。	☐ 缶 雚	古玩	110
119	夂部	夎	U+590E	拜失容也。从夂坐聲。	☐ 坐 夂	則臥	112
120	韋部	靭	U+97CC	柔而固也。从韋刃聲。	☐ 韋 刃	而進	113
121	木部	栔	U+6894	木實可染。从木厄聲。	☐ 木 厄	章移	126
122	木部	榭	U+69AD	臺有屋也。从木躲聲。	☐ 木 躲	詞夜	126
123	木部	槊	U+69CA	矛也。从木朔聲。	☐ 朔 木	所角	126
124	木部	槸	U+6938	衣架也。从木施聲。	☐ 木 施	以支	126
125	木部	櫺	U+69BB	牀也。从木弱聲。	☐ 木 弱	土盍	126
126	木部	櫍	U+6ACD	柎也。从木質聲。	☐ 木 質	之日	126
127	木部	櫂	U+6AC2	所以進舩也。从木翟聲。或从卓。《史記》通用濯。	☐ 木 翟	直教	126
128	木部	槹	U+69F9	桔槹，汲水器也。从木皐聲。	☐ 木 皐	古牢	126
129	木部	橦	U+6A01	櫳杙也。从木舂聲。	☐ 木 舂	啄江	126
130	木部	櫻	U+6AFB	果也。从木嬰聲。	☐ 木 嬰	烏莖	126
131	木部	栜	U+681C	梀也。从木，策省聲。	☐ 木 朿	所厄	126
132	林部	棼	U+68B5	出自西域釋書，未詳意義。	☐ 林 凡	扶泛	126
133	貝部	貺	U+8CBA	賜也。从貝兄聲。	☐ 貝 兄	許訪	131
134	貝部	賵	U+8CF5	贈死者。从貝从冒。冒者，衣衾覆冒之意。	☐ 貝 冒	撫鳳	131
135	貝部	賭	U+8CED	博簺也。从貝者聲。	☐ 貝 者	當古	131
136	貝部	貼	U+8CBC	以物爲質也。从貝占聲。	☐ 貝 占	他叶	131

137	貝部	䞓	U+8CBD	贈遺也。从貝台聲。經典通用詒。	□	貝	㠯	與之	131
138	貝部	䟖	U+27E16	重買也，錯也。从貝廉聲。	□	貝	廉	佇陷	131
139	貝部	賽	U+8CFD	報也。从貝，塞省聲。	□	寒	貝	先代	131
140	貝部	賻	U+8CFB	助也。从貝專聲。	□	貝	尃	符遇	131
141	貝部	贍	U+8D0D	給也。从貝詹聲。	□	貝	詹	時豔	131
142	日部	曈	U+66C8	曈曨，日欲明也。从日童聲。	□	日	童	徒紅	139
143	日部	曨	U+66E8	曈曨也。从日龍聲。	□	日	龍	盧紅	139
144	日部	昈	U+6608	明也。从日戶聲。	□	日	戶	矦古	139
145	日部	昉	U+6609	明也。从日方聲。	□	日	方	分兩	139
146	日部	晙	U+6659	明也。从日夋聲。	□	日	夋	子峻	139
147	日部	晟	U+665F	明也。从日成聲。	□	日	成	承正	139
148	日部	昶	U+6636	日長也。从日、永。會意。	□	永	日	丑兩	139
149	日部	暈	U+6688	日月气也。从日軍聲。	□	日	軍	王問	139
150	日部	晬	U+666C	周年也。从日、卒，卒亦聲。	□	日	卒	子內	139
151	日部	映	U+6620	明也。隱也。从日央聲。	□	日	央	於敬	139
152	日部	曙	U+66D9	曉也。从日署聲。	□	日	署	常恕	139
153	日部	晊	U+6633	日厄也。从日失聲。	□	日	失	徒結	139
154	日部	曇	U+66C7	雲布也。从日、雲。會意。	□	日	雲	徒含	139
155	日部	曆〔註10〕	U+66C6	厤象也。从日厤聲。《史記》通用歷。	□	厤	日	郎擊	140
156	日部	昂	U+6602	舉也。从日卬聲。	□	日	卬	五岡	140
157	日部	昇	U+6607	日上也。从日升聲。古只用升。	□	日	升	識蒸	140

〔註10〕汲古閣本，从厤从日的形體只有「厤」形而無「日」形，與中華書局陳昌治大徐本不同。

158	月部	朦	U+6726	月朦朧也。从月蒙聲。	□ 夕 蒙	莫工	141
159	月部	朧	U+6727	朦朧也。从月龍聲。	□ 夕 龍	盧紅	141
160	禾部	穩	U+7A69	蹂穀聚也。一曰安也。从禾，隱省。古通用安隱。	□ 禾 隱	烏本	146
161	禾部	稈	U+7A15	束稈也。从禾韋聲。	□ 禾 韋	之閨	146
162	香部	馥	U+99A5	香气芬馥也。从香复聲。	□ 香 复	房六	147
163	米部	糰	U+7CBB	食米也。从米長聲。	□ 米 長	陟良	148
164	米部	粕	U+7C95	糟粕，酒滓也。从米白聲。	□ 米 白	匹各	148
165	米部	粔	U+7C94	粔籹，膏環也。从米巨聲。	□ 米 巨	其呂	148
166	米部	籹	U+7C79	粔籹也。从米女聲。	□ 米 女	人渚	148
167	米部	糉	U+7CC9	蘆葉裹米也。从米㚇聲。	□ 米 㚇	作弄	148
168	米部	餹	U+7CD6	飴也。从米唐聲。	□ 米 唐	徒郎	148
169	宀部	寘	U+5BD8	置也。从宀眞聲。	☲ 宀 眞	支義	152
170	宀部	寰	U+5BF0	王者封畿内縣也。从宀睘聲。	☲ 宀 睘	戶關	152
171	宀部	宷	U+5BC0	同地爲宷。从宀采聲。	☲ 宀 采	倉宰	152
172	网部	國	U+7F6D	魚網也。从网或聲。	☲ 网 或	于逼	158
173	网部	罳	U+7F73	罘罳，屏也。从网思聲。	☲ 网 思	息茲	158
174	网部	羅	U+7F79	心憂也。从网。未詳。古多通用離。	☲ 网 雄	呂支	158
175	巾部	幢	U+5E62	旌旗之屬。从巾童聲。	□ 巾 童	宅江	160
176	巾部	幟	U+5E5F	旌旗之屬。从巾戠聲。	□ 巾 戠	昌志	160
177	巾部	帟	U+5E1F	在上曰帟。从巾亦聲。	☲ 亦 巾	羊益	160
178	巾部	幗	U+5E57	婦人首飾。从巾國聲。	□ 巾 國	古對	160
179	巾部	帛	U+5E67	斂髮也。从巾杲聲。	□ 巾 杲	七搖	160
180	巾部	帒	U+5E12	囊也。从巾代聲。或从衣。	☲ 代 巾	徒耐	160

181	巾部	帊	U+5E0A	帛三幅曰帊。从巾巴聲。	□	巾	巴	普駕	160
182	巾部	幞	U+5E5E	帊也。从巾羑聲。	□	巾	羑	房玉	160
183	巾部	幰	U+5E70	車幔也。从巾憲聲。	□	巾	憲	虛偃	160
184	人部	侶	U+4FB6	徒侶也。从人呂聲。	□	人	呂	力舉	168
185	人部	侲	U+4FB2	僮子也。从人辰聲。	□	人	辰	章刃	168
186	人部	倅	U+5005	副也。从人卒聲。	□	人	卒	七內	168
187	人部	傔	U+5094	從也。从人兼聲。	□	人	兼	苦念	168
188	人部	倜	U+501C	倜儻,不羈也。从人从周。未詳。	□	人	周	他歷	168
189	人部	儻	U+513B	倜儻也。从人黨聲。	□	人	黨	他朗	168
190	人部	佾	U+4F7E	舞行列也。从人㐁聲。	□	人	㐁	夷質	168
191	人部	倒	U+5012	仆也。从人到聲。	□	人	到	當老	168
192	人部	儈	U+5108	合市也。从人、會,會亦聲。	□	人	會	古外	168
193	人部	低	U+4F4E	下也。从人、氐,氐亦聲。	□	人	氐	都兮	168
194	人部	債	U+50B5	債負也。从人、責,責亦聲。	□	人	責	側賣	168
195	人部	價	U+50F9	物直也。从人、賈,賈亦聲。	□	人	賈	古訝	168
196	人部	停	U+505C	止也。从人亭聲。	□	人	亭	特丁	168
197	人部	僦	U+50E6	賃也。从人、就,就亦聲。	□	人	就	卽就	168
198	人部	伺	U+4F3A	候望也。从人司聲。自低已下六字,从人,皆後人所加。	□	人	司	相吏	168
199	人部	僧	U+50E7	浮屠道人也。从人曾聲。	□	人	曾	穌曾	168
200	人部	佇	U+4F47	久立也。从人从宁。	□	人	宁	直呂	168
201	人部	偵	U+5075	問也。从人貞聲。	□	人	貞	丑鄭	168
202	衣部	袨	U+88A8	盛服也。从衣玄聲。	□	衣	玄	黃絢	173
203	衣部	衫	U+886B	衣也。从衣彡聲。	□	衣	彡	所銜	173

204	衣部	襖	U+8956	褻屬。从衣奧聲。	□	衣	奧	烏皓	173
205	毛部	毦	U+6BE6	羽毛飾也。从毛耳聲。	□	耳	毛	仍吏	174
206	毛部	氍	U+6C0D	氍毹、氍㲪，皆氊緂之屬，蓋方言也。从毛瞿聲。	□	瞿	毛	其俱	174
207	毛部	毹	U+6BF9	氍毹也。从毛俞聲。	□	俞	毛	羊朱	174
208	毛部	㲪	U+6BFE	氍㲪也。从毛㲃聲。	□	㲃	毛	土盍	174
209	毛部	㲪	U+3CAA	氍㲪也。从毛登聲。	□	豋	毛	都滕	174
210	毛部	毬	U+6BEC	鞠丸也。从毛求聲。	□	毛	求	巨鳩	174
211	毛部	氅	U+6C05	析鳥羽爲旗纛之屬。从毛敞聲。	□	敞	毛	昌兩	174
212	尸部	屢	U+5C62	數也。案：今之婁字本是屢空字，此字後人所加。从尸，未詳。	□	尸	婁	丘羽	175
213	舟部	舸	U+8238	舟也。从舟可聲。	□	舟	可	古我	176
214	舟部	艇	U+8247	小舟也。从舟廷聲。	□	舟	廷	徒鼎	176
215	舟部	艅	U+8245	艅艎，舟名。从舟余聲。經典通用餘皇。	□	舟	余	以諸	176
216	舟部	艎	U+824E	艅艎也。从舟皇聲。	□	舟	皇	胡光	176
217	見部	覿	U+89BF	見也。从見賣聲。	□	賣	見	徒歷	178
218	欠部	歈	U+6B48	歌也。从欠俞聲。《切韻》云：「巴歈，歌也。」案：《史記》：渝水之人善歌舞，漢高祖采其聲。後人因加此字。	□	俞	欠	羊朱	180
219	頁部	預	U+9810	安也。案：經典通用豫。从頁，未詳。	□	予	頁	羊洳	184
220	面部	靨	U+9768	姿也。从面厭聲。	□	厭	面	於叶	184
221	彡部	彩	U+5F69	文章也。从彡采聲。	□	采	彡	倉宰	185
222	髟部	鬚	U+9B10	馬鬣也。从髟耆聲。	□髟	髟	□彡	渠脂	186

223	髟部	髫	U+9AEB	小兒垂結也。从髟召聲。	□ 形 曰 彡 召	徒聊	186
224	髟部	髻	U+9AFB	總髮也。从髟吉聲。古通用結。	□ 形 曰 彡 吉	古詣	186
225	髟部	鬟	U+9B1F	總髮也。从髟睘聲。案：古婦人首飾，琢玉爲兩環。此二字皆後人所加。	□ 形 曰 彡 睘	户關	186
226	鬼部	魑	U+9B51	鬼屬。从鬼从离，离亦聲。	□ □ 鬼 离	丑知	189
227	鬼部	魔	U+9B54	鬼也。从鬼麻聲。	曰 麻 鬼	莫波	189
228	鬼部	魘	U+9B58	寢驚也。从鬼厭聲。	曰 厭 鬼	於琰	189
229	山部	嶙	U+5D99	嶙峋，深崖兒。从山粦聲。	□ 山 粦	力珍	191
230	山部	峋	U+5CCB	嶙峋也。从山旬聲。	□ 山 旬	相倫	191
231	山部	岋	U+5C8C	山高兒。从山及聲。	曰 山 及	魚汲	191
232	山部	嶠	U+5DA0	山銳而高也。从山喬聲。古通用喬。	□ 山 喬	渠廟	191
233	山部	崏	U+5D4C	山深兒。从山，歁省聲。	曰 山 □ 甘 欠	口銜	191
234	山部	嶼	U+5DBC	島也。从山與聲。	□ 山 與	徐呂	191
235	山部	嶺	U+5DBA	山道也。从山領聲。	曰 山 領	良郢	191
236	山部	崀	U+5D50	山名。从山，茵省聲。	曰 山 茵	盧合	191
237	山部	嵩	U+5D69	中岳，嵩高山也。从山从高，亦从松。韋昭《國語》注云：「古通用崇字。」	曰 山 高	息弓	191
238	山部	崐	U+5D11	崑崙，山名。从山昆聲。《漢書》楊雄文通用昆侖。	曰 山 昆	古渾	191
239	山部	崘	U+5D19	崑崙也。从山侖聲。	曰 山 侖	盧昆	191
240	山部	嵇	U+5D47	山名。从山，稽省聲。奚氏避難特造此字，非古。	□ 禾 曰 尤 山	胡雞	191

241	广部	廈	U+5EC8	屋也。从广夏聲。	□ 广 廈	胡雅	193
242	广部	廊	U+5ECA	東西序也。从广郎聲。《漢書》通用郎。	□ 广 郎	魯當	193
243	广部	廂	U+5EC2	廊也。从广相聲。	□ 广 相	息良	193
244	广部	庡	U+5EAA	祭山曰庡縣。从广技聲。	□ 广 技	過委	193
245	广部	庰	U+5EB1	地名。从广，未詳。	□ 广 羍	丑拂	193
246	广部	廖	U+5ED6	人姓。从广，未詳。當是省膠字尔。	□ 广 翏	力救	193
247	石部	礪	U+792A	礦也。从石厲聲。經典通用厲。	□ 石 厲	力制	195
248	石部	碏	U+788F	《左氏傳》：「衞大夫石碏。」《唐韻》云：敬也。从石，未詳。昔聲。	□ 石 昔	七削	196
249	石部	磯	U+78EF	大石激水也。从石幾聲。	□ 石 幾	居衣	196
250	石部	碌	U+788C	石皃。从石录聲。	□ 石 录	盧谷	196
251	石部	砧	U+7827	石柎也。从石占聲。	□ 石 占	知林	196
252	石部	砌	U+780C	階甃也。从石切聲。	□ 石 切	千計	196
253	石部	礩	U+7929	柱下石也。从石質聲。	□ 石 質	之日	196
254	石部	礎	U+790E	礩也。从石楚聲。	□ 石 楚	創舉	196
255	石部	硾	U+787E	擣也。从石垂聲。	□ 石 垂	直類	196
256	豸部	貓	U+8C93	貍屬。从豸苗聲。	□ 豸 苗	莫交	198
257	馬部	𩢲	U+298B2	疾也。从馬吏聲。	□ 馬 吏	疏吏	202
258	馬部	駥	U+99E5	馬高八尺。从馬戎聲。	□ 馬 曰 戈 中	如融	202
259	馬部	騌	U+9A23	馬鬣也。从馬㚇聲。	□ 馬 㚇	子串	202
260	馬部	馱	U+99B1	負物也。从馬大聲。此俗語也。	□ 馬 大	唐佐	202
261	馬部	𩥍	U+2994D	馬赤色也。从馬，觲省聲。	□ 馬 曰 羊 半	息營	202

262	兔部	㓖	U+3559	狡兔也。从兔夋聲。	□ 尋 冤	七旬	203
263	犬部	㺘	U+72D8	獸走皃。从犬戉聲。	□ 犬 戉	許月	206
264	犬部	㺘	U+247E4	獸名。从犬軍聲。	□ 犬 軍	許韋	206
265	犬部	㺘	U+72F7	褊急也。从犬肙聲。	□ 犬 肙	古縣	206
266	犬部	㺘	U+7330	猰㺄，獸名。从犬契聲。	□ 犬 契	烏點	206
267	火部	㷉	U+721E	旱气也。从火蟲聲。	□ 火 蟲	直弓	210
268	火部	㷉	U+717D	熾盛也。从火扇聲。	□ 火 扇	式戰	210
269	火部	㷉	U+70D9	灼也。从火各聲。	□ 火 各	盧各	210
270	火部	㷉	U+720D	灼爍，光也。从火樂聲。	□ 火 樂	書藥	210
271	火部	㷉	U+71E6	燦爛，明淨皃。从火粲聲。	□ 火 粲	倉案	210
272	火部	㷉	U+7165	火光也。从火奐聲。	□ 火 奐	呼貫	210
273	赤部	赧	U+8D69	大赤也。从赤、色，色亦聲。	□ 赤 色	許力	213
274	赤部	赧	U+8D6E	赤色也。从赤段聲。	□ 赤 段	乎加	213
275	心部	慵	U+6175	嬾也。从心庸聲。	□ 心 庸	蜀容	223
276	心部	悱	U+60B1	口悱悱也。从心非聲。	□ 心 非	敷尾	223
277	心部	怩	U+6029	忸怩，慙也。从心尼聲。	□ 心 尼	女夷	224
278	心部	惉	U+60C9	惉懘，煩聲也。从心沾聲。	□ 沾 心	尺詹	224
279	心部	懘	U+61D8	惉懘也。从心滯聲。	□ 懘 心	尺制	224
280	心部	懇	U+61C7	悃也。从心狠聲。	□ 狠 心	康恨	224
281	心部	忖	U+5FD6	度也。从心寸聲。	□ 心 寸	倉本	224
282	心部	怊	U+600A	悲也。从心召聲。	□ 心 召	敕宵	224
283	心部	慟	U+615F	大哭也。从心動聲。	□ 心 動	徒弄	224
284	心部	惹	U+60F9	亂也。从心若聲。	□ 若 心	人者	224
285	心部	恰	U+6070	用心也。从心合聲。	□ 心 合	苦狹	224

286	心部	悌	U+608C	善兄弟也。从心弟聲。經典通用弟。	□ 心 弟	特計	224
287	心部	懌	U+61CC	說也。从心睪聲。經典通用釋。	□ 心 睪	羊益	224
288	水部	瀼	U+703C	露濃皃。从水襄聲。	□ 水 襄	汝羊	238
289	水部	漙	U+6F19	露皃。从水專聲。	□ 水 專	度官	238
290	水部	汍	U+6C4D	泣淚皃。从水丸聲。	□ 水 丸	胡官	238
291	水部	泯	U+6CEF	滅也。从水民聲。	□ 水 民	武盡	238
292	水部	灃	U+7023	沆灃,气也。从水,蠠省聲。	□ 水 蠠	胡介	238
293	水部	瀘	U+7018	水名。从水盧聲。	□ 水 盧	洛乎	238
294	水部	瀟	U+701F	水名。从水蕭聲。	□ 水 蕭	相邀	238
295	水部	瀛	U+701B	水名。从水嬴聲。	□ 水 嬴	以成	238
296	水部	滁	U+6EC1	水名。从水除聲。	□ 水 餘	直魚	238
297	水部	洺	U+6D3A	水名。从水名聲。	□ 水 名	武幷	238
298	水部	潺	U+6F7A	水聲。从水屖聲。	□ 水 屖	昨閑	238
299	水部	湲	U+6E72	潺湲,水聲。从水爰聲。	□ 水 爰	王權	238
300	水部	濤	U+6FE4	大波也。从水壽聲。	□ 水 壽	徒刀	238
301	水部	漵	U+6F35	水浦也。从水敘聲。	□ 水 敍	徐呂	238
302	水部	派	U+6E2F	水派也。从水㡿聲。	□ 水 㡿	古項	238
303	水部	瀦	U+7026	水所亭也。从水豬聲。	□ 水 豬	陟魚	238
304	水部	瀰	U+24164	大水也。从水彌聲。	□ 水 彌	武移	238
305	水部	淼	U+6DFC	大水也。从三水。或作渺。	□ 水 □ 水 水	亡沼	238
306	水部	潔	U+6F54	瀞也。从水絜聲。	□ 水 絜	古屑	238
307	水部	浹	U+6D79	洽也。从也。从水夾聲。	□ 水 夾	子協	238
308	水部	溘	U+6E98	奄忽也。从水盍聲。	□ 水 盍	口荅	238

309	水部	濮	U+6F60	含水噴也。从水巽聲。	□川罪	穌困	238
310	水部	滙	U+6DAF	水邊也。从水从厓，厓亦聲。	□川厓	魚羈	238
311	雨部	霞	U+971E	赤雲气也。从雨叚聲。	日雨叚	胡加	242
312	雨部	霏	U+970F	雨雲皃。从雨非聲。	日雨非	芳非	242
313	雨部	霋	U+970E	小雨也。从雨妾聲。	日雨妾	山洽	242
314	雨部	霅	U+4A34	霮霅雲黑皃。从雨對聲。	日雨對	徒對	242
315	雨部	靄	U+9744	雲皃。从雨，藹省聲。	日雨藹	於蓋	242
316	魚部	鰈	U+9C08	比目魚也。从魚某聲。	□魚某	土盍	245
317	魚部	魮	U+9B6E	文魮，魚名。从魚比聲。	□魚比	房脂	245
318	魚部	鰩	U+9C29	文鰩，魚名。从魚䍃聲。	□魚䍃	余招	245
319	門部	闤	U+95E4	市垣也。从門瞏聲。	□門瞏	戶關	249
320	門部	闥	U+95E5	門也。从門達聲。	□門達	他達	249
321	門部	閌	U+958C	閌閬，高門也。从門亢聲。	□門亢	苦浪	249
322	門部	閥	U+95A5	閥閱，自序也。从門伐聲。義當通用伐。	□門伐	房越	249
323	門部	闃	U+95C3	靜也。从門臭聲。	□門臭	苦臭	249
324	耳部	聱	U+8071	不聽也。从耳敖聲。	□日屮〔註11〕方□ 卢日	五交	250
325	手部	攦	U+6466	橫大也。从手瓠聲。	□手瓠	胡化	257
326	手部	攣	U+6519	刺也。从手巤聲。	□手巤	楚銜	258
327	手部	搢	U+6422	插也。从手晉聲。搢紳前史皆作薦紳。	□手晉	郎刃	258

〔註11〕 如將汲古閣本的獨體「出」形與合體中的「出」形（如「聲」字所从「出」形）相較，會發現兩者「出」形的寫法並不相同。林聖峰在《大徐本《說文》獨體與偏旁變形研究》一文裡對於這種現象有進行深入的分析，可參看。（林聖峰：《大徐本《說文》獨體與偏旁變形研究》（臺北：國立臺灣師範大學國文系碩士論文，2006 年 6 月），頁 95-102。）

328	手部	捈	U+63A0	奪取也。从手京聲。本音亮。《唐韻》或作攖。		屮	京	離灼	258
329	手部	搯	U+6390	爪刺也。从手召聲。		屮	臽	苦洽	258
330	手部	捻	U+637B	指捻也。从手念聲。		屮	念	奴協	258
331	手部	拗	U+62D7	手拉也。从手幼聲。		屮	幼	於絞	258
332	手部	摵	U+6475	捎也。从手戚聲。		屮	戚	沙劃	258
333	手部	捌	U+634C	方言云：無齒杷。从手別聲。		屮	刖	百轄	258
334	手部	攤	U+6524	開也。从手難聲。		屮	難	他干	258
335	手部	摽	U+629B	棄也。从手从尤从力，或从手旎聲。案：《左氏傳》通用摽。《詩》：「摽有梅。」摽，落也。義亦同。		屮	尤力	匹交	258
336	手部	攄	U+6474	舒也。又，攄蒲，戲也。从手雩聲。		屮	雩	丑居	258
337	手部	打	U+6253	擊也。从手丁聲。		屮	个	都挺	258
338	女部	嬙	U+5B19	婦官也。从女，牆省聲。		女	嗇	才良	265
339	女部	妲	U+59B2	女字。妲己，紂妃。从女旦聲。		女	旦	當割	265
340	女部	嬌	U+5B0C	姿也。从女喬聲。		女	喬	舉喬	265
341	女部	嬋	U+5B0B	嬋娟，態也。从女單聲。		女	單	市連	265
342	女部	娟	U+5A1F	嬋娟也。从女肙聲。		女	肙	於緣	265
343	女部	嫠	U+5AE0	無夫也。从女斄聲。	斄	女		里之	265
344	女部	姤	U+59E4	偶也。从女后聲。		女	后	古候	265
345	玨部	琵	U+7435	琵琶，樂器。从玨比聲。	珡		夶	房脂	267
346	玨部	琶	U+7436	琵琶也。从玨巴聲。義當用枇杷。	珡		巴	蒲巴	267
347	瓦部	瓷	U+74F7	瓦器。从瓦次聲。	二	乞 瓦		疾資	269
348	瓦部	瓻	U+74FB	酒器。从瓦，稀省聲。		希	瓦	丑脂	269

349	糸部	緗	U+7DD7	帛淺黃色也。从糸相聲。	□ 糸 相	息良	278
350	糸部	緋	U+7DCB	帛赤色也。从糸非聲。	□ 糸 非	甫微	278
351	糸部	緅	U+7DC5	帛青赤色也。从糸取聲。	□ 糸 取	子篌	278
352	糸部	繖	U+7E56	蓋也。从糸散聲。	□ 糸 散	穌旱	278
353	糸部	綀	U+7D80	布屬。从糸束聲。	□ 糸 束	所菹	278
354	糸部	縡	U+7E21	事也。从糸宰聲。	□ 糸 宰	子代	278
355	糸部	繾	U+7E7E	繾綣，不相離也。从糸遣聲。	□ 糸 遣	去演	278
356	糸部	綣	U+7DA3	繾綣也。从糸卷聲。	□ 糸 卷	去阮	278
357	虫部	蜒	U+8711	南方夷也。从虫延聲。	□ 虫 延	徒旱	283
358	虫部	蟪	U+87EA	蟪蛄，蟬也。从虫惠聲。	□ 虫 惠	曰械	283
359	虫部	蠛	U+881B	蠛蠓，細蟲也。从虫蔑聲。	□ 虫 蔑	亡結	283
360	虫部	虮	U+8674	蚚蝱，艸上蟲也。从虫乇聲。	□ 虫 乇	陟格	283
361	虫部	蜢	U+8722	蚱蜢也。从虫孟聲。	□ 虫 孟	莫杏	283
362	虫部	蟋	U+87CB	蟋蟀也。从虫悉聲。	□ 虫 悉	息七	283
363	虫部	螗	U+87B3	螗蜋也。从虫堂聲。	□ 虫 堂	徒郎	283
364	風部	颸	U+98B8	涼風也。从風思聲。	□ 風 思	息茲	285
365	風部	颼	U+4B12	颼颼也。从風叜聲。	□ 風 叜	所鳩	285
366	風部	颭	U+98AD	風吹浪動也。从風占聲。	□ 風 占	隻冉	285
367	黽部	鼇	U+9F07	海大鼈也。从黽敖聲。	□ 敖 黽	五牢	285
368	土部	塗	U+5857	泥也。从土涂聲。	□ 涂 土	同都	290
369	土部	塓	U+5853	塗也。从土冥聲。	□ 土 冥	莫狄	290
370	土部	埏	U+57CF	八方之地也。从土延聲。	□ 土 延	以然	290
371	土部	場	U+57F8	疆也。从土易聲。	□ 土 易	羊益	290
372	土部	境	U+5883	疆也。从土竟聲。經典通用竟。	□ 土 竟	居領	290

373	土部	𡐛	U+587E	門側堂也。從土孰聲。	□ 𡐛 土	殊六	290
374	土部	墾	U+58BE	耕也。從土狠聲。	□ 狠 土	康很	290
375	土部	塘	U+5858	隄也。從土唐聲。	□ 土 唐	徒郎	290
376	土部	坳	U+5773	地不平也。從土幼聲。	□ 土 幼	於交	290
377	土部	壒	U+58D2	塵也。從土蓋聲。	□ 土 蓋	於蓋	290
378	土部	隊	U+589C	陊也。從土隊聲。古通用墜。	□ 𨸏 □ 㒸 土	直類	290
379	土部	塔	U+5854	西域浮屠也。從土荅聲。	□ 土 荅	土盍	290
380	土部	坊	U+574A	邑里之名。從土方聲。古通用埅。	□ 土 方	府良	290
381	力部	劬	U+52AC	勞也。從力句聲。	□ 句 力	其俱	293
382	力部	勢	U+52E2	盛力權也。從力埶聲。經典通用埶。	□ 埶 力	舒制	293
383	力部	勘	U+52D8	校也。從力甚聲。	□ 甚 力	苦紺	293
384	力部	辦	U+8FA6	致力也。從力辡聲。	□ 辛 力 辛	蒲莧	293
385	金部	鑺	U+947A	兵器也。從金瞿聲。	□ 金 瞿	其俱	299
386	金部	銘	U+9298	記也。從金名聲。	□ 金 名	莫經	299
387	金部	鎖	U+9396	鐵鎖，門鍵也。從金貞聲。	□ 金 貞	穌果	299
388	金部	鈿	U+923F	金華也。從金田聲。	□ 金 田	待季	299
389	金部	釧	U+91E7	臂環也。從金川聲。	□ 金 川	尺絹	299
390	金部	釵	U+91F5	笄屬。從金叉聲。本只作叉，此字後人所加。	□ 金 叉	楚佳	299
391	金部	釽	U+91FD	裂也。從金、爪。	□ 金 爪	普擊	299
392	車部	輇	U+8F4F	車名。從車孱聲。	□ 車 孱	士限	303
393	車部	轔	U+8F54	車聲。從車粦聲。	□ 車 粦	力珍	303
394	車部	轍	U+8F4D	車迹也。從車，徹省聲。本通用徹，後人所加。	□ 車 育 攴	直列	303

395	𨝠部	䘯	U+9620	陵名。从𨝠丮聲。	□ 𨝠 丮	所臻	307
396	𨝠部	䘡	U+9621	路東西爲陌，南北爲阡。从𨝠千聲。	□ 𨝠 阡	倉先	307
397	酉部	酪	U+916A	乳漿也。从酉各聲。	□ 酉 各	盧各	313
398	酉部	醐	U+9190	醍醐，酪之精者也。从酉胡聲。	□ 酉 胡	户吳	313
399	酉部	酩	U+9169	酩酊，醉也。从酉名聲。	□ 酉 名	莫迥	313
400	酉部	酊	U+914A	酩酊也。从酉丁聲。	□ 酉 个	都挺	313
401	酉部	醒	U+9192	醉解也。从酉星聲。按：醒字注云：一曰醉而覺也。則古醒，亦音醒也。	□ 酉 星	桑經	313
402	酉部	醍	U+918D	清酒也。从酉是聲。	□ 酉 是	它禮	313

三、大徐本新附字結構類型說明

經由以上「大徐本新附字結構類型分析一覽表」，其實包含了形、音、義等眾多資訊，此處則特別針對小篆結構類型進行分析。

（一）以傳統六書進行新附字的構形分類

如以傳統六書的構形分類來看，就大徐本本身的釋形用語，絕大多數都是「从某某聲」，在 402 字當中，共出現在三百四十三個字當中；其次是「从某，某省聲」，計有字頭編號：8、36、73、96、97、105、131、139、233、236、240、261、292、315、338、348、394 等共十七字；其次是「从某某，某亦聲」，計有字頭編號：71、150、192、193、194、195、197、273 等共八字；其次是「从某从某，某亦聲」，計有字頭編號：99、226、310 等共三字。另外還有「从某，未詳，某聲」，計有字頭編號：104、248 等共二字；「从某，未詳，某省聲」，計有字頭編號：105，只止一字。以上可視爲形聲字者，合計三百七十六個新附字。

另外在新附字當中，其釋形用語有「从某从某」者，計有字頭編號：41、44、113、134、188、200、237 等共七字；「从某、某」者，計有字頭編號：79、87、148、154、305、391 等共六字；「从某，某省」者，計有字頭編號：160，只止一字。以上可視爲會意字者，合計十四字。

以上的釋形用語，讀者可以清楚的了解是屬於形聲字還是會意字。然而

有一些字，徐鉉並沒有肯定的答案，其中有二個字的狀況是：「从某从某从某」或「从某某聲」者，爲字頭編號 335；「从某某聲」或「从某从某」者，爲字頭編號 115。徐鉉在此二字的釋形用語當中同時保留了形聲與會意的可能性，而不做更進一步的分類。最後還有三種狀況：第一，以「从某，未詳」用語說明，計有字頭編號：30、31、174、212、219、245、246 等共七字。第二，不言音讀或未詳其義者，計有字頭編號：29、132 等共二字。第三，但言「此字本闕」者，計有字頭編號：106，只止一字。以上三種狀況筆者暫且將其歸於「待考類」，共十字。如將沒有明確分類的二個字加上十個待考字，共有十二個字「狀況未明」。

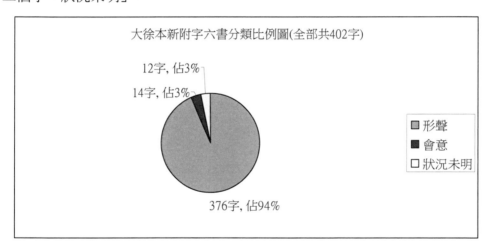

大徐本新附字六書分類比例圖(全部共402字)

12字, 佔3%
14字, 佔3%
376字, 佔94%

形聲
會意
狀況未明

圖 4-1

據此可見，形聲字在徐鉉的時代已然是新造字的普遍文字組成法則。

（二）以 IDC 組合符進行新附字的構形分類

利用表意文字組合符（Ideographic Description Character，IDC）的輔助，可以清楚了解部件或偏旁組成的相對位置，漢字是以形爲主的一套文字系統，因此如何組合出一個完整的形體，背後必然有一套構形法則。如以傳統對於形聲字的構形分類，有所謂的上形下聲、下形上聲、外形內聲、內形外聲、左形右聲、右形左聲等，這就是一種構形空間的表達模式。現代由於電腦的快速發展，漢字爲了因應 0 與 1 的世界，對於構形拆解也就有了急迫性的需求，有人透過量化分析，以爲漢字的基本構式有十六種，〔註12〕有人則以爲有十四種，〔註13〕

─────────────

〔註12〕參見「漢字的結構分析」，網址：http://chinese.exponode.com/3_1.htm

有人則以爲有十二種，〔註14〕內容或同或異，有些分類乃爲見人見智之說，必須要有完整的量化數據全盤托出，才能取信於人。筆者採用的是表意文字組合符 IDC 的表達方式，這種表達方式有個極大的優點，它的優點在於它已成爲 Unicode 標準下的約定法則，雖然還是不夠完善，〔註15〕但應能處理絕大多數的漢字構形，職是之故，本文利用這套方法，對新附字四百零二字進行構形分析，發現新附字共用了七種 IDC 的表示式：第一種是「⿰」，共有 297 個；第二種是「⿱」，共有 83 個；第三種是「⿵」，共有 16 個；第四種是「⿸」，共有 9 個；第五種是「⿴」，共有 8 個；第六種是「⿲」，共有 2 個；第七種是「⿳」，只有 1 個。必須要說明的是，上面組合符相加總數超過 402 個，因爲筆者在利用這些組合符時，有時一個字必須要用到二種或二種以上的組合符，如「嵇」字，IDC 組合符爲「⿰禾⿱尤山」，筆者構形拆解乃據小篆字形而非楷體。大徐本「嵇」字云：「从山，稽省聲。」「稽」形既省，在表示式只能以部件處理它，所以就含有⿰、⿱二個 IDC 組合符。

四、大徐本新附字組字概況

根據上面的分析，大徐本所收的新附字，在進行部件或偏旁組合時，有以下幾種現象：

（一）利用《說文》既有字頭進行組字

在 402 字中，超過 300 字以上都是利用《說文》本身已有的字頭進行組字。如 1「禰」字，徐鉉釋形作「从示爾聲」，2「祧」字，徐鉉釋形作「从示兆聲」，4「祚」字，徐鉉釋形作「从示乍聲」等等，這些組字的偏旁都是《說文》字頭字形。這種現象乃爲新附字的大宗。

（二）利用《說文》重文進行組字

徐鉉的新附字，有時則會用《說文》中的重文進行組字，舉例來說：如

〔註13〕 參見「漢字的形體結構」，網址：http://www.chinaculture.org/gb/cn_zgwh/2004-06/28/content_51191.htm

〔註14〕 參見「漢字的結構類型和筆順規則」網址：http://www.cp-edu.com/tw/ciku/free_html/fl_hzjglx.asp

〔註15〕 如⿴，這個符號處理的是重疊問題，如「巫」字的表達式爲「⿴從工」，乍看之下似乎沒有太大的問題，可是漢字中的包覆與重疊類型頗多，除了楷體之外，古漢字則存在著更多的構形詮釋性，這個問題是十分值得再做更深入的分析，在此僅將此種狀況予以說明，有待未來更進一步的全面研究。

49「遯」字所从的「豩」形爲「皃」字的或體；如 59「躧」，大徐釋形作「从足麗聲」，「麗」與「鸎」二個楷體爲同一篆形，《說文》有「舁」字，「鸎」爲「舁」之重文。《說文》云：「鸎，舁或从卩。」如 210「毬」字，大徐釋形作「从毛求聲」，而「求」爲「裘」之古文，非字頭字；如 302「港」，大徐釋形作「从水巷聲」，而「巷」形爲《說文》「䢽」字的重文，《說文》云：「巷，篆文从䢽省。」

（三）組字偏旁不見於《說文》字頭，只見於《說文》某字部分偏旁

有些新附字所從的偏旁則不見於《說文》字頭，僅見於《說文》某字的偏旁，如 85「眹」字，大徐釋形作「从目关聲」，此字所从的「关」形，不見於《說文》字頭，但見於某字偏旁，徐鉉於《說文》「倂」字下云：「关不成字，當从朕省」，據此可見「关」字並不是《說文》的字頭，也不是重文字形，然而徐鉉的新附字卻用了不是字頭的「关」旁。如 105「刹」字，徐鉉云：「从刀，未詳。殺省聲。」據此可見徐鉉在釋字的過程中有一些困惑尚未解決，故云「未詳」。另外在《說文》「殺」字後，徐鉉注云：「臣《說文》無杀字。相傳云音察。未知所出。」根據「刹」字所从的形體，左旁作「杀」，確實是從殺字的左旁形體而來，而「杀」並非《說文》字頭。如 110「篦」字，徐鉉云：「从竹毘聲。」然而《說文》無「毘」形，《康熙字典》則云「毘，同毗。」又云：「毗，同毗。」查看「毗」字，在先秦時已有此字，如《詩．小雅》云：「天子是毗。」《毛傳》：「毗，厚也。」《鄭箋》：「毗，輔也。」〔註 16〕然而《說文》無「毗」、「毗」、「毘」等字頭的出現。如 348「瓻」字，徐鉉云：「从瓦，稀省聲。」查看大徐本《說文》「稀」字下有收錄徐鍇之說：「當言从爻从巾，無聲字。爻者，稀疏之義，與爽同意。巾，象禾之根莖。至於莃、晞，皆當从稀省。何以知之？《說文》無希字故也。」或許因爲這個緣故，徐鉉在解釋「瓻」字所从的「希」形時，則用「稀省聲」之法，與徐鍇之說相同。

關於這個現象，在新附字 402 字當中，共出現在編號 48「逼」字所從的「畐」形、85「眹」字所從的「关」形、96「旅」字所從的「㫃」形、97「膂」字所從的「攴」形、105「刹」字所從的「杀」形、110「篦」字所從的「毘」形、292「瀣」字所從的「韰」形、348「瓻」字所從的「希」等，共計八個偏旁不見於《說文》的字頭字形當中，這種現象值得我們特別加以注意。

〔註 16〕參見《詩經．小雅．節南山》（十三經注疏本）（臺北：藝文印書館，1981 年），頁 394。

（四）組字編旁為某字之省，組字結果無法直觀理解

大徐本新附字有時會用「從某，某省聲」的方式進行釋形，所從偏旁有所省略（多為聲符的簡省），而省略之後所呈現的字形，必須理解其省略的過程及步驟才能明瞭，如此的新附字在字形結構的理解太過區折。如 96「㲉」字，徐鉉釋形作「從玄，旅省聲。」查看《說文》「旅」的結構是「從㫃從从」，篆形作「㫃」，如將此形與「㲉」相較，可以看到徐鉉所謂的「旅省聲」將本來所從的「㫃」形切割，省略了左邊的「方」形，只保留右邊的「人」形，再加上下方的「从」形；此舉反而讓右旁與「衣」形類化。這樣的造字之法過於曲折，違反形聲造字的直觀理解之法。如 97「䐿」字，徐鉉釋形作「從肉，啓省聲。」「啓」，《說文》云：「從攴启聲。」將「启」形下面的「口」形省略，而將「肉」形置於「戶」、「攴」形的裡面，採用了「⬚」的結構方式，這種現象，則與「肇」字的結構方式相同。「肇」，《說文》云：「從攴，肇省聲。」而「肇」，《說文》但云「上諱」，徐鉉則引用李舟《切韻》的看法，以為「從戈厚聲」。透過繫聯之法，可以看到這幾個字的結構方式或有異同之處。從上所述，要理解這個字的過程似乎也過於曲折了些。如 292「瀏」字，徐鉉釋形作「從水，龘省聲。」龘，《說文》云：「從韭叡聲。」《說文》無「璽」形，據此可見大徐新附字「瀏」形所從的「璽」形乃楷化的結果，如上推至篆形，如依《說文》釋形，則割裂了多次的篆文而得「璽」形。此為由楷上推篆的異常現象。

（五）新附字所從偏旁在《說文》雖為字頭，但篆形不太相同

根據大徐本對於新附字的釋形，所從的偏旁雖為《說文》的字頭，但篆形不太相同。如 162「馥」字，大徐本釋形作「從香复聲」。《說文》复，篆形作「复」，與「馥」右半所從形體不太相同。查看《說文》從复之字，如「復」字，篆形作「復」，也與「馥」字所從「复」形不太相類。那麼，馥字右半的「复」形從何而來？據季師旭昇《說文新證》頁 465「复」字所引甲骨文「𤕦」（商・鐵 145.1《甲骨文編》）、金文「𤰝」（西周晚期鬲比盨）、春秋戰國時期「𤰝」（侯馬盟書 200:69）、戰國中晚期「𤰝」（郭店老子甲本簡 1）等形，與馥字所從「复」形相類，可見得大徐本「馥」字所從的「复」形是有字形依據的，然而就大徐本本身所收錄的篆形、重文等字形並沒有「馥」字所從的「复」形，因此在組合符裡，雖作「⬚香复」，但其實是有一些問題的。

（六）楷體異構問題

大徐本《說文》，字頭原則上都是篆形，然而篆形的楷定結果常常存有異體現象，簡單的說，同一個篆形，即使在同一本書裡，它的相應楷體不見得只有一個，當有這種情形發生時，對新附字的釋形來說，會對讀者產生一定的困擾。如 121「柂」字，徐鉉釋形作「从木厄聲。」查看《說文》，無「厄」而有「厄」，「厄」，小篆作「厄」，據此可見，「厄」與「厄」在小篆的形體是相同的。如 128「槔」字，徐鉉釋形作「从木皋聲。」查看《說文》，無「皋」而有「皋」，《玉篇》云：「皋，同皋。」可見「皋」與「皋」的小篆形體應是相同的。如 139「賽」，徐鉉釋形作「从貝，塞省聲」。塞省「土」形爲「宲」，即《說文》「宲」字，可見「宲」與「宲」的小篆形體應是相同的。如 156「昂」，徐鉉釋形作「从日印聲」。大徐本《說文》字頭無「印」形而有「卬」形，此二形應爲同一篆形，只是楷化之後有「印」、「卬」之別，造成一定的困擾。其他如 170「寰」字所從的「睘」同「睘」，258「駴」字所從的「戎」同「戎」，333「捌」字所從的「別」同「刐」，373「塾」字所從的「孰」同「孰」，382「勢」字所從的「執」同「埶」。如果在分析構形時沒有注意到這個問題，也會造成一定程度的理解困擾。

（七）構形比例及方位配置問題

就文字的構形比例及方位配置問題，其實是理解新附字的構形重點，前面六種情況，主要是就偏旁本身的來源及理解問題，至於小篆的偏旁到底如何組合，它的原則是什麼？經由對於構形比例及方位配置問題的分析，則可以更清楚的了解小篆到底是該怎樣進行部件或偏旁的組合。正如前面所舉的例子，可以窺知小篆字形與大部分的楷體在構形比例及方位配置部分，多半相同或相近，因此在理解小篆的寫法時，或許可由楷體上推篆體；然而這個過程其實會遇到許多的例外。

就新附字來說，如 378「墜」字，大徐以爲「从隊土聲」，原則上是沒有問題的，可是就篆形來說，「墜」字所從的土形縮小改置於右下方，在 IDC 的組合符裡或可用「⿺隊土」，然而它的形體比例問題似乎沒有辦法考慮進來。因此暫改爲「⿱⿰𠂤㠯 土」。如 258「駴」，大徐以爲「从馬戎聲」，「戎」與「戎」爲楷字異體，小篆形體本同，如以組合符表示，「戎（戎）」爲「⿻戈甲」，然而大徐新附字「駴」所從「戎」形爲「⿰戈甲」，與原始「戎（戎）」形結構不同，因此，只能進行第二層的字形拆分，以符合「駴」形的小篆結構面貌，

最終組合符為「□馬□戈甲」。261「驊」，大徐本作「从馬，觟省聲。」「觟」字，《說文》云：「从羊牛角。」查看《說文》，並無「从羊从牛」的字形，因此如以組合符表示，只能進行第二層的字形拆分，作「□馬□羊牛」。如 324「聲」字，大徐作「从耳敖聲」，然就篆形來看，它的組合符乍看之下可用「□敖耳」，然而再仔細看「耳」形，其實是在右半部的左下方，因此，它的組合符應作「□□士方□攵耳」會比較恰當。如 335「抛」字，徐鉉作：「从手从尢从力，或从手尥聲。」查《說文》無「尥」形，以構形而言，取前者為佳。故就小篆字形而言，IDC 作「□手尢力」而不作「□手尥」。如 347「瓷」，大徐作「从瓦次聲」，就篆形來看，偏旁所處的方位配置不太相同，它的組合符應作「□□二瓦欠」。如 384「辦」字，大徐作「从力辡聲」，然而就篆形來看，「力」形在「辡」形的中間，因此組合符改作「□辛力辛」。

（八）第一層的字形拆解沒有相應的《說文》字頭

本文所謂的「字形拆解」，基本的原則是根據大徐釋形而來，如 1「禰」字大徐釋形作「从示爾聲」，據此，「禰」字在第一層的字形拆解，所得到的部件或偏旁是「示」與「爾」二個。在 402 個新附字當中，僅用第一層的組合符，共有 389 字；用了二層或二層以上的字形拆解則有 13 字。使用第一層的字形拆解就能夠處理完畢的字，大體上是常態現象，如果使用二層或二層以上的字形拆解，基本上都有一些個別的狀況。本文分析所得結果，發現有以下幾種狀況：

第一，所從偏旁不見於歷代其他字書，僅存於《說文》某字所從的偏旁或部件裡。如 031「蕆」字，小篆字頭或楷體字形均無「外戉內貝」字的存在。因此只能將「外戉內貝」字再進行拆解而為「□戉貝」，以求組合符的順利表達。

第二，所從偏旁不見於《說文》，而為《說文》某字之省，無法在第一層的組字符裡加以處理，僅能再配合第二層的字形拆解加以組合。如 233「嵌」字，大徐本《說文》作「从山，歁省聲。」「歁省」之後的構形應是「欿」形，但「欿」形不見於《說文》，因此將「欿」形拆分為「□甘欠」，據此，「嵌」字小篆形體的組合符為「□山□甘欠」。另外，240「嵇」、394「轍」也是如此。

第三，305「淼」字，大徐釋形作「从三水」，就篆形來看，它的結構及方位配置與楷體相同，都是上面一個水形，下面左右二個水形。雖然小篆有「沝」字，乍看之下「淼」字的組合符可作「□水沝」，可是大徐本在釋形部分明確地說「从三水」，據此，組合符應作「□水□水水」而非「□水沝」，共用了二層的組合符。

透過上文對於新附字的篆形構形分析，我們可以大致理解這些新附字原則上都是利用《說文》既有的字頭或重文形體進行偏旁或部件的組合，而組合的結構利用 IDC 組合符加以分析，發現新附字共用了七種 IDC 組合符，以左右結構為最大宗，其次是上下結構，至於一些比較特別的結構，則多半是因為所從偏旁本身的特色，如：有「辵」旁的多半是「▢」組合符等。此外，有些字在分析的過程當中，用到了二層或二層以上的組合符，則讓我們更加清楚小篆的構形現象，同時也必須注意偏旁大小比例問題，而這個部分是 IDC 組合符無法解決的部分，IDC 或許可以解決方位配置問題，可是就大小比例問題，筆者並沒有看到 IDC 有任何的詮釋及說明，而這也是筆者未來可以努力的方向。

第二節　大徐本「重文」字形與條例用語的總體掌握

什麼是「重文」呢？許慎《說文解字·敘》云：

> 此十四篇，五百四十部，九千三百五十三文，重一千一百六十三，
> 解說凡十三萬三千四百四十一字。〔註17〕

此處所謂的「重一千一百六十三」，孫星衍重刊宋本《說文》序云：

> 許叔重不妄作，其九千三百五十三字，即史籀大篆九千字。故云「敘
> 篆文，合以古籀。」既并《倉頡》、《爰歷》、《博學》、《凡將》、《急
> 就》以成書，又以壁經、鼎彝、古文為之左證，得重文一千一百六
> 十三字。其云「古文、籀文」者，明本字篆文；其云「篆文」者，
> 本字即籀、古文。如古文為弌、為式，必先有一字、二字，知本字
> 即古文。而世人以《說文》為大、小篆，非也。〔註18〕

據此可見，「重一千一百六十三」孫星衍清楚地以「重文一千一百六十三字」加以說明。查看《說文》五百四十部每個部首後面均有「文某重某」之語，如「一」部後，有「文五重一」，表示有五個字頭字形及一個非字頭字形，這個非字頭字形即為許慎所謂的「重文」。許師錟輝在《說文重文形體考》一書中提到：「重文者，蓋謂許書正篆之外重出之文字也。」〔註19〕並提到重文的形成蓋有二端：「其一，代有新制，古今形變，故一字而形體紛歧，此則古今字也。其二，方

〔註17〕〔漢〕許慎著，〔宋〕徐鉉等校訂：《說文解字》，頁 319。
〔註18〕〔漢〕許慎著，〔宋〕徐鉉等校訂：《說文解字》，頁 1。
〔註19〕許師錟輝：《說文重文形體考》（臺北：文津出版社，1973 年 3 月），頁 1。

國制字，語言差殊，形體亦異，此則方俗字也。」〔註20〕蔡信發《說文答問》
一書，對於《說文》「重文」的解釋為：「所謂重文，就是某字重複出現另一個
不同的字體或字形。說得再清楚一些，即某字有兩個或兩個以上不同的字體或
字形出現，這不同的字體或字形，對某字來說，就是它的重出之文。簡稱則為
『重文』。」〔註21〕對於「重文」做了界說之後，蔡信發對於「不同字體的重文」
與「字體相同而字形相異的重文」二類亦有舉例說明。所謂「不同字體的重文」，
如《說文》「槃」字下有二個重文：一是古文「鎜」，一是籀文「盤」，就《說文》
條例來說，字首「槃」字如果沒有特別的說明，一般是以「篆文（小篆）」為主。
據此，「槃」、「鎜」、「盤」分屬小篆、古文、籀文，這便是「不同字體的重文」
例證。而所謂「字體相同而字形相異的重文」，如《說文》「詠」字下收了一個
「咏」的字形，並言「咏，詠或从口。」由此可知「咏」為「詠」的或體字，「查
詠、咏二字都是篆文，字體一致；可是，字形卻不同。這就是字體相同而字形
相異的重文例證」。〔註22〕

　　那麼，《說文》重文有多少字、多少種呢？許師錟輝參合補正徐鉉本、徐
鍇《繫傳》、段注本三種版本，得到的字數共一千二百九十二字，將其分類為
二十類：一、古文；二、籀文；三、古文奇字；四、篆文；五、或體；六、
俗字；七、祕書；八、秦刻石；九、漢令；十、春秋傳；十一、墨翟書；十
二、夏書；十三、禮經；十四、司馬法；十五、魯郊禮；十六、今文；十七、
譚長說；十八、司馬相如說；十九、楊雄說；二十、杜林說。〔註23〕章季濤
《怎樣學習《說文解字》》一書提到「《說文》的重文共計一千一百六十三個。
從字體上說，篆文、古文、籀文、俗字、奇字都有。」〔註24〕以上「篆文、
古文、籀文、俗字、奇字」這些是不同歷史時期的漢字，它們「是在不同的
歷史時期和不同的漢字形體這種情況下產生的異體字。」而將「別體（或體）」
當作是「同一歷史時期和同一種漢字形體情況下產生的異體字」。〔註25〕從上
述可知，章季濤對於「重文」的字數直接援引《說文·敘》的統計，對於「重
文」種類則分為六種：「篆文、古文、籀文、俗字、奇字、別體（或體）。」

〔註20〕許師錟輝：《說文重文形體考》，頁5。
〔註21〕蔡信發：《說文答問》（臺北：國文天地雜誌社，1993年6月），頁38-39。
〔註22〕蔡信發：《說文答問》，頁38-39。
〔註23〕許師錟輝：《說文重文形體考》，頁5-17。
〔註24〕章季濤：《怎樣學習《說文解字》》，頁103。
〔註25〕章季濤：《怎樣學習《說文解字》》，頁104。

蔡信發則以爲「重文」的種類計有七種：「古文、奇字、籀文、篆文、或體、俗字、今文。」〔註26〕比章季濤多了「今文」這一類。

　　有這種差異存在，主要的原因是許慎在《說文‧敘》明確指出的概念有篆文、籀文、古文、奇字等，但對其他的重文概念沒有加以說明，所以後人在研究的過程中，根據重文後所引用的「或」、「俗」、「今」、「司馬相如說」、「漢令」等用語進行分類，可見重文的類別依學者有不同的見解而有不同的分類狀況，本文在此，將超過 100 字以上的類別（有：古文、籀文、或體等三類）單獨討論，少於 100 字以下（有：篆文、俗字、奇字、今文、典籍、通人說、許慎己意、秦刻石等）的則歸於同一個項目下一併說明。

一、重文中「古文」字形與條例用語的總體掌握

　　關於《說文》「古文」，許師錟輝在《說文重文形體考》一書中提到：

　　　案古文者，謂先秦古文，今見於卜辭金文者，皆古文也。非必倉頡
　　　所作乃謂之古文，段氏言古文謂倉頡所作古文，未允。又案許書古
　　　文凡有二類：其一爲初形本字，多係象形、指事、或會意字。……
　　　其二爲晚周後起俗體，多由初形本字所孳乳之形聲字，或由初形本
　　　字繁縈之複體字。……〔註27〕

對於「古文」的來歷及分類，做了清楚的說明。蔡信發《說文答問》提到：「依《說文‧敘》的說法，上自黃帝史官倉頡造字起，下迄周宣王太史籀著十五篇大篆之前，這段時間通行的文字，即爲『古文』。古文在《說文》中列於篆文（小篆）下爲重文的，數量不少。」〔註28〕至於章季濤根據許慎在《說文‧敘》裡說：「古文，孔子壁中書也。」又說：「壁中書，魯恭王壞孔子宅而得禮記尚書春秋論語孝經，又北平侯張蒼獻春秋左氏傳。郡國亦往往於山川得鼎彝，其銘即前代之古文。」二句話，推知古文使用的年代當然遠及殷商和西周。又，根據許慎《說文‧敘》「孔子書六經，左丘明述春秋，皆以古文。」推知古文通行的下限是在春秋、戰國之交。〔註29〕而王國維在〈史籀篇疏證序〉提到：

　　　至許書所出古文，即孔子壁中書，其體與籀文篆文頗不相近，六國

〔註26〕蔡信發：《說文答問》，頁 39-48。
〔註27〕許師錟輝：《說文重文形體考》，頁 6-7。
〔註28〕蔡信發：《說文答問》，頁 39。
〔註29〕章季濤：《怎樣學習《說文解字》》，頁 109。

彝器亦然。壁中書者，周秦間東土之文字也。〔註30〕

近年來戰國文字材料大量出土，許多學者利用戰國文字重新省察《說文》古文，如：何琳儀在《戰國文字通論》裡提到：「以現代文字學的眼光看：壁中書屬齊魯系竹簡。」〔註31〕這樣的說法已然成為主流，然而還是有些人比較趨於保守，如李若暉在〈《說文》古文論略〉一文裡重新爬梳民國以來學者們的看法，所得到的結論原則上是贊同《說文》古文與戰國文字是相當密切的，但是「至於孔壁古文的文字國屬，現在恐怕還難於確定，我們不妨展緩判決，留待來日。」〔註32〕其以較嚴謹的態度來看待孔壁古文國屬問題，也無不可之處。但無論如何，《說文》古文與戰國文字是相當密切的，這是出土資料提供給我們的保貴訊息，我們應當予以高度重視這個問題。也由於如此，現代學者做了許多與《說文》古文字形對比的工作。本文在此並不處理這個問題，而擬從傳世《說文》的「古文」字形本身所透露出來的訊息加以分析說明，而版本則據汲古閣本中所引的「古文」字形進行內部的構形分析，期望從這個角度重新省思這個版本的傳鈔古文所留下的形構資訊。

（一）「古文」一覽表

就《說文》「古文」字數，章季濤統計「《說文》注明是古文的字，有五百一十個」。〔註33〕鄭春蘭則以為是「四百六十一個」〔註34〕本文透過第三章《說文》大徐本與段注本網站資料庫的建置，所得結果為四百七十七個字。至於為何為有不同的數量，由於章季濤與鄭春蘭都沒有將他們所統計的字頭完全公佈，所以筆者也無法看到彼此的數量歧異是怎麼樣的一個狀況。另外，《說文》有時會明確的告知讀者，字頭的字形不是篆文而是古文，如「丄」字，大徐本《說文》云：「丄，高也。此古文上，指事也。凡丄之屬皆从丄。上，篆文丄。」據此可知字頭的字形是古文而非篆文。由於本文此處所處理的是「重文」當中的「古文」，因此如果字頭是古文的話，並不會出現在此處的古文數量統計當中。以下將本資料庫所得的重文「古文」羅列於下：

〔註30〕 王國維：《觀堂集林卷七‧史籀篇疏證序》（上海：上海書店出版社，1983 年），頁 268-269。
〔註31〕 何琳儀：《戰國文字通論》（北京：中華書局，1989 年），頁 45。
〔註32〕 李若暉：〈《說文》古文論略〉（《紅河學院學報》第 4 卷第 1 期，2006 年 2 月），頁 54。
〔註33〕 章季濤《怎樣學習《說文解字》》，頁 110。
〔註34〕 鄭春蘭：《《說文解字》或體研究》，華中科技大學碩士論文，2004 年 5 月，頁 33。

表 4-5

流水號	字頭楷定	古文楷定	古文字形	古　文　條　例	大徐頁碼
1	一	弌	弌	古文一。	7
2	帝	帝	帝	古文帝。	7
3	旁	秀	秀	古文旁。	7
4	旁	圂	圂	亦古文旁。	7
5	示	兀	兀	古文示。	7
6	禮	祀	祀	古文禮。	7
7	祟	禧	禧	古文祟，从隋省。	8
8	社	袿	袿	古文社。	9
9	三	弎	弎	古文三，从弋。	9
10	王	盂	盂	古文王。	9
11	玉	盂	盂	古文玉。	10
12	璿	璿	璿	古文璿。	10
13	瑁	玥	玥	古文省。	11
14	玨	珏	珏	古文玨。	13
15	中	甲	甲	古文中。	14
16	毒	薊	薊	古文毒，从刀𦬸。	15
17	莊	牂	牂	古文莊。	15
18	荊	菥	菥	古文荊。	22
19	蕢	臾	臾	古文蕢，象形。《論語》曰：「有荷臾而過孔氏之門。」	25
20	采	弓	弓	古文采。	28
21	番	甽	甽	古文番。	28
22	悉	恩	恩	古文悉。	28
23	釋	厤	厤	古文釋省。	30
24	咳	孩	孩	古文咳，从子。	31
25	哲	嚞	嚞	古文哲，从三吉。	32
26	君	罟	罟	古文象君坐形。	32
27	周	𠌥	𠌥	古文周字，从古文及。	33
28	唐	喝	喝	古文唐，从口易。	33
29	吝	㖿	㖿	古文吝，从彣。	34

30	舌	昏	昏	古文从甘。	34
31	台	容	宎	古文台。	35
32	嚴	巖	巖	古文。	35
33	起	起	辵	古文起,从辵。	36
34	正	正	迂	古文正,从二。二,古上字。	39
35	正	足	迂	古文正,从一足。足者亦止也。	39
36	造	艁	牌	古文造,从舟。	39
37	速	警	謦	古文,从欶从言。	40
38	延	屖	屖	古文徙。	40
39	遷	拪	𢪛	古文遷,从手西。	40
40	遂	逋	𣥇	古文遂。	41
41	近	岅	岅	古文近。	41
42	邇	迩	迩	古文邇。	41
43	遠	遵	遵	古文遠。	42
44	逖	逷	逷	古文逖。	42
45	道	𨗉	𨗉	古文道,从眥寸。	42
46	往	迬	迬	古文从辵。	43
47	復	退	退	古文从辵。	43
48	後	逡	逡	古文後,从辵。	43
49	得	㝵	㝵	古文省彳。	43
50	御	馭	馭	古文御,从又从馬。	43
51	齒	凷	凷	古文齒字。	44
52	牙	㺾	㺾	古文牙。	45
53	冊	笧	笧	古文冊,从竹。	48
54	嗣	孠	孠	古文嗣,从子。	48
55	囂	𡆒	𡆒	古文囂。	49
56	丙	丙	丙	古文丙,讀若三年導服之導。一曰竹上皮,讀若沾。一曰讀若誓,弼字从此。	50
57	商	𠿟	𠿟	古文商。	50
58	商	𠷂	𠷂	亦古文商。	50
59	古	𠖠	𠖠	古文古。	50
60	詩	𧥳	𧥳	古文詩省。	51
61	謀	𧧵	𧧵	古文謀。	52

62	謀	𣅥	𣅥	亦古文。	52
63	謨	暮	𦰩	古文謨，从口。	52
64	訊	誦	𦳋	古文訊，从鹵。	52
65	信	伈	𣏟	古文从，言省。	52
66	信	訫	𢆶	古文信。	52
67	誥	叡	𣏟	古文誥。	52
68	戀	變	𣇭	古文戀。	54
69	訟	䛬	𦳋	古文訟。	56
70	譙	誚	𧩙	古文譙，从肖。《周書》曰：「亦未敢誚公。」	57
71	業	叢	𦇚	古文業。	58
72	僕	䑃	𦇚	古文从臣。	58
73	奐	筭	𨸏	古文奐。	59
74	兵	俀	𦲼	古文兵，从人廾干。	59
75	共	舜	𦱤	古文共。	59
76	舁	𦥑	𦥑	古文舁。	59
77	與	异	𢁥	古文與。	59
78	要	嬰	𢁥	古文要。	60
79	農	辳	𦱤	古文農。	60
80	農	㷶	𦱤	亦古文農。	60
81	革	革	𦱤	古文革，从三十。三十年爲一世，而道更也。臼聲。	60
82	鞭	韇	𩨗	古文鞭，从亶。	60
83	鞭	㲋	𨉣	古文鞭。	62
84	孚	采	𩇙	古文孚，从㼱。㼱，古文保。	63
85	爲	𤔔	𤔔	古文爲象兩母猴相對形。	63
86	厷	乚	𠃊	古文厷，象形。	64
87	尹	帛	𨸏	古文尹。	64
88	及	乁	乁	古文及，《秦刻石》及如此。	64
89	及	弓	𢎺	亦古文及。	64
90	及	逢	𨐅	亦古文及。	64
91	反	𠬠	𠬠	古文。	64
92	彗	篲	𥱵	古文彗，从竹从習。	64
93	叚	𠬝	𨳋	古文叚。	64

94	友	𦥑		古文友。	65
95	友	習		亦古文友。	65
96	事	叓		古文事。	65
97	支	𢼄		古文支。	65
98	肅	㹅		古文肅，从心从𠁁。	65
99	畫	𤲶		古文畫省。	65
100	畫	劃		亦古文畫。	65
101	役	伇		古文役，从人。	66
102	殺	𣪠		古文殺。	66
103	殺	𢾭		古文殺。	66
104	殺	布		古文殺。	66
105	皮	𥽘		古文皮。	67
106	𣪊	𣪊		古文𣪊。	67
107	徹	𢔉		古文徹。	67
108	教	𩇒		古文教。	69
109	教	效		亦古文教。	69
110	卜	𠨢		古文卜。	69
111	𰀷	兆		古文兆省。	70
112	用	𤰃		古文用。	70
113	目	圓		古文目。	70
114	睹	覩		古文从見。	72
115	睦	𥃝		古文睦。	72
116	省	𥄀		古文，从少从囧。	74
117	自	𦣹		古文自。	74
118	𭴟	𭴟		古文𭴟。	74
119	百	𦣻		古文百，从自。	74
120	奭	奭		古文奭。	74
121	雉	𨿸		古文雉，从弟。	76
122	羊	𡘜		古文羊如此。	78
123	鳳	𪈻		古文鳳。	79
124	鳳	𪅃		亦古文鳳。	79
125	鸑	𪄱		古文鸑。	80
126	鸑	𪅛		古文鸑。	80

127	鸛	雓	雟	古文鸛。	80
128	烏	緿	緿	古文烏，象形。	82
129	烏	扵	扵	象古文烏省。	82
130	棄	弃	弃	古文棄。	83
131	叀	玄	玄	古文叀。	84
132	叀	㠯	㠯	亦古文叀。	84
133	惠	蠿	蠿	古文惠，从卉。	84
134	玄	串	串	古文玄。	84
135	爰	愛	愛	古文爰。	84
136	敁	敄	敄	古文敁	84
137	叡	睿	睿	古文叡。	85
138	歺	户	户	古文歺。	85
139	殂	殢	殢	古文殂，从歺从作。	85
140	殨	毊	毊	古文殨，从死。	85
141	殄	刂	刂	古文殄如此。	85
142	死	屍	屍	古文死如此。	86
143	髀	踔	踔	古文髀。	86
144	脣	顅	顅	古文脣，从頁。	87
145	胤	胃	胃	古文胤。	88
146	腌	痜	痜	古文腌，从疒束，束亦聲。	88
147	腜	曹	曹	古文腜。	89
148	肰	胹	胹	古文肰。	90
149	肰	脁	脁	亦古文肰。	90
150	冎	同	同	古文冎。	90
151	利	秎	秎	古文利。	91
152	則	劓	劓	古文則。	91
153	則	副	副	亦古文則。	91
154	剛	伝	伝	古文剛如此。	91
155	制	㮃	㮃	古文制如此。	92
156	衡	奧	奧	古文衡如此。	94
157	簵	簵	簵	古文簵，从輅。	95
158	籃	厝	厝	古文籃如此。	96
159	簋	匦	匦	古文簋，从匚飢。	97

160	簋	甌	甌	古文簋，或从軌。	97
161	簋	杌	杌	亦古文簋。	97
162	簠	医	医	古文簠，从匚从夫。	97
163	箕	甘	甘	古文箕省。	99
164	箕	晨	晨	亦古文箕。	99
165	箕	囟	囟	亦古文箕。	99
166	典	箕	箕	古文典，从竹。	99
167	巽	巺	巺	古文巽。	99
168	工	𢀖	𢀖	古文工，从彡。	100
169	巨	𢀜	𢀜	古文巨。	100
170	巫	𢁓	𢁓	古文巫。	100
171	甚	㫔	㫔	古文甚。	100
172	乃	弓	弓	古文乃。	100
173	鹵	𥂕	𥂕	古文鹵。	100
174	平	𠔻	𠔻	古文平如此。	101
175	旨	㫖	㫖	古文旨。	101
176	喜	歠	歠	古文喜，从欠，與歡同。	101
177	鼗	鞉	鞉	古文鼗，从革。	102
178	豆	𣅔	𣅔	古文豆。	102
179	豐	䜌	䜌	古文豐。	103
180	虐	㻺	㻺	古文虐如此。	103
181	虎	𧆞	𧆞	古文虎。	103
182	虎	𧆟	𧆟	亦古文虎。	103
183	丹	𠙻	𠙻	古文丹。	106
184	丹	彤	彤	亦古文丹。	106
185	青	𡵨	𡵨	古文靑。	106
186	阱	汬	汬	古文阱，从水。	106
187	爵	𤔲	𤔲	古文爵，象形。	106
188	飪	肚	肚	古文飪。	107
189	飪	恁	恁	亦古文飪。	107
190	養	羛	羛	古文養。	107
191	飽	餥	餥	古文飽，从孚。	108
192	飽	饜	饜	亦古文飽，从卯聲。	108

193	會	㣛		古文會如此。	109
194	仝	䒰		古文仝。	109
195	疢	医		古文疢。	110
196	冂	回		古文冂，从口，象國邑。	110
197	覃	𪉷		古文覃。	111
198	厚	垕		古文厚，从后土。	111
199	良	𣅗		古文良。	111
200	良	𣅄		亦古文良。	111
201	良	䒷		亦古文良。	111
202	啚	晶		古文啚如此。	111
203	嗇	䘞		古文嗇，从田。	111
204	夏	𡕾		古文夏。	112
205	舞	翌		古文舞，从羽亡。	113
206	舜	𡐩		古文舜。	113
207	韋	䪝		古文韋。	113
208	弟	丰		古文弟，从古文韋省，丿聲。	113
209	乘	椉		古文乘，从几。	114
210	李	杍		古文。	114
211	杶	杻		古文杶。	116
212	某	楳		古文某，從口。	118
213	本	楍		古文。	118
214	築	𥬱		古文。	120
215	槃	鎜		古文從金。	122
216	梁	渿		古文。	124
217	櫼	不		古文櫼，從木，無頭。	125
218	櫼	栙		亦古文櫼。	125
219	梐	亙		古文梐。	125
220	柙	囲		古文柙。	125
221	麓	㯟		古文從彔。	126
222	師	𡏳		古文師。	127
223	南	峉		古文。	127
224	丞	㘇		古文。	128
225	回	囘		古文。	129

226	困	𣎴		古文困。	129
227	賓	賔		古文。	130
228	貧	穷		古文从宀分。	131
229	邦	𡴀		古文。	131
230	郊	𡶒		古文郊，从枝从山。	132
231	扈	屿		古文扈，从山马。	132
232	日	𡆠		古文，象形。	137
233	時	旹		古文時，从日之作。	137
234	㬥	𣊑		古文㬥，从日麃聲。	139
235	㫃	 〔註 35〕		古文㫃字，象形，及象旌旗之游。	140
236	游	𨒪		古文游。	140
237	旅	𣃚		古文旅。古文以爲魯衛之魯。	141
238	曐	曐		古文星。	141
239	霸	𩂣		古文霸。	141
240	期	𣅈		古文期，从日丌。	141
241	朙	明		古文朙，从日。	141
242	盟	盟		古文从明。	142
243	外	夘		古文外。	142
244	夙	𠈃		古文夙，从人囟。	142
245	夙	𠈍		亦古文夙，从人西。宿从此。	142
246	多	𡖶		古文多。	142
247	㮚	𣡕		古文㮚，从西从二鹵。徐巡說，木至西方戰㮚。	143
248	克	𠅞		古文克。	143
249	克	𣎝		亦古文克。	143
250	稷	𥞁		古文稷省。	144
251	粒	𥩰		古文粒。	147
252	糂	糝		古文糂，从參。	147
253	家	𡨦		古文家。	150
254	宅	𡧝		古文宅。	150
255	宅	㡯		亦古文宅。	150

〔註 35〕筆者按：此字在目前的 Unicode 編碼裡，沒有相應的楷體字形碼位，故暫以圖形代替。

256	容	宎	圀	古文容，从公。	150
257	寶	寏	圇	古文寶，省貝。	151
258	宜	竁	鎹	古文宜。	151
259	宜	竂	圈	亦古文宜。	151
260	宄	叏	叏	古文宄。	151
261	宄	忞	圆	亦古文宄。	151
262	疾	痩	癞	古文疾。	154
263	冒	圐	圐	古文冒。	157
264	网	冈	网	古文网。	157
265	帷	匯	匯	古文帷。	159
266	席	囦	囦	古文席，从石省。	159
267	白	皂	皂	古文白。	160
268	保	采	采	古文保。	161
269	保	倸	倸	古文保，不省。	161
270	仁	忎	忎	古文仁，从千心。	161
271	仁	尸	尸	古文仁，或从尸。	161
272	企	定	定	古文企，从足。	161
273	伊	𦝠	𦝠	古文伊，从古文死。	162
274	份	彬	彬	古文份，从彡林。林者，从焚省聲。	162
275	備	俻	俻	古文備。	163
276	侮	㑄	㑄	古文从母。	166
277	眞	䡇	䡇	古文眞。	168
278	卓	帛	帛	古文章。	168
279	比	夶	夶	古文比。	169
280	丘	坴	坴	古文从土。	169
281	𠪚	槊	槊	古文𠪚。	169
282	徵	歔	歔	古文徵。	169
283	望	聖	聖	古文望省。	169
284	量	量	量	古文量。	169
285	監	䚘	䚘	古文監，从言。	170
286	表	襺	襺	古文表，从麃。	170

287	裔	斉	瓜	古文裔。	171
288	襄	䙗	䙗	古文襄。	172
289	衰	㡃	㡃	古文衰。	173
290	裘	求	求	古文省衣。	173
291	屋	臺	臺	古文屋。	175
292	履	顟	顟	古文履,从頁从足。	175
293	般	舣	舣	古文般,从攴。	176
294	服	舩	舩	古文服,从人。	176
295	視	眎	眎	古文視。	177
296	視	眂	眂	亦古文視。	177
297	觀	籬	籬	古文觀,从囧。	177
298	次	倘	倘	古文次。	180
299	歠	㳄	㳄	古文歠,从今水。	180
300	歠	歙	歙	古文歠,从今食。	180
301	旡	旡	旡	古文旡。	181
302	髮	頪	頪	古文。	185
303	色	㵾	㵾	古文。	187
304	旬	匈	匈	古文。	188
305	苟	羗	羗	古文羊,不省。	188
306	鬼	禐	禐	古文从示。	188
307	魃	彔	彔	古文。	188
308	畏	臬	臬	古文省。	189
309	㣇	羑	羑	古文。	189
310	嶽	岳	岳	古文象高形。	190
311	嵋	阴	阴	古文从自。	191
312	廄	㲉	㲉	古文从九。	192
313	廟	庿	庿	古文。	193
314	礦	卝	卝	古文礦。《周禮》有卝人。	194
315	碣	陽	陽	古文。	194
316	磬	硁	硁	古文从巠。	195
317	長	夫	夫	古文長。	196
318	長	兂	兂	亦古文長。	196

319	豕	豕	𤣥	古文。	196
320	希	𥝲〔註36〕	𥝳	古文。	197
321	禘	𥜽	𥜼	古文禘。《虞書》曰：「禘類于上帝。」	197
322	舄	兒	𥥀	古文从几。	198
323	豫	㺄	𧰨	古文。	198
324	馬	影	�	古文。	199
325	驪	毆	𣀉	古文驪，从皮。	201
326	灑	㞒	㞗	古文。	202
327	麗	丽	𠨍	古文。	203
328	狂	悝	𢘃	古文从心。	205
329	罷	𢾔	𢾓	古文从皮。	207
330	栽	扸	𢱢	古文从才	209
331	煙	窒	𥨾	古文	209
332	光	羡	𤆍	古文。	210
333	光	芡	𤎒	古文。	210
334	熾	戴	𤑆	古文熾。	210
335	囱	囚	𣆸	古文。	212
336	赤	烾	𤎟	古文从炎土。	212
337	吳	𡗥	𡗾	古文如此。	214
338	允	𡹬	𡹻	古文从㞢。	214
339	奏	厥	𡴞	古文。	215
340	奏	敊	𢼝	亦古文。	215
341	㐭	出	𠚖	古文㐭字。	216
342	悳	悳	𢛳	古文。	217
343	愼	睿	𢜩	古文。	217
344	恕	态	𢘓	古文省。	218
345	懼	思	𢢉	古文。	218
346	悟	憙	𢝆	古文悟。	219
347	悉	愍	𢞺	古文。	219
348	惰	嫷	𢢝	古文。	220

〔註36〕筆者按：此字在目前的 Unicode 編碼裡，沒有相應的楷體字形碼位，故暫以
　　　　圖形代替。

349	聑	聾	聑	古文从耳。	221
350	怨	㤪	㤪	古文。	221
351	患	悶	悶	古文从關省。	223
352	患	悷	悷	亦古文患。	223
353	恐	㤥	㤥	古文。	223
354	漾	瀁	瀁	古文从養。	225
355	漢	㵎	㵎	古文。	225
356	沇	沿	沿	古文沇。	226
357	淵	困	困	古文从口水。	231
358	津	舟隹	舟隹	古文津，从舟从淮。	233
359	湛	淡	淡	古文。	233
360	㺟	牀	牀	古文㺟省。	236
361	沬	湏	湏	古文沬，从頁。	237
362	泰	夳	夳	古文泰。	237
363	〈	畎	畎	古文〈，从田从川。	239
364	巠	巠	巠	古文巠，不省。	239
365	州	川	川	古文州。	239
366	睿	濬	濬	古文睿。	240
367	冬	奥	奥	古文冬，从日。	240
368	雨	雨	雨	古文。	241
369	霝	霝	霝	古文霝。	241
370	靁	畾	畾	古文靁。	241
371	霣	霄	霄	古文霣。	241
372	電	䨓	䨓	古文電。	241
373	霍	霍	霍	古文霍。	241
374	雲	云	云	古文省雨。	242
375	雲	𠃉	𠃉	亦古文雲。	242
376	霚	䨪	䨪	古文或省。	242
377	霚	䨪	䨪	亦古文霚。	242
378	至	至	至	古文至。	247
379	西	卤	卤	古文西。	247
380	戶	屌	屌	古文戶，从木。	247
381	閩	䦲	䦲	古文閩，从汆。	248

382	開	開	開	古文。	248
383	閒	閒	閒	古文閒。	248
384	閔	𢤱	𢤱	古文閔。	249
385	聞	睧	睧	古文从昏。	250
386	𦣞	𦣞	𦣞	古文𦣞，从戶。	250
387	手	𡸫	𡸫	古文手。	250
388	捧	𢴃	𢴃	古文拜。	251
389	扶	𢾉	𢾉	古文扶。	251
390	握	𡄿	𡄿	古文握。	252
391	撫	𢮗	𢮗	古文从亾亡。	253
392	揚	𢾉	𢾉	古文。	254
393	播	𢼟	𢼟	古文播。	256
394	撻	𨒚	𨒚	古文撻。	256
395	妻	𡜎	𡜎	古文妻，从肖女。肖，古文貴字。	259
396	奴	𠬪	𠬪	古文奴，从人。	260
397	婁	𡝱	𡝱	古文。	264
398	姦	𢠇	𢠇	古文姦，从心旱聲。	265
399	民	𡯁	𡯁	古文民。	265
400	我	𢦴	𢦴	古文我。	267
401	琴	𤫊	𤫊	古文珡，从金。	267
402	瑟	𤫆	𤫆	古文瑟。	267
403	直	𥄗	𥄗	古文直。	267
404	曲	𠃊	𠃊	古文曲。	268
405	𠚤	𠚤	𠚤	古文。	268
406	弼	𢐆	𢐆	𢐆、𢍺，並古文弼。	270
407	弼	𢍺	𢍺	𢐆、𢍺，並古文弼。	270
408	糸	𢇁	𢇁	古文糸。	271
409	繭	𦃃	𦃃	古文繭，从糸見。	271
410	絕	𦅗	𦅗	古文絕，象不連體，絕二絲。	271
411	續	𧶟	𧶟	古文續，从庚貝。	272
412	紹	𦃈	𦃈	古文紹，从邵。	272
413	終	𡨄	𡨄	古文終。	273
414	綱	𢄀	𢄀	古文綱。	275

415	綫	線	綉	古文綫。	275
416	繘	纞	纞	古文从絲。	276
417	總	宯	宯	古文總,从糸省。	277
418	彝	纛	纛	纛、纞,皆古文彝。	277
419	彝	纞	纞	纛、纞,皆古文彝。	277
420	蚳	鐽	鐽	古文蚳,从辰土。	280
421	蠶	蠹	蠹	古文省。	283
422	蠱	喬	喬	古文。	284
423	蠹	戴	戴	古文蠹,从戈。《周書》曰:「我有戴于西。」	284
424	蠱	蛑	蛑	古文蟊,从虫从牟。	284
425	風	咸	咸	古文風。	284
426	龜	圝	圝	古文龜。	285
427	二	弍	弍	古文。	285
428	恆	死	死	古文恆,从月。《詩》曰:「如月之恆。」	286
429	壞	埼	埼	古文壞。	286
430	堂	坣	坣	古文堂。	287
431	坐	坐	坐	古文坐。	287
432	封	坒	坒	古文封省。	287
433	墉	臺	臺	古文墉。	288
434	坙	聖	聖	古文坙,从土即。《虞書》曰:「龍,朕聖讒說殄行。」聖,疾惡也。	288
435	堊	塞	塞	古文堊。	288
436	毀	毀	毀	古文毀,从壬。	289
437	壞	蚮	蚮	古文壞省。	289
438	圭	珪	珪	古文圭,从玉。	289
439	堯	垚	垚	古文堯。	290
440	堇	蓳	蓳	蓳、薽,皆古文堇。	290
441	堇	薽	薽	蓳、薽,皆古文堇。	290
442	野	壄	壄	古文野,从里省,从林。	290
443	黃	炗	炗	古文黃。	291
444	勳	勛	勛	古文勳,从員。	292
445	勇	勈	勈	古文从彊。	292
446	動	連	連	古文動,从辵。	292
447	勞	勠	勠	古文勞,从悉。	292

448	勇	恿	恿	古文勇，从心。	292
449	協	叶	叶	古文協，从日十。	293
450	金	釜	金	古文金。	293
451	鐵	銕	銕	古文鐵，从夷。	293
452	鈕	玭	玭	古文鈕，从玉。	295
453	鈞	銞	銞	古文鈞，从旬。	296
454	斷	㫁	㫁	古文斷，从皀。皀，古文叀字。《周書》曰：「詔詔猗無他技。」	300
455	斷	剬	剬	亦古文。	300
456	矛	戜	戜	古文矛，从戈。	300
457	㠯	䑣	䑣	古文。	304
458	陟	儥	儥	古文陟。	305
459	隤	䪏	䪏	古文隤，从谷。	305
460	陳	敶	敶	古文陳。	306
461	四	亖	亖	古文四。	307
462	五	乂	乂	古文五省。	307
463	禹	㝢	㝢	古文禹。	308
464	离	嶲	嶲	古文离。	308
465	甲	命	命	古文甲，始於十，見於千，成於木之象。	308
466	成	戚	戚	古文成，从午。	309
467	己	㠯	㠯	古文己。	309
468	辜	㠯	㠯	古文辜，从死。	309
469	子	孶	孶	古文子，从巛，象髮也。	309
470	孟	㽭	㽭	古文孟。	310
471	寅	螶	螶	古文寅。	310
472	卯	非	非	古文卯。	311
473	辰	㕇	㕇	古文辰。	311
474	申	串	串	古文申。	311
475	酉	丣	丣	古文酉，从卯，卯爲春門，萬物已出。酉爲秋門，萬物已入。一，閉門象也。	311
476	醬	牆	牆	古文。	313
477	亥	丏	丏	古文亥爲豕，與豕同。亥而生子，復從一起。	314

（二）「古文」條例分析

大徐本《說文》當中的重文「古文」字形，據上表可知共有四百七十七個，它的用語有所不同，唯一共同的地方是：均有「古文」二字表明所屬字形的來源，其他用語則包含了不同層次的意義，以下分別加以說明。

1. 只將古文某形歸在《說文》某字之下的條例用語

許慎在做古文字形的歸類時，後面所加的說明文字（亦即本文此處的條例）字數多寡不一，有一種狀況是：以「古文」、「古文某」、「亦古文」、「亦古文某」、「古文如此」、「古文某字」、「古文某如此」、「某某並（皆）古文某」等用語，指出了某個字形是古文，如此而已；至於這個形體如何去理解它，許慎則沒有多做說明。條例如下表所示：

表 4-6

流水號	用語條例	大徐本《說文》古文條例示例		字數	所屬條例字頭
		字頭楷定	重文用語		
1	古文	李	𣓞，古文。	47	嚴反杍岙簚㯟峯𦭓冋賣岃頌㺲匐录羑廗䧑豕𧰼影金而窒㜽芺囙厥寁旾思惡婿㐁㱢漰扁閿歊㙴甶𤦡式𦥑牭帚
2	古文某	謀	𧥍，古文謀。	186	弌帝㛹兀�... 玉㻤玨㺨䇂�𦬼弓玜㤪容屚遄屮𣥔邊㘴𥎦𦣻㖽訟敘變諂㪂算彝舉㣇嬰䚇夋帛㣟叫扮㜽敝布㙤厃徾𢀜卜𦔈圅𠤖㽅嬈㮔爾雞離雒弄玄串㤅敄睿户踔胄𡜮臑同秒劃㓞䢅昆卢香昌叀廎曰岑肝羖衟医壹冋㑴𡭤𠔱杽互囟��𡬬朱迻皇胃外𣥠尸搶豖宀㜺艾㛿囷囬匡皋采僎㡭帛林㮚数量齊嬴寢臺耶尙旡夫㦰豊沿㚘川潛霝㗊簫𧟳𢾠至鹵閒㦫坙𦟤㸚臺黻遷兜㦰乘柬匹彑宀松線咸㘣㙶坒坐㪔壄妣夋金傻𨸵巠丙㒸㒼亾丞壨㊀匜串
3	亦古文	謀	𧥛，亦古文。	3	譽敄創

4	亦古文某	旁	□，亦古文旁。	30	㫄商𦿷弓逢𦐇劃效鷂皀𦝫副杌㬎囟勳彤恁亘𠋫梓桌厇宴𡨄眡兵憩□㑹
5	古文如此	吳	□，古文如此。	1	吳
6	古文某字	齒	□，古文齒字。	2	𠚕出
7	古文某如此	死	□，古文死如此。	11	𣩵り兂伩㓹奧庴兮虐㕣畐
8	某某並（皆）古文某	弼	□、□，並古文弼。	6	弼雋𩏑𢇁堇𦭲
【總共字數】				286	

上表包含了古文條例、字例及所屬之古文字頭，其中需要特別說明的是，有時《說文》某個字頭下會收錄二個以上的「古文」，如「謀」字，《說文》云：「慮難曰謀。从言某聲。□，古文謀；□，亦古文。」據此可見，由於有二個古文字形的收錄，所以許慎多半以「某，古文某；某，亦古文。」在第二個古文字形之後用了「亦」字，以並列連接詞「亦」表示前面與後面都有「古文」字形。由於筆者在計算古文條例時，是採取個別處理的方式，將「亦」字前面與後面古文用語拆開以利計算總數；因此，「亦古文」或者也可歸類在「古文」下，「亦古文某」或者也可歸類在「古文某」下。

2. **解釋古文形體的條例用語中特別強調象形的概念**

在古文條例中，其中有一種狀況是：在「古文」一詞後面綴加了「象形」或「象……」，表示此古文字形符合六書分類當中的「象形」概念。如下表所示：

表 4-7

流水號	用語條例	大徐本《說文》古文條例示例		字數	所屬條例字頭
		字頭楷定	重文用語		
1	古文某，象形。	厷	□，古文厷，象形。	3	厷烏爵
2	古文某，象形。……	蕢	□，古文蕢，象形。《論語》曰：「有荷臾而過孔氏之門。」	1	蕢
3	古文，象……形。	君	□，古文象君坐形。	2	君岳
4	古文，象形。	日	□，古文，象形。	1	日
5	古文某字，象形，……	㫃	□，古文㫃字，象形，及象旌旗之游。	1	㫃
6	古文某，象……形。	爲	□，古文爲，象兩母猴相對形。	1	爲
【總共字數】				9	

　　由上表可知，這類的條例用語，形式為「古文（某）（字），象（⋯⋯）形。（⋯⋯）」在這樣的表示式當中，有括號「（ ）」者，是可以省略不用的。據此可見，許慎此項的條例十分清楚，均以具象的角度分析形體結構特色。然而限於許慎當時所能看到的材料有限，有些構形說明是有問題的，如「為」字，以現代文字學的構形理解，「為」字在甲骨文當中从又从象，〔註37〕羅振玉以為「示役象以助勞其事」，〔註38〕這種說法已普遍被學者所接受；至於《說文》古文的字形，于省吾以為從楚文字鑄客鼎等形演變而來，〔註39〕根據目前所見的大量戰國文字材料來看，此說有極大的可能性，如《郭店楚簡》老子甲本簡2有「　」形，左旁為戰國楚文字「爪」形的寫法，而右旁也存在著「又」形，左、右兩個偏旁都與「手」形有關，而「　」形也是如此，據此可見，《說文》古文字形與戰國文字的相關性。

3. 以省略形體與否的概念作為解釋古文形體的條例用語

　　古文形體的條例用語中，還有一種狀況是值得注意的，這種狀況便是許慎在用語當中以「省」字作為字形解說之詞，如下表所示：

表4-8

流水號	用語條例	大徐本《說文》古文條例示例		字數	所屬條例字頭
		字頭楷定	重文用語		
1	古文省	恕	，古文省。	4	瑁畏恕蠶
2	古文省某	雲	云，古文省雨。	3	得裘雲
3	古文某省	㵁	，古文兆省。	11	鯵詩晝㳿箕稷塱㮝封壞五
4	古文从某省	信	，古文，从言省。	2	信患
5	古文或省	霧	，古文或省。	1	霧
6	古文某省某	寶	，古文寶，省貝。	1	寶
7	古文某从某省	紫	，古文紫，从隋省。	3	紫席總
8	古文某从某省从某	野	，古文野，从里省，从林。	1	野

〔註37〕季師旭昇：《說文新證》上冊，頁180。
〔註38〕羅振玉：《殷虛書契考釋》增訂本（日本：東方學會，1927年；臺北：藝文印書館1981年影印本），六十葉下。
〔註39〕于省吾，《雙劍誃古文雜識》九頁〈釋為〉，據《金文詁林》引。（周法高，《金文詁林》京都：中文出版社，1981年）。

9	象古文某省	烏	烏，象古文烏省。	1	烏
10	古文某不省	苟	苟，古文羊，不省。	3	保苟𡉚
【總共字數】				30	

上表所列十種條例，其省略形體的情形，對照的對象是字頭形體。如「㜗」字篆文形體從「女、口、心」三個偏旁，而古文形體則只有「女、心」二個偏旁，因此許慎條例用語以「古文省」三個字表達，但是並沒有指出古文所省的形體是那個偏旁；但是在其他省略形體的條例用語當中，如「雲」字，後面所從的古文條例是「云，古文省雨。」由此可見，許慎在這類的條例裡清楚的指出所省之形爲何形，而不像「古文省」三字，叫讀者自行分析到底是省略那個形體。值得一提的是，許慎在古文條例用語中，有「古文某不省」的情形，在四百多個古文形體中共出現三次，分別在「保、苟、𡉚」三字下，如「苟」字，《說文》云：「苟，自急敕也。從羊省，從包省。從口，口猶慎言也。從羊，羊與義、善、美同意。凡苟之屬皆從苟。苟，古文羊不省。」根據許慎對於「苟」字的釋形，以爲「苟」字「從羊省，從包省，從口」，其中「羊、包」二形有所省略；因此，在末尾所收的古文字形「苟」，由於「羊」形沒有省略，許慎也就用「古文羊不省」來說明古文「苟」形與字頭篆文「苟」形不同之處。本文將此類現象歸於此處，以利互相參照。

4. 說明古文形體所從偏旁的條例用語

在古文條例用語當中，說明古文所從偏旁之由的條例不在少數，如下表所示：

表 4-9

流水號	用語條例	大徐本《說文》古文條例示例		字數	所屬條例字頭
		字頭楷定	重文用語		
1	古文某，……	及	乁，古文及，《秦刻石》及如此。	6	及旅礦𦇧絕甲
2	古文某字，從……	周	𠱩，古文周字，從古文及。	1	周
3	古文某，或從某。	簋	𣪘，古文簋，或從軌。	2	簋仁
4	古文某爲某，……	亥	𠀳，古文亥爲豕，與豕同。亥而生子，復從一起。	1	亥
5	古文某，從古文某。	伊	𠈽，古文伊，從古文死。	1	伊

6	古文某，从某。	三	，古文三，从弌。	57	三咳吝起造後冊嗣謨訊軹役百雉惠殬脣簬典工醫阺飽嗇桼某詷糌容企監衮般服觀驖沬多戶闊妃奴琴紹毀圭勳動勞勇鐵鈕鈞矛隤成辠
7	古文某，从某。……	正	，古文正，从二。二，古上字。	11	正譙孚喜冂櫱蟗恆斸子西
8	古文某，从某某。	毒	，古文毒，从刀葍。	18	毒哲唐遷道簠厚舞扅期殂仁歈歈繭續蚳協
9	古文某，从某某。……	妻	，古文妻，从肖女。肖，古文貴字。	3	正妻坖
10	古文某，从某某作。	時	，古文時，从日之作。	1	時
11	古文某，从某某某。	兵	，古文兵，从人廾干。	1	兵
12	古文某，从某从某。	御	，古文御，从又从馬。	10	御彗肅殂簜邥履津く蠱
13	古文某，从某从某某。……	槷	，古文槷，从西从二鹵。徐巡說，木至西方戰槷。	1	槷
14	古文从某。	睹	，古文从見。	24	舌往復僕睹槃麓盨侮丘鬼岵廄磬焉狂羆栽允愢漾聞繘弫
15	古文从某某。	赤	，古文从炎土。	4	貧赤淵撫
16	古文，从某从某。	速	，古文，从敕从言。	2	速省
17	亦古文某，从某某。……	殂	，亦古文夙，从人囟。宿从此。	1	殂
【總共字數】				144	

　　從上表可以看到，這類的情況主是要說明古文的形體偏旁，經由「从某某」、「从某从某」等用語，表明許慎對此古文字形的認知，如「赤」字，《說文》云：「，南方色也，从大从火。凡赤之屬皆从赤。，古文从炎土。」據此可見許慎以為「」形「从大从火」，然而古文「」形由於與「」形所用的偏旁都不相同，所以特別說明「」形所從的偏旁是「从炎从土」。此外，如果所從偏旁意義不夠明確，有時許慎會引用通人之見以說明他所理解的構形現象，如「槷」字，《說文》云：「，古文槷，从西从二鹵。徐巡說，

木至西方戰桑。」據此可見，許慎在此字原則上是贊同徐巡的說法，利用「木至西方戰桑」來說明「桑」形的構形意義。

綜上所述，許慎將其所理解的古文形、音、義問題，以上述條例用語表示個人意見，以求「理群類、解謬誤、曉學者、達神恉」，這種精神在在表現於每個字當中，尤其透過條例的歸納之後更加清晰可見，雖然有時可以再深入的考查，但對於讀者來說，確實也提供了許多不同的思考面向。

5. 解釋古文形體的條例用語中包含了聲符的條件

許慎在處理古文形體的條例時，多半處理的是字形問題，但有時也會指出字音之所在，如下所示：

表 4-10

流水號	用語條例	大徐本《說文》古文條例示例		字數	所屬條例字頭
		字頭楷定	重文用語		
1	古文某，从某某聲。	暴	㬥，古文暴，从日麤聲。	2	暴姦
2	亦古文某，从某聲。	飽	䭆，亦古文飽，从亞聲。	1	飽
3	古文某，讀若……	丙	丙，古文丙，讀若三年導服之導。一曰竹上皮，讀若沾。一曰讀若誓，弼字从此。	1	丙
4	古文某，从某某，……某聲。	革	革，古文革，从三十。三十年爲一世，而道更也。臼聲。	1	革
5	古文某，从某某，某亦聲。	瘠	㾊，古文瘠，从广朿，朿亦聲。	1	瘠
6	古文某，……某聲。	弟	弟，古文弟，从古文韋省，丿聲。	1	弟
7	古文某，从某某。……从某省聲。	彬	份，古文份，从彡林。林者，从焚省聲。	1	份
	【總共字數】			8	

以上八個字的共同點，都是在條例當中包含了聲符的條件，有「讀若某」、「某聲」、「某省聲」、「某亦聲」等用語。舉例來說，如「革」字，《說文》云：「革，獸皮治去其毛，革更之。象古文革之形。凡革之屬皆从革。革，古文革从三十。三十年爲一世，而道更也。臼聲。」由此可見，許慎以爲字頭篆文「革」形是「象古文革之形」，因此在末尾將他所見的古文「革」形羅列於

此。此外，對於古文「革」形，許慎以為所從偏旁有「三、十、臼」等三形，「臼」則當聲符使用，故言「臼」聲；同時為了解釋「革」形從「三、十」的原因，利用「三十年為一世，而道更也。」等文字加以說明，以求符合「革」從「三、十、臼」構形的釋音釋義。關於此字的構形理解，學者尚存不同的意見，〔註40〕今暫且存疑；如單就字形來說，「革」形與楚國時期的楚國文字相類，如下所示：

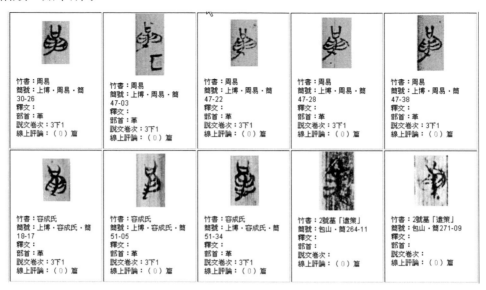

圖 4-2

上面為筆者利用「楚字典資料庫」〔註41〕所查得的部分楚簡字形網頁截圖，由這些楚簡字形與《說文》「革」字所從的古文「革」形相對照，形體其實是頗為相同的。就這個例子來看，雖然許慎標舉出了聲符之所在，在依舊在釋形、釋義部分有所著墨，以期讓讀者清楚明白文字的形、音、義現象。

此外值得注意的是，我們如就《說文》九千多字的構形組成來看，形聲字的條例用語佔了百分之八十以上，但在古文形體當中，與形聲相關的條例用語在四百七十幾字裡只有八個字，為數頗少，這種現象或許反映出許慎對

〔註40〕季師旭昇以為林義光、高田忠周、楊樹達等人的說法「其實並無確據。以古文字而言，『口』形往往象獸頭，中豎為獸皮，兩手剝開，會製革之意。」（季師旭昇：《說文新證》上冊，頁174）

〔註41〕參見羅凡晸：〈楚字典資料庫的建構模式初探〉，「2010 經典與簡帛」學術研討會會議論文，2010 年 5 月 7 日。

於古文的理解還不夠多，以致於很多古文字形不去討論他的讀音；反過來看，也有可能是許愼認爲這些古文形體已歸屬在某個字頭下面，讀音當然與字頭的讀音相同，所以沒有必要特別強調字音問題。以上僅爲臆測之見，有待於將來更進一步的整理研究。

經由上述對於古文形體條例用語的分類說明，以下爲「古文形體條例用語分類項目比例表」：

圖 4-3

據此可見，許愼在古文條例用語當中，多半只將古文某形歸在《說文》某字之下，這類情形佔全部的 60%，其次是說明古文形體所從偏旁之由，佔全部的 31%，這二類合計就佔了九成以上，透過這個量化的數據，我們可以推測，許愼對於古文字形多半只指出某個形體的字頭歸屬，如果需要說明（或有能力說明）偏旁組合的現象也會一併指出，這是許愼在處理古文形體條例用語的通則。

二、重文中「籀文」字形與條例用語的總體掌握

根據《說文・敘》：「及宣王太史籀，著大篆十五篇，與古文或異。」傳統之見，以爲「籀文」乃西周宣王時期太史籀所寫〈史籀篇〉文字〔註 42〕，王國維在〈史籀篇證序〉一文對〈史籀篇〉則作了一番論述，〔註 43〕陳昭容

〔註 42〕〔漢〕班固在〈小學類序〉云：「史籀篇者，周時史官教學童書也，與孔氏壁中古文異體。」（〔漢〕班固撰、〔唐〕顏師古注、〔清〕王先謙補注：《漢書補注》（臺北：藝文印書館，1972 年），頁 886。）

〔註 43〕王國維：《觀堂集林卷七・史籀篇疏證序》（上海：上海書店出版社，1983 年），

在《秦系文字研究》一書則提到：

> 〈史籀篇〉流傳，歷經春秋、戰國，漢人爲別於小篆，特以「大篆」
> 稱〈史籀篇〉的書體。稱「籀文」爲「大篆」，指其書體，自無不可，
> 但稱「大篆」爲「籀文」就有語病，因爲「籀文」只限於〈史籀篇〉
> 的文字，而「大篆」是漢人眼中的秦系古文字，兩者是不同概念下
> 所造出來的名詞，不可混爲一談。〔註44〕

清楚的指出了「籀文」只限於〈史籀篇〉的文字。據此，《說文》中的「籀文」
應是許愼當時所得見的〈史籀篇〉文字材料，並且將這些「籀文」歸類在《說
文》字頭下以爲「重文」加以處理。許師錟輝以爲《說文》籀文凡二類：其
一隸屬篆文之下，以爲重文；其二別出正篆，以爲部首。〔註45〕將籀文作了
大致的分類，可供參看。

（一）「籀文」一覽表

至於「籀文」字數，章季濤統計「《說文》注明爲籀文的字共有二百二十五
個」。〔註46〕而廖素琴據段注本，統計出段注本標明爲「籀文」者，共二百一十
一個字，重二（其、牆），所以共有二百一十三字；加上許愼說解引《史篇》之
說，可知爲籀文者有「奭、匋、姚」三字，共二百一十六字；再加上「人」、「大」
二字以籀文爲字頭的字形：以上加起來共二百一十八個字。〔註47〕而本文在此
則根據汲古閣大徐本《說文》重文中的「籀文」字形進行統計，共有二百零九
個字，如下所示：

表 4-11

流水號	字頭	籀文字頭	籀文字頭	籀 文 條 例	大徐頁碼
1	旁	雱	𩃀	籀文。	7
2	祺	禥	禥	籀文从基。	7
3	齋	齎	𪗉	籀文齋，从㸚省。	8

頁 268-269。

〔註44〕陳昭容：《秦系文字研究》（臺北：中央研究院歷史語言研究所，2005 年），頁 122。

〔註45〕許師錟輝：《說文重文形體考》，頁 8。

〔註46〕章季濤《怎樣學習《說文解字》》，頁 110。

〔註47〕廖素琴：《《說文解字》重文中之籀文字形研究》（高雄：國立高雄師範大學國
文研究所碩士論文，2008 年 6 月），頁 21，註 79。

4	禋	𡫈	𡫈	籀文从宀。	8
5	禱	𧅶	𧅶	籀文禱。	8
6	祟	𥛜	𥛜	籀文祟,从𥛜省。	9
7	璿	叡	叡	籀文璿。	10
8	中	𠁧	𠁧	籀文中。	14
9	屮	𦬰	𦬰	籀文屮,从三屮。	15
10	薇	𦸂	𦸂	籀文薇,省。	16
11	𣂷	𣂷	𣂷	籀文𣂷,从屮在仌中,仌寒故折。	25
12	蓬	䕾	䕾	籀文蓬,省。	26
13	蕁	𦽍	𦽍	籀文蕁,从𧁍。	27
14	薅	𦸸	𦸸	籀文薅,省。	27
15	牭	𤘥	𤘥	籀文牭,从貳。	29
16	嗌	𢪉	𢪉	籀文嗌,上象口,下象頸脈理也。	30
17	嘯	歗	歗	籀文嘯,从欠。	32
18	𤕫	𤕫	𤕫	籀文𤕫。	35
19	歸	婦	婦	籀文省。	38
20	登	𨀵	𨀵	籀文登,从収。	38
21	是	昰	昰	籀文是,从古文正。	39
22	韙	愇	愇	籀文韙,从心。	39
23	迹	速	速	籀文迹,从朿。	39
24	𧺒	遺	遺	籀文从虘。	39
25	述	𨖀	𨖀	籀文从秫。	39
26	速	𨗇	𨗇	籀文从欶。	40
27	送	𨗉	𨗉	籀文不省。	40
28	遲	遟	遟	籀文遲,从屖。	40
29	逋	𨗠	𨗠	籀文逋,从捕。	41
30	商	𧶜	𧶜	籀文商。	50
31	話	譮	譮	籀文話,从會。	53
32	詩	𧮾	𧮾	籀文詩,从二或。	54
33	𠱞	𠱞	𠱞	籀文不省。	55

34	誕	這	逗	籀文誕，省正。	55
35	譻	譻	譻	籀文譻，不省。	56
36	童	童	童	籀文童，中與竊中同从廿。廿，以爲古文疾字。	58
37	兵	兓	兵	籀文。	59
38	戴	戴	戴	籀文戴。	59
39	農	農	農	籀文農，从林。	60
40	爨	爨	爨	籀文爨省。	60
41	韶	磬	磬	籀文韶，从殼召。	61
42	靮	鞿	靮	籀文靮。	61
43	鬻	彌	鬻	籀文鬻。	62
44	融	融	融	籀文融，不省。	62
45	夋	夈	夋	籀文从寸。	64
46	彝	彝	彝	籀文彝。	65
47	晝	晝	晝	籀文晝。	65
48	豎	豎	豎	籀文豎，从殳。	65
49	臧	臧	臧	籀文。	66
50	皮	晨	晨	籀文皮。	67
51	甍	甍	甍	籀文甍，从夐省。	67
52	敗	敗	敗	籀文敗，从賏。	68
53	閣	閣	閣	籀文不省。	76
54	雞	鷄	雞	籀文雞，从鳥。	76
55	雛	鶵	雛	籀文雛，从鳥。	76
56	雕	鵰	雕	籀文雕，从鳥。	76
57	雁	鷹	雁	籀文雁，从鳥。	76
58	雌	鴎	雌	籀文雌，从鳥。	76
59	雇	鳸	雇	籀文雇，从鳥。	76
60	離	鶹	離	籀文離，从鳥。	77
61	鸛	鸛	鸛	籀文鸛，从塵。	81
62	鷽	鷽	鷽	籀文鷽。	82
63	棄	棄	棄	籀文棄。	83

64	㪉	𣪊		籀文㪉。	84
65	叡	壡		籀文叡，从土。	85
66	臚	膚		籀文臚。	87
67	胗	疹		籀文胗，从疒。	88
68	肬	黕		籀文肬，从黑。	88
69	㓷	𢼸		籀文㓷，从㓞从各。	91
70	則	𠟭		籀文則，从鼎。	91
71	副	疈		籀文副。	91
72	劍	劒		籀文劍，从刀。	93
73	觴	𧢼		籀文觴，从爵省。	94
74	薇	𦽏		籀文从微省。	95
75	籚	𠥳		籀文籚。	97
76	箕	𠀠		籀文箕。	99
77	箕	匪		籀文箕。	99
78	差	𢀩		籀文𢀩，从二。	99
79	曶	曶		籀文曶。一曰佩也，象形。	100
80	乃	𠄎		籀文乃。	100
81	鼓	𧮫		籀文鼓，从古聲。	102
82	盧	𥂥		籀文盧。	104
83	飴	𩚎		籀文飴，从異省。	107
84	餔	𧇥		籀文餔，从皿浦聲。	107
85	饕	𩟧		籀文饕，从號省。	108
86	侖	𠎰		籀文侖。	108
87	就	𡮢		籀文就。	111
88	牆	𤖨		籀文，从二禾。	111
89	牆	𤖸		籀文，亦从二來。	111
90	蘽	𣡍		籀文。	115
91	樹	尌		籀文。	118
92	枱	辝		籀文從辝。	122
93	栝	𠥩		籀文栝。	122

94	槃	盤	盤	籀文。從皿。	122
95	櫚	櫚	櫚	籀文櫚。	122
96	焱	毳	焱	籀文。	127
97	囿	囿	囿	籀文囿。	129
98	員	鼑	鼑	籀文从鼎。	129
99	贛	贛	贛	籀文贛。	130
100	昌	曽	曽	籀文昌。	138
101	昔	臡	臡	籀文从肉。	139
102	夤	夤	夤	籀文夤。	142
103	鹵	靐	靐	籀文三鹵爲鹵。	143
104	桌	槀	桌	籀文桌。	143
105	秋	鞦	鞦	籀文不省。	146
106	秦	秦	秦	籀文秦，从秝。	146
107	稯	税	税	籀文稯省。	146
108	糪	糪	糪	籀文糪，从晉。	147
109	糟	醤	醤	籀文从西。	147
110	枲	檾	檾	籀文枲，从林从辝。	149
111	宇	寓	寓	籀文宇，从禹。	150
112	寑	壹	壹	籀文寑省。	151
113	寤	寤	寤	籀文寤。	153
114	疾	矯	矯	籀文疾。	154
115	瘇	尰	尰	籀文从允。	155
116	痟	痕	痕	籀文从艮。	155
117	癃	痊	痊	籀文癃省。	156
118	网	网	网	籀文网。	157
119	置	置	置	籀文从虐。	158
120	仿	俩	俩	籀文仿，从丙。	163
121	襲	襲	襲	籀文襲不省。	170
122	褢	褢	褢	籀文褢从㯺。	170
123	屋	屋	屋	籀文屋，从厂。	175

124	皃	貌	貇	籀文皃，从豹省。	177
125	覔	舁	舁	籀文覓，从廾，上象形。	177
126	歁	歀	歀	籀文歁不省。	179
127	次	㳄	㳄	籀文次。	180
128	顏	顔	顔	籀文。	181
129	頌	額	額	籀文。	181
130	頂	顁	顁	籀文从鼎。	181
131	頒	䫫	䫫	籀文頒。	182
132	髥	彖	彖	籀文从象首，从尾省聲。	188
133	岫	窋	窋	籀文从穴。	190
134	厤	厤	厤	籀文从舞。	192
135	厂	厈	厈	籀文从干。	193
136	仄	厌	厌	籀文从矢，矢亦聲。	194
137	磬	殸	殸	籀文省。	195
138	希	㣇	㣇	籀文。	197
139	彙	豪	豪	籀文从豕。	197
140	馬	影	影	籀文馬，與影同，有髦。	199
141	騧	驈	驈	籀文騧。	199
142	驪	驒	驒	籀文从丞。	200
143	駕	恪	恪	籀文駕。	200
144	麤	廬	廬	籀文不省。	202
145	麤	麤	麤	籀文。	203
146	飈	歔	歔	籀文省。	206
147	穤	鱬	鱬	籀文不省。	208
148	栽	災	災	籀文从𡿧。	209
149	煙	㷊	㷊	籀文从宀。	209
150	炙	煉	煉	籀文。	212
151	奢	奓	奓	籀文。	215
152	薏	意	意	籀文省。	218
153	懲	僧	僧	籀文。	221
154	悁	慰	慰	籀文。	221

155	邕	營	〰	籀文邕。	239
156	岫	崡	〰	籀文。	240
157	覛	賑	〰	籀文。	240
158	靁	靄	〰	籀文靁，閒有回，回，靁聲也。	241
159	震	霹	霳	籀文震。	241
160	霚	雺	霥	籀文省。	242
161	鱗	鯪	〰	籀文。	242
162	鱣	鱸	〰	籀文鱣。	243
163	西	卤	⊗	籀文西。	247
164	匜	籃	〰	籀文从酋。	250
165	妘	歅	〰	籀文妘，从員。	258
166	婚	慶	〰	籀文婚。	259
167	姻	婣	〰	籀文姻，从开。	259
168	姚	妡	〰	籀文姚省。	259
169	媧	媧	〰	籀文媧，从两。	260
170	嬌	變	〰	籀文嬌。〔註48〕	261
171	匚	匨	匨	籀文匚。	268
172	柩	匶	匶	籀文柩。	268
173	盧	鑪	〰	籀文盧。	268
174	甌	鬻	〰	籀文甌，从弼。	269
175	系	繇	〰	籀文系，从爪絲。	270
176	繪	綷	綷	籀文繪，从宰省。楊雄以爲漢律祠宗廟丹書告。	273
177	紟	綅	綅	籀文从金。	275
178	繑	纊	〰	籀文繑。	276
179	強	彊	彊	籀文強，从蚰从彊。	279
180	蚳	螷	〰	籀文蚳，从蚰。	280
181	虹	蚺	〰	籀文虹，从申。申，電也。	282
182	黽	鼄	〰	籀文黽。	285
183	地	墬	墬	籀文地，从隊。	286

〔註48〕查看汲古閣本並無此形及內容，今依中華書局本補。

184	垣	䵺	𤲬	籀文垣，从𡍦。	287
185	堵	𡎺	𡎥	籀文从𡍦。	287
186	堂	臺	𡪣	籀文堂，从高省。	287
187	封	牡	牡	籀文从半。	287
188	壐	壐	壐	籀文从玉。	287
189	城	𩫨	𩫨	籀文城，从𡍦。	288
190	壞	𡏇	𡏇	籀文壞。	289
191	艱	𩱲	𩱲	籀文艱，从喜。	290
192	銳	剡	剡	籀文銳，从厂剡。	296
193	車	𨍷	𨍷	籀文車。	301
194	輈	𨏔	𨏔	籀文輈。	302
195	陸	𨽍	𨽍	籀文陸。	304
196	陴	𨽾	𨽾	籀文陴，从𡍦。	306
197	䢔	隘	隘	籀文䢔，从�益。	307
198	四	三	三	籀文四。	307
199	乾	乾	𠦚	籀文乾。	308
200	辡	辝	辝	籀文辡，从台。	309
201	辭	𤔲	𤔲	籀文辭，从司。	309
202	癸	癸	𤼧	籀文从癶从矢。	309
203	子	𡿦	𡿦	籀文子，囟有髮臂脛在几上也。	309
204	孳	𡿺	𡿺	籀文孳，从絲。	310
205	𣄼	𣆗	𣆗	籀文𣄼，从二子。一曰𣆗即奇字簪。	310
206	申	𦥔	𦥔	籀文申。	311
207	酸	𨡓	𨡓	籀文酸，从畟。	313
208	醬	𤖈	𤖈	籀文。	313
209	醯	𤖫	𤖫	籀文。	313

　　將本文所列舉的大徐本「重文」中的籀文字形與段注本「重文」中的籀文字形相互對照，〔註49〕可以發現大徐本與段注本對於「重文」中的籀文字形認知有所不同，兩者差異有三類：第一，大徐本有籀文字形而段注本無，計有「中」、「𡍦」、「䢔」等字；第二，段注本有籀文字形而大徐本無，計有

<hr />

〔註49〕廖素琴：《《說文解字》中重文中之籀文字形研究》，附錄頁1-58。

「變」、「殺」、「卤」、「皀」、「魴」、「糞」、「婁」等字；第三，兩者於字頭下所收的籀文字形不同，計有「譱」字。據此可以看到大徐本到段注本之間的異文現象，經由《說文》大徐本與段注本資料庫的建構而能一窺全貌。

（二）「籀文」條例分析

許慎對於「重文」當中的「籀文」說解條例，廖素琴據段注本「籀文」歸納為六大類：第一類是於小篆下別出籀文形體，註明「籀文」、「籀文某」以及「籀文某如此」，共七十一字。第二類是籀文形體與小篆差異較大，則註明籀文所從，共八十九字。第三類是籀文較小篆構形繁疊者，則註明「籀文不省」或「籀文某不省」，共十一字。第四類是籀文字形較小篆形構簡省，則註明「籀文省」、「籀文某省」或「籀文从某省」，共二十二字。第五類是籀文中有象形、會意、形聲而難明者，則註明其形、意、聲之所在，共十七字。第六類是籀文所從為另一古文之體，則註明籀文所從及其意義，僅「是」字一例。以上六類合計二百一十一字。〔註50〕以上分類根據的是段注本《說文》，然而段注常有修訂《說文》之處，在條例分析時應當特別注意，否則在分類上會產生一些問題。筆者在此分析的對象是大徐本《說文》，一般以為大徐本最致力於恢復許書原貌，透過分析大徐本《說文》重文中的籀文字形條例用語，應當與段注本的籀文條例用語是有些微差別的。

1. 只將籀文某形歸在《說文》某字之下的條例用語

許慎在說明「重文」中的籀文時，直言某形的形體類別，而不做任何的文詞說明，條例用語如下表所示：

表 4-12

流水號	用語條例	大徐本《說文》籀文條例示例		字數	所屬條例字頭
		字頭楷定	重文用語		
1	籀文	兵	𠦛，籀文。	19	旁兵臧藁樹叕顏頌希鼺炙奢悆悁恤覥鰆醬醢
2	籀文某	禱	𥜽，籀文禱。	55	禱璿中毉商戴靭鷺辪畫皮鬵棄叡爐副籩箕箕乃盧命就梧櫺囿贛昌敄槀寤疾网次頰騳駕邕震鱣西婚嫡匸柩膚繘龜壞車軶陸四乾申
【總共字數】				74	

〔註50〕廖素琴：《《說文解字》中重文中之籀文字形研究》，頁 77-79。

如將本文所謂的「只將籀文某形歸在《說文》某字之下的條例用語」，與廖素琴分析段注本籀文的條例用語相互比較，應與其第一類「於小篆下別出籀文形體，註明『籀文』、『籀文某』以及『籀文某如此』」相近，筆者發現，大徐本並無「籀文某如此」的條例用語，而段注本則有，查看段注本此條例所從的「邕、婚、盧」三字，大徐本的條例均作「籀文某」而非「籀文某如此」，據此可見大徐本與段注本在籀文的條例用語上的確是有所差別的。

2. 以省略形體與否的概念作為解釋籀文形體的條例用語

許慎《說文》「重文」中解釋籀文形體的條例用語，其中一個狀況便是強調形體是否有所省略，如下表所示：

表 4-13

流水號	用語條例	大徐本《說文》籀文條例示例		字數	所屬條例字頭
		字頭楷定	重文用語		
1	籀文省	歸	𡧪，籀文省。	5	歸磬歠薏薆
2	籀文某省	薇	𧀠，籀文薇省。	8	薇蓬蔣爨稯寑癰姃
3	籀文从某省	薇	𧘌，籀文从微省。	1	薇
4	籀文某，省某	誕	𧧧，籀文誕，省正。	1	誕
5	籀文某，从某省	齋	𪗗，籀文齋，从𧮫省。	8	齋崇甕觴飴饕兒堂
6	籀文某，从某省。……	繪	𦃽，籀文繪，从宰省。楊雄以爲漢律祠宗廟丹書告。	1	繪
7	籀文不省	送	𨕙，籀文不省。	6	送𨖲闢秋槀槀
8	籀文某，不省	覨	𪐫，籀文覨，不省。	4	覨融襲歎
【總共字數】				34	

籀文條例用語中的「省」是一個相對概念，它是針對《說文》字頭而來的；換句話說，當籀文條例用語中有「省」或「不省」，它的比較對象是字頭，讀者必須將字頭的字形與籀文字形相互參照，才知道所「省」或所「不省」者爲何。以下表列籀文條例用語中「籀文省」的五個字例加以進一步說明：

表 4-14

字頭	字頭字形	籀文字形	《說文》原文	所省之形	大徐頁碼
歸	歸	[illegible]	歸，女嫁也。从止，从婦省，𠂤聲。[illegible]，籀文省。	[illegible]	38
磬	磬	[illegible]	磬，樂石也。从石、殸，象縣虡之形；殳，擊之也。古者毋句氏作磬。[illegible]，籀文省。[illegible]，古文从巠。	[illegible]	195
鼨	鼨	[illegible]	鼨，豹文鼠也。从鼠冬聲。[illegible]，籀文省。	[illegible]	206
𢡆	𢡆	[illegible]	𢡆，滿也。从心䇾聲。一曰十萬曰䇾。[illegible]，籀文省。	[illegible]	218
霚	霚	[illegible]	霚，地气發，天不應。从雨敄聲。[illegible]，籀文省。	[illegible]	242

從上表可以看到，條例但言「省」字，可是沒有說出到底省了什麼偏旁，讀者只能自行比較字頭字形與籀文字形，並根據《說文》原文的釋形說明，才能得到「省」的結果。至於其他諸多省略形體的籀文條例用語，大致也是如此。

另外值得注意的是，籀文條例用語當中有所謂的「不省」，條例分別作「籀文不省」、「籀文某，不省」二種，筆者在此將「籀文不省」的六個字例表列於下：

表 4-15

字頭	字頭字形	籀文字形	《說文》原文	所不省之形	大徐頁碼
送	送	[illegible]	送，遣也。从辵，㑞省。[illegible]，籀文不省。	㑞	40
訇	訇	[illegible]	訇，駭言聲。从言，勻省聲。漢中西城有訇鄉。又讀若玄。[illegible]，籀文不省。	勻	55
䧿	䧿	[illegible]	䧿，今閵。似雊鵒而黃。从隹，𠕀省聲。[illegible]，籀文不省。	𠕀	76
秋	秋	[illegible]	秋，禾穀孰也。从禾，𪚲省聲。[illegible]，籀文不省。	𪚲	146
麇	麇	[illegible]	麇，麞也。从鹿，囷省聲。[illegible]，籀文不省。	囷	202
𤎩	[illegible]	[illegible]	𤎩，以火乾肉。从火稫聲。[illegible]，籀文不省。	「𪏰」字所从「黍」形	208

從上表可以看到，在這六例當中，其中前五例《說文》在字頭的釋形用語均用了「某省」或「某省聲」，只有第六例的「稫聲」講得不夠清楚，因此徐鉉在此字加注說：「臣鉉等案，《說文》無稫字，當从𪏰省，疑傳寫之誤。」我們查看《說文》，有「𪏰」而無「稫」，因此徐鉉加了這樣的注語，可是反過來說，有沒有可能是《說文》漏收了「稫」字呢？有沒有可能是《說文》

將「䊶」形誤植爲「奬」形的籀文呢？還是有其他的可能性存在？以筆者所見，目前似乎沒有「䊶」形的甲骨文、金文、戰國文字等字形，如此說來，「䊶」形但見於《說文》籀文當中，那麼，此字有沒有可能是晚出之字？以上諸多臆測之詞，有待於未來更多的出土材料來加以論證，在此僅記疑於此。如將第六例暫且略而不論，其他五例的「籀文不省」，均是根據前文「某省」或「某省聲」而來的，可見許愼籀文條例用語中的「不省」，乃言之有據，不象「籀文省」存在著由讀者自行判斷的釋形理解。

3. 說明籀文形體所從偏旁的條例用語

籀文形體所從偏旁，有時與字頭篆形有所出入，因此許愼會利用較多的說明文字來進行釋形工作，讓讀者能夠了解籀文字形所從的偏旁組合方式。相關條例用語如下所示：

表 4-16

流水號	用語條例	大徐本《說文》籀文條例示例		字數	所屬條例字頭
		字頭楷定	重文用語		
1	籀文，从某某	牆	牆，籀文，从二禾。	1	牆
2	籀文，亦从某某	牆	牆，籀文，亦从二來。	1	牆
3	籀文从某	祺	祺，籀文从基。	27	祺禋迡述速夌枱槃員昔糟瘇痔置頂岫廙厂𦼬驢栽煙匜�堵封璽
4	籀文某，从某	蓐	蓐，籀文蓐，从茻。	46	蓐牭嘯登趩迹遲逋話農豎敗雞雛雕雁雌雇離鸞叡脣肫則劒差秦糬宇仿表屋妘姻媧甗蚳地垣城艱陴辤𡃍酸
5	籀文某，从某。……	虹	虹，籀文虹，从申。申，電也。	1	虹
6	籀文某，从某某	韶	韶，籀文韶，从殸召。	4	韶系銳鬴
7	籀文从某从某	癸	癸，籀文从癶从矢。	1	癸
8	籀文某，从某从某	枲	枲，籀文枲，从林从辝。	3	剽枲強
9	籀文某，……	斨	斨，籀文斨，从艸在仌中，仌寒故折。	12	灥𣂪蓁是蠿蠹召舁影䨋夔昏
10	籀文，……	鹵	鹵，籀文，三鹵爲鹵。	1	鹵
【總共字數】				97	

　　根據上表所舉的字頭及相關條例用語，我們可以大致了解籀文偏旁所從之由，舉例來說，籀文條例用語其中一項是「籀文某，从某某」，共有四個字例，如下所示：

表 4-17

字頭	字頭字形	籀文字形	《說文》原文	大徐頁碼
鞀	鞀	藝	鞀，鞀遼也。从革召聲。鞉，鞀或从兆。鼗，鞀或从鼓从兆。藝，籀文鞀，从殸召。	61
系	系	繇	系，繫也。从糸丿聲。凡系之屬皆从系。繇，系或从毄處。繇，籀文系，从爪絲。	270
銳	銳	厵	銳，芒也。从金兌聲。厵，籀文銳，从厂剡。	296
鬭	鬭	隘	鬭，陥也。从䦧鬲聲。鬲，籀文嗌字。隘，籀文鬭，从𠦞益。	307

　　從上表來看，一、「鞀」字，字頭字形「从革召聲」，籀文字形「从殸召」，如據《說文》釋形的見解，「革」、「殸」二形存在著形符互換的現象。二、「系」字，字頭字形「从糸丿聲」，籀文字形「从爪絲」，根據「系、繇」二形來看，「系」形上面的「丿」形或可視為「爪」形之省，而下面的「糸」形或可視為「絲」形之省，如此看來，或許「糸」為「絲」之省形；而許慎則或許將「丿」形聲化，以形聲的角度分析「系」形，而以會意的方式分析「繇」形。三、「銳」字，字頭字形與籀文字形的偏旁組合完全不同，「銳」形「从金兌聲」，「厵」形「从厂剡」，許慎如果沒有將「厵」形置於「銳」字下作為重文字形，後世學者可能要花許多的時間才能了解二字之間的相關性。四、「鬭」字，字頭字形「从䦧鬲聲」，籀文字形「从𠦞益」，二者相較，可以了解「𠦞」或為「䦧」之省，而「益」形與「鬲」形的關係，讀者或許不了解，因此許慎特別用「鬲，籀文嗌字。」將兩者字形作個繫聯，以完成字形的解說。此外，以上四字的字頭構形都是「从某某聲」，而其所屬的籀文字形都是「从某某」，或許透露著許慎對於由籀至篆的字形結構改變模式之構形理解，而以「籀文某，从某某」的條例用語表現出來。以上的推測僅據《說文》本身的條例而來，或許證據稍有不足之處，有待將來進一步的論證。

4. 解釋籀文形體的條例用語中包含了聲符的條件

　　漢字與眾不同之處，其中一項便在於聲符的使用，經由組成結構帶有聲符的這項功能，充分展現了它的生命力。在籀文形體的條例用語中，也可窺

見這種現象，如下表所示：

表 4-18

流水號	用語條例	大徐本《說文》籀文條例示例		字數	所屬條例字頭
		字頭楷定	重文用語		
1	籀文某，從某聲	鼓	𪔲，籀文鼓，從古聲。	1	鼓
2	籀文某，從某某聲	𩟽	𥃩，籀文𩟽，從皿浦聲。	1	𩟽
3	籀文從某，某亦聲	仄	厌，籀文從矢，矢亦聲。	1	仄
4	籀文，從……，從某省聲。	髟	𧣽，籀文，從象首，從尾省聲。	1	髟
【總共字數】				4	

除了上述四個字之外，另有一個「靁」字，《說文》云：「靁，陰陽薄動靁雨，生物者也。從雨，畾象回轉形。𗈅，古文靁。𗈅，古文靁。𗈅，籀文靁，閒有回，回，靁聲也。」根據許慎對於籀文「𗈅」形的理解，它以為「𗈅」當中有二個「回」形，而這個「回」形表示的是「靁聲」，換句話說，「回」形在此字具有聲符的作用。綜上所述，在二百零九個字的大徐本《說文》籀文字形裡，共有五個字的釋形條例裡包含了聲符的條件，這個現象與《說文》古文字形中具有聲符條件的字相仿，都一樣地少，至於原因為何，有待將來更多的出土材料問世，或許有機會再加以進一步研究。

茲將籀文形體條例用語分類項目所佔字數與比例以下圖表示說明：

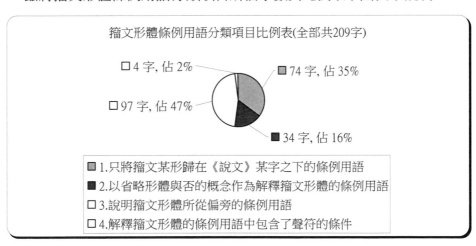

籀文形體條例用語分類項目比例表(全部共209字)

□ 4 字, 佔 2%　　■ 74 字, 佔 35%

□ 97 字, 佔 47%

■ 34 字, 佔 16%

■ 1.只將籀文某形歸在《說文》某字之下的條例用語
■ 2.以省略形體與否的概念作為解釋籀文形體的條例用語
□ 3.說明籀文形體所從偏旁的條例用語
□ 4.解釋籀文形體的條例用語中包含了聲符的條件

圖 4-4

三、重文中「或體」字形與條例用語的總體掌握

清代王筠《說文釋例‧或體》云：

> 《說文》之有或體也，亦謂一字殊形而已，非分正俗於其間也。自
> 大徐體所謂或作某者，小徐間謂之俗作某，於是好古者概視或體爲
> 俗字，或微言以示意，或昌言以相排，是耳食也。

在「一字殊形」的概念之下，換句話說，所謂或體，「即篆文（小篆）的異體字」，〔註51〕鄭春蘭《《說文解字》或體研究》一文則從「或體的源與流」、「或體與古今字、通假字」、「或體之於『六書』」等面向加以分析，將「或體」做了一些界定：1.《說文》或體是正篆的異體字；2.《說文》或體絕大部分是與正篆同時代的小篆；3.《說文》或體與其他重文相比，其規範化程度較高。透過這三個界定，最後將「或體」定義爲：「它是小篆時代與正篆具有同等重要地位、符合六書規律的、規範化程度較高的正篆的異體字。」〔註52〕

（一）「或體」一覽表

關於《說文》或體的數量，根據鄭春蘭《《說文解字》或體研究》一文統計約有五百三十餘字，〔註53〕根據文後「附錄2《說文》或體一覽表」則列舉了 531 字。〔註54〕這篇論文，筆者乃透過中國期刊網〔註55〕檢索而得閱，可惜的是，筆者所見到的電子檔字表由於編碼的問題而有許多字產生錯亂，如下截圖所示：〔註56〕

〔註51〕 蔡信發：《說文答問》，頁 45。
〔註52〕 鄭春蘭：《《說文解字》或體研究》（華中科技大學碩士論文，2004 年 5 月），頁 11-13。
〔註53〕 鄭春蘭：《《說文解字》或體研究》，頁 4。
〔註54〕 鄭春蘭：《《說文解字》或體研究》，頁 47-60。
〔註55〕 國立臺灣師範大學圖書館電子資料庫，「中國期刊網」，網址：http://www.lib.ntnu.edu.tw/
〔註56〕 鄭春蘭：《《說文解字》或體研究》，頁 47 部分頁面。

附录 2《说文》或体一览表

说明：①、表中正篆上标"1、2、3、4、5、6"分别表示：1、或体与其正篆为"同音关系"；2、或体与其正篆为"双声关系"；3、或体与其正篆为"叠韵关系"；4、通人；5、经籍文献；6、其他。

②、《古文四聲韻》、《睡虎地簡》、《老子甲編》、《老子乙編》、《古璽文編》、《敦煌歌辭總編》、《敦煌變文集》《龙龕手镜》、《一切经音义》、《說文通訓定聲》、《說文解字注》、《康熙字典》、《異體字整理表》分别简称为"四聲"、"睡虎"、"老甲"、"老乙"、"古璽"、"敦煌"、"變文"、"龙龕"、"一切"、"定聲"、"段注"、"康熙"、"字表"。

序號	正篆	或體	甲骨文	金文	古文	籀文	汉篆、隸	楷體
1	祀發[3]	発或从異	粹一一五 甲 二〇〇六	祀 自 作册大鼎				廣韻　類篇
2	䘽[1]	紟或从方						玉篇　類篇
3	禱哎[1]	唉或省			衰四聲文			禱玉篇　類篇
4	禂俺[1]	按或从馬壽省聲						集韻
5	瓊柏[2][3]	百或从矞		开古璽			漢印徵	龍龕
6		摆或从巂						正字通
7		佰或从旋省						
8	球扮[3]	抖或从翏					樊山廟碑	龍龕
9	瑱盂[1]	薝或从耳					孔宙碑隂	集韻　康熙
10	盂[1]	薝或从噩					魯峻碑隂	一切
11	璚還[3]	矞或从允						類篇　王字通
12	玩玩[1]	昀或从貝						字表

圖 4-5

上表序號 1 所從的列數當中，「或體」這個欄位下，「発或从異」的「発」字應爲「祼」字，諸如此類的問題幾乎存在於每一列當中，與其一一查核它原來所屬字頭，還不如直接利用本資料庫進行檢索來得快速且正確。這其實並不是該作者的問題，而是在這個數位時代當中必須面對的問題，如何進行「正確」的數位檔案的交換，在數位知識浪潮下更顯現出它的重要性。

根據本資料庫的檢索，在大徐本《說文》一書當中，重文「或體」共有498 個字，如下表所示：

表 4-19

流水號	字頭楷定	或體楷定	或體字形	或　體　條　例	大徐頁碼
1	祀	祼	祼	祀或从異。	8
2	紒	祊	祊	紒或从方。	8
3	禱	禂	禂	禱或省。	8
4	禂	騭	騭	或从馬，壽省聲。	9
5	瓊	璚	璚	瓊或从矞。	10
6	瓊	瓗	瓗	瓊或从巂。	10
7	瓊	琁	琁	瓊或从旋省。	10
8	球	璆	璆	球或从翏。	10

9	瑱	顚	顛	瑱或从耳。	11
10	璂	璂	璂	或从基。	11
11	瑂	玧	玧	或从允。	12
12	玩	貦	貦	或从貝。	12
13	琨	瓗	瓗	或从貫。	13
14	靈	靈	靈	或从巫。	13
15	珏	瑴	瑴	珏或从㱿。	14
16	氛	雰	雰	氛或从雨。	14
17	壻	婿	婿	壻或从女。	14
18	芬	芬	芬	芬或从艸。	15
19	䅣	稞	稞	䅣或从禾。	15
20	䉛	顡	顡	䉛或从麻、賣。	15
21	蕙	蔅	蔅	或从煖。	16
22	蕙	萱	萱	或从宣。	16
23	蕁	薄	薄	蕁或从爻。	18
24	薑	薗	薗	薑或从鹵。	18
25	蔦	樢	樢	蔦或从木。	19
26	薟	薟	薟	薟或从斂。	19
27	蘜	菊	菊	蘜或省。	20
28	菿	菼	菼	菿或从炎。	20
29	鼓	墼	墼	鼓或从堅。	20
30	菩	荇	荇	菩或从行，同。	21
31	菑	甾	甾	菑或省艸。	24
32	薪	蘗	蘗	薪或从斲。	24
33	莇	薀	薀	或从皿。	24
34	菹	薀	薀	或从缶。	24
35	蒊	蘫	蘫	蒊或从皿，器也。	24
36	蔟	藻	藻	蔟或从潦。	24
37	蒸	蒸	蒸	蒸或省火。	25
38	藻	藻	藻	藻或从澡。	26

39	薅	茠	𦳊	薅或从休。《詩》曰：「既茠荼蓼。」	27
40	番	蹞	𨂂	番或从足从煩。	28
41	吻	脗	𦝮	吻或从肉从昬。	30
42	噍	嚼	𡂨	噍或从爵。	31
43	唾	涶	𣴓	唾或从水。	31
44	喟	嘳	𡄼	喟或从貴。	31
45	哲	悊	𢣧	哲或从心。	32
46	嘒	嚖	𡂴	或从慧。	32
47	噴	讀	𧭲	噴或从言。	34
48	吟	訡	𧧻	吟或从音。	34
49	吟	訡	𧧻	或从言。	34
50	呦	嚘	𣢎	呦或从欠。	35
51	迹	蹟	𨇀	或从足、責。	39
52	邁	遭	𧿟	邁或不省。	39
53	延	征	𢓊	延或从彳。	39
54	退	徂	𢓍	退或从彳。	39
55	述	徙	𢓘	徙或从彳。	40
56	遲	遟	𨒖	遲或从屖。	40
57	逶	蟡	𧔊	或从虫、為。	41
58	遴	僯	𠈈	或从人。	41
59	達	达	𧽛	達或从大，或曰迭。	41
60	逪	藋	𧀤	逪或从藋从兆。	41
61	酒	遒	𨔯	酒或从酋。	41
62	返	踄	𨁪	返或从足从更。	42
63	徯	蹊	𨂪	徯或从足。	43
64	復	衲	𧙕	復或从內。	43
65	衕	術	𧗸	衕或从玄。	44
66	齰	酢	𪘍	齰或从乍。	45
67	齭	齬	𪘘	齭或从齒。	45
68	跟	踉	𧿘	跟或从止。	46

69	蹶	蹷	蹶	蹶或从闕。	47
70	躍	鞾	鞾	或从革。	47
71	朙	瓬	朏	朙或从兀。	48
72	鬻	篪	鬻	鬻或从竹。	48
73	囂	貰	貰	囂或省。	49
74	鍚	虵	鍚	鍚或从也。	49
75	谷	唧	唧	谷或如此。	50
76	谷	朧	朧	或从肉从豪。	50
77	詠	咏	咏	詠或从口。	53
78	訝	迓	訝	訝或从辵。	53
79	譜	喈	喈	譜或从口。	54
80	譜	詔	譜	譜或省。	54
81	誖	悖	悖	誖或从心。	54
82	詢	訽	訽	詢或从包。	55
83	誇	誇	誇	誇或从夸。	56
84	詢	訊	訊	或省。	56
85	詢	說	說	詢或从兌。	56
86	訴	謝	謝	訴或从言、朔。	56
87	訴	愬	愬	訴或从朔、心。	56
88	詘	詘	詘	詘或从屈。	57
89	讕	讕	讕	讕或从闌。	57
90	讟	讟	讟	或不省。	57
91	譲	譲	譲	譲或从奠。	57
92	詬	詢	詢	詬或从句。	57
93	對	對	對	對或从士。漢文帝以為責對而為言，多非誠對，故去其口以从士也。	58
94	奴	攀	攀	奴或从手从樊。	59
95	奰	奰	奰	奰或从尸。	59
96	鞞	鞞	鞞	鞞或从鞞。	60
97	鞠	籬	鞠	鞠或从毅。	61

98	鞀	鞉	鞉	鞀或从兆。	61
99	鞀	鼗	鼗	鞀或从鼓从兆。	61
100	鞭	鞄	鞄	鞭或从宛。	61
101	鑽	鑽	鑽	鑽或从革、贊。	61
102	鬲	瓹	瓹	鬲或从瓦。	62
103	䰜	釜	釜	䰜或从金父聲。	62
104	鬻	餰	餰	鬻或从食衍聲。	62
105	鬻	飦	飦	或从干聲。	62
106	鬻	鍵	鍵	或从建聲。	62
107	鬻	藆	藆	鬻或省。	62
108	鬻	虋	虋	或从美，鬻省。	62
109	鬻	餗	餗	鬻或从食束聲。	62
110	鬻	糬	糬	鬻或省，从米。	62
111	鬻	糊	糊	鬻或省，从末。	63
112	鬻	餌	餌	鬻或从食耳聲。	63
113	鬻	煮	煮	鬻或从火。	63
114	鬻	鬻	鬻	鬻或从水，在其中。	63
115	巩	鞏	鞏	巩或加手。	63
116	厷	肱	肱	厷或从肉。	64
117	叜	傁	傁	叜或从人。	64
118	尗	村	村	尗或从寸。	64
119	彗	篲	篲	彗或从竹。	64
120	斄	襃	襃	或从衣从胖。《虞書》曰：「鳥獸襃毛。」	67
121	赦	赦	赦	或从亦。	68
122	攽	侔	侔	攽或从人。	68
123	敳	劍	劍	敳或从刀。	69
124	睅	睆	睆	睅或从完。	71
125	盰	瞥	瞥	盰目或在下。	71
126	眴	眗	眗	眴或無旬。	72
127	看	翰	翰	看或从倝。	72

128	𥄎	𥄂	𥄂	𥄎或从丩。	73
129	⿰豸皮	⿰豸氏	⿰豸氏	⿰豸皮或从氏。	75
130	翟	⿱羽鳥	⿱羽鳥	翟或从鳥。	76
131	雇	⿱雩鳥	⿱雩鳥	雇或从雩。	76
132	堆	⿰土鳥	⿰土鳥	堆或从鳥。	77
133	蒦	彠	彠	蒦或从尋。尋亦度也。《楚詞》曰：「求矩彠之所同。」	77
134	舊	鵂	鵂	舊或从鳥休聲。	77
135	羍	𦍒	𦍒	羍或省。	78
136	羴	羶	羶	羴或从亶。	78
137	雧	集	集	雧或省。	79
138	鵻	隼	隼	鵻或从隹、一。一曰鶉字。	79
139	鶪	⿰狊隹	⿰狊隹	鶪或从隹。	79
140	鷽	雤	雤	鷽或从隹。	80
141	鷬	難	難	鷬或从隹	80
142	䳺	鶖	鶖	䳺或从秋	80
143	鷸	⿰遹鳥	⿰遹鳥	鷸或从遹。	81
144	鴇	䳈	䳈	鴇或从包。	81
145	鶂	鷊	鷊	鶂或从鬲。	81
146	鷈	鵜	鵜	鷈或从弟。	81
147	鶬	雂	雂	鶬或从隹。	81
148	鴿	⿰臾隹	⿰臾隹	鴿或从隹从臾。	82
149	叡	壡	壡	叡或从土。	84
150	歾	殟	殟	歾或从㬈。	85
151	歹亐	朽	朽	歹亐或从木。	85
152	肊	臆	臆	肊或从意	87
153	膀	髈	髈	膀或从骨	87
154	胑	肢	肢	胑或从肉。	88
155	膍	肶	肶	膍或从比。	89
156	膟	膟	膟	膟或从率。	89

157	膫	膋	（圖）	膫或从勞省聲。	89
158	腜	黀	（圖）	腜或从難。	89
159	騰	爓	（圖）	騰或从火異。	90
160	笏	腱	（圖）	笏或从肉建。	91
161	筋	肕	（圖）	筋或省竹。	91
162	剝	㓞	（圖）	剝或从卜。	92
163	劓	劓	（圖）	臬或从鼻。	92
164	刅	創	（圖）	或从刀倉聲。	93
165	賴	秕	（圖）	賴或从芸。	93
166	觲	脤	（圖）	觲或从辰。	94
167	觖	鎬	（圖）	觖或从金矞。	94
168	篗	觛	（圖）	篗或从角从閒。	96
169	簏	箓	（圖）	簏或从录。	97
170	籬	籬	（圖）	籬或省。	97
171	箑	箑	（圖）	箑或从妾。	97
172	笪	互	互	笪或省。	97
173	節	叙	（圖）	節或从又魚聲。	99
174	巨	榘	（圖）	巨或从木矢。矢者其中正也。	100
175	猒	猒	（圖）	猒或从目。	100
176	芎	愕	（圖）	匉或从心。	101
177	虧	齂	（圖）	虧或从兮。	101
178	鼓	鞁	（圖）	鼓或从革。賁不省。	102
179	虡	鐻	（圖）	虡或从金豦聲。	103
180	盉	盉	（圖）	盉或从右。	104
181	盎	瓮	（圖）	盎或从瓦。	104
182	凵	笶	（圖）	凵或从竹去聲。	104
183	蕰	罋	（圖）	蕰或从缶。	105
184	岶	鹽	（圖）	岶或从贛。	105
185	音	歆	（圖）	音或从豆从欠。	105
186	阱	窜	（圖）	阱或从穴。	106

187	䵍	秅	秬	䵍或从禾。	106
188	䵃	饙	䭼	䵃或从貴。	107
189	餴	餙	䭽	餴或从奔。	107
190	餈	饑	餈	餈或从齊。	107
191	餈	粢	䄼	餈或从米。	107
192	饎	䰞	䭣	饎或从𦣞。	107
193	饎	糦	糦	饎或从米。	107
194	籑	饌	䋣	籑或从巽。	107
195	餦	餳	餳	餦或从傷省聲。	107
196	餐	湌	飻	餐或从水。	107
197	饕	叨	叨	饕或从口刀聲	108
198	缾	瓶	瓶	缾或从瓦。	109
199	髙	顧	𩕳	髙或从广頃聲。	110
200	冂	坰	坰	冋或从土。	110
201	亯	廩	廩	亯或从广从禾。	111
202	糇	俟	䌞	糇或从彳。	112
203	麮	䅓	草	麮或从艸。	112
204	麱	麵	䴯	麱或从甫。	112
205	粺	葟	葟	粺或从艸皇。	113
206	糱	䖲	䕘	糱或从弓。	113
207	䩸	緞	緞	䩸或从糸。	113
208	𪎭	𪏮	䵿	𪎭或从要。	113
209	𪎭	摮	摮	𪎭或从秋手。	113
210	梅	楳	楳	或从某。	114
211	梣	檈	檈	或从壹省。壹籀文𦤰。	115
212	梓	榟	榟	或不省。	115
213	杶	櫄	櫄	或從熏。	116
214	㭉	㯉	㯉	或從虆。	117
215	楮	柠	䊷	楮或從宁。	117
216	松	㝩	𡩒	松或从容。	118

217	埶	橌	櫽	橌或从艸。	119
218	植	櫃	櫃	或從置。	120
219	櫎	鐯	鐯	或作從金。	121
220	茱	鈃	鈃	或从金从于。	121
221	柜	椚	椚	或從里。	121
222	枱	鉛	鉛	或從金。	122
223	櫎	罍	罍	櫎或從缶。	122
224	櫎	盅	盅	櫎或從皿。	122
225	柄	棅	棅	或從秉。	123
226	屍	柅	柅	屍或從木尼聲。	123
227	櫓	樐	樐	或从鹵。	124
228	櫸	櫱	櫱	櫸或從木。	125
229	燓	禉	禉	柴祭天神，或從示。	125
230	休	庥	庥	休或从广。	125
231	芎	芎	芎	芎或从艸从夸。	128
232	囷	圌	圌	囷或从緣。	129
233	郂	岐	岐	郂或从山支聲。因岐山以名之也。	132
234	郢	邞	邞	郢或省。	134
235	暱	昵	昵	或從尼作。	139
236	旞	旞	旞	旞或从遺。	140
237	旃	旜	旜	旃或从亶。	140
238	曐	星	星	曐或省。	141
239	曑	曑	曑	曑或省。	141
240	曟	晨	晨	曟或省。	141
241	稑	穆	穆	稑或从翏。	144
242	齋	粢	粢	齋或从次。	144
243	秫	朮	朮	秫或省禾。	144
244	秔	粳	粳	秔或从更聲。	144
245	采	穗	穗	采或从禾惠聲。	145
246	穟	蓫	蓫	穟或从艸。	145

247	䆃	䊊	䐈	䆃或从米付聲。	145
248	穅	康	䆉	穅或省。	145
249	稈	秆	秆	稈或从干。	145
250	黏	粘	粘	黏或从米。	146
251	黐	𥝉	𥝉	黐或从刃。	147
252	𥠧	鞠	鞠	𥠧或从麥，鞠省聲。	147
253	氣	槩	槩	氣或从旣。	148
254	氣	餼	餼	氣或从食。	148
255	舀	抗	抗	舀或从手从宂。	148
256	舀	𦥑	𦥑	或从臼宂。	148
257	𪎭	齏	齏	𪎭或从齊。	149
258	𪐴	黻	黻	𪐴或从弗。	149
259	宛	惌	惌	宛或从心。	150
260	𡨄	院	院	𡨄或从𠂤。	150
261	宋	誅	誅	寂或从言。	150
262	㝢	廎	廎	㝢或从广。	151
263	竈	竅	竅	竈或从穴。	151
264	躳	躬	躬	躳或从弓。	152
265	竈	竈	竈	竈或不省。	152
266	癡	欸	欸	癡或省广。	155
267	療	療	療	或从尞。	156
268	冕	絻	絻	冕或从糸。	156
269	网	罔	罔	网或从亡。	157
270	网	𦋺	𦋺	网或从糸。	157
271	㒸	㒸	㒸	㒸或从卤。	157
272	罶	𦌫	𦌫	罶或从婁。《春秋國語》曰：「溝罶屢。」	157
273	𡘋	輟	輟	𡘋或从車。	157
274	罟	罺	罺	罟或从孚。	157
275	置	羅	羅	置或从糸。	158
276	罼	韠	韠	罼或从革。	158

277	覈	覈	覈	覈或从雨。	158
278	帥	帨	帨	帥或从兌。又音稅。	158
279	常	裳	裳	常或从衣。	159
280	帬	裠	裠	帬或从衣。	159
281	幝	褌	褌	幝或从衣。	159
282	帗	帪	帪	帗或从松。	159
283	帙	袠	袠	帙或从衣。	159
284	帢	韐	韐	帢或从韋。	160
285	皤	額	額	皤或从頁。	160
286	倓	倐	倐	倓或从剡。	162
287	傀	瓌	瓌	傀或从玉褢聲。	162
288	儐	擯	擯	儐或从手。	163
289	傒	嫉	嫉	傒或从女。	166
290	袗	裖	裖	袗或从辰。	170
291	襱	襩	襩	襱或从賣。	171
292	蠃	裸	裸	蠃或从果。	172
293	襭	擷	擷	襭或从手。	172
294	屍	脽	脽	屍或从肉隼。	174
295	屍	臀	臀	屍或从骨殿聲。	174
296	方	汸	汸	方或从水。	176
297	皃	貌	貌	皃或从頁，豹省聲。	177
298	覍	弁	弁	或覍字。	177
299	款	欵	欵	歀或从柰。	179
300	歌	謌	謌	謌或从言。	179
301	歠	吷	吷	歠或从口从夬。	180
302	次	㑪	㑪	次或从侃。	180
303	頂	𩕄	𩕄	或从[illegible]作。	181
304	頞	齃	齃	或从鼻曷。	181
305	頪	俛	俛	頪或从人	183
306	煩	疧	疧	煩或从疒。	183

307	醌	䤈	䤈	或从且。	184
308	𩠐	剸	剸	或从刀專聲。	184
309	㐱	鬒	鬒	㐱或从髟眞聲。	185
310	髮	𩠠	𩠠	髮或从首。	185
311	𩯭	髳	髳	𩯭或省。漢令有髳長。	185
312	鬄	髢	髢	鬄或从也聲。	185
313	鬣	𣰽	𣰽	鬣或从毛。	186
314	鬣	𧳜	𧳜	或从豕。	186
315	髡	髨	髨	或从元。	186
316	匈	胷	胷	匈或从肉。	188
317	復	复	复	或省彳。	188
318	鬽	魅	魅	或从未聲。	188
319	𠫛	誘	誘	或从言秀。	189
320	𠫛	誯	誯	或如此。	189
321	𡾏	峻	峻	𡾏或省。	190
322	厎	砥	砥	厎或从石。	193
323	厲	𠪚	𠪚	或不省。	193
324	确	㱿	㱿	确或从殻。	195
325	肆	𩬤	𩬤	或从髟。	196
326	勿	𣃦	𣃦	勿或从於。	196
327	耏	耐	耐	或从寸。諸法度字从寸。	196
328	彙	蝟	蝟	或从虫。	197
329	貔	豼	豼	或从比。	198
330	豻	犴	犴	豻或从犬。《詩》曰：「宐犴宐獄。」	198
331	馽	縶	縶	馽或从糸執聲。	201
332	羸	驘	驘	或从羸。	202
333	𪊑	麂	麂	或从几。	202
334	麠	麖	麖	或从京。	203
335	麀	𪋻	𪋻	或从幽聲。	203
336	[illegible]	禒	禒	[illegible]或从豕。宗廟之田也，故从豕示。	205

337	獘	斃	斃	獘或从死。	205
338	獌	獱	檳	或从賓。	206
339	蠿	蚡	蚡	或从虫分。	206
340	貜	貓	貓	或从豸。	206
341	然	難	難	或从艸難。	207
342	熬	鏊	鏊	熬或从麥。	208
343	爛	爤	爤	或从閒。	208
344	爨	焦	焦	或省。	209
345	烖	灾	灾	或从宀火。	209
346	煙	烟	烟	或从因。	209
347	爟	烜	烜	或从亘。	210
348	燅	燂	燂	或从炎。	210
349	黥	剠	剠	黥或从刀。	211
350	囱	窗	窗	或从穴。	212
351	經	頳	頳	經或从貞。	213
352	經	紅	紅	或从丁。	213
353	泟	汢	汢	泟或从正。	213
354	籲	欷	欷	或省言。	215
355	兀	頵	頵	兀或从頁。	215
356	竢	竻	竻	或从巳。	216
357	頯	竧	竧	或从鬒聲。	216
358	普	替	替	或从日。	216
359	普	暜	暜	或从兟从日。	216
360	囟	膟	膟	或从肉宰。	216
361	懋	孞	孞	或省。	219
362	態	能	能	或从人。	220
363	憍	惰	惰	憍或省自。	220
364	㥣	寋	寋	或从寒省。	221
365	怛	悬	悬	或从心在旦下。《詩》曰：「信誓悬悬。」	222
366	愓	愁	愁	或从狄。	223

367	怖	怖	（篆）	或从布聲。	223
368	憊	癗	（篆）	或从广。	223
369	活	湉	（篆）	湉或从昏。	229
370	瀾	漣	（篆）	瀾或从連。	230
371	淵	開	（篆）	淵或省水。	231
372	槃	澩	（篆）	槃或不省。	232
373	溯	遡	（篆）	溯或从朔。	233
374	淦	泠	（篆）	淦或从今。	233
375	汓	泅	（篆）	汓或从囚聲。	233
376	砅	瀨	（篆）	砅或从厲。	233
377	汀	玎	（篆）	汀或从平。	235
378	漉	淥	（篆）	漉或从录。	236
379	瀚	浣	（篆）	瀚或从完。	237
380	衇	脈	（篆）	衇或从肉。	240
381	衉	漀	（篆）	衉或从水。	240
382	朕	凌	（篆）	朕或从麦。	240
383	覛	覓	（篆）	覛或从見。	241
384	翆	翌	（篆）	翆或从羽。翆羽舞也。	242
385	魴	鰟	（篆）	魴或从旁。	243
386	鰻	鱣	（篆）	鰻或从匽。	244
387	鰂	鯽	（篆）	鰂或从卽。	244
388	鱷	鯨	（篆）	鱷或从京。	244
389	乞	鳦	（篆）	乞或从鳥。	246
390	西	棲	（篆）	西或从木妻。	247
391	閣	壩	（篆）	閣或从土。	248
392	聃	聃	（篆）	聃或从甘。	249
393	聀	聲	（篆）	聀或从叔。	250
394	聀	馘	（篆）	聀或从首。	250
395	捦	擒	（篆）	捦或从禁。	251
396	搚	挖	（篆）	搚或从臼。	252

397	撋	捵	𢸁	撋或从折从示。兩手急持人也。	253
398	抔	抱	𢭎	抔或从包。	253
399	抍	撜	𢹏	抍或从登。	254
400	拓	摭	𢮝	拓或从庶。	255
401	擂	抽	䌷	擂或从由。	255
402	播	㧱	𢮀	播或从秀。	255
403	抗	杭	㭔	抗或从木。	257
404	搴	𢬅	𣙟	搴或从木。	257
405	㛪	姼	𡜙	㛪或从氏。	260
406	姷	侑	𠈠	姷或从人。	262
407	媿	愧	𢠧	媿或从恥省。	265
408	乂	刈	𢍅	乂或从刀。	265
409	或	域	𡑢	或又从土。	266
410	匧	篋	𥬺	匧或从竹。	268
411	匡	筐	筐	匡或从竹。	268
412	籚	櫨	𣚄	籚或从木。	268
413	甄	藝	𡐯	甄或从埶。	269
414	弲	㲋	𦏱	弲或从兒。	269
415	弛	㢓	𣞐	弛或从虒。	270
416	彈	𢎵	𢎵	彈或从弓持丸。	270
417	弼	𢎬	𢎴	弼或如此。	270
418	系	繫	𦃟	系或从毄處。	270
419	紝	絍	𦂊	紝或从任。	271
420	緷	絰	絰	緷或从呈。	272
421	緹	祇	𥿛	緹或从氏。	274
422	綨	綦	𦅻	綨或从其。	274
423	紭	絋	𥾺	紭或从弘。	274
424	緤	綢	𦃃	緤或从習。	275
425	紙	茷	𦃎	紙或从艸。	276
426	紙	鞄	鞄	紙或从革匍聲。	276

427	緓	緯	緯	緓或从舁。舁，籀文弁。	276
428	縻	絼	紗	縻或从多。	276
429	紲	緤	緤	紲或从枼。	276
430	纊	絖	絖	纊或从光。	276
431	綌	帢	帢	綌或从巾。	277
432	紵	緒	緒	紵或从緒省。	277
433	緆	䗩	䗩	緆或从麻。	277
434	緷	綽	綽	緷或省。	278
435	緩	緩	緩	緩或省。	278
436	蝘	蚓	蚓	蝘或从引。	278
437	螾	蟲	蟲	螾或从蚰。	279
438	董	蟲	蟲	蠹或从蚰。	279
439	蠣	蜾	蜾	蠣或从果。	280
440	蚣	蚣	蚣	蚣或省。	280
441	蜩	蚪	蚪	蜩或从舟。	280
442	蜦	蜦	蜦	蜦或从戾。	281
443	蟹	鱓	鱓	蟹或从魚。	282
444	蠡	蝥	蝥	或从虫。	283
445	蟊	蚤	蚤	蟊或从虫。	283
446	螽	蝬	蝬	螽或从虫眾聲。	283
447	蟲	蝗	蝗	蟲或从虫。	283
448	蟁	蜜	蜜	蟁或从宓。	283
449	蟲	蟲	蟲	蟲或从昏，以昏時出也。	284
450	蠹	螽	螽	蠹或从木，象蟲在木中形，譚長說。	284
451	蟲	蛩	蛩	蟲或从虫。	284
452	蠹	蜉	蜉	蠹或从虫从孚。	284
453	蟲	蝥	蝥	蟊或从敄。	284
454	蠹	蚍	蚍	蠹或从虫比聲。	284
455	蠹	蜚	蜚	蠹或从虫。	284
456	飆	颭	颭	飆或从包。	284
457	它	蛇	蛇	它或从虫。	285

458	鼃	䵷	䵷	鼃或从酓。	285
459	鼅	蜘	蜘	或从虫。	285
460	鼄	蛛	蛛	鼄或从虫。	285
461	墣	圤	圤	墣或从卜。	286
462	甴	塊	塊	甴或从鬼。	286
463	坻	汷	汷	坻或从水从夂。	288
464	坻	渚	渚	坻或从水从耆。	288
465	垠	圻	圻	垠或从斤。	288
466	垝	陒	陒	垝或从𨸏。	288
467	圮	醌	醌	圮或从手从非，配省聲。	288
468	墉	陴	陴	墉或从𨸏。	289
469	疇	𠷎	𠷎	𠷎或省。	290
470	晦	畝	畝	晦或从田、十、久。	290
471	畺	疆	疆	畺或从彊土。	291
472	勇	戫	戫	勇或从戈用。	292
473	協	叶	叶	或从口。	293
474	鐵	銕	銕	鐵或省。	293
475	鐙	㽞	㽞	㽞或省金。	295
476	鏶	鍓	鍓	鏶或从咠。	295
477	鋤	鋙	鋙	鋤或从吾。	295
478	鏝	槾	槾	鏝或从木。	296
479	鐘	銿	銿	鐘或从甬。	297
480	鏦	錄	錄	鏦或从彖。	297
481	鑣	觾	觾	鑣或从角。	298
482	処	處	處	処或从虍聲。	299
483	斲	㔌	㔌	斲或从畫从丮。	300
484	軨	轜	轜	軨或从霝，司馬相如說。	301
485	軝	靾	靾	軝或从革。	302
486	害	轊	轊	害或从彗。	302
487	轙	钀	钀	轙或从金从獻。	302
488	輗	輨	輨	輗或从宐。	303

489	輓	梡	𣚤	輓或从木。〔註57〕	303
490	防	埅	𨻰	防或从土。	305
491	阯	址	坔	阯或从土。	305
492	馗	逵	𨔬	馗或从辵从坴。	308
493	𠫓	㐬	𠫓	或从到古文子，即《易》突字。	310
494	育	毓	𠮠	育或从每。	310
495	醮	䄣	禳	醮或从示。	312
496	醻	酬	𨢨	醻或从州。	312
497	釀	䣇	㫳	釀或从巨。	312
498	算	尊	𢍜	尊或从寸。	313

（二）「或體」條例分析

如前所述，鄭春蘭分析「或體」字共有五百三十一字，而本文則以爲「或體」共有四百九十八字，字數相差三十三字，其中除了《說文》版本不同之外，還有一個主因是：對於「或體」定義的寬、窄界說不同，本文以爲的「或體」基本條件，除了字形必須是字頭字形之外的重文字形，它所使用的重文條例用語裡，一定要有個「或」字存在，如果沒有「或」字存在於條例用語當中，那麼只能歸類於其他項目下。以下將依此準則分析大徐本《說文》重文中的「或體」條例。

1. 只將或體字形歸在《說文》某字之下的條例用語

許慎在解釋或體的條例用語，與古文、籀文條例用語相似，其中一項便是：只將或體字形點出來，不做進一步的相關說明，如下表所示：

表 4-20

流水號	用語條例	大徐本《說文》或體條例示例		字數	所屬條例字頭
		字頭楷定	重文用語		
1	或某字	兊	𦠋，或兊字。	1	兊
2	或如此	趫	𧼁，或如此	1	趫
3	某或如此	合	𠮚，合或如此。	2	合弼
【總共字數】				4	

〔註57〕汲古閣本作「輓又从木」，非或體條例。

許慎對於或體的字形，不做說明文字的相關字數為數頗少，如上所示，只有四個字，其中「覍」、「尣」二字的或體，與字頭字形所從的偏旁均不相同，如果許慎不將「𩠐」、「𩎟」二形分別歸類在「覍」、「尣」二字之下作為重文，對於讀者來說在理解「𩠐」、「𩎟」二形則會更加的困難。至於「㝩」、「弻」二字的字頭字形與分別與或體的「㦞」、「𢎿」二形有部分偏旁構形相同，只是許慎但言「某或如此」，不作構形上的說明。

2. 以省略形體與否的概念作為解釋或體的條例用語

或體條例當中，其中有一部分的比例特別強調形體是否有所省略，而由這個概念將或體字形與字頭字形相互對照，如下所示：

表 4-21

流水號	用語條例	大徐本《說文》或體條例示例		字數	所屬條例字頭
		字頭楷定	重文用語		
1	某或省	禱	𥛬，禱或省。	20	禱䕼豐謂鸞牽纍籀筥郳壘㝮晨稑陵䣼穀蚣疇鐵
2	某或省，从某	鸞	𪅂，鸞或省，从米。	2	鸞䴇
3	某或省，……	髮	𩮟，髮或省。漢令有髳長。	1	髮
4	或省	詢	𧮏，或省。	3	詢夒檓
5	某或从某省	瓊	琁，瓊或从旋省。	3	瓊䰟絅
6	或从某省，……	桮	㮋，或从匚省，𠤎，籀文㮋。	1	桮
7	或从某省	慦	𢝰，或从寒省。	1	慦
8	某或省某	蕾	𦷺，蕾或省艸。	7	蕾蒸䈰瘢憿淵鏗
9	或从某，某省	鬻	𩞁，或从美，鬻省。	1	鬻
10	某或不省	邁	𨘧，邁或不省。	3	邁竈槼
11	或不省	譸	𧪜，或不省。	3	譸梓㯮
12	某或無某	旬	𡖧，旬或無日。	1	旬
【總共字數】				46	

從上表可以窺見，以省略形體與否的概念作為解釋或體的條例用語共有 46 字，如果從「省」或「無某」的角度來說，共有 40 字；如果從「不省」的角度來說，共有 6 字。據此，「省」比「不省」的狀況來得多，也是這類條例

用語的大宗，其中「某或省」的例子共有 20 個字，佔了「省」或「無某」的一半，由此觀之，許慎或許以為讀者只要看到字頭字形與或體字形，便可了解「或省」之由。於此將「某或省」的字羅列於下以清眉目：

表 4-22

字頭楷定	或體楷定	字頭字形	或體字形	或省條例	所省偏旁	大徐頁碼
禱	禂	（篆）	（篆）	禱或省。	省掉「壽」形上面所從的「屮」形與下面所從的「口」形	8
鞠	軜	（篆）	（篆）	籟或省。	省掉「匊」形裡的「米」形	20
囂	賈	（篆）	（篆）	囂或省。	省掉下方的二個「口」形	49
譋	詔	（篆）	（篆）	譋或省。	省掉「閒」形外面的「門」形	54
彎	𢆶	（篆）	（篆）	彎或省。	省掉左右的「弓」形	62
牽	𢆶	（篆）	（篆）	牽或省。	上方的大形省掉一半，只留下「冖」形	78
雧	集	（篆）	（篆）	雧或省。	三個「隹」形省掉二個	79
籭	籧	（篆）	（篆）	籭或省。	二個「隹」形省掉一個	97
笠	互	（篆）	互	笠或省。	省掉上方的「竹」形	97
郢	邦	（篆）	（篆）	郢或省。	省掉「呈」形上方的「口」形	134
曐	星	（篆）	星	曐或省。	三個「日」形省掉二個，只剩一個「日」形	141
曑	曑	（篆）	（篆）	曑或省。	三個「日」形中間筆畫均省略，而為三個「○」形	141
曟	晨	（篆）	（篆）	曟或省。	三個「日」形省掉二個，只剩一個「日」形	141
穅	康	（篆）	（篆）	穅或省。	省掉左旁的「禾」形	145
陵	峻	（篆）	（篆）	陵或省。	省掉左下方的「𠂤」形，而將上方的「山」形移至左旁	190
綪	綷	（篆）	（篆）	綪或省	省掉「素」形上方的「㞢」形	278
緳	緩	（篆）	（篆）	緳或省	省掉「素」形上方的「㞢」形	278
蚰	蚣	（篆）	（篆）	蚰或省	省掉「松」形的「木」形	280
疇	㽥	（篆）	（篆）	㽥或省	省掉左旁的「田」形	290
鐵	銕	（篆）	（篆）	鐵或省	省掉「戜」形左上方的「大」形	293

　　根據上面的分析，我們發現「某或省」的條例，其所省的偏旁狀況不一，有省略上方與下方形體而只保留中間的部件，也有省略偏旁的上方部件，也有省略偏旁的下方部件，也有省略偏旁的左方部件，也有將二個或三個同樣的形體省成一個，以上諸多現象，的確是將字頭字形與或體字形放在一起比較就可以發現的。然而我們需要思考的是，這些偏旁的省略，只能是「某或省」嗎？有沒有可能是其他的構形方式呢？舉例來說，上面所提到的「蚣」字的或體「蜙」形，為什麼許慎不直接說是「从虫从公」或「从虫公聲」就好了？因為「蚣」字，《說文》云：「从虫松聲」，而「松」字，《說文》云：「木也，从木公聲。」據此可見「松」、「公」二者聲音上的相關性，二者均作為聲符使用，如採用「从虫公聲」來解釋「蜙」形不是更恰當嗎？可惜的是，許慎在這類的條例裡用字太過簡略，而不做更進一步的解說。

3. 說明或體所從偏旁的條例用語

　　在或體條例裡面，說明或體所從偏旁的條例用語為數最多，如下所示：

表 4-23

流水號	用語條例	大徐本《說文》或體條例示例		字數	所屬條例字頭
		字頭楷定	重文用語		
1	或從某	璙	瓛，或从基。	50	璙璃玩琨靈蕙蕙菹菹啐吟遴躍赦梅杶檽植椑柏柄櫓癃覣蠤髡匐肆幎貔贏𪎭盧猵鼬爛煙爟鈠㐭經籆𥻦音𪗁愃慉悷㤅蝨蠶協
2	或從某作	晤	𣅷，或从尼作。	2	晤頂
3	或從某，……	袘	𧚍，或从寸。諸法度字从寸。	2	袘去
4	某或從某某	胏	𦙱，胏或从麻賁。	14	胏訴訴躟騰笏𦠘雜難屍西系置勇
5	某或從某某，……	雛	鶵，雛或从隹一。一曰鶉字。	2	雛巨
6	某或從某從某	番	𨆌，番或从足从煩。	19	番吻诣远虯蛰鴿籆音㒼臽歔蠱坻坁斲轜逳
7	某或從某從某，……	搏	𢱧，搏或从折从示，兩手急持人也。	1	搏
8	或從某某	迹	蹟，或从足責。	8	迹迮頻㲃𩒜然𢦏囟

9	某或从某	祀	禩，祀或从異。	283	祀鬃瓊瓊球瑱玨氛壻岎莭蕁蓉蔦薟莿菽蘄蘈藻嚥唾喟哲嘖吟呦延退延遲迺徯復衙齰蹄跟蹶跀齜碭詠訝諎誶詾謣詾詘讕謑詬舁鞾鞠鞀鞔鬲鬻厷妄叔彗敉敷睅看督羖翟雇堆犇鵝鶩鶤鴇鶡鴂鶂鵜鶬叡殉歹肊膀胑膍臀腆剝剿稍觶篦箑猷粤虧盉盎藴峪阱鬵餑餑飱飱饎饎饔餐餅冂粸麩麩韎毅韉楮松槷櫺櫺櫱休囮旟旃稑穧秫稑稈黏黏氣氣舀罐瓞宛窾宋寓竅躬冕网网罘羂罟罝羃羉常帬幝幒帙帢幡倓儐倏衿襱羸襽方款歌次頮煩髮鬣匈厎确勿獎熬黥經涑亢活瀾滂淦砅汀漉瀚衁睿朕靄魴鰻鯽鱷乚閻聑聵聝掄搞捊拼拓播播抗拳姼媮乂或㔷匡齷甑弭弛紝縕緹緋紘緁紱縻紲纊綌緆螾蝘蠆蟜蜩蝓蠏蝨蟲蠹蟊蟲蠹飆它鼀鼃墣凵垠垝壔鏶鐦鍐鐘鏦鑣軝害輗輗防阯育醮醻醵龏
10	某或从某，……	琖	盞，琖或从皿，器也。	18	萕琖薅達對鬻蔓叡罶帥豻玁雩彈毹鬘蠹軨
11	或作從某	槈	鎒，或作從金。	1	槈
12	某或从某某某	畮	畝，畮或从田十久。	1	畮
13	或从某从某	谷	臄，或从肉从豦。	3	谷茉諳
14	或从某从某，……	[illegible]	[illegible]，或从衣从朕。《虞書》曰：「鳥獸褎毛。」	1	[illegible]
15	……，或從某。	槱	禉，柴祭天神，或從示。	1	槱
16	或从某在某下，……	怛	[illegible]，或从心在旦下。《詩》曰：「信誓悬悬。」	1	怛
17	16 某，某或在下	[illegible]	[illegible]，[illegible]，目或在下。	1	[illegible]
18	15 某或加某	巩	[illegible]，巩或加手。	1	巩
【總共字數】				409	

从上表可見，「某或从某」共有 283 字，我們觀看此條例的前面三個字，第一個「祀」字，《說文》云：「祀，祭無已也。从示巳聲。禩，祀或从異。」

許慎的或體條例指出了「巳」與「異」可互換；第二個「禁」字，《說文》融：「禁，門內祭，先祖所以徬徨。从示彭聲。《詩》曰：『祝祭于禁。』祊，禁或从方。」許慎的或體條例指出了「彭」與「方」可互換；第三個「瓊」字，《說文》云：「瓊，赤玉也。从玉夐聲。璚，瓊或从矞。瓗，瓊或从巂。琁，瓊或从旋省。」許慎的或體條例指出了「夐」與「矞」可互換；以上三例，如果再深入分析的話，剛好都是一種聲符互換的現象。必須要說明的是，這二百八十三個「某或从某」的狀況不見得都是聲符互換，也有義符互換的例子，如「芬」的或體為「芬」，「芬」與「芬」所不同者，在於上方的形體一個从「屮」，一個从「艸」，而「屮」、「艸」義近互通。此外還有其他情形，不一而足，有待更深入的分析與考證。換句話說，這些或體的偏旁差異現象，條例用語的分析是第一個層次，如再進一步的深入探究，相信會發現更多文字的演變歷程與現象。

4. 解釋或體的條例用語中包含了聲符的條件

或體的條例用語中，與「古文」、「籀文」相似，在條例用語裡有一種狀況是包含了聲符的條件，如下所示：

表 4-24

流水號	用語條例	大徐本《說文》或體條例示例		字數	所屬條例字頭
		字頭楷定	重文用語		
1	某或从某某聲	鋪	釜，鋪或从金父聲。	20	鋪鬻鬻鬻舊箹虘凵饔高屎采秭傀屍叅畾紙螽蠡
2	某或从某某聲，……	邧	岐，邧或从山支聲，因岐山以名之也。	1	邧
3	或从某聲	鬻	鮮，或从干聲。	6	鬻鬻髡麂頿悑
4	某或从某聲	秔	稉，秔或从更聲。	4	秔鬟汙処
5	某或从某，某省聲	籟	鞠，籟或从麥，鞠省聲。	2	籟兒
6	某或从某从某，某省聲	扻	拜，扻或从手从非，配省聲。	1	扻
7	或从某，某省聲	裯	驨，或从馬，壽省聲。	1	裯
8	某或从某省聲	膫	臂，膫或从勞省聲。	2	膫餱
9	或从某某聲	刃	飭，或从刀倉聲。	2	刃釁
【總共字數】				39	

以上共三十九字的或體條例用語與聲符有關，有「从某某聲」者，也有「从某某省聲」者。以下我們來看一下「或从某某聲」的狀況，此條例用語共有二字：「刃」，《說文》云：「𡚁，傷也。从刃从一。𤟤，或从刀倉聲。」據許慎之說，「刃」形「从刃从一」，「𤟤」形「从刀倉聲」，二字形體所構成的部件或偏旁均不相同，卻因字義的關係而放在一起，如此看來，似乎是一種「多字一義」的現象。至於「斷」，《說文》云：「𢇍，戳也。从𣃚从斷。𨨧，或从刀專聲。」「斷」形「从𣃚从斷」，「𨨧」形「从刀專聲」，就許慎的文字表現手法，「斷」或為會意字，「𨨧」或為形聲字，二個字形所從偏旁都不相同，也因字義的關係而放在一起，似乎也是一種「多字一義」的現象。如此看來，這些條例似乎都存在著更深一層的意涵等著我們進一步發掘。

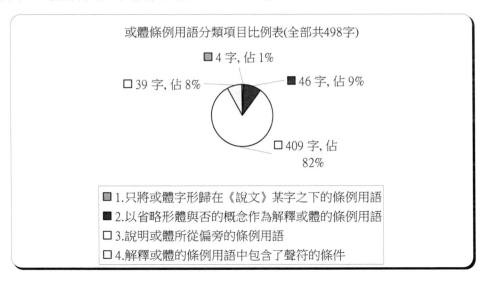

圖 4-6

四、重文中除「古、籀、或」之外的其他字形與條例用語總體掌握

由於《說文》重文中的篆文、俗字、奇字、今文、典籍、通人說、許慎己意、秦刻石等類別字形數量不多，所以並列於下說明：

（一）「篆文」一覽表及其條例分析

蔡信發在《說文答問》一書對於重文中的「篆文」曾做過下面的說明：

> （篆文）即「小篆」，一名秦篆。《說文》解釋字，以篆文為主，所以拿它做字首，而以古文、奇字、籀文、或體、俗字、今文乃至篆

文爲其重文的，佔絕大多數。此外，則有少數分別以古文、籒文爲字首，而以篆文做它的重文。〔註58〕

根據此種看法，當重文中有「篆文」時，它的相應字頭字形可能是古文或籒文，蔡信發接著舉例說明以古文爲字首的有「二、鳥、仝、躳、呂、灉、臣」等字，以籒文爲字首的有「龔」字。〔註59〕其所據爲段注本《說文》的重文資料。根據本文的歸納，大徐本重文與段注本重文的歸類不見得相同，如《說文》「皀」字下有個重文作「𩰫」形，大徐本以爲「篆文」，段注本則以爲「籒文」，當有這種歧見出現時，我們應該特別加以注意。

以下將大徐本《說文》重文裡的「篆文」條例與字例羅列於下：

表 4-25

流水號	字頭楷定	篆文楷定	篆文字形	篆文條例	大徐頁碼
1	丄	上	𠄞	篆文丄。	7
2	丅	下	𠄟	篆文丅。	7
3	斷	折	𣂸	篆文折，从手。	25
4	宷	審	𡫫	篆文宷，从番。	28
5	譱	善	𦎍	篆文譱，从言。	58
6	䜌	羹	𩱋	小篆，从羔从美。	62
7	䚍	肄	𣏜	篆文䚍。	65
8	隸	隸	𨽿	篆文隸，从古文之體。	65
9	斅	學	𦡮	篆文斅省。	69
10	爽	爽	𠖪	篆文爽。	70
11	鳥	雛	𪆷	篆文鳥，从隹芻。	82
12	巽	巽	𢁅	篆文巽。	99
13	虡	虡	𧇭	篆文虡。	103
14	仝	全	𠌈	篆文仝。	109
15	躬	射	𭀘	篆文躬，从寸。寸，法度也，亦手也。	110
16	亯	亭	𠅖	篆文亯。	111

〔註58〕 蔡信發：《說文答問》，頁43。
〔註59〕 蔡信發：《說文答問》，頁43-44。

17	韋	韋	韋	篆文韋。	111
18	覃	覃	覃	篆文覃省。	111
19	栞	栞	栞	篆文從开。	118
20	虪	虪	虪	篆文从嚻省。	137
21	盥	盥	盥	篆文从皿。	142
22	呂	膂	膂	篆文呂，从肉从旅。	152
23	市	韍	韍〔註60〕	篆文市，从韋从犮。	160
24	豚	豚	豚	篆文从肉豕。	197
25	麗	丽	丽	篆文麗字。〔註61〕	203
26	怠	怠	怠	篆文。〔註62〕	203
27	漱	流	流	篆文从水。	239
28	楙	涉	涉	篆文从水。	239
29	〈	畎	畎	篆文〈，从田犬聲。六畎爲一畝。	239
30	驫	原	原	篆文从泉。	239
31	漁	漁	漁	篆文𤲒，从魚。	245
32	翼	翼	翼	篆文𦏧，从羽。	245
33	匜	頤	頤	篆文匜。	250
34	盧	鑪	鑪	篆文盧。	268
35	垔	甄	甄	篆文从自。	285
36	隓	墒	墒	篆文。	305
37	巤	墜	墜	篆文省。	307
38	內	蹂	蹂	篆文从足柔聲。	308

　　根據上表，我們可以得知在大徐本《說文》重文中的「篆文」字形共有三十八個，而其條例可分成幾個類別：第一，只將篆文字形歸在《說文》某

〔註60〕汲古閣本此形「从韋从犬」，而中華書局陳昌治一篆一行刻本則「从韋从犮」，此處保留汲古閣本的原始面貌。

〔註61〕汲古閣大徐本以爲此形爲「籀文」，陳昌治一篆一行大徐本、段注本以爲此形是「篆文」。

〔註62〕陳昌治一篆一行大徐本以爲此形是「篆文」，汲古閣大徐本、段注本等以爲此形是以爲「籀文」。

字之下的條例用語，計有「篆文」（㐆隆，共 2 字）、「篆文某」（丄丁㵾爽巽虞全㐭㐭匝㡕，共 11 字）、「篆文某字」（麗，共 1 字）等，以上合計 14 字。第二，以省略形體與否的概念作爲解釋篆文形體的條例用語，計有：「篆文省」（糷，共 1 字）、「篆文从某省」（齇，共 1 字）、「篆文某省」（覃㪔，共 2 字）等，這三種條例都提及省略形體的狀況，以上合計 4 字。第三，說明篆文形體所從偏旁的條例用語，此類用語較多，計有：「篆文从某」（疊㿹楸㴃盈桼，共 6 字）、「篆文某，从某」（灥㶛藠㝮斯，共 5 字）、「篆文某，从某从某」（市呂，共 2 字）、「篆文从某某」（雝，共 1 字）、「篆文某，从某某」（舄，共 1 字）、「篆文某，从某，……」（躳，共 1 字）、「篆文某，……」（隸，共 1 字）、「小篆，从某从某」（鸞，共 1 字）等，以上合計 18 字。第四，解釋篆文形體的條例用語中包含了聲符的條件，計有：「篆文从某某聲」（内，共 1 字）、「篆文某，从某某聲，……」（く，共 1 字）等，以上合計 2 字。如下圖表所示：

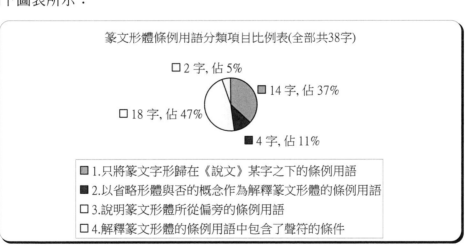

圖 4-7

（二）「俗字」一覽表及其條例

　　蔡信發以爲重文中的「俗字」即構形無義可說的俗體字。《說文》以俗字爲重文的，爲數不多。〔註63〕羅會同則以爲漢字原則上只應有一個形體，但在歷代用字過程中，有些字經過許多人的輾轉使用，出現了兩種以上的寫法，而《說文》中的俗體字，就是由此而來，這是一種通俗流行的字，是與「正

〔註63〕蔡信發：《說文答問》，頁 46。

體字」相對而言的。〔註64〕由此可見，《說文》俗字的基本特色是一種通俗流行的字，在構形上無義可說。

關於《說文》中重文「俗字」的字數，羅會同根據 1963 年中華書局縮印新刊的北宋徐鉉校本統計，共有十五個，〔註65〕而筆者在建構資料庫的過程當中，採用的亦是此版《說文》，所得結果也為十五個，如下所示：

表 4-26

流水號	字頭楷定	俗字楷定	俗字字形	俗　字　條　例	大徐頁碼
1	譏	詥	詥	俗譏，从忘。	55
2	肩	肩	肩	俗肩，从戶。	87
3	饙	餥	餥	俗饙，从光。	94
4	盬	膿	膿	俗盬，从肉農聲。	105
5	肣	肣	肣	俗肣，从肉今。	142
6	鏏	鎡	鎡	俗鏏，从金从茲。	143
7	尗	豉	豉	俗尗，从豆。	149
8	褎	袖	袖	俗褎，从由。	171
9	居	踞	踞	俗居，从足。	174
10	先	簪	簪	俗先，从竹从朁。	177
11	歜	嗽	嗽	俗歜，从口从就。	179
12	卬	抑	抑	俗从手。	187
13	灘	灘	灘	俗灘，从隹。	233
14	冰	凝	凝	俗冰，从疑。	240
15	蟁	蚊	蚊	俗蟁，从虫从文。	284

從上表可見，「俗字」條例用語有幾種方式：第一，「俗从某」，如「卬」字，《說文》云：「卬，按也。从反印。抑，俗从手。」將俗字直接與字頭字形比對，發現俗字字形比字頭字形多了「手」形，故言「俗从手」，此類條例共 1 字。第二，「俗某，从某」，計有「譏肩饙尗褎居灘冰」等，共 8 字。第三，「俗某，从某从某」，計有「鏏先歜蟁」等，共 4 字。第四，「俗某，从某某」，計有「肣」，

〔註64〕 羅會同：〈《說文解字》中俗體字的產生與發展〉（《蘇州大學學報》（哲學社會科學版）1996 年第 3 期），頁 83。

〔註65〕 羅會同：〈《說文解字》中俗體字的產生與發展〉，頁 83。

共 1 字。第五，「俗某，从某某聲」，計有「盬」，共 1 字。以上合計 15 字。綜觀前四項的共同特色，在於都是說明俗字所從偏旁的構形問題，共 14 字；而第五項的條例用語中則包含了聲符的條件，共 1 字。分配比例如下表所示：

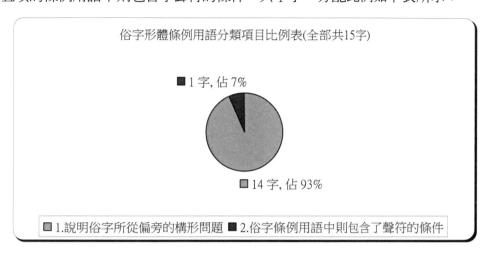

俗字形體條例用語分類項目比例表(全部共15字)

■1字, 佔7%

■14字, 佔93%

■1.說明俗字所從偏旁的構形問題　■2.俗字條例用語中則包含了聲符的條件

圖 4-8

（三）「奇字」一覽表及其條例

　　蔡信發《說文答問》一書中提到：奇字，或稱「古文奇字」。顧名思義，可知它是古文的異體字。奇字在《說文》中出現不多，只有四個：「仝」、「儿」、「旡」、「无」。其中「儿」是「人」的古文奇字，因做字首，所以不做重文算。〔註66〕查看「儿」字，《說文》云：「𠤎，仁人也。古文奇字人也。象形。孔子曰：『在人下，故詰屈。』凡儿之屬皆从儿。」因許慎在此明確的將「儿」與「人」的關係以「古文奇字」來說明，也由於如此，學者們均將「奇字」視為「古文」的異體字。而在《說文》重文裡，許慎則以「奇字某，（……）」作為條例用語，而不言「古文奇字某，……」，如下所示：

表 4-27

流水號	字頭楷定	奇字楷定	奇字字形	奇字條例	大徐頁碼
1	倉	仝	仝	奇字倉。	109
2	涿	旡	旡	奇字涿，从日乙。	234
3	無	无	无	奇字无，通於元者。王育說，天屈西北為无。	267

〔註66〕蔡信發：《說文答問》，頁 41。

如果我們以較為寬鬆的角度來看，其實這些「奇字」也是「古文」的一種，查看《說文》「箕」字重文中，有「甘、𠕜、𥴩」等三個古文字形，而這些古文不也是「奇字」嗎？段玉裁在「仝」字下加注云：「仝，奇字倉。蓋从古文巨。」在「旯」字下加注云：「旯，奇字涿，古文奇字也，从日乙。从日者，謂於日光中見之；乙蓋象滴下之形，非甲乙字。」在「无」字下加注云：「无，奇字無也。謂古文奇字如此作也，今六經惟《易》用此字。通於元者，元俗刻作无，今依宋本正。」也都表明了這種看法，亦即「古文」與「奇字」是相同類別的形體。但因重文「奇字」二字較為特出，今本文暫依普遍之見，於此列一條目作為說明。

（四）「今文」一覽表及其條例

蔡信發《說文答問》中以為「今文」即東漢當時新出之字。這在《說文》中出現極少。〔註67〕並舉「灋、瀚」二字作為示例，如下表所示：

表 4-28

篆文為字首	今文為重文	說文頁數
灋	法	474
瀚	浣	569

查看蔡教授所據《說文》版本乃為段注本，如果根據段注本，「法」字與「浣」字確實是「今文」，然而根據大徐本，「法」字是今文，但「浣」並不是今文，而是或體。由此可見因《說文》版本不同會有所出入。筆者據大徐本《說文》裡的重文，共中的「今文」只有一個例子，如下所示：

表 4-29

流水號	字頭	今文	今文	俗　　字　　條　　例	大徐頁碼
1	灋	法	佱	今文省。	202

關於「灋」字所從的今文「佱」形，其實在戰國時代的晉系文字已經出現這樣的寫法，形體作「𠂤」（參見《古璽彙編》2738），據此，《說文》中的「佱」形其實前有所承，只是可能許慎不曾看到這樣的戰國時期文字材料，而以為「佱」形是東漢當時新出之字，故以「今文」稱之。

〔註67〕蔡信發：《說文答問》，頁48。

（五）引用典籍一覽表及其條例

大徐本《說文》中的重文條例，有一種現象是：不以「古文」、「籀文」、「或」、「今」、「俗」字說明，而引用某本古籍或法令來作為說明重文形體的依據。如下所示：

表 4-30

流水號	字頭楷定	典籍楷定	典籍字形	典　籍　條　例	大徐頁碼
1	蚍	蠜	𧖟	《夏書》蚍从虫、賓。	13
2	返	彶	㣙	《春秋傳》返从彳。	40
3	鬲	厤	厤	《漢令》：鬲，从瓦厤聲。	62
4	瞋	眅	𥇒	《祕書》瞋从戌。	72
5	觶	觗	觗	《禮經》觶。	94
6	冑	䩜	䩜	《司馬法》冑从革。	157
7	巂	躑	𨂢	《逸周書》曰：「不卵不蹼，以成鳥獸。」巂者，蠵獸足也。故或从足。	157
8	闢	闢	𨴙	《虞書》曰：「闢四門。」从門从屮。	248
9	義	羛	羛	《墨翟書》義从弗。魏郡有羛陽鄉，讀若錡。今屬鄴，本內黃北二十里。	267
10	畜	蓄	蓄	《魯郊禮》畜从田从茲。茲，益也。	291

根據上面的條例來看，許慎從這些漢代可見的著作當中，提舉出與字頭字形不同的字形歸在重文下，但又不太肯定屬於那個重文類別，因此只說出某本著作之名，以作為引用字形的證據。由此亦可窺見許慎治學的嚴謹態度，知之為知之，不知為不知也。

（六）引用通人說一覽表及其條例

《說文》一書在字頭所屬的條例用語中或可看到許慎引用當時學者的看法，如「嗃」字，《說文》云：「嗃，謞聲，嗃喻也，从口高聲。司馬相如說，淮南宋蔡舞嗃喻也。」又如「藁」字，《說文》云：「藁，禾也，从禾道聲。司馬相如曰：『藁，一莖六穗。』」以上可見，許慎確實是遵守著「博采通人，至于小大，信而有證」的理念。同時，這樣的理念也表現在對於重文條例用語之中，如下所示：

表 4-31

流水號	字頭楷定	通人說楷定	通人說字形	通　人　說　條　例	大徐頁碼
1	营	芎	芎	司馬相如說，营或从弓。	16
2	薐	薂	薂	司馬相如說，薐从遴。	19
3	芆	芗	芗	杜林說，芆从多。	19
4	茵	鞇	鞇	司馬相如說，茵从革。	25
5	獟	猩	猩	譚長說，獟从犬。	34
6	収	拜	拜	楊雄說，廾从兩手。	59
7	叚	叚	叚	譚長說，叚如此。	64
8	鷫	鴱	鴱	司馬相如說，从夋聲。	79
9	鵳	鵻	鵻	司馬相如說，鵳从赤。	81
10	盦	胐	胐	楊雄說，盦从□。	90
11	舛	蹐	蹐	楊雄作舛从足春。	113
12	猚	怯	怯	杜林說，猚从心。	205
13	沙	沁	沁	譚長說，沙或从尒。	232
14	捧	拜	拜	楊雄說，拜从兩手下。	251
15	蠁	蛕	蛕	司馬相如，蠁从向。	278
16	蟺	蠱	蠱	司馬相如說，蟺从复。	282

　　上表以大徐本《說文》頁碼的先後進行排序，以利讀者查考。根據此表，可以看到許慎引用「司馬相如」之說佔了七次，引用「杜林」之說佔了二次，引用「楊雄」之說佔了四次，引用「譚長」之說佔了三次，合計十六次。如果將前面通人說等文辭略而不談，在這些條例用語可以分成以下三類：

　　第一，條例用語只是作字形的歸屬而沒有加以說明構形問題，如：「某如此」，有「叚」，共 1 字。

　　第二，條例用語說明了字形所從偏旁，如：「某从某」，有「薐芆茵獟鵳盦猚蠁蟺」等，共 9 字；「某或从某」，有「营沙」，共 2 字；「某从……」，有「収舛捧」，共 3 字。以上合計 14 字。

　　第三，條例用語說明了字形所包含的聲符條件，如：「从某聲」，有「鷫」，共 1 字。

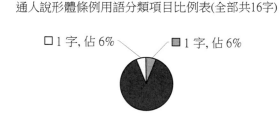

圖 4-9

（七）引用秦刻石一覽表及其條例

《說文》一書當中的重文字形，收錄了許慎所見的二個秦刻石字形，字形及條例如下所示：

表 4-32

流水號	字頭楷定	秦刻石楷定	秦刻石字形	秦　刻　石　條　例	大徐書本頁碼
1	攸	汥	𣲩	秦刻石繹山文，攸字如此。	68
2	也	𠃟	乜	秦刻石也字。	265

筆者利用「歷代書法碑帖集成」電子資料庫〔註 68〕進行檢索，所查得的嶧山刻石「攸」、「也」二字如下所示：

其中《說文》「攸」字下的重文「𣲩」形與嶧山刻石「𠈇」形不太一樣，但是《說文》「也」字下的重文「乜」形與嶧山刻石「乜」形相同。關於嶧山刻石，原石已佚，唐代《封演聞見記》云：「石爲後魏太武帝推倒，邑人火焚。」目前可以看到的刻本，最早著錄於《金石萃編》卷四，此爲西元九九三年鄭

〔註 68〕國立臺灣師範大學圖書館電子資料庫，「歷代書法碑帖集成」，網址：http://skqs.lib.ntnu.edu.tw/writingartweb/default.asp

文寶根據南唐徐鉉摹本重刻。〔註69〕值得注意的是，徐鉉除了重新整理《說文解字》外，還傳有「嶧山刻石」，換句話說，在《說文》重文裡的「嶧山刻石」文字應該是徐鉉所傳摹的字形，然而我們現在比較《說文》重文的「㠯」形與嶧山刻石的「■」形卻不盡相同，照理說這二個字形應該是相同的，因為都是經由徐鉉之手，然而現在卻不一樣，由此或許也可以看到《說文》從宋代傳到今日，經歷了時代遞嬗、版本傳刻鈔寫，中間加入了許多的人為變數，這對研究字形者來說，如何從中取得正確的字形，也是一大挑戰。

（八）許慎己意一覽表及其條例

許慎在重文條例裡，還有一部分可能是許慎個人見解的表現，因為我們實在無法由它的條例用語當中看到更多的可能性，這個部分，筆者暫時將其歸類在「許慎己意」這個條例用語類別下，重文字形與條例如下所示：

表 4-33

流水號	字頭楷定	重文楷定	重文字形	條例用語	大徐頁碼
1	余	絫	絫	二余也，讀與余同。	28
2	管	琯	琯	古者玉琯以玉。舜之時，西王母來獻其白琯。前零陵文學姓奚，於伶道舜祠下得笙玉琯。夫以玉作音，故神人以和鳳皇來儀也。从玉官聲。	98
3	邠	豳	豳	美陽亭卽豳也。民俗以夜市，有豳山，从山，从豩。闕。	132
4	涸	灂	灂	涸亦从水鹵舟。	235
5	鯾	鯿	鯿	鯾又从扁。	243
6	蝛	蟈	蟈	蝛又从國。	282

上表共列了六個字：第一個字是「余」，《說文》云：「絫，二余也，讀與余同。」這樣的重文條例，與《說文》字頭字形「茻」字所從的條例「茻，眾艸也。从四屮。凡茻之屬皆从茻。讀與冈同。」相仿。第二字是「管」，在條例前面用了許多說明文字解釋重文「琯」形為何，最後用「从玉官聲」來說明它的構形，而這些內容讀起來就像是許慎個人的解釋，也沒有引用某某

〔註69〕王酩：〈秦代《嶧山刻石》考析——兼論古代「奏下詔書」制度〉，《首都師範大學學報》（社會科學版），2008 年 2 期，頁 36。

人的說法。第三字「邠」字的重文「𨛬」形與第二字的條例狀況類似。第四字「涸」的重文「𣵽」形，條例則以釋形爲主，說明它的偏旁組合部件，第五字「鯁」與第六字「蝛」的重文條例也是以說明偏旁爲主，以「某又從某」作爲重文條例用語。

五、重文字形與條例用語的分析意義

許師錟輝在《說文重文形體考》一書中，以爲釐清《說文》重文形體之要點有五：第一，尋繹《說文》正篆、重文形體嬗變之迹；第二，覈實《說文》重文厠列之誤；第三，正補《說文》說解正篆、重文之闕失；第四，董理《說文》重文形聲字之形文，以闡明許愼說解轉注「建類」之義；第五，證成《說文》重文之所本。〔註70〕蔡信發在《說文答問》一書中，以爲重文對文字學的研究，功用有四：第一，從重文不同的形符中可考證字形的演變；第二，從重文不同的聲符中可考知聲韻的關係；第三，從重文不同的類例中可考明形成的先後；第四，從重文不同的結構中可考悉形體的正譌。〔註71〕而章季濤在《怎樣學習《說文解字》》中，經由對於「重文」中「古文」、「籀文」的分析，以爲《說文》附錄它們的目的有三：第一，是因爲這些文字有時是其他文字的組成成分，作用重要；第二，是這些文字有時可作許愼立論的佐證；第三，是便於讀者理解字形、字義。〔註72〕

以上諸說，對於《說文》重文已做了詳實的說明。本文在此則有二個論述重點：

第一，經由對於重文字形的總體掌握，發現不同的版本，它的重文收錄狀況並不相同，而這些不同之處往往會造成分類的問題，如比較大徐本與段注本，可以發現此二者對於「重文」的歸屬有時並不相同，舉例來說：

　　琁：大徐本歸在「瓊」字下，爲瓊之或體；段注本歸在「璿」字下，爲璿之或體。

　　瑤：段注本歸在「玼」字下，爲古文玼，但大徐本「玼」後無重文。

　　中：大徐本有古文「𠁩」與籀文「𠁥」，但段注本只有古文「𠁩」。

　　毒：大徐本「古文毒從刀𦬲」段注本「𧅤，古文毒從刀𦫵。」

〔註70〕許師錟輝：《說文重文形體考》，頁 26-34。
〔註71〕蔡信發：《說文答問》，頁 49。
〔註72〕章季濤：《怎樣學習《說文解字》》，頁 105-106。

余：大徐本爲「余」字重文，但段注本另立一字，非「余」字重文。

朋：大徐本作「朋」形，段注本作「左月右昏」之形。

遹：大徐本爲「遹」之重文，段注本「遹」後無重文。

上面幾個重文分類歸屬的相異現象，以往的版本研究，可能要花上許多時間，然而隨著《說文》大徐本與段注本資料庫建構的完成，要將這些相異之處列舉出來，在彈指之間，運用適當的搜尋技巧便可一網打盡；話雖如此，在建構資料庫的過程當中，必須花費許多時間進行資料屬性分析以及後設資料的建置，這些不易被察覺處才是最爲辛苦的地方。當然，找到這些相異現象，接下來便可進行更多的文字學課題研究，本文此處首先要展現的便是利用汲古閣說文電腦小篆字型的幫忙，來幫助研究者處理電腦小篆字型呈現的問題，而經由重文之例，在作相關課題的分析上變得容易許多。

第二，透過《說文》重文條例的總體掌握，進行條例用語分析，發現許慎無論在「古文」、「籀文」、「或體」等條例用語上，均有一定的原則與方向。總體來說，重文條例可分爲四大類：第一類是只將重文字形歸在《說文》某字之下的條例用語，如「古文」、「古文某」、「籀文」、「籀文某」、「或從某」、「篆文」、「篆文某」等，從這些條例只能看到字形分類的資訊，如此而已。第二類是以省略形體與否的概念作爲解釋篆文形體的條例用語，如「古文省」、「古文某省」、「籀文省」、「籀文某省」、「或省」、「某或省」等。第三類是說明重文形體所從偏旁的條例用語，這類條例用語較爲普遍，如「古文某從某」、「籀文某從某」、「或從某某」等。第四類是解釋重文形體的條例用語中包含了聲符的條件，如「古文從某某聲」、「籀文從某某聲」、「某或從某某聲」等。值得注意的是，在古文條例當中，還有一個比較特別的現象，就是許慎在解釋古文形體的條例用語中，特別強調象形的概念，共有九個字，而這種條例用語現象則不見於籀文、或體、篆文等其他字形類別的條例用語當中。如就形、音、義等三個條件，相較之下，許慎在重文條例裡，特別強調形的問題，而音、義雖有提及，但數量並不太多，或許是因爲許慎在對字頭字形的解釋時，已包含了音與義的部分；而重文的音與義，在許慎的觀念當中，它既然是某個字頭字形的重文，它的音、義當然也就與字頭字形相同，如果沒有其他狀況，當然也就不必特別強調音、義的問題。或許從這個角度理解，可以說明爲何重文的條例用語中，釋形的說明文字佔了較多的比例。

第三節　《說文》大徐本與段注本「異文」比對——以五百四十部爲例

當《說文》大徐本與段注本資料庫建置完畢之後，其中一項重要的功能便是互相對照，在此對照的對象，僅以《說文》大徐本與段注本五百四十部首爲例，對二者書中所採用的《說文》原文進行「異文」比對，字頭與五百四十部首順序以大徐本爲主。以下分別就釋形、釋音、釋義作異文的討論。

一、《說文》大徐本與段注本互校一覽表

爲求一清眉目，本文特將《說文》大徐本與段注本互校一覽表羅列於下。此互校的成果乃筆者花費許多時間進行資料庫校正所得的成果，置於此處可讓讀者清楚的看到大徐本與段注本二書異文現象，如果還有未足之處，尚祈斧正。

本一覽表共有五個欄位，第一個欄位爲《說文》五百四十部的部序，第二個欄位爲大徐本所採用的楷體字頭，第三個欄位爲大徐本《說文》原文，第四個欄位爲段注本《說文》原文，第五個欄位爲備註欄，將異文現象簡單陳述，如有空白之處，表示該字的大徐本與段注本內容完全相同。

表 4-34

540部	字頭	大徐本《說文》原文	段注本《說文》原文	備註欄
001	一	惟初太始，道立於一，造分天地，化成萬物。凡一之屬皆从一。弌，古文一。	惟初大極，道立於一，造分天地，化成萬物。凡一之屬皆从一。弌，古文一。	「太始」與「大極」之別。
002	上	高也。此古文上，指事也。凡丄之屬皆从丄。上，篆文丄。	高也。此古文丄。指事也。凡二之屬皆从二。上，篆文上。	「此古文上」與「此古文丄」之別。 「凡丄之屬皆从丄」與「凡二之屬皆从二」之別。 「上，篆文丄」與「丄，篆文上」之別。
003	示	天垂象，見吉凶，所以示人也。从二。三垂，日月星也。觀乎天文，以察時變。示，神事也。凡示之屬皆从示。礻，古文示。	天𠂒象，見吉凶。所㠯示人也。从二。三𠂒。日月星也。觀乎天文㠯察時變。示神事也。凡示之屬皆从示。礻，古文示。	垂𠂒之別。 以㠯之別。

004	三	天地人之道也。从三數。凡三之屬皆从三。弎,古文三从弍。	數名。天地人之道也。於文一耦二爲三,成數也。凡三之屬皆从三。弎,古文三。	段注多了「數名」二字。 「从三數」與「於文一耦二爲三,成數也。」之別。 「古文三从弍」與「古文三」之別。
005	王	天下所歸往也。董仲舒曰:「古之造文者,三畫而連其中謂之王。三者,天、地、人也,而參通之者,王也。」孔子曰:「一貫三爲王。」凡王之屬皆从王。𠙻,古文王。	天下所歸往也。董仲舒曰:「古之造文者,三畫而連其中謂之王。三者,天、地、人也,而參通之者,王也。」孔子曰:「一貫三爲王。」凡王之屬皆从王。𠙻,古文王。	
006	玉	石之美有五德:潤澤以溫,仁之方也;䚡理自外,可以知中,義之方也;其聲舒揚,專以遠聞,智之方也;不橈而折,勇之方也;銳廉而不技,絜之方也。象三玉之連。丨,其貫也。凡玉之屬皆从玉。玉,古文玉。	石之美有五德者。潤澤吕溫,仁之方也。䚡理自外,可吕知中,義之方也。其聲舒揚,專吕遠聞。智之方也。不撓而折。勇之方也。銳廉而不忮,絜之方也。象三玉之連。丨,其貫也。凡玉之屬皆从玉。玉,古文玉。	「石之美有五德」與「石之美有五德者」之別。 以吕之別。 橈撓之別。 技忮之別。
007	珏	二玉相合爲一珏。凡珏之屬皆从珏。瑴,珏或从殼。	二玉相合爲一珏。凡珏之屬皆从珏。瑴,珏或从殼。	珏珏之別。
008	气	雲气也。象形。凡气之屬皆从气。	雲气也。象形。凡气之屬皆从气。	
009	士	事也。數始於一,終於十。从一从十。孔子曰:「推十合一爲士。」凡士之屬皆从士。	事也。數始於一,終於十,从一十。孔子曰:「推十合一爲士。」凡士之屬皆从士。	「从一从十」與「从一十」之別。
010	丨	上下通也。引而上行讀若囟,引而下行讀若退。凡丨之屬皆从丨。	下上通也。引而上行讀若囟,引而下行讀若退。凡丨之屬皆从丨。	「上下通也」與「下上通也」之別。
011	屮	艸木初生也。象丨出形,有枝莖也。古文或以爲艸字。讀若徹。凡屮之屬皆从屮。尹彤說。	艸木初生也。象丨出形,有枝莖也。古文或吕爲艸字。讀若徹。凡屮之屬皆从屮,尹彤說。	以吕之別。
012	艸	百芔也。从二屮。凡艸之屬皆从艸。	百芔也。从二屮。凡艸之屬皆从艸。	

013	蓐	陳艸復生也。从艸辱聲。一曰蔟也。凡蓐之屬皆从蓐。薅，籀文蓐从茻。	陳艸復生也，从艸辱聲。一曰蔟也。凡蓐之屬皆从蓐。薅，籀文蓐从茻。	
014	茻	眾艸也。从四屮。凡茻之屬皆从茻。讀與冈同。	眾艸也。从四屮。凡茻之屬皆从茻。讀若與冈同。	「讀與冈同」與「讀若與冈同」之別。
015	小	物之微也。从八，丨見而分之。凡小之屬皆从小。	物之微也。从八，丨見而分之。凡小之屬皆从小。	
016	八	別也。象分別相背之形。凡八之屬皆从八。	別也。象分別相背之形。凡八之屬皆从八。	
017	釆	辨別也。象獸指爪分別也。凡釆之屬皆从釆。讀若辨。乎，古文釆。	辨別也。象獸指爪分別也。凡釆之屬皆从釆。讀若辨。乎，古文釆。	
018	半	物中分也。从八从牛。牛爲物大，可以分也。凡半之屬皆从半。	物中分也。从八牛。牛爲物大，可已分也。凡半之屬皆从半。	「从八从牛」與「从八牛」之別。以已之別。
019	牛	大牲也。牛，件也；件，事理也。象角頭三、封尾之形。凡牛之屬皆从牛。	事也理也。像角頭三、封尾之形也。凡牛之屬皆从牛。	「大牲也。牛，件也；件，事理也。」與「事也理也」之別。
020	犛	西南夷長髦牛也。从牛𠩺聲。凡犛之屬皆从犛。	西南夷長髦牛也。从牛𠩺聲。凡犛之屬皆从犛。	
021	告	牛觸人，角箸橫木，所以告人也。从口从牛。《易》曰：「僮牛之告。」凡告之屬皆从告。	牛觸人，角箸橫木，所已告人也。从口从牛。《易》曰：「僮牛之告。」凡告之屬皆从告。	以已之別。
022	口	人所以言食也。象形。凡口之屬皆从口。	人所已言食也。象形。凡口之屬皆从口。	以已之別。
023	凵	張口也。象形。凡凵之屬皆从凵。	張口也。象形。凡凵之屬皆从凵。	
024	吅	驚嘑也。从二口。凡吅之屬皆从吅。讀若讙。	驚嘑也。从二口。凡吅之屬皆从吅。讀若讙。	
025	哭	哀聲也。从吅，獄省聲。凡哭之屬皆从哭。	哀聲也。从吅，从獄省聲。凡哭之屬皆从哭。	「獄省聲」與「从獄省聲」之別。
026	走	趨也。从夭、止。夭止者，屈也。凡走之屬皆从走。	趨也。从夭、止。夭者，屈也。凡走之屬皆从走。	「夭止者，屈也。」與「夭者，屈也。」之別。
027	止	下基也。象艸木出有址，故以止爲足。凡止之屬皆从止。	下基也。象艸木出有阯，故已止爲足。凡止之屬皆从止。	址阯之別。以已之別。
028	癶	足剌癶也。从止、少。凡癶之屬皆从癶。讀若撥。	足剌址也。从止口。凡址之屬皆从址。讀若撥。	癶址之別。少口之別。

029	步	行也。从止少相背。凡步之屬皆从步。	行也。从止□相背。凡步之屬皆从步。	少□之別。
030	此	止也。从止从匕。匕，相比次也。凡此之屬皆从此。	止也。从止匕。匕，相比次也。凡此之屬皆从此。	「从止从匕」與「从止匕」之別。
031	正	是也。从止，一以止。凡正之屬皆从正。疋，古文正，从二。二，古文上字。𤴓，古文正，从一足，足者亦止也。	是也。从一，一已止。凡正之屬皆从正。疋，古文正，从二。二，古文上字。𤴓，古文正，从一足，足亦止也。	以已之別。「足者亦止也」與「足亦止也」之別。
032	是	直也。从日、正。凡是之屬皆从是。昰，籀文是。从古文正。	直也。从日、正。凡是之屬皆从是。昰，籀文是。从古文正。	
033	辵	乍行乍止也。从彳从止。凡辵之屬皆从辵。讀若《春秋公羊傳》曰「辵階而走」。	乍行乍止也。从彳止。凡辵之屬皆从辵。讀若《春秋傳》曰「辵階而走」。	「从彳从止」與「从彳止」之別。「春秋公羊傳」與「春秋傳」之別。
034	彳	小步也。象人脛三屬相連也。凡彳之屬皆从彳。	小步也。象人脛三屬相連也。凡彳之屬皆从彳。	
035	廴	長行也。从彳引之。凡廴之屬皆从廴。	長行也。从彳引之。凡廴之屬皆从廴。	
036	延	安步延延也。从廴从止。凡延之屬皆从延。	安步延延也。从廴止。凡延之屬皆从延。	「从廴从止」與「从廴止」之別。
037	行	人之步趨也。从彳从亍。凡行之屬皆从行。	人之步趨也。从彳亍。凡行之屬皆从行。	「从彳从亍」與「从彳亍」之別。
038	齒	口斷骨也。象口齒之形，止聲。凡齒之屬皆从齒。𦥑，古文齒字。	口斷骨也。象口齒之形，止聲。凡齒之屬皆从齒。𦥑，古文齒字。	
039	牙	牡齒也。象上下相錯之形。凡牙之屬皆从牙。㱞，古文牙。	壯齒也。象上下相錯之形。凡牙之屬皆从牙。㱞，古文牙。	「牡齒」與「壯齒」之別。
040	足	人之足也，在下。从止、口。凡足之屬皆从足。	人之足也。在體下。从口止。凡足之屬皆从足。	「在下」與「在體下」之別。「从止、口」與「从口止」之別。
041	疋	足也。上象腓腸，下从止。《弟子職》曰：「問疋何止。」古文以爲《詩·大疋》字。亦以爲足字。或曰胥字。一曰疋，記也。凡疋之屬皆从疋。	足也。上象腓腸，下从止。《弟子職》曰：「問疋何止。」古文已爲《詩·大雅》字。亦已爲足字。或曰胥字。一曰疋，記也。凡疋之屬皆从疋。	以已之別。「大疋」與「大雅」之別。

042	品	眾庶也。从三口。凡品之屬皆从品。	眾庶也。从三口。凡品之屬皆从品。	
043	龠	樂之竹管，三孔，以和眾聲也。从品、侖。侖，理也。凡龠之屬皆从龠。	樂之竹管，三孔，㠯和眾聲也。从品、侖。侖，理也。凡龠之屬皆从龠。	
044	冊	符命也。諸矦進受於王也。象其札一長一短，中有二編之形。凡冊之屬皆从冊。笧，古文冊。从竹。	符命也。諸侯進受於王者也。象其札一長一短，中有二編之形。凡冊之屬皆从冊。笧，古文冊。从竹。	「諸矦進受於王也」與「諸侯進受於王者也」之別。
045	品	眾口也。从四口。凡品之屬皆从品。讀若戢。又讀若呶。	眾口也。从四口。凡品之屬皆从品。讀若戢。一曰呶。	「又讀若呶」與「一曰呶」之別。
046	舌	在口，所以言也、別味也。从干从口，干亦聲。凡舌之屬皆从舌。	在口，所㠯言別味者也。从干口。干亦聲。凡舌之屬皆从舌。	以㠯之別。「所以言也、別味也。」與「所㠯言別味者也。」之別。「从干从口」與「从干口」之別。
047	干	犯也。从反入，从一。凡干之屬皆从干。	犯也。从一，从反入。凡干之屬皆从干。	「从反入，从一」與「从一，从反入」之別。
048	谷	口上阿也。从口，上象其理。凡谷之屬皆从谷。啲，谷或如此。臄，或从肉从豦。	口上阿也。从口，上象其理。凡谷之屬皆从谷。啲，谷或如此。臄，谷或从豦肉。	「臄，或从肉从豦」與「臄，谷或从豦肉」之別。
049	只	語巳詞也。从口，象气下引之形。凡只之屬皆从只。	語巳暑也。从口，象气下引之形。凡只之屬皆从只。「詞」與「暑」之別。	詞暑之別。
050	商	言之訥也。从口从内。凡商之屬皆从商。	言之訥也。从口内。凡商之屬皆从商。	「从口从内」與「从口内」之別。
051	句	曲也。从口丩聲。凡句之屬皆从句。	曲也。从口丩聲。凡句之屬皆从句。	
052	丩	相糾繚也。一曰瓜瓠結丩起。象形。凡丩之屬皆从丩。	相糾繚也。一曰瓜瓠結丩起。象形。凡丩之屬皆从丩。	
053	古	故也。从十、口。識前言者也。凡古之屬皆从古。𠖤，古文古。	故也。从十、口。識前言者也。凡古之屬皆从古。𠖤，古文古。	
054	十	數之具也。一爲東西，｜爲南北，則四方中央備矣。凡十之屬皆从十。	數之具也。一爲東西，｜爲南北，則四方中央備矣。凡十之屬皆从十。	

055	卅（丗）	三十并也。古文省。凡丗之屬皆从丗。	三十并也。古文省。凡丗之屬皆从丗。	并并之別。
056	言	直言曰言，論難曰語。从口辛聲。凡言之屬皆从言。	直言曰言，論難曰語。从口辛聲。凡言之屬皆从言。	
057	誩	競言也。从二言。凡誩之屬皆从誩。讀若競。	競言也。从二言。凡誩之屬皆从誩。讀若競。	
058	音	聲也。生於心，有節於外，謂之音。宮商角徵羽，聲；絲竹金石匏土革木，音也。从言含一。凡音之屬皆从音。	聲生於心，有節於外，謂之音。宮商角徵羽，聲也；絲竹金石匏土革木，音也。从言含一。凡音之屬皆从音。	「聲也。生於心，有節於外，謂之音」與「聲生於心，有節於外，謂之音」之別。「宮商角徵羽，聲」與「宮商角徵羽，聲也」之別。
059	辛	辠也。从干、二。二，古文上字。凡辛之屬皆从辛。讀若愆。張林說。	辠也。从干、二。二，古文上字。凡辛之屬皆从辛。讀若愆。張林說。	
060	丵	叢生艸也。象丵嶽相竝出也。凡丵之屬皆从丵。讀若浞。	叢生艸也。象丵嶽相並出也。凡丵之屬皆从丵。讀若浞。	竝並之別。
061	菐	瀆菐也。从丵从廾，廾亦聲。凡菐之屬皆从菐。	瀆菐也。从丵从収，収亦聲。凡菐之屬皆从菐。	廾収之別。
062	収	竦手也。从屮从又。凡廾之屬皆从廾。𢪒，楊雄說：廾从兩手。	竦手也。从屮又。凡廾之屬皆从廾。𢪒，楊雄說：収从兩手。	「从屮从又」與「从屮又」之別。
063	𠬪	引也。从反廾。凡𠬪之屬皆从𠬪。攀，𠬪或从手从樊。	引也。从反廾。凡𠬪之屬皆从𠬪。攀，𠬪或从手从樊。	
064	共	同也。从廿、廾。凡共之屬皆从共。𠔋，古文共。	同也。从廿、廾。凡共之屬皆从共。𠔋，古文共。	
065	異	分也。从廾从畀。畀，予也。凡異之屬皆从異。	分也。从廾畀。畀，予也。凡異之屬皆从異。	「从廾从畀」與「从廾畀」之別。
066	舁	共舉也。从臼从廾。凡舁之屬皆从舁。讀若余。	共舉也。从臼廾。凡舁之屬皆从舁。讀若余。	「从臼从廾」與「从臼廾」之別。
067	臼	叉手也。从𠂇彐。凡臼之屬皆从臼。	叉手也。从𠂇彐。凡臼之屬皆从臼。	

068	晨	早昧爽也。从臼从辰。辰，時也。辰亦聲。虱夕爲夗，臼辰爲晨，皆同意。凡晨之屬皆从晨。	早昧爽也。从臼辰。辰，時也。辰亦聲。虱夕爲夗，臼辰爲晨，皆同意。凡晨之屬皆从晨。	「从臼从辰」與「从臼辰」之別。
069	爨	齊謂之炊爨。臼象持甑，冂爲竈口，廾推林內火。凡爨之屬皆从爨。𤏷，籒文爨省。	齊謂炊爨。𦥑象持甑，一爲竈口，収推林內火。凡爨之屬皆从爨。𤏷，籒文爨省。	「齊謂之炊爨」與「齊謂炊爨」之別。「臼象持甑」與「𦥑象持甑」之別。廾収之別。
070	革	獸皮治去其毛，革更之。象古文革之形。凡革之屬皆从革。䓗，古文革，从三十，三十年爲一世而道更也。臼聲。	獸皮治去其毛曰革。革，更也。象古文革之形。凡革之屬皆从革。䓗，古文革。从卉，卉年爲一世而道更也。臼聲。	「獸皮治去其毛，革更之。」與「獸皮治去其毛曰革。革，更也。」之別。「三十年」與「卉年」之別。
071	鬲	鼎屬。實五㪘。斗二升曰㪘。象腹交文，三足。凡鬲之屬皆从鬲。瓹，鬲或从瓦。䰱，漢令鬲，从瓦麻聲。	鼎屬也。實五㪘。斗二升曰㪘。象腹交文，三足。凡鬲之屬皆从鬲。瓹，鬲或从瓦。䰱，漢令鬲，从瓦麻聲。	「鼎屬」與「鼎屬也」之別。斗斗之別。
072	䰜	䰱也。古文亦鬲字。象孰飪五味气上出也。凡䰜之屬皆从䰜。	䰱也。古文亦鬲字。象孰飪五味气上出也。凡䰜之屬皆从䰜。	
073	爪	虱也。覆手曰爪。象形。凡爪之屬皆从爪。	虱也。覆手曰爪。象形。凡爪之屬皆从爪。	
074	丮	持也。象手有所虱據也。凡丮之屬皆从丮。讀若戟。	持也。象手有所虱據也。凡丮之屬皆从丮。讀若戟。	
075	鬥	兩士相對，兵杖在後，象鬥之形。凡鬥之屬皆从鬥。	兩士相對，兵杖在後，象鬥之形。凡鬥之屬皆從鬥。	兩兩之別。从從之別。
076	又	手也。象形。三指者，手之列多略不過三也。凡又之屬皆从又。	手也。象形。三指者，手之列多略不過三也。凡又之屬皆从又。	列列之別。
077	ナ	ナ手也。象形。凡ナ之屬皆从ナ。	左手也。象形。凡ナ之屬皆从ナ。	ナ左之別。
078	史	記事者也。从又持中。中，正也。凡史之屬皆从史。	記事者也。从又持中。中，正也。凡叓之屬皆从叓。	史叓之別。
079	支	去竹之枝也。从手持半竹。凡支之屬皆从支。𠔗，古文支。	去竹之枝也。从手持半竹。凡支之屬皆从支。𠔗，古文支。	

080	聿	手之疌巧也。从又持巾。凡聿之屬皆从聿。	手之疌巧也。从又持巾。凡聿之屬皆从聿。	
081	聿	所以書也。楚謂之聿，吳謂之不律，燕謂之弗。从聿一聲。凡聿之屬皆从聿。	所已書也。楚謂之聿，吳謂之不律，燕謂之弗。从聿一。凡聿之屬皆从聿。	以已之別。「从聿一聲」與「从聿一」之別。
082	畫	界也。象田四界。聿，所以畫之。凡畫之屬皆从畫。書，古文畫省。劃，亦古文畫。	介也。從聿。象田四介。聿，所已畫之。凡畫之屬皆从畫。書，古文畫。劃，亦古文畫。	「界也。象田四界。聿，所以畫之。」與「介也。從聿。象田四介。聿，所已畫之。」之別。「書，古文畫省」與「書，古文畫」之別。
083	隶	及也。从又，从尾省。又，持尾者，从後及之也。凡隶之屬皆从隶。	及也。从又尾省。又，持尾者，从後及之也。凡隶之屬皆从隶。	「从又，从尾省」與「从又尾省」之別。
084	臤	堅也。从又臣聲。凡臤之屬皆从臤。讀若鏗鏘之鏗。古文以爲賢字。	堅也。从又臣聲。凡臤之屬皆从臤。讀若鏗鎗。古文已爲賢字。	「讀若鏗鏘之鏗」與「讀若鏗鎗」之別。
085	臣	牽也。事君也。象屈服之形。凡臣之屬皆从臣。	牽也。事君者。象屈服之形。凡臣之屬皆从臣。	「事君也」與「事君者」之別。
086	殳	以杸殊人也。《禮》：「殳以積竹，八觚，長丈二尺，建於兵車，車旅賁以先驅。」从又几聲。凡殳之屬皆从殳。	已杖殊人也。《周禮》：「殳已積竹，八觚，長丈二尺，建於兵車，旅賁已先驅。」从又几聲。凡殳之屬皆从殳。	以已之別。「禮」與「周禮」之別。「車旅賁以先驅」與「旅賁已先驅」之別。
087	殺	戮也。从殳杀聲。凡殺之屬皆从殺。徽，古文殺。𣪠，古文殺。希，古文殺。	戮也。从殳杀聲。凡殺之屬皆从殺。殺，古文殺。徽，古文殺。𣪠，古文殺。希，古文殺。殺，籀文殺。	段注本多了「殺，古文殺」、「殺，籀文殺」二形。
088	几	鳥之短羽飛几几也。象形。凡几之屬皆从几。讀若殊。	鳥之短羽飛几几也。象形。凡几之屬皆从几。讀若殊。	
089	寸	十分也。人手卻一寸，動脈，謂之寸口。从又从一。凡寸之屬皆从寸。	十分也。人手卻一寸，動脈，謂之寸口。从又一。凡寸之屬皆从寸。	「从又从一」與「从又一」之別。
090	皮	剝取獸革者謂之皮。从又，爲省聲。凡皮之屬皆从皮。𤿎，古文皮。戾，籀文皮。	剝取獸革者謂之皮。从又，爲省聲。凡皮之屬皆从皮。𤿎，古文皮。戾，籀文皮。	

091	甏	柔韋也。从北，从皮省，从夐省。凡甏之屬皆从甏。讀若奊。一曰若儁。冐，古文甏。竷，籀文甏。从夐省。	柔韋也。从北，从皮省。夐省聲。凡甏之屬皆从甏。讀若奊。一曰若儁。冐，古文甏。竷，籀文甏。从夐省。	「从夐省」與「夐省聲」之別。儁儁之別。
092	攴	小擊也。从又卜聲。凡攴之屬皆从攴。	小擊也。从又卜聲。凡攴之屬皆从攴。	
093	教	上所施，下所效也。从攴从孝。凡教之屬皆从教。敩，古文教。敚，亦古文教。	上所施，下所效也。从攴孝。凡教之屬皆从教。敩，古文教。敚，亦古文教。	「从攴从孝」與「从攴孝」之別。
094	卜	灼剝龜也，象灸龜之形。一曰象龜兆之從橫也。凡卜之屬皆从卜。卟，古文卜。	灼剝龜也，象灸龜之形。一曰象龜兆之縱衡也。凡卜之屬皆从卜。卟，古文卜。	剝剝之別。從縱之別。
095	用	可施行也。从卜从中。衞宏說。凡用之屬皆从用。甯，古文用。	可施行也。从卜中。衞宏說。凡用之屬皆从用。甯，古文用。	「从卜从中」與「从卜中」之別。
096	爻	交也。象《易》六爻頭交也。凡爻之屬皆从爻。	交也。象《易》六爻頭交也。凡爻之屬皆从爻。	
097	㸚	二爻也。凡㸚之屬皆从㸚。	二爻也。凡㸚之屬皆从㸚。	
098	夏	舉目使人也。从攴从目。凡夏之屬皆从夏。讀若颭。	舉目使人也。从攴目。凡夏之屬皆从夏。讀若颭。	「从攴从目」與「从攴目」之別。
099	目	人眼。象形。重童子也。凡目之屬皆从目。睧，古文目。	人眼也。象形。重童子也。凡目之屬皆从目。睧，古文目。	「人眼」與「人眼也」之別。
100	眴	左右視也。从二目。凡眴之屬皆从眴。讀若拘。又若良士瞿瞿。	ナ又視也。从二目。凡眴之屬皆从眴。讀若拘。又若良士瞿瞿。	左ナ之別。
101	眉	目上毛也。从目，象眉之形，上象頟理也。凡眉之屬皆从眉。	目上毛也。从目，象眉之形，上象頟理也。凡眉之屬皆从眉。	
102	盾	瞂也。所以扞身蔽目。象形。凡盾之屬皆从盾。	瞂也。所㠯㠯扞身蔽目。从目。凡盾之屬皆从盾。	以㠯之別。「象形」與「从目」之別。
103	自	鼻也。象鼻形。凡自之屬皆从自。峀，古文自。	鼻也。象鼻形。凡自之屬皆从自。峀，古文自。	

104	白	此亦自字也。省自者，詞言之气，从鼻出，與口相助也。凡白之屬皆从白。	此亦自字也。省自者，罾言之气，从鼻出，與口相助。凡白之屬皆从白。	詞罾之別。 「與口相助也」與「與口相助」之別。
105	鼻	引气自畀也。从自畀。凡鼻之屬皆从鼻。	所已引气自畀也。从自畀。凡鼻之屬皆从鼻。	「引气自畀也」與「所已引气自畀也」之別。
106	皕	二百也。凡皕之屬皆从皕。讀若祕。	二百也。凡皕之屬皆从皕。讀若逼。	「讀若祕」與「讀若逼」之別。
107	習	數飛也。从羽从白。凡習之屬皆从習。	數飛也。从羽白聲。凡習之屬皆从習。	「从羽从白」與「从羽白聲」之別。
108	羽	鳥長毛也。象形。凡羽之屬皆从羽。	鳥長毛也。象形。凡羽之屬皆从羽。	
109	隹	鳥之短尾總名也。象形。凡隹之屬皆从隹。	鳥之短尾總名也。象形。凡隹之屬皆从隹。	
110	奮	鳥張毛羽自奮也。从大从隹。凡奮之屬皆从奮。讀若睢。	鳥張毛羽自奮奞也。从大从隹。凡奮之屬皆从奮。讀若睢。	「自奮」與「自奮奞」之別。 「从大从隹」與「从大隹」之別。
111	萑	鴟屬。从隹从屮，有毛角。所鳴，其民有旤。凡萑之屬皆从萑。讀若和。	雖屬。从隹从屮，有毛角。所鳴，其民有旤。凡萑之屬皆从萑。讀若和。	鴟雖之別。
112	屮	羊角也。象形。凡屮之屬皆从屮。讀若乖。	羊角也。象形。凡屮之屬皆从屮。讀若乖。	乖乖之別。
113	苜	目不正也。从屮从目。凡苜之屬皆从苜。莧从此。讀若末。	目不正也。从屮目。凡苜之屬皆从苜。讀若末。	「从屮从目」與「从屮目」之別。 大徐多了「莧从此」一語。
114	羊	祥也。从屮，象頭角足尾之形。孔子曰：「牛羊之字，以形舉也。」凡羊之屬皆从羊。	祥也。从屮，象四足尾之形。孔子曰：「牛羊之字，以形舉也。」凡羊之屬皆从羊。	「象頭角足尾之形」與「象四足尾之形」之別。
115	羴	羊臭也。从三羊。凡羴之屬皆从羴。羶，羴或从亶。	羊臭也。从三羊。凡羴之屬皆从羴。羶，羴或从亶。	
116	瞿	鷹隼之視也。从隹从䀠，䀠亦聲。凡瞿之屬皆从瞿。讀若章句之句。	癰隼之視也。从隹䀠，䀠亦聲。凡瞿之屬皆从瞿。讀若章句之句。又音衢。	鷹癰之別。 「从隹从䀠」與「从隹䀠」之別。 段注多了「又音衢」一語。
117	雔	雙鳥也。从二隹。凡雔之屬皆从雔。讀若醻。	雙鳥也。从二隹。凡雔之屬皆从雔。讀若醹。	醻醹之別。

118	雥	羣鳥也。从三隹。凡雥之屬皆从雥。	羣鳥也。从三隹。凡雥之屬皆从雥。	
119	鳥	長尾禽總名也。象形。鳥之足似匕，从匕。凡鳥之屬皆从鳥。	長尾禽總名也。象形。鳥之足佀匕，从匕。凡鳥之屬皆从鳥。	似佀之別。
120	烏	孝鳥也。象形。孔子曰：「烏，盱呼也。」取其助气，故以爲烏呼。凡烏之屬皆从烏。緈，古文烏，象形。於，象古文烏省。	孝鳥也。象形。孔子曰：「烏，亏呼也。」取其助气，故㠯爲烏呼。凡烏之屬皆从烏。緈，古文烏，象形。於，象古文烏省。	「盱呼」與「亏呼」之別。 以㠯之別。
121	華	箕屬。所以推棄之器也。象形。凡華之屬皆从華。官溥說。	箕屬。所㠯推糞之器也。象形。凡華之屬皆从華。官溥說。	以㠯之別。
122	冓	交積材也。象對交之形。凡冓之屬皆从冓。	交積材也。象對交之形。凡冓之屬皆从冓。	
123	幺	小也。象子初生之形。凡幺之屬皆从幺。	小也。象子初生之形。凡幺之屬皆从幺。	
124	𢆶	微也。从二幺。凡𢆶之屬皆从𢆶。	微也。从二幺。凡𢆶之屬皆从𢆶。	
125	叀	專小謹也。从幺省。屮，財見也，屮亦聲。凡叀之屬皆从叀。𢀩，古文叀。𠧢，亦古文叀。	小謹也。从幺省。从屮，屮，財見也。田象謹形。屮亦聲。凡叀之屬皆从叀。𢀩，古文叀。𠧢，亦古文叀。	「專小謹也」與「小謹也」之別。 「屮，財見也，屮亦聲。」與「从屮，屮，財見也。田象謹形。屮亦聲。」之別。
126	玄	幽遠也。黑而有赤色者爲玄。象幽而入覆之也。凡玄之屬皆从玄。𢆯，古文玄。	幽遠也。象幽。而宀覆之也。黑而有赤色者爲元。凡元之屬皆从元。𢆯，古文。	「黑而有赤色者爲玄。象幽而入覆之也。」與「象幽。而宀覆之也。黑而有赤色者爲元。」之別。 玄元之別。 「古文玄」與「古文」之別。
127	予	推予也。象相予之形。凡予之屬皆从予。	推予也。象相予之形。凡予之屬皆从予。	
128	放	逐也。从攴方聲。凡放之屬皆从放。	逐也。从攴方聲。凡放之屬皆从放。	
129	𠬪	物落，上下相付也。从爪从又。凡𠬪之屬皆从𠬪。讀若《詩》「摽有梅」。	物落也，上下相付也。从爪又。凡𠬪之屬皆从𠬪。讀若《詩》「摽有梅」。	「物落」與「物落也」之別。 「从爪从又」與「从爪又」之別。

130	叔	殘穿也。从又从歺。凡叔之屬皆从叔。讀若殘。	殘穿也。从又卢,卢亦聲。凡叔之屬皆从叔。讀若殘。	「从又从歺」與「从又卢,卢亦聲」之別。
131	歺	剝骨之殘也。从半冎。凡歺之屬皆从歺。讀若櫱岸之櫱。𣦵,古文歺。	剝骨之殘也。从半冎。凡歺之屬皆从歺。讀若櫱岸之櫱。𣦵,古文歺。	
132	死	澌也,人所離也。从歺从人。凡死之屬皆从死。𣦸,古文死如此。	澌也,人所離也。从卢人。凡死之屬皆从死。𣦸,古文死如此。	「从歺从人」與「从卢人」之別。
133	冎	剔人肉置其骨也。象形。頭隆骨也。凡冎之屬皆从冎。	剔人肉置其骨也。象形。頭隆骨也。凡冎之屬皆从冎。	
134	骨	肉之覈也。从冎有肉。凡骨之屬皆从骨。	肉之覈也。从冎有肉。凡骨之屬皆从骨。	
135	肉	胾肉。象形。凡肉之屬皆从肉。	胾肉。象形。凡肉之屬皆从肉。	
136	筋	肉之力也。从力从肉从竹。竹,物之多筋者。凡筋之屬皆从筋。	肉之力也。从肉力从竹,竹,物之多筋者。凡筋之屬皆从筋。	「从力从肉从竹」與「从肉力从竹」之別。
137	刀	兵也。象形。凡刀之屬皆从刀。	兵也。象形。凡刀之屬皆从刀。	
138	刃	刀堅也。象刀有刃之形。凡刃之屬皆从刃。	刀鋻也。象刀有刃之形。凡刃之屬皆从刃。	堅鋻之別。
139	韌	巧韌也。从刀丰聲。凡韌之屬皆从韌。	巧韌也。从刀丰聲。凡韌之屬皆从韌。	
140	丰	艸蔡也。象艸生之散亂也。凡丰之屬皆从丰。讀若介。	艸蔡也。象艸生之散亂也。凡丰之屬皆从丰。讀若介。	散散之別。
141	耒	手耕曲木也。从木推丰。古者垂作耒枱,以振民也。凡耒之屬皆从耒。	耕曲木也。从木推丰。古者巠作耒枱,吕振民也。凡耒之屬皆从耒。	「手耕曲木也」與「耕曲木也」之別。 垂巠之別。 枱枱之別。 以吕之別。
142	角	獸角也。象形,角與刀、魚相似。凡角之屬皆从角。	獸角也。象形。角與刀、魚相佀。凡角之屬皆从角。	似佀之別。
143	竹	冬生艸也。象形。下垂者,箁箬也。凡竹之屬皆从竹。	冬生艸也。象形。下𠂹者,箁箬也。凡竹之屬皆从竹。	垂𠂹之別。

144	箕	簸也。从竹，丌，象形，下其丌也。凡箕之屬皆从箕。丌，古文箕省。𠔼，亦古文箕。𠥓，亦古文箕。匧，籀文箕。匧，籀文箕。	所㠯簸者也。从竹，丌，象形，丌其下也。凡箕之屬皆从箕。丌，古文箕。𠔼，亦古文箕。𠥓，亦古文箕。匧，籀文箕。匧，籀文箕。	「簸也」與「所㠯簸者也」之別。「下其丌也」與「丌其下也」之別。「丌，古文箕省」與「丌，古文箕」之別。
145	丌	下基也。薦物之丌。象形。凡丌之屬皆从丌。讀若箕同。	下基也。荐物之丌。象形。凡丌之屬皆从丌。讀若箕同。	薦荐之別。
146	左	手相左助也。从𠂇工。凡左之屬皆从左。	𠂇手相左也。从𠂇工。凡左之屬皆从左。	「手相左助也」與「𠂇手相左也」之別。
147	工	巧飾也。象人有規榘也。與巫同意。凡工之屬皆从工。𢒅，古文工，从彡。	巧飾也。象人有規榘。與巫同意。凡工之屬皆从工。𢒅，古文工，从彡。	「象人有規榘也」與「象人有規榘」之別。
148	㠯	極巧視之也。从四工。凡㠯之屬皆从㠯。	極巧視之也。从四工。凡㠯之屬皆从㠯。	
149	巫	祝也。女能事無形，以舞降神者也。象人兩褱舞形。與工同意。古者巫咸初作巫。凡巫之屬皆从巫。覡，古文巫。	巫祝也。女能事無形，㠯舞降神者也。象人𢒈褱舞形。與工同意。古者巫咸初作巫。凡巫之屬皆从巫。覡，古文巫。	「祝也」與「巫祝也」之別。以㠯之別。兩𢒈之別。
150	甘	美也。从口含一。一，道也。凡甘之屬皆从甘。	美也。从口含一。一，道也。凡甘之屬皆从甘。	
151	曰	詞也。从口乙聲，亦象口气出也。凡曰之屬皆从曰。	䛐也。从口乚，象口气出也。凡曰之屬皆从曰。	詞䛐之別。「从口乙聲，亦象口气出也」與「从口乚，象口气出也」之別。
152	乃	曳詞之難也。象气之出難。凡乃之屬皆从乃。弓，古文乃。𠄏，籀文乃。	曳䛐之難也。象气之出難也。凡乃之屬皆从乃。弓，古文乃。𠄏，籀文乃。	詞䛐之別。「象气之出難」與「象气之出難也」之別。
153	丂	气欲舒出。𠃑上礙於一也。丂，古文以爲亏字，又以爲巧字。凡丂之屬皆从丂。	气欲舒出。𠃌上礙於一也。丂，古文㠯爲亏字，又㠯爲巧字。凡丂之屬皆从丂。	𠃑𠃌之別。以㠯之別。
154	可	肎也。从口𠀀，𠀀亦聲。凡可之屬皆从可。	𦝧也。从口𠀀，𠀀亦聲。凡可之屬皆从可。	肎𦝧之別。
155	兮	語所稽也。从丂，八象气越亏也。凡兮之屬皆从兮。	語所稽也。从丂，八象气越亏也。凡兮之屬皆从兮。	

156	号	痛聲也。从口在丂上。凡号之屬皆从号。	痛聲也。从口在丂上。凡号之屬皆从号。	
157	亏	於也。象气之舒亏。从丂从一。一者,其气平之也。凡亏之屬皆从亏。	於也。象气之舒亏。从丂从一。一者,其气平也。凡亏之屬皆从亏。	「其气平之也」與「其气平也」之別。
158	旨	美也。从甘匕聲。凡旨之屬皆从旨。㫖,古文旨。	美也。从甘匕聲。凡旨之屬皆从旨。㫖,古文旨。	
159	喜	樂也。从壴从口。凡喜之屬皆从喜。歖,古文喜从欠,與歡同。	樂也。从壴从口。凡喜之屬皆从喜。歖,古文喜从欠,與歡同。	
160	壴	陳樂立而上見也。从屮从豆。凡壴之屬皆从壴。	陳樂立而上見也。从屮豆。凡壴之屬皆从壴。	「从屮从豆」與「从屮豆」之別。
161	鼓	郭也。春分之音,萬物郭皮甲而出,故謂之鼓。从壴,支象其手擊之也。《周禮》六鼓:靁鼓八面,靈鼓六面,路鼓四面,鼖鼓、皋鼓、晉鼓皆兩面。凡鼓之屬皆从鼓。䜴,籀文鼓,从古聲。	郭也。春分之音,萬物郭皮甲而出,故曰鼓。从壴,从屮又,屮象垂飾,又象其手擊之也。《周禮》六鼓:靁鼓八面,靈鼓六面,路鼓四面,鼖鼓、皋鼓、晉鼓皆兩面。凡鼓之屬皆从鼓。䜴,籀文鼓,从古。	「故謂之鼓」與「故曰鼓」之別。 「支象其手擊之也」與「从屮又,屮象垂飾,又象其手擊之也。」之別。 鼓鼓之別。 兩兩之別。 「从古聲」與「从古」之別。
162	豈	還師振旅樂也。一曰欲也,登也。从豆,微省聲。凡豈之屬皆从豈。	還師振旅樂也。一曰欲登也。从豆,㣲省聲。凡豈之屬皆从豈。	「一曰欲也,登也。」與「一曰欲登也」之別。 微㣲之別。
163	豆	古食肉器也。从口,象形。凡豆之屬皆从豆。㣪,古文豆。	古食肉器也。从口,象形。凡豆之屬皆从豆。㣪,古文豆。	
164	豊	行禮之器也。从豆,象形。凡豊之屬皆从豊。讀與禮同。	行禮之器也。从豆,象形。凡豊之屬皆从豊。讀與禮同。	豊豐之別。
165	豐	豆之豐滿者也。从豆,象形。一曰《鄉飲酒》有豐侯者。凡豐之屬皆从豐。豊,古文豐。	豆之豐滿也。从豆,象形。一曰《鄉飲酒》有豐侯者。凡豐之屬皆从豐。豊,古文豐。	「豆之豐滿者也」與「豆之豐滿也」之別。
166	虘	古陶器也。从豆虍聲。凡虘之屬皆从虘。	古陶器也。从豆虍聲。凡虘之屬皆从虘。	

167	虍	虎文也。象形。凡虍之屬皆从虍。	虎文也。象形。凡虍之屬皆从虍。讀若《春秋傳》曰「虍有餘」。	段注本多了「讀若《春秋傳》曰「虍有餘」。」一語。
168	虎	山獸之君。从虍,虎足象人足。象形。凡虎之屬皆从虎。𧇽,古文虎。𧇜,亦古文虎。	山獸之君。从虍从儿。虎足象人足也。凡虎之屬皆从虎。𧇽,古文虎。𧇜,亦古文虎。	「从虍,虎足象人足。象形。」與「从虍从儿。虎足象人足也。」之別。
169	虤	虎怒也。从二虎。凡虤之屬皆从虤。	虎怒也。从二虎。凡虤之屬皆从虤。	
170	皿	飯食之用器也。象形。與豆同意。凡皿之屬皆从皿。讀若猛。	飯食之用器也。象形。與豆同意。凡皿之屬皆从皿。讀若猛。	
171	凵	凵盧,飯器,以柳爲之。象形。凡凵之屬皆从凵。笡,凵或从竹去聲。	凵盧,飯器,已柳作之。象形。凡凵之屬皆从凵。笡,凵或从竹去聲。	凵凵之別。以已之別。柳柳之別。
172	去	人相違也。从大凵聲。凡去之屬皆从去。	人相違也。从大凵聲。凡去之屬皆从去。	凵凵之別。
173	血	祭所薦牲血也。从皿,一象血形。凡血之屬皆从血。	祭所薦牲血也。从皿,一象血形。凡血之屬皆从血。	
174	丶	有所絕止,丶而識之也。凡丶之屬皆从丶。	有所絕止,丶而識之也。凡丶之屬皆从丶。	
175	丹	巴越之赤石也。象采丹井,一象丹形。凡丹之屬皆从丹。𠁿,古文丹。彤,亦古文丹。	巴越之赤石也。象采丹井,丶象丹形。凡丹之屬皆从丹。𠁿,古文丹。彤,亦古文丹。	一丶之別。
176	青	東方色也。木生火,从生丹。丹青之信言象然。凡青之屬皆从青。岑,古文青。	東方色也。木生火,从生丹。丹青之信言必然。凡青之屬皆从青。岑,古文青。	「丹青之信言象然」與「丹青之信言必然」之別。青青之別。
177	井	八家一井,象構韓形。丶丶,罋之象也。古者伯益初作井。凡井之屬皆从井。	八家爲一井,象構韓形。丶丶,罋象也。古者伯益初作井。凡井之屬皆从井。	「八家一井」與「八家爲一井」之別。韓韓之別。「罋之象也」與「罋象也」之別。井井之別。
178	皀	穀之馨香也。象嘉穀在裹中之形。匕,所以扱之。或說皀,一粒也。凡皀之屬皆从皀。又讀若香。	穀之馨香也。象嘉穀在裹中之形。匕,所已扱之。或說皀,一粒也。凡皀之屬皆从皀。又讀若香。	以已之別。

179	鬯	以秬釀鬱艸，芬芳攸服，以降神也。从凵，凵，器也。中象米。匕，所以扱之。《易》曰：「不喪匕鬯。」凡鬯之屬皆从鬯。	㠯䰩秬釀鬱艸，芬芳攸服，㠯降神也。从△，△，器也。中象米。匕，所㠯扱之。《易》曰：「不喪匕鬯。」凡鬯之屬皆从鬯。	「以秬釀鬱艸」與「㠯䰩秬釀鬱艸」之別。以㠯之別。凵△之別。
180	食	一米也。从皀亼聲。或說亼皀也。凡食之屬皆从食。	亼米也。从皀亼聲。或說亼皀也。凡亼之屬皆从亼。	「一米」與「亼米」之別。食亼之別。
181	亼	三合也。从入一，象三合之形。凡亼之屬皆从亼。讀若集。	三合也。从入一，象三合之形。凡亼之屬皆从亼。讀若集。	
182	會	合也。从亼，从曾省。曾，益也。凡會之屬皆从會。佮，古文會如此。	合也。从亼，曾省。曾，益也。凡會之屬皆从會。佮，古文會如此。	「从曾省」與「曾省」之別。
183	倉	穀藏也。倉黃取而藏之，故謂之倉。从食省，口象倉形。凡倉之屬皆从倉。仺，奇字倉。	穀藏也。蒼黃取而臧之，故謂之倉。从倉省，口象倉形。凡倉之屬皆从倉。仺，奇字倉。	倉蒼之別。藏臧之別。食倉之別。
184	入	內也。象从上俱下也。凡入之屬皆从入。	內也。象從上俱下也。凡入之屬皆从入。	內內之別。从從之別。
185	缶	瓦器，所以盛酒漿。秦人鼓之以節謌。象形。凡缶之屬皆从缶。	瓦器，所㠯盛酒漿。秦人鼓（壴+攵）之㠯節謌。象形。凡缶之屬皆从缶。	以㠯之別。鼓（壴+攵）之別。
186	矢	弓弩矢也。从入，象鏑栝羽之形。古者夷牟初作矢。凡矢之屬皆从矢。	弓弩矢也。从入，象鏑栝羽之形。古者夷牟初作矢。凡矢之屬皆从矢。	
187	高	崇也。象臺觀高之形。从冂口。與倉、舍同意。凡高之屬皆从高。	崇也。象臺觀高之形。从冂口。與倉、舍同意。凡高之屬皆从高。	
188	冂	邑外謂之郊，郊外謂之野，野外謂之林，林外謂之冂。象遠界也。凡冂之屬皆从冂。冋，古文冂，从口，象國邑。坰，冋或从土。	邑外謂之郊，郊外謂之野，野外謂之林，林外謂之冂。象遠介也。凡冂之屬皆从冂。冋，古文冂，从口，象國邑。坰，冋或从土。	「象遠界」與「象遠介」之別。
189	亯	度也，民所度居也。从回，象城臺之重，兩亭相對也。或但从口。凡亯之屬皆从亯。	度也，民所度居也。从回，象城臺之重，兩亭相對也。或但从口。凡亯之屬皆从亯。	兩兩之別。

190	京	人所爲絕高丘也。从高省，丨象高形。凡京之屬皆从京。	人所爲絕高丘也。从高省，丨象高形。凡京之屬皆从京。	
191	亯	獻也。从高省，曰象進孰物形。《孝經》曰：「祭則鬼亯之。」凡亯之屬皆从亯。亭，篆文亯。	獻也。从高省，曰象孰物形。《孝經》曰：「祭則鬼亯之。」凡亯之屬皆从亯。亭，篆文亯。	「曰象進孰物形」與「曰象孰物形」之別。
192	𠦶	厚也。从反亯。凡𠦶之屬皆从𠦶。	厚也。从反亯。凡𠦶之屬皆从𠦶。	
193	畐	滿也。从高省，象高厚之形。凡畐之屬皆从畐。讀若伏。	滿也。从高省，象高厚之形。凡畐之屬皆从畐。讀若伏。	
194	㐭	穀所振入。宗廟粢盛，倉黃㐭而取之，故謂之㐭。从入，回象屋形，中有戶牖。凡㐭之屬皆从㐭。廩，㐭或从广从禾。	穀所振入也。宗廟粢盛，蒼黃㐭而取之，故謂之㐭。从入，从回，象屋形，中有戶牖。凡㐭之屬皆从㐭。廩，㐭或从广稟。	「穀所振入」與「穀所振入也」之別。 粢粢之別。 倉蒼之別。 「回象屋形」與「从回，象屋形」之別。 「㐭或从广从禾」與「㐭或从广稟」之別。
195	嗇	愛濇也。从來从㐭。來者，㐭而藏之。故田夫謂之嗇夫。凡嗇之屬皆从嗇。䨲，古文嗇从田。	愛濇也。从來㐭。來者，㐭而臧之。故田夫謂之嗇夫。一曰棘省聲。凡嗇之屬皆从嗇。䨲，古文嗇从田。	「从來从㐭」與「从來㐭」之別。 藏臧之別。 「嗇夫」與「嗇夫」之別。 段注多了「一曰棘省聲」一語。
196	來	周所受瑞麥來麰。一來二縫，象芒束之形。天所來也，故爲行來之來。《詩》曰：「詒我來麰。」凡來之屬皆从來。	周所受瑞麥來麰也。二麥一夆，象其芒束之形。天所來也，故爲行來之來。《詩》曰：「詒我來麰。」凡來之屬皆从來。	「周所受瑞麥來麰」與「周所受瑞麥來麰也」之別。 「一來二縫，象芒束之形」與「二麥一夆，象其芒束之形」之別。
197	麥	芒穀，秋穜厚薶，故謂之麥。麥，金也。金王而生，火王而死。从來，有穗者从夊。凡麥之屬皆从麥。	芒穀，秋穜厚薶，故謂之麥。麥，金也。金王而生，火王而死。从來，有穗者也。从夊。凡麥之屬皆从麥。	「有穗者」與「有穗者也」之別。
198	夊	行遲曳夊夊，象人兩脛有所躧也。凡夊之屬皆从夊。	行遲曳夊夊也。象人兩脛有所躧也。凡夊之屬皆从夊。	「行遲曳夊夊」與「行遲曳夊夊也」之別。 兩兩之別。

199	舛	對臥也。从夊㐄相背。凡舛之屬皆从舛。踳,楊雄說,舛从足春。	對臥也。从夊㐄相背。凡舛之屬皆从舛。踳,楊雄作舛从足𦰡。	「楊雄說,舛从足春」與「楊雄作舛从足𦰡」之別。
200	舜	艸也。楚謂之葍,秦謂之藑。蔓地連華。象形。从舛,舛亦聲。凡舜之屬皆从舜。蓥,古文舜。	䑞艸也。楚謂之葍,秦謂之藑。蔓地生而連蔓。象形。从舛,舛亦聲。凡舜之屬皆从舜。蓥,古文舜。	「艸也」與「䑞艸也」之別。 蓥蓥之別。 「蔓地連華」與「蔓地生而連蔓」之別。
201	韋	相背也。从舛口聲。獸皮之韋,可以束枉戾相韋背,故借以爲皮韋。凡韋之屬皆从韋。韋,古文韋。	相背也。从舛口聲。獸皮之韋,可㠯束物枉戾相韋背,故借㠯爲皮韋。凡韋之屬皆从韋。韋,古文韋。	「可以束枉戾相韋背」與「可㠯束物枉戾相韋背」之別。 以㠯之別。
202	弟	韋束之次弟也。从古字之象。凡弟之屬皆从弟。丰,古文弟,从古文韋省,丿聲。	韋束之次弟也。从古文之象。凡弟之屬皆从弟。丰,古文弟,从古文韋省,丿聲。	「从古字之象」與「从古文之象」之別。
203	夊	从後至也。象人兩脛後有致之者。凡夊之屬皆从夊。讀若黹。	從後至也。象人兩脛後有致之者。凡夊之屬皆从夊。讀若黹。	从從之別。 兩兩之別。
204	久	以後灸之,象人兩脛後有距也。《周禮》曰:「久諸牆以觀其橈。」凡久之屬皆从久。	從後灸之也。象人兩脛後有距也。《周禮》曰:「久諸牆以觀其橈。」凡久之屬皆从久。	「以後灸之」與「從後灸之也」之別。 兩兩之別。 距距之別。
205	桀	磔也。从舛在木上也。凡桀之屬皆从桀。	磔也。从舛在木上也。凡桀之屬皆从桀。	
206	木	冒也。冒地而生。東方之行。从屮,下象其根。凡木之屬皆从木。	冒也。冒地而生。東方之行。从屮,下象其根。凡木之屬皆从木。	
207	東	動也。从木。官溥說,从日在木中。凡東之屬皆从東。	動也。從木。官溥說,从日在木中。凡東之屬皆從東。	从從之別。
208	林	平土有叢木曰林。从二木。凡林之屬皆从林。	平土有叢木曰林。從二木。凡林之屬皆從林。	从從之別。
209	才	艸木之初也。从丨上貫一,將生枝葉。一,地也。凡才之屬皆从才。	艸木之初也。從丨上貫一,將生枝葉也。一,地也。凡才之屬皆從才。	从從之別。 「將生枝葉」與「將生枝葉也」之別。
210	叒	日初出東方湯谷,所登榑桑。叒木也。象形。凡叒之屬皆从叒。嗀,籀文。	日初出東方湯谷,所登榑桑。叒木也。象形。凡叒之屬皆從叒。嗀,,籀文。	从從之別。

211	之	出也。象艸過屮，枝莖益大，有所之。一者，地也。凡之之屬皆从之。	出也。象艸過屮，枝莖漸益大，有所之也。一者，地也。凡屮之屬皆从屮。	「枝莖益大，有所之」與「枝莖漸益大，有所之也」之別。 之屮之別。
212	帀	周也。从反之而帀也。凡帀之屬皆从帀。周盛說。	匊也。从反屮而帀也。凡帀之屬皆从帀。周盛說。	周匊之別。 之屮之別。
213	出	進也。象艸木益滋，上出達也。凡出之屬皆从出。	進也。象艸木益茲，上出達也。凡出之屬皆从出。	達達之別。
214	宋	艸木盛宋宋然。象形。八聲。凡宋之屬皆从宋。讀若輩。	艸木盛宋宋然。象形。八聲。凡宋之屬皆从宋。讀若輩。	
215	生	進也。象艸木生出土上。凡生之屬皆从生。	進也。象艸木生出土上。凡生之屬皆从生。	
216	乇	艸葉也。从垂穗，上貫一，下有根。象形。凡乇之屬皆从乇。	艸葉也。巫采。上毌一，下有根。象形字。凡乇之屬皆从乇。	「从垂穗」與「巫采」之別。 貫毌之別。 「象形」與「象形字」之別。
217	巫	艸木華葉巫。象形。凡巫之屬皆从巫。𠌶，古文。	艸木華葉巫。象形。凡巫之屬皆从巫。𠌶，古文。	
218	𠌶	艸木華也。从巫亏聲。凡𠌶之屬皆从𠌶。葊，𠌶或从艸从夸。	艸木華也。从巫亏聲。凡𠌶之屬皆从𠌶。葊，𠌶或从艸从夸。	
219	華	榮也。从艸从𠌶。凡華之屬皆从華。	榮也。从艸𠌶。凡葊之屬皆从葊。	「从艸从𠌶」與「从艸𠌶」之別。 華葊之別。
220	禾	木之曲頭止不能上也。凡禾之屬皆从禾。	木之曲頭止不能上也。凡禾之屬皆从禾。	
221	稽	畱止也。从禾从尤，旨聲。凡稽之屬皆从稽。	畱止也。从禾从尤，𠔃聲。凡稽之屬皆从稽。	旨𠔃之別。
222	巢	鳥在木上曰巢，在穴曰窠。从木，象形。凡巢之屬皆从巢。	鳥在木上曰巢，在穴曰窠。从木，象形。凡巢之屬皆从巢。	
223	桼	木汁，可以鬃物。象形。桼如水滴而下。凡桼之屬皆从桼。	木汁。可㠯鬃物。从木。象形。桼如水滴而下也。凡桼之屬皆从桼。	以㠯之別。 段注多了「从木」一語。 「桼如水滴而下」與「桼如水滴而下也」之別。

224	束	縛也。从口木。凡束之屬皆从束。	縛也。从口木。凡束之屬皆从束。	
225	櫜	櫜也。从束圂聲。凡櫜之屬皆从櫜。	櫜也。从束圂聲。凡櫜之屬皆从櫜。	
226	囗	回也。象回帀之形。凡囗之屬皆从囗。	回也。象回帀之形。凡囗之屬皆从囗。	
227	員	物數也。从貝囗聲。凡員之屬皆从員。[illegible]，籒文从鼎。	物數也。从貝囗聲。凡員之屬皆从員。[illegible]，籒文从鼎。	
228	貝	海介蟲也。居陸名猋，在水名蜬。象形。古者貨貝而寶龜，周而有泉，至秦廢貝行錢。凡貝之屬皆从貝。	海介蟲也。居陸名猋，在水名蜬。象形。古者貨貝而寶龜，周而有泉，至秦廢貝行錢。凡貝之屬皆从貝。	
229	邑	國也。从囗。先王之制，尊卑有大小，从卪。凡邑之屬皆从邑。	國也。从囗，先王之制，尊卑有大小，从卪。凡邑之屬皆从邑。	卑卑之別。
230	𨛜	鄰道也。从邑从邑。凡𨛜之屬皆从𨛜。闕。	鄰道也。从邑从邑。凡𨛜之屬皆从𨛜。闕。	
231	日	實也。太陽之精不虧。从囗一。象形。凡日之屬皆从日。㘥，古文。象形。	實也。大昜之精不虧。从囗一，象形。凡日之屬皆从日。㘥，古文。象形。	「太陽」與「大昜」之別。
232	旦	明也。从日見一上。一，地也。凡旦之屬皆从旦。	朙也。从日見一上。一，地也。凡旦之屬皆从旦。	明朙之別。
233	倝	日始出，光倝倝也。从旦㫃聲。凡倝之屬皆从倝。	日始出，光倝倝也。从旦㫃聲。凡倝之屬皆从倝。	
234	㫃	旌旗之游，㫃蹇之皃。从屮，曲而下垂，㫃相出入也。讀若偃。古人名，㫃，字子游。凡㫃人之屬皆从㫃。，古文㫃字，象形及象旌旗之游。	旌旗之游，㫃蹇之皃。从屮，曲而𠂹下，㫃相出入也。讀若偃。古人名，㫃，字子游。凡㫃之屬皆从㫃。，古文㫃字，象旌旗之游及㫃之形。	「曲而下垂」與「曲而𠂹下」之別。 「象形及象旌旗之游」與「象旌旗之游及㫃之形」之別。
235	冥	幽也。从日从六，冖聲。日數十。十六日而月始虧幽也。凡冥之屬皆从冥。	窫也。从日六，从冖。日數十。十六日而月始虧冥也。冖亦聲。凡冥之屬皆从冥。	「幽也」與「窫也」之別。 「从日从六，冖聲」與「从日六，从冖」之別。 「月始虧幽也」與「月始虧冥也」之別。 段注多了「冖亦聲」一語。

236	晶	精光也。从三日。凡晶之屬皆从晶。	精光也。从三日。凡晶之屬皆从晶。	
237	月	闕也。大陰之精。象形。凡月之屬皆从月。	闕也。大侌之精。象形。凡月之屬皆从月。	陰侌之別。
238	有	不宜有也。《春秋傳》曰：「日月有食之。」从月又聲。凡有之屬皆从有。	不宜有也。《春秋傳》曰：「日月有食之。」从月又聲。凡有之屬皆从有。	
239	朙	照也。从月从囧。凡朙之屬皆从朙。明，古文朙从日。	照也。从月囧。凡朙之屬皆从朙。明，古文从日。	「从月从囧」與「从月囧」之別。「古文朙从日」與「古文从日」之別。
240	囧	窻牖麗廔闓明。象形。凡囧之屬皆从囧，讀若獷。賈侍中說，讀與明同。	窻牖麗廔闓朙也。象形。凡囧之屬皆从囧，讀若獷。賈侍中說，讀與朙同。	「闓明」與「闓朙也」之別。「讀與明同」與「讀與朙同」之別。
241	夕	莫也。从月半見。凡夕之屬皆从夕。	𦱤也。从月半見。凡夕之屬皆从夕。	莫𦱤之別。
242	多	重也。从重夕。夕者，相繹也，故爲多。重夕爲多，重日爲疊。凡多之屬皆从多。夛，古文多。	緟也。从緟夕。夕者，相繹也，故爲多。緟夕爲多，緟日爲疊。凡多之屬皆从多。夛，古文並夕。	重緟之別。「古文多」與「古文並夕」之別。
243	毌	穿物持之也。从一横貫，象寶貨之形。凡毌之屬皆从毌。讀若冠。	穿物持之也。从一横囗，囗象寶貨之形。凡毌之屬皆从毌。讀若冠。	「从一横貫，象寶貨之形」與「从一横囗，囗象寶貨之形」之別。
244	㞷	嘾也。艸木之華未發函然。象形。凡㞷之屬皆从㞷。讀若含。	嘾也。艸木之琴未發函然。象形。凡巳之屬皆从巳。讀若含。	華琴之別。㞷巳之別。
245	東	木垂華實。从木、㞷，㞷亦聲。凡東之屬皆从東。	艸木垂華實也。从木、㞷，㞷亦聲。凡東之屬皆从東。	「木垂華實」與「艸木垂華實也」之別。
246	卤	艸木實垂卤卤然。象形。凡卤之屬皆从卤。讀若調。㔪，籒文三卤爲卤。	艸木實壐卤卤然。象形。凡卤之屬皆从卤。讀若調。㔪，籒文从三卤作。	垂壐之別。「籒文三卤爲卤」與「籒文从三卤作」之別。
247	齊	禾麥吐穗上平也。象形。凡㪟之屬皆从㪟。	禾麥吐穗上平也。象形。凡齊之屬皆从齊。	㪟齊之別。
248	朿	木芒也。象形。凡朿之屬皆从朿。讀若刺。	木芒也。象形。凡朿之屬皆从朿。讀若刺。	
249	片	判木也。从半木。凡片之屬皆从片。	判木也。从半木。凡片之屬皆从片。	

250	鼎	三足兩耳，和五味之寶器也。昔禹收九牧之金，鑄鼎荊山之下，入山林川澤，螭魅蝄蜽，莫能逢之，以協承天休。《易》卦：巽木於下者爲鼎，象析木以炊也。籒文以鼎爲貞字。凡鼎之屬皆从鼎。	三足兩耳，和五味之寶器也。象析木弖炊。貞省聲。昔禹收九牧之金，鑄鼎荊山之下，入山林川澤者，离魅蝄蜽，莫能逢之，弖協承天休。《易》卦：巽木於下者爲鼎。古文弖貝爲鼎。籒文弖鼎爲貝。凡鼎之屬皆从鼎。	兩两之別。段注將「象析木弖炊」上移，並多了「貞省聲。」一語。「入山林川澤」與「入山林川澤者」之別。螭离之別。蝄蝄之別。以弖之別。巽巽之別「籒文以鼎爲貞字」與「古文弖貝爲鼎。籒文弖鼎爲貝」之別。
251	克	肩也。象屋下刻木之形。凡克之屬皆从克。亨，古文克。㞷，亦古文克。	肩也。象屋下刻木之形。凡克之屬皆从克。亨，古文克。㞷，亦古文克。	
252	彔	刻木彔彔也。象形。凡彔之屬皆从彔。	刻木彔彔也。象形。凡彔之屬皆从彔。	彔彔之別。
253	禾	嘉穀也。二月始生，八月而孰，得時之中，故謂之禾。禾，木也。木王而生，金王而死。从木，从𠂹省，𠂹象其穗。凡禾之屬皆从禾。	嘉穀也。弖二月始生，八月而孰，得之中和，故謂之禾。禾，木也。木王而生，金王而死。从木，象其穗。凡禾之屬皆从禾。	穀穀之別。「二月始生」與「弖二月始生」之別。「弖二月始生」與「得之中和」之別。「从𠂹省，𠂹象其穗」與「象其穗」之別。
254	秝	稀疏適也。从二禾。凡秝之屬皆从秝。讀若歷。	稀疏適秝也。从二禾。凡秝之屬皆从秝。讀若歷。	「稀疏適也」與「稀疏適秝也」之別。
255	黍	禾屬而黏者也。以大暑而種，故謂之黍。从禾，雨省聲。孔子曰：「黍可爲酒。」禾入水也。凡黍之屬皆从黍。	禾屬而黏者也。弖大暑而種，故謂之黍。从禾，雨省聲。孔子曰：「黍可爲酒。」故从禾入水也。凡黍之屬皆从黍。	以弖之別。「禾入水也」與「故从禾入水也」之別。
256	香	芳也。从黍从甘。《春秋傳》曰：「黍稷馨香。」凡香之屬皆从香。	芳也。从黍从甘。《春秋傳》曰：「黍稷馨香。」凡𪏰之屬皆从𪏰。	香𪏰之別。
257	米	粟實也。象禾實之形。凡米之屬皆从米。	粟實也。象禾黍之形。凡米之屬皆从米。	「禾實」與「禾黍」之別。
258	毇	米一斛舂爲八斗也。从臬从殳。凡毇之屬皆从毇。	㸞米一斛舂爲九斗也。从臼米，从殳。凡毇之屬皆从毇。	「米一斛舂爲八斗也」與「㸞米一斛舂爲九斗也」之別。「从臬从殳」與「从臼米，从殳」之別。

259	臼	舂也。古者掘地爲臼，其後穿木石。象形。中米也。凡臼之屬皆从臼。	舂臼也。古者掘地爲臼，其後穿木石。象形。中象米也。凡臼之屬皆从臼。	「舂也」與「舂臼也」之別。 「中米也」與「中象米也」之別。
260	凶	惡也。象地穿交陷其中也。凡凶之屬皆从凶。	惡也。象地穿交陷其中也。凡凶之屬皆从凶。	
261	朩	分枲莖皮也。从屮，八象枲之皮莖也。凡朩之屬皆从朩。讀若髕。	分枲莖皮也。从屮，八象枲皮。凡朩之屬皆从朩。讀若髕。	「八象枲之皮莖也」與「八象枲皮」之別。
262	林	葩之總名也。林之爲言微也，微纖爲功。象形。凡林之屬皆从林。	葩之總名也。林之爲言微也，微纖爲功。象形。凡林之屬皆从林。	葩葩之別。
263	麻	與林同。人所治，在屋下。从广从林。凡麻之屬皆从麻。	枲也。从㯳从广。林，人所治也，在屋下。凡麻之屬皆从麻。	「與林同。人所治，在屋下。从广从林。」與「枲也。从㯳从广。林，人所治也，在屋下。」之別。
264	尗	豆也。象尗豆生之形也。凡尗之屬皆从尗。	豆也。尗象豆生之形也。凡尗之屬皆从尗。	「象尗豆生之形也」與「尗象豆生之形也」之別。
265	耑	物初生之題也。上象生形，下象其根也。凡耑之屬皆从耑。	物初生之題也。上象生形，下象根也。凡耑之屬皆从耑。	「下象其根」與「下象根也」之別。
266	韭	菜名。一種而久者，故謂之韭。象形，在一之上。一，地也。此與耑同意。凡韭之屬皆从韭。	韭菜也。一種而久生者也，故謂之韭。象形，在一之上。一，地也。此與耑同意。凡韭之屬皆从韭。	「菜名。一種而久者」與「韭菜也。一種而久生者也」之別。
267	瓜	㼚也。象形。凡瓜之屬皆从瓜。	蓏也。象形。凡瓜之屬皆从瓜。	㼚蓏之別。
268	瓞	䖬也。从瓜夸聲。凡瓞之屬皆从瓞。	䖬也。从瓜夸聲。凡瓞之屬皆从瓞。	
269	宀	交覆深屋也。象形。凡宀之屬皆从宀。	交覆突屋也。象形。凡宀之屬皆从宀。	深突之別。
270	宮	室也。从宀，躳省聲。凡宮之屬皆从宮。	室也。从宀，躳省聲。凡宮之屬皆从宮。	
271	呂	脊骨也。象形。昔太嶽爲禹心呂之臣，故封呂矦。凡呂之屬皆从呂。膂，篆文呂，从肉从旅。	脊骨也。象形。昔大嶽爲禹心呂之臣，故封呂矦。凡呂之屬皆从呂。膂，篆文呂，从肉旅聲。	「太嶽」與「大嶽」之別。 「从肉从旅」與「从肉旅聲」之別。

272	穴	土室也。从宀八聲。凡穴之屬皆从穴。	土室也。从宀八聲。凡穴之屬皆从穴。	
273	寢	寐而有覺也。从宀从疒，夢聲。《周禮》：「以日月星辰占六寢之吉凶：一曰正寢，二曰噩寢，三曰思寢，四曰悟寢，五曰喜寢，六曰懼寢。」凡寢之屬皆从寢。	寐而覺者也。从宀从疒，夢聲。《周禮》：「㠯日月星辰占六寢之吉凶：一曰正寢，二曰噩寢，三曰思寢，四曰寤寢，五曰喜寢，六曰懼寢。」凡寢之屬皆从寢。	「寐而有覺也」與「寐而覺者也」之別。疒疒之別。以㠯之別。悟寤之別。
274	疒	倚也。人有疾病，象倚箸之形。凡疒之屬皆从疒。	倚也。人有疾痛也，象倚箸之形。凡疒之屬皆从疒。	「人有疾病」與「人有疾痛也」之別。疒疒之別。
275	冖	覆也。从一下垂也。凡冖之屬皆从冖。	覆也。从一下丞。凡冖之屬皆从冖。	「从一下垂也」與「从一下丞」之別。冖冖之別。
276	冃	重覆也。从冂一。凡冃之屬皆从冃。讀若艸苺苺。	重覆也。从冂一。凡冃之屬皆从冃。讀若艸苺苺。	
277	冒	小兒蠻夷頭衣也。从冂。二，其飾也。凡冒之屬皆从冒。	小兒及蠻夷頭衣也。从冂。二，其飾也。凡冒之屬皆从冒。	「小兒蠻夷頭衣也」與「小兒及蠻夷頭衣也」之別。
278	兩	再也。从冂，闕。《易》曰：「參天兩地。」凡兩之屬皆从兩。	再也。从冂，从从，从丨。《易》曰：「參天兩地。」凡兩之屬皆从兩。	「闕」與「从从，从丨」之別。
279	网	庖犧所結繩以漁。从冂，下象网交文。凡网之屬皆从网。罔，网或加亡。䍐，或从糸。㲋，古文网。网，籀文网。	庖犧氏所結繩㠯田㠯漁也。从冖，下象网交文。凡网之屬皆从网。罔，网或加亡。䍐，或从糸。㲋，古文网，从冖亡聲。网，籀文从冃。	「庖犧所結繩以漁」與「庖犧氏所結繩㠯田㠯漁也」之別。冂冖之別。「古文网」與「古文网，从冖亡聲」之別。「籀文网」與「籀文从冃」之別。
280	襾	覆也。从冂，上下覆之。凡襾之屬皆从襾。讀若晉。	覆也。从冂，上下覆之。凡襾之屬皆从襾。讀若晉。	
281	巾	佩巾也。从冂，丨象糸也。凡巾之屬皆从巾。	佩巾也。从冖，丨象糸也。凡巾之屬皆从巾。	冂冖之別。
282	市	韠也。上古衣蔽前而巳，市以象之。天子朱市，諸矦赤市，大夫葱衡。从巾，象連帶之形。凡市之屬皆从市。韍，篆文市，从韋从犮。	韠也。上古衣蔽前而巳，市㠯象之。天子朱市，諸侯赤市，大夫蔥衡。从巾，象連帶之形。凡市之屬皆从市。韍，篆文市，从韋从犮。俗作紱。	以㠯之別。矦侯之別。葱蔥之別。段注多了「俗作紱」一語。

283	帛	繒也。从巾白聲。凡帛之屬皆从帛。	繒也。从巾白聲。凡帛之屬皆从帛。	
284	白	西方色也。陰用事物色白。从入合二。二，陰數。凡白之屬皆从白。𦣺，古文白。	西方色也。会用事物色白。从入合二。二，会數。凡白之屬皆从白。𦣺，古文白。	陰会之別。
285	㡀	敗衣也。从巾，象衣敗之形。凡㡀之屬皆从㡀。	敗衣也。从巾，象衣敗之形。凡㡀之屬皆从㡀。	
286	黹	箴縷所紩衣。从㡀，丵省。凡黹之屬皆从黹。	箴縷所紩衣也。从㡀，丵省。象刺文也。凡黹之屬皆从黹。	「箴縷所紩衣」與「箴縷所紩衣也」之別。段注多了「象刺文也」一語。
287	人	天地之性最貴者也。此籀文。象臂脛之形。凡人之屬皆从人。	天地之性取貴者也。此籀文。象臂脛之形。凡人之屬皆从人。	最取之別。
288	匕	變也。从到人。凡匕之屬皆从匕。	變也。从到人。凡匕之屬皆从匕。	
289	匕	相與比敘也。从反人。匕，亦所以用比取飯，一名柶。凡匕之屬皆从匕。	相與比敘也。从反人。匕，亦所㠯用比取飯，一名柶。凡匕之屬皆从匕。	以㠯之別。
290	从	相聽也。从二人。凡从之屬皆从从。	相聽也。从二人。凡从之屬皆从从。	
291	比	密也。二人爲从，反从爲比。凡比之屬皆从比。𣬅，古文比。	密也。二人爲从，反从爲比。凡比之屬皆从比。𣬅，古文比。	
292	北	乖也。从二人相背。凡北之屬皆从北。	乖也。从二人相背。凡北之屬皆从北。	
293	丘	土之高也，非人所爲也。从北从一。一，地也，人居在丘南，故从北。中邦之居，在崐崘東南。一曰四方高，中央下爲丘。象形。凡丘之屬皆从丘。坖，古文从土。	土之高也，非人所爲也。从北从一。一，地也，人凥在北南，故从北。中邦之凥，在昆侖東南。一曰四方高，中央下爲丘。象形。凡北之屬皆从北。坖，古文从土。	居凥之別。丘北之別。「崐崘」與「昆侖」之別。
294	仸	眾立也。从三人。凡乑之屬皆从乑。讀若欽崟。	眾立也。从三人。凡仸之屬皆从仸。讀若欽崟。	乑仸之別。
295	壬	善也。从人士。士，事也。一曰象物出地挺生。凡壬之屬皆从壬。	善也。从人士。士，事也。一曰象物出地挺生也。凡壬之屬皆从壬。	壬壬之別。

296	重	厚也。从壬東聲。凡重之屬皆从重。	厚也。从壬東聲。凡重之重皆从重。	「凡重之屬皆从重」與「凡重之重皆从重」之別。
297	臥	休也。从人臣，取其伏也。凡臥之屬皆从臥。	伏也。从人臣，取其伏也。凡臥之屬皆从臥。	「休也」與「伏也」之別。
298	身	躬也。象人之身。从人厂聲。凡身之屬皆从身。	躬也。从人，申省聲。凡身之屬皆从身。	「象人之身。从人厂聲。」與「从人，申省聲。」之別。
299	㢓	歸也。从反身。凡㢓之屬皆从㢓。	歸也。从反身。凡㢓之屬皆从㢓。	
300	衣	依也。上曰衣，下曰裳。象覆二人之形。凡衣之屬皆从衣。	依也。上曰衣，下曰常。象覆二人之形。凡衣之屬皆从衣。	裳常之別。
301	裘	皮衣也。从衣求聲。一曰象形。與衰同意。凡裘之屬皆从裘。求，古文裘。	皮衣也。从衣，象形。與衰同意。凡裘之屬皆从裘。求，古文裘。	「从衣求聲。一曰象形。」與「从衣，象形。」之別。裘裘之別。
302	老	考也。七十曰老。从人毛匕。言須髮變白也。凡老之屬皆从老。	考也。七十曰老。从人毛匕。言須髮變白也。凡老之屬皆从老。	
303	毛	眉髮之屬及獸毛也。象形。凡毛之屬皆从毛。	眉髮之屬及獸毛也。象形。凡毛之屬皆从毛。	眉眉之別。
304	毳	獸細毛也。从三毛。凡毳之屬皆从毳。	獸細毛也。从三毛。凡毳之屬皆从毳。	
305	尸	陳也。象臥之形。凡尸之屬皆从尸。	陳也。象臥之形。凡尸之屬皆从尸。	
306	尺	十寸也。人手卻十分動脈爲寸口。十寸爲尺。尺，所以指尺規榘事也。从尸从乙。乙，所識也。周制：寸、尺、咫、尋、常、仞諸度量，皆以人之體爲法。凡尺之屬皆从尺。	十寸也。人手卻十分動脈爲寸口。十寸爲尺。尺，所吕指尺規榘事也。从尸从乙。乙，所識也。周制：寸、尺、咫、尋、常、仞諸度量，皆吕人之體爲法。凡尺之屬皆从尺。	以吕之別。
307	尾	微也。从到毛在尸後。古人或飾系尾，西南夷亦然。凡尾之屬皆从尾。	微也。从到毛在尸後。古人或飾系尾，西南夷皆然。凡尾之屬皆从尾。	「西南夷亦然」與「西南夷皆然」之別。
308	履	足所依也。从尸从彳从夂，舟象履形。一曰尸聲。凡履之屬皆从履。顗，古文履。从頁从足。	足所依也。从尸，服履者也。从彳夂。从舟，象履形。一曰尸聲。凡履之屬皆从履。顗，古文履。从頁从足。	「从尸从彳从夂，舟象履形。」與「从尸，服履者也。从彳夂。从舟，象履形。」之別。履履之別。

309	舟	船也。古者，共鼓貨狄，刳木爲舟，剡木爲楫，以濟不通。象形。凡舟之屬皆从舟。	船也。古者，共𠐁貨狄、刳木爲舟，剡木爲楫，以濟不通。象形。凡舟之屬皆从舟。	鼓𠐁之別。
310	方	併船也。象兩舟省，緫頭形。凡方之屬皆从方。汸，方或从水。	併船也。象兩舟省，緫頭形。凡方之屬皆从方。汸，方或从水。	
311	儿	仁人也。古文奇字人也。象形。孔子曰：「在人下，故詰屈。」凡儿之屬皆从儿。	古文奇字人也。象形。孔子曰：「儿在下，故詰詘。」凡儿之屬皆从儿。	大徐多了「仁人也」一語。 「在人下，故詰屈。」與「儿在下，故詰詘。」之別。
312	兄	長也。从儿从口。凡兄之屬皆从兄。	長也。从儿从口。凡兄之屬皆从兄。	
313	兂	首笄也。从人，匕象簪形。凡兂之屬皆从兂。簪，俗兂，从竹从朁。	首笄也。从儿，匸象形。凡兂之屬皆从兂。簪，俗兂，从竹从朁。	「匕象簪形」與「匸象形」之別。
314	皃	頌儀也。从人，白象人面形。凡皃之屬皆从皃。須，皃或从頁，豹省聲。貌，籀文皃，从豹省。	頌儀也。从儿，白象面形。凡皃之屬皆从皃。須，皃或从頁，豹省聲。貌，籀文皃，从豸。	「从人，白象人面形」與「从儿，白象面形」之別。 「从豹省」與「从豸」之別。
315	兜	驪蔽也。从人，象左右皆蔽形。凡兜之屬皆从兜。讀若瞽。	驪蔽也。从儿，象左右皆蔽形。凡兜之屬皆从兜。讀若瞽。	「从人」與「从儿」之別。
316	先	前進也。从儿从之。凡先之屬皆从先。	前進也。从儿之。凡先之屬皆从先。	「从儿从之」與「从儿之」之別。
317	禿	無髮也。从人，上象禾粟之形，取其聲。凡禿之屬皆从禿。王育說：蒼頡出見禿人伏禾中，因以制字。未知其審。	無髮也。从儿，上象禾粟之形，取其聲。凡禿之屬皆从禿。王育說：倉頡出見禿人伏禾中，因吕制字。未知其審。	「从人」與「从儿」之別。 禿禿之別。 蒼倉之別。 以吕之別。
318	見	視也。从儿从目。凡見之屬皆从見。	視也。从目儿。凡見之屬皆从見。	「从儿从目」與「从目儿」之別。
319	覞	竝視也。从二見。凡覞之屬皆从覞。	竝視也。从二見。凡覞之屬皆从覞。	
320	欠	張口气悟也。象气从人上出之形。凡欠之屬皆从欠。	張口气悟也。象气从儿上出之形。凡欠之屬皆从欠。	人儿之別。

321	㱃	歠也。从欠酓聲。凡㱃之屬皆从㱃。㳓，古文㱃，从今水。㱃，古文㱃，从今食。	歠也。从欠酓聲。凡㱃之屬皆从㱃。㳓，古文㱃，从今水。㱃，古文㱃，从今食。	
322	㳄	慕欲口液也。从欠从水。凡㳄之屬皆从㳄。㴇，㳄或从侃。㵚，籀文㳄。	慕欲口液也。从欠水。凡㳄之屬皆从㳄。㴇，㳄或从侃。㵚，籀文㳄。	「从欠从水」與「从欠水」之別。
323	旡	㱃食气屰不得息曰旡。从反欠。凡旡之屬皆从旡。㤅，古文旡。	㱃食屰气不得息曰旡。从反欠。凡旡之屬皆从旡。㤅，古文旡。	「气屰」與「屰气」之別。 旡旡之別。
324	頁	頭也。从百从几。古文䭫首如此。凡頁之屬皆从頁。百者，䭫首字也。	頭也。从百从儿。古文䭫首如此，凡頁之屬皆从頁。	几儿之別。 大徐多了「百者，䭫首字也。」一語。
325	百	頭也。象形。凡百之屬皆从百。	頭也。象形。凡百之屬皆从百。	
326	面	顏前也。从百，象人面形。凡面之屬皆从面。	顏前也。从百，象人面形。凡面之屬皆从面。	
327	丏	不見也。象壅蔽之形。凡丏之屬皆从丏。	不見也。象𩔖蔽之形。凡丏之屬皆从丏。	壅𩔖之別。
328	首	百，同古文百也。巛象髮，謂之鬊，鬊即巛也。凡𦣻之屬皆从𦣻。	古文百也。巛象髮，髮謂之鬊，鬊即巛也。凡𦣻之屬皆从𦣻。	「百，同古文百也」與「古文百也」之別。 「謂之鬊」與「髮謂之鬊」之別。
329	𥄉	到首也。賈侍中說：此斷首到縣𥄉字。凡𥄉之屬皆从𥄉。	到𦣻也。賈侍中說：此斷𦣻到縣𥄉字。凡𥄉之屬皆从𥄉。	首𦣻之別。 「斷首」與「斷𦣻」之別。
330	須	面毛也。从頁从彡。凡須之屬皆从須。	頤下毛也。从頁彡。凡須之屬皆从須。	「面毛也」與「頤下毛也」之別。 「从頁从彡」與「从頁彡」之別。
331	彡	毛飾畫文也。象形。凡彡之屬皆从彡。	毛飾畫文也。象形。凡彡之屬皆从彡。	
332	彣	䶜也。从彡从文。凡彣之屬皆从彣。	䶜也。从彡文。凡彣之屬皆从彣。	「从彡从文」與「从彡文」之別。
333	文	錯畫也。象交文。凡文之屬皆从文。	錯畫也。象交文。凡文之屬皆从文。	
334	髟	長髮猋猋也。从長从彡。凡髟之屬皆从髟。	長髮猋猋也。从長彡，一曰白黑髮褋而髟。凡髟之屬皆从髟。	「从長从彡」與「从長彡」之別。 段注多了「一曰白黑髮褋而髟」一語。

335	后	繼體君也。象人之形。施令以告四方，故厂之。从一、口。發號者，君后也。凡后之屬皆从后。	繼體君也。象人之形，从口，易曰：后已施令告四方。凡后之屬皆从后。	「象人之形。施令以告四方，故厂之。从一、口。發號者，君后也。」與「从口，易曰：后已施令告四方。」之別。
336	司	臣司事於外者。从反后。凡司之屬皆从司。	臣司事於外者。从反后。凡司之屬皆从司。	
337	卮	圜器也。一名觛。所以節飲食。象人，卪在其下也。《易》曰：「君子節飲食。」凡卮之屬皆从卮。	圜器也。一名觛。所已節歡食，象人，卪在其下也。《易》曰：「君子節歡食。」凡卮之屬皆从卮。	以已之別。歡飲之別。
338	卪	瑞信也。守國者用玉卪，守都鄙者用角卪，使山邦者用虎卪，士邦者用人卪，澤邦者用龍卪，門關者用符卪，貨賄用璽卪，道路用旌卪。象相合之形。凡卪之屬皆从卪。	瑞信也。守邦國者用玉卪，守都鄙者用角卪，使山邦者用虎卪，土邦者用人卪，澤邦者用龍卪，門關者用符卪，貨賄用璽卪，道路用旌卪。象相合之形。凡卪之屬皆从卪。	「守國者」與「守邦國者」之別。「士邦者」與「土邦者」之別。
339	印	執政所持信也。从爪从卪。凡印之屬皆从印。	執政所持信也。从爪卪。凡印之屬皆从印。	「从爪从卪」與「从爪卪」之別。
340	色	顏气也。从人从卪。凡色之屬皆从色。𢒏，古文。	顏气也。从人卪。凡色之屬皆从色。𢒏，古文。	「从人从卪」與「从人卪」之別。
341	卯	事之制也。从卪𠃊。凡卯之屬皆从卯。闕。	事之制也。从卪卩。凡卯之屬皆从卯。闕。	「从卪𠃊」與「从卪卩」之別。卯卯之別。
342	辟	法也。从卪从辛，節制其辠也。从口，用法者也。凡辟之屬皆从辟。	法也。从卪辛，節制其辠也。从口，用法者也。凡辟之屬皆从辟。	「从卪从辛」與「从卪辛」之別。
343	勹	裹也。象人曲形，有所包裹。凡勹之屬皆从勹。	裹也。象人曲形，有所包裹。凡勹之屬皆从勹。	
344	包	象人裹妊，巳在中，象子未成形也。元气起於子。子，人所生也。男左行三十，女右行二十，俱立於巳，爲夫婦。裹妊於巳，巳爲子，十月而生。男起巳至寅，女起巳至申。故男季始寅，女季始申也。凡包之屬皆从包。	妊也。象人裹妊，巳在中，象子未成形也。元气起於子。子，人所生也。男左行三十，女右行二十，俱立於巳，爲夫婦。裹妊於巳，巳爲子，十月而生。男起巳至寅，女起巳至申。故男年始寅，女年始申也。凡包之屬皆从包。	段注多了「妊也」一語。季年之別。

345	茍	自急敕也。从羊省,从包省。从口,口猶慎言也。从羊,羊與義、善、美同意。凡茍之屬皆从茍。𦱶,古文不省。	自急敕也。从芅省,从勹口。勹口,猶慎言也。从羊,與義、善、美同意。凡茍之屬皆从茍。𦱶,古文不省。	羊芅之別。 「从包省」與「从勹口」之別。 「从口,口猶慎言也」與「勹口,猶慎言也」之別。
346	鬼	人所歸爲鬼。从人,象鬼頭。鬼,陰气賊害,从厶。凡鬼之屬皆从鬼。𩴆,古文从示。	人所歸爲鬼。从儿,由象鬼頭。从厶,鬼陰气賊害,故从厶。凡鬼之屬皆从鬼。𩴆,古文从示。	「从人」與「从儿」之別。 「象鬼頭」與「由象鬼頭」之別。 「鬼,陰气賊害,从厶。」與「从厶,鬼陰气賊害,故从厶。」之別。
347	甶	鬼頭也。象形。凡甶之屬皆从甶。	鬼頭也。象形。凡甶之屬皆从甶。	
348	厶	姦衺也。韓非曰:「蒼頡作字,自營爲厶。」凡厶之屬皆从厶。	姦衺也。韓非曰:「倉頡作字,自營爲厶。」凡厶之屬皆从厶。	蒼倉之別。
349	嵬	高不平也。从山鬼聲。凡嵬之屬皆从嵬。	山石崔嵬,高而不平也。从山鬼聲。	「高不平也」與「高而不平也」之別。 段注多了「山石崔嵬」一語,少了「凡嵬之屬皆从嵬」一語。
350	山	宣也。宣气散,生萬物。有石而高,象形。凡山之屬皆从山。	宣也。謂能宣散气,生萬物也。有石而高,象形。凡山之屬皆从山。	「宣气散,生萬物」與「謂能宣散气,生萬物也」之別。
351	屾	二山也。凡屾之屬皆从屾。	二山也。凡屾之屬皆从屾。闕。	段注多了「闕」字。
352	屵	岸高也。从山厂,厂亦聲。凡屵之屬皆从屵。	岸高也。从山厂,厂亦聲。凡屵之屬皆从屵。	
353	广	因广爲屋,象對刺高屋之形。凡广之屬皆从广。讀若儼然之儼。	因厂爲屋也,从厂,象對刺高屋之形。凡广之屬皆从广,讀若儼然之儼。	「因广爲屋」與「因厂爲屋也,从厂」之別。刺剌之別。
354	厂	山石之厓巖,人可居。象形。凡厂之屬皆从厂。厈,籒文从干。	山石之厓巖。人可尻。象形。凡厂之屬皆从厂。厈,籒文从干。	居尻之別。
355	丸	圜,傾側而轉者。从反仄。凡丸之屬皆从丸。	圜也,傾側而轉者。从反仄。凡丸之屬皆从丸。	「圜」與「圜也」之別。
356	危	在高而懼也。从厃,自卪止之。凡危之屬皆从危。	在高而懼也。从厃,人在厓上,自卪止之。凡危之屬皆从危。	段注多了「人在厓上」一語。

357	石	山石也。在厂之下，口，象形。凡石之屬皆从石。	山石也。在厂之下，口，象形。凡石之屬皆从石。	
358	長	久遠也。从兀从匕。兀者，高遠意也。久則變化。匕聲。（外厂內丫）者，倒匕也。凡長之屬皆从長。夫，古文長。兂，亦古文長。	久遠也。从兀从匕，匕聲。兀者，高遠意也，久則變匕，（外厂內丫）者，到匕也。凡長之屬皆从長。夫，古文長。兂，亦古文長。	「从兀从匕」與「从兀从匕，匕聲」之別。
359	勿	州里所建旗。象其柄，有三游。雜帛，幅半異。所以趣民，故遽，稱勿勿。凡勿之屬皆从勿。旃，勿或从扸。	州里所建旗。象其柄，有三游。襍帛，幅半異。所㠯趣民。故遽，稱勿勿。凡勿之屬皆从勿。旃，勿或从扸。	雜襍之別。 㠯㠯之別。
360	冄	毛冄冄也。象形。凡冄之屬皆从冄。	毛冄冄也。象形。凡冄之屬皆从冄。	
361	而	頰毛也。象毛之形。《周禮》曰：「作其鱗之而。」凡而之屬皆从而。	須也。象形。《周禮》曰：「作其鱗之而。」凡而之屬皆从而。	「頰毛也。象毛之形」與「須也。象形」之別。
362	豕	彘也。竭其尾，故謂之豕。象毛足而後有尾。讀與豨同。桉：今世字，誤以豕爲彘，以彘爲豕。何以明之？爲啄琢从豕，蝨从彘。皆取其聲，以是明之。凡豕之屬皆从豕。㣇，古文。	彘也。竭其尾，故謂之豕。象毛足而後有尾。讀與豨同。按：今世字，誤㠯豕爲彘，以彘爲豕。何㠯眀之？爲啄琢从豕，蝨从彘，皆取其聲，㠯是眀之。凡豕之屬皆从豕。㣇，古文。	世世之別。 「以彘爲豕」與「以彘爲象」之別。 㠯㠯之別。 明眀之別。
363	希	脩豪獸。一曰河內名豕也。从彑，下象毛足。凡希之屬皆从希。讀若弟。豨，籀文。彘，古文。	脩豪獸。一曰河內名豕也。从彑，下象毛足。凡希之屬皆从希。讀若弟。豨，籀文。彘，古文。	內內之別。
364	彑	豕之頭。象其銳，而上見也。凡彑之屬皆从彑。讀若罽。	豕之頭。象其銳，而上見也。凡彑之屬皆从彑。讀若罽。	
365	豚	小豕也。从彖省，象形。从又持肉，以給祠祀。凡豚之屬皆从豚。𧰲，篆文从肉豕。	小豕也。从古文象。从又持肉。以給祠祀也。凡𧰲之屬皆从𧰲。豚，篆文从肉豕。	「从彖省，象形」與「从古文象」之別。 「以給祠祀」與「以給祠祀也」之別。（此處段氏不用㠯字而用以字。） 豚𧰲之別。
366	豸	獸長脊，行豸豸然，欲有所司殺形。凡豸之屬皆从豸。	獸長脊，行豸豸然，欲有所司殺形。凡豸之屬皆从豸。	

367	㸲	如野牛而青。象形。與禽、离頭同。凡㸲之屬皆从㸲。	如野牛，青色，其皮堅厚可制鎧。象形。眾頭。與禽、离頭同。凡㸲之屬皆从㸲。	「如野牛而青」與「如野牛，青色，其皮堅厚可制鎧」之別。段注多了「眾頭」一語。
368	易	蜥易，蝘蜓，守宮也。象形。《祕書》說：「日月爲易，象陰陽也。」一曰从勿。凡易之屬皆从易。	蜥易，蝘蜓，守宮也。象形。《祕書》說曰：「日月爲易，象会易也。」一曰从勿。凡易之屬皆从易。	「《祕書》說」與「《祕書》說曰」之別。「陰陽」與「会易」之別。
369	象	長鼻牙，南越大獸，三季一乳，象耳牙四足之形。凡象之屬皆从象。	南越大獸，長鼻牙，三年一乳，象耳牙四足尾之形，凡象之屬皆从象。	「長鼻牙，南越大獸」與「南越大獸，長鼻牙」之別。季年之別。「象耳牙四足之形」與「象耳牙四足尾之形」之別。
370	馬	怒也。武也。象馬頭髦尾四足之形。凡馬之屬皆从馬。影，古文。影，籀文馬，與影同有髦。	怒也。武也。象馬頭髦尾四足之形。凡馬之屬皆从馬。影，古文。影，籀文馬，與影同有髦。	
371	廌	解廌獸也，似山牛，一角。古者決訟，令觸不直。象形。从豸省。凡廌之屬皆从廌。	解廌獸也。侣牛，一角。古者決訟，令觸不直者。象形。从豸省。凡廌之屬皆从廌。	「似山牛」與「侣牛」之別。「令觸不直」與「令觸不直者」之別。
372	鹿	獸也。象頭角四足之形。鳥鹿足相似，从匕。凡鹿之屬皆从鹿。	鹿獸也。象頭角四足之形。鳥鹿足相比。从比。凡鹿之屬皆从鹿。	「獸也」與「鹿獸也」之別。「相似」與「相比」之別。
373	麤	行超遠也。从三鹿。凡麤之屬皆从麤。	行超遠也。从三鹿。凡麤之屬皆从麤。	
374	㲋	獸也。似兔，青色而大。象形。頭與兔同，足與鹿同。凡㲋之屬皆从㲋。㲋，篆文。	㲋獸也。侣兔，青色而大。象形。頭與兔同，足與鹿同。凡㲋之屬皆从㲋。㲋，籀文。	「獸也」與「㲋獸也」之別。似侣之別。「篆文」與「籀文」之別。
375	兔	獸名。象踞，後其尾形。兔頭與㲋頭同。凡兔之屬皆从兔。	兔獸也。象兔踞，後其尾形，兔頭與㲋頭同。凡兔之屬皆从兔。	「獸名」與「兔獸也」之別。「象踞，後其尾形」與「象兔踞，後其尾形」之別。

376	莧	山羊細角者。从兔足，苜聲。凡莧之屬皆从莧。讀若丸。寬字从此。	山羊細角者。从兔足，从苜聲。凡莧之屬皆从莧。讀若丸。寬字从此。	「苜聲」與「从苜聲」之別。
377	犬	狗之有縣蹏者也。象形。孔子曰：「視犬之字，如畫狗也。」凡犬之屬皆从犬。	狗之有縣蹏者也。象形。孔子曰：「視犬之字，如畫狗也。」凡犬之屬皆从犬。	
378	㹜	兩犬相齧也。从二犬。凡㹜之屬皆从㹜。	兩犬相齧也。从二犬。凡㹜之屬皆从㹜。	兩兩之別。
379	鼠	穴蟲之總名也。象形。凡鼠之屬皆从鼠。	穴蟲之總名也。象形。凡鼠之屬皆从鼠。	
380	能	熊屬。足似鹿。从肉㠯聲。能獸堅中，故稱賢能。而彊壯，稱能傑也。凡能之屬皆从能。	熊屬。足佀鹿。从肉㠯聲。能獸堅中，故俖賢能。而彊壯，俖能傑也。凡能之屬皆从能。	似佀之別。稱俖之別。
381	熊	獸似豕。山居，冬蟄。从能，炎省聲。凡熊之屬皆从熊。	熊獸，佀豕。山尻，冬蟄。从能，炎省聲。凡熊之屬皆从熊。	「獸似豕」與「熊獸，佀豕」之別。居尻之別。
382	火	燬也。南方之行，炎而上。象形。凡火之屬皆从火。	炘也。南方之行，炎而上。象形。凡火之屬皆从火。	燬炘之別。
383	炎	火光上也。从重火。凡炎之屬皆从炎。	火光上也。从重火。凡炎之屬皆从炎。	
384	黑	火所熏之色也。从炎，上出囪。囪，古窻字。凡黑之屬皆从黑。	北方色也。火所熏之色也。从炎，上出囪。凡黑之屬皆从黑。	大徐有「囪，古窻字」一語，段注無。段注有「北方色也」一語，大徐無。
385	囪	在牆曰牖，在屋曰囪。象形。凡囪之屬皆从囪。窗，或从穴。囱，古文。	在牆曰牖，在屋曰囪。象形。凡囪之屬皆从囪。囱，古文。	大徐多了「窗，或从穴。」一語。
386	焱	火華也。从三火。凡焱之屬皆从焱。	火鷨也。从三火。凡焱之屬皆从焱。	華鷨之別。
387	炙	炮肉也。从肉在火上。凡炙之屬皆从炙。𤓋，籀文。	炙肉也。从肉在火上。凡炙之屬皆从炙。𤓋，籀文。	炮炙之別。
388	赤	南方色也。从大从火。凡赤之屬皆从赤。烾，古文从炎土。	南方色也。从大火。凡赤之屬皆从赤。烾，古文从炎土。	「从大从火」與「从大火」之別。
389	大	天大，地大，人亦大。故大象人形。古文大也。凡大之屬皆从大。	天大，地大，人亦大焉。象人形。古文而也。凡大之屬皆从大。	「人亦大。故大象人形。」與「人亦大焉。象人形。」之別。大而之別。

390	亦	人之臂亦也。从大，象兩亦之形。凡亦之屬皆从亦。	人之臂亦也。从大，象兩亦之形。凡亦之屬皆从亦。	兩兩之別。
391	矢	傾頭也。从大，象形。凡矢之屬皆从矢。	傾頭也。从大，象形。凡矢之屬皆从矢。	
392	夭	屈也。从大，象形。凡夭之屬皆从夭。	屈也。从大，象形。凡夭之屬皆从夭。	
393	交	交脛也。从大，象交形。凡交之屬皆从交。	交脛也。从大，象交形。凡交之屬皆从交。	
394	尣	尷，曲脛也。从大，象偏曲之形。凡尣之屬皆从尣。𡯑，古文从坒。	尷也。曲脛人也。从大，象偏曲之形。凡尢之屬皆从尢。𡯑，篆文从坒。	尷尷之別。 「曲脛也」與「曲脛人也」之別。 尣尢之別。 「𡯑，古文从坒。」與「𡯑，篆文从坒。」之別。
395	壺	昆吾圓器也。象形。从大，象其蓋也。凡壺之屬皆从壺。	昆吾圓器也。象形。从大，象其葢也。凡壺之屬皆从壺。	蓋葢之別。
396	壹	專壹也。从壺吉聲。凡壹之屬皆从壹。	嫥壹也。从壺吉，吉亦聲。凡壹之屬皆从壹。	「專壹也」與「嫥壹也」之別。 「从壺吉聲」與「从壺吉，吉亦聲」之別。 壹壹之別。
397	幸	所以驚人也。从大从羊。一曰大聲也。凡幸之屬皆从幸。一曰讀若瓠。一曰俗語以盜不止爲幸，幸讀若籥。	所已驚人也。从大从丫。一曰大聲也。凡卒之屬皆从卒。一曰讀若瓠。一曰俗語已盜不止爲卒，讀若籥。	以已之別。 幸卒之別。
398	奢	張也。从大者聲。凡奢之屬皆从奢。奓，籀文。	張也。从大者聲。凡奢之屬皆从奢。奓，籀文。	
399	亢	人頸也。从大省，象頸脈形。凡亢之屬皆从亢。頏，亢或从頁。	人頸也。从大省，象頸脈形。凡亢之屬皆从亢。頏，亢或从頁。	
400	夲	進趣也。从大从十。大十，猶兼十人也。凡夲之屬皆从夲。讀若滔。	進趣也。从大十。大十者，猶兼十人也。凡本之屬皆从本。讀若滔。	「从大从十」與「从大十」之別。 「大十」與「大十者」之別。 夲本之別。

401	夰	放也。从大而八分也。凡夰之屬皆从夰。	放也。从大八。八,分也。凡夰之屬皆从夰。	「从大而八分也」與「从大八。八,分也」之別。
402	大	籒文大,改古文。亦象人形。凡大之屬皆从大。	籒文大,改古文。亦象人形。凡大之屬皆从大。	
403	夫	丈夫也。从大,一以象簪也。周制以八寸爲尺,十尺爲丈。人長八尺,故曰丈夫。凡夫之屬皆从夫。	丈夫也。从大一,一曰象先。周制八寸爲尺,十尺爲丈。人長八尺,故曰丈夫。凡夫之屬皆从夫。	「从大,一以象簪也。」與「从大一,一曰象先。」之別。 「周制以八寸爲尺」與「周制八寸爲尺」之別。
404	立	住也。从大立一之上。凡立之屬皆从立。	侸也。从大在一之上。凡立之屬皆从立。	「住也」與「侸也」之別。 「从大立一之上」與「从大在一之上」之別。
405	竝	併也。从二立。凡竝之屬皆从竝。	併也。从二立。凡竝之屬皆从竝。	
406	囟	頭會,匘蓋也。象形。凡囟之屬皆从囟。腦,或从肉宰。𡇶,古文囟字。	頭會,匘蓋也。象形。凡囟之屬皆从囟。腦,或从肉宰。𡇶,古文囟字。	蓋葢之別。 囟囟之別。
407	思	容也。从心囟聲。凡思之屬皆从思。	睿也。从心从囟。凡思之屬皆从思。	容睿之別。 「从心囟聲」與「从心从囟」之別。
408	心	人心,土藏,在身之中。象形。博士說以爲火藏。凡心之屬皆从心。	人心,土臧也,在身之中。象形。博士說呂爲火臧。凡心之屬皆从心。	「土藏」與「土臧也」之別。 「以爲火藏」與「呂爲火臧」之別。
409	惢	心疑也。从三心。凡惢之屬皆从惢。讀若《易》「旅瑣瑣」。	心疑也。从三心。凡惢之屬皆从惢。讀若《易》「旅瑣瑣」。	
410	水	準也。北方之行。象眾水並流,中有微陽之气也。凡水之屬皆从水。	準也。北方之行。象眾水𡘖流,中有微陽之氣也。凡水之屬皆从水。	準準之別。 眾眾之別。 並𡘖之別。 气氣之別。
411	沝	二水也。闕。凡沝之屬皆从沝。	二水也。闕。凡沝之屬皆从沝。	
412	瀕	水厓。人所賓附,頻蹙不前而止。从頁从涉。凡頻之屬皆从頻。	水厓,人所賓附也,顰戚不歬而止。从頁从涉。凡頻之屬皆从頻。	「人所賓附」與「人所賓附也」之別。 「頻蹙不前而止」與「顰戚不歬而止」之別。 頻頻之別。

413	く	水小流也。《周禮》:「匠人爲溝洫，梠廣五寸，二梠爲耦；一耦之伐，廣尺、深尺，謂之く。」倍く謂之遂；倍遂曰溝；倍溝曰洫；倍洫曰巜。凡く之屬皆从く。甽，古文く，从田从川。畎，篆文く，从田犬聲。六畎爲一畝。	水小流也。《周禮》:「匠人爲溝洫，枱廣五寸，二枱爲耦；一耦之伐，廣尺、深尺，謂之く。」倍く謂之遂；倍遂曰溝；倍溝曰洫；倍洫曰巜。凡く之屬皆从く。甽，古文く，从田川，田之川也。畎，篆文く，从田犬聲。六畎爲一畮。	梠枱之別。 「从田从川」與「从田川，田之川也」之別。 畝畮之別。
414	巜	水流澮澮也。方百里爲巜，廣二尋，深二仞。凡巜之屬皆从巜。	水流澮澮也。方百里爲巜，廣二尋，深二仞。凡巜之屬皆从巜。	
415	川	貫穿通流水也。《虞書》曰:「濬く巜，距川。」言深く巜之水會爲川也。凡川之屬皆从川。	毌穿通流水也。《虞書》曰:「濬く巜，距巛。」言深く巜之水會爲川也。凡川之屬皆从川。	貫毌之別。 川巛之別。
416	泉	水原也。象水流出成川形。凡泉之屬皆从泉。	水原也。象水流出成川形。凡泉之屬皆从泉。	原原之別。
417	灥	三泉也。闕。凡灥之屬皆从灥。	三泉也。闕。凡灥之屬皆从灥。	
418	永	長也。象水巠理之長。《詩》曰:「江之永矣。」凡永之屬皆从永。	水長也。象水巠理之長永也。《詩》曰:「江之永矣。」凡永之屬皆从永。	「長也」與「水長也」之別。 「象水巠理之長」與「象水巠理之長永也」之別。
419	𠂢	水之衺流，別也。从反永。凡𠂢之屬皆从𠂢。讀若稗縣。	水之衺流，別也。从反永。凡𠂢之屬皆从𠂢。讀若稗縣。	
420	谷	泉出通川爲谷。从水半見，出於口。凡谷之屬皆从谷。	泉出通川爲谷。从水半見，出於口。凡谷之屬皆从谷。	
421	仌	凍也。象水凝之形。凡仌之屬皆从仌。	凍也。象水冰之形。凡仌之屬皆从仌。	「象水凝之形」與「象水冰之形」之別。
422	雨	水从雲下也。一象天，冂象雲，水霝其閒也。凡雨之屬皆从雨。𩂣，古文。	水從雲下也。一象天，冂象雲，水霝其閒也。凡雨之屬皆从雨。𩂣，古文。	从從之別。
423	雲	山川气也。从雨，云象雲回轉形。凡雲之屬皆从雲。云，古文省雨。，亦古文雲。	山川气也。从雨，云象回轉之形。凡雲之屬皆从雲。云，古文省雨。，亦古文雲。	「云象雲回轉形」與「云象回轉之形」之別。

424	魚	水蟲也。象形。魚尾與燕尾相似。凡魚之屬皆从魚。	水蟲也。象形。魚尾與燕尾相佀。凡魚之屬皆从魚。	似佀之別。
425	𩺰	二魚也。凡𩺰之屬皆从𩺰。	二魚也。凡𩺰之屬皆从𩺰。	
426	燕	玄鳥也。䏖口，布翄，枝尾。象形。凡燕之屬皆从燕。	燕燕，玄鳥也。䏖口，布翄，枝尾。象形。凡燕之屬皆从燕。	段注多了「燕燕」一語。
427	龍	鱗蟲之長。能幽能明，能細能巨，能短能長。春分而登天，秋分而潛淵。从肉，飛之形，童省聲。凡龍之屬皆从龍。	鱗蟲之長，能幽能𦣹，能細能巨，能短能長。春分而登天，秋分而潛淵。从肉，𦣹肉，飛之形，童省聲。凡龍之屬皆从龍。	明𦣹之別。「从肉，飛之形」與「𦣹肉，飛之形」之別。
428	飛	鳥翥也。象形。凡飛之屬皆从飛。	鳥翥也。象形。凡飛之屬皆从飛。	
429	非	違也。从飛下翄，取其相背。凡非之屬皆从非。	韋也。从飛下翄，取其相背也。凡非之屬皆从非。	違韋之別。「取其相背」與「取其相背也」之別。
430	卂	疾飛也。从飛而羽不見。凡卂之屬皆从卂。	疾飛也。从飛而羽不見。凡卂之屬皆从卂。	
431	乞	玄鳥也。齊魯謂之乞。取其鳴自呼。象形。凡乞之屬皆从乞。𩾏，乞或从鳥。	燕燕，乞鳥也。齊魯謂之乞。取其鳴自諕。象形也。凡乞之屬皆从乞。𩾏，乞或从鳥。	「玄鳥也」與「燕燕，乞鳥也」之別。呼諕之別。「象形」與「象形也」之別。
432	不	鳥飛上翔不下來也。从一，一猶天也。象形。凡不之屬皆从不。	鳥飛上翔不下來也。从一，一猶天也。象形。凡不之屬皆从不。	
433	至	鳥飛从高下至地也。从一，一猶地也。象形。不，上去；而至，下來也。凡至之屬皆从至。𦤩，古文至。	鳥飛從高下至地也。从一，一猶地也。象形。不，上去；而至，下來也。凡至之屬皆从至。𦤩，古文至。	从從之別。
434	西	鳥在巢上。象形。日在西方而鳥棲，故因以爲東西之西。凡西之屬皆从西。棲，西或从木妻。卥，古文西。卤，籀文西。	鳥在巢上也。象形。日在㢈方而鳥㢈，故因㠯爲東㢈之㢈。凡㢈之屬皆从㢈。棲，㢈或从木妻。卥，古文㢈。卤，籀文㢈。	「鳥在巢上」與「鳥在巢上也」之別。「日在西方而鳥棲，故因以爲東西之西。」與「日在㢈方而鳥㢈，故因㠯爲東㢈之㢈。」之別。西㢈之別。

435	鹵	西方鹹地也。从西省，象鹽形。安定有鹵縣。東方謂之㡿，西方謂之鹵。凡鹵之屬皆从鹵。	西方鹹地也。从㢀省，口象鹽形。安定有鹵縣。東方謂之㡿，西方謂之鹵。凡鹵之屬皆从鹵。	「从西省，象鹽形」與「从㢀省，口象鹽形」之別。
436	鹽	鹹也。从鹵監聲。古者宿沙初作煮海鹽。凡鹽之屬皆从鹽。	鹵也。天生曰鹵，人生曰鹽。从鹵監聲。古者夙沙初作鬻海鹽。凡鹽之屬皆从鹽。	「鹹也」與「鹵也」之別。 段注多了「天生曰鹵，人生曰鹽」一語。 「古者宿沙初作煮海鹽」與「古者夙沙初作鬻海鹽」之別。
437	戶	護也。半門曰戶。象形。凡戶之屬皆从戶。扉，古文戶，从木。	護也。半門曰戶。象形。凡戶之屬皆从戶。扉，古文戶，从木。	
438	門	聞也。从二戶。象形。凡門之屬皆从門。	聞也。从二戶。象形。凡門之屬皆从門。	
439	耳	主聽也。象形。凡耳之屬皆从耳。	主聽者也。象形。凡耳之屬皆从耳。	「主聽也」與「主聽者也」之別。
440	𦣝	顄也。象形。凡𦣝之屬皆从𦣝。頤，篆文𦣝。𩔞，籀文从首。	顄也。象形。凡𦣝之屬皆从𦣝。頤，篆文𦣝。𩔞，籀文从𩠐。	首𩠐之別。
441	手	拳也。象形。凡手之屬皆从手。𠂯，古文手。	拳也。象形。凡手之屬皆从手。𠂯，古文手。	
442	傘	背呂也。象脅肋也。凡傘之屬皆从傘。	背呂也。象脅肋形。凡傘之屬皆从傘，讀若乖。	「象脅肋也」與「象脅肋形」之別。 段注多了「讀若乖」一語。
443	女	婦人也。象形。王育說。凡女之屬皆从女。	婦人也。象形。王育說。凡女之屬皆从女。	
444	毋	止之也。从女，有奸之者。凡毋之屬皆从毋。	止之署也。从女一， 女，有姦之者，一，禁止之令勿姦也。凡毋之屬皆从毋。	「止之也」與「止之署也」之別。 「从女，有奸之者。」與「从女一， 女，有姦之者，一，禁止之令勿姦也。」之別。
445	民	眾萌也。从古文之象。凡民之屬皆从民。氓，古文民。	眾萌也。从古文之象。凡民之屬皆从民。氓，古文民。	萌萌之別。
446	丿	右戾也。象左引之形。凡丿之屬皆从丿。	又戾也。象ナ引之形。凡丿之屬皆从丿。	右又之別。 左ナ之別。

447	厂	抴也。明也。象抴引之形。凡厂之屬皆从厂。虒字从此。	抴也。朙也。象抴引之形。凡厂之屬皆从厂。虒字从此。	明朙之別。
448	乀	流也。从反厂。讀若移。凡乀之屬皆从乀。	流也。从反厂。讀若移。凡乀之屬皆从乀。	
449	氏	巴蜀山名，岸脅之旁箸，欲落墮者曰氏，氏崩，聞數百里。象形，乀聲。凡氏之屬皆从氏。楊雄賦：響若氏隤。	巴蜀名山，岸脅之自旁箸，欲落墮者曰氏，氏㟧，聲聞數百里。象形，乀聲。凡氏之屬皆从氏。楊雄賦：響若氏隤。	「山名」與「名山」之別。「岸脅之旁箸」與「岸脅之自旁箸」之別。「聞數百里」與「聲聞數百里」之別。
450	氐	至也。从氏下箸一。一，地也。凡氐之屬皆从氐。	至也，本也。从氏下箸一。一，地也。凡氐之屬皆从氐。	「至也」與「至也，本也」之別。
451	戈	平頭戟也。从弋，一橫之。象形。凡戈之屬皆从戈。	平頭戟也。从弋，一衡之。象形。凡戈之屬皆从戈。	橫衡之別。
452	戉	斧也。从戈乚聲。《司馬法》曰：「夏執玄戉，殷執白戚，周左杖黃戉，右秉白髦。」凡戉之屬皆从戉。	大斧也。从戈乚聲。《司馬灋》曰：「夏執玄戉，殷執白戚，周ナ杖黃戉，又把白髦。」凡戉之屬皆从戉。	「斧也」與「大斧也」之別。法灋之別。玄玄之別。左ナ之別。右又之別。
453	我	施身自謂也。或說我，頃頓也。从戈从禾。禾，或說古垂字。一曰古殺字。凡我之屬皆从我。𢦠，古文我。	施身自謂也。或說我，頃頓也。从戈禾。禾，古文巫也。一曰古殺字。凡我之屬皆从我。𢦠，古文我。	「从戈从禾」與「从戈禾」之別。「或說古垂字」與「古文巫也」之別。
454	亅	鉤逆者謂之亅。象形。凡亅之屬皆从亅。讀若檗。	鉤逆者謂之亅。象形。凡亅之屬皆从亅。讀若檗。	
455	珡	禁也。神農所作。洞越練朱五弦，周加二弦。象形。凡珡之屬皆从珡。𣪠，古文珡，从金。	禁也。神農所作。洞越練朱五弦，周時加二弦。象形。凡珡之屬皆从珡。𣪠，古文珡，从金。	「周加二弦」與「周時加二弦」之別。
456	乚	匿也，象迟曲隱蔽形。凡乚之屬皆从乚。讀若隱。	匿也，象迟曲隱蔽形。凡乚之屬皆从乚。讀若隱。	
457	亡	逃也。从人从乚。凡亡之屬皆从亡。	逃也。从入乚。凡亡之屬皆从亡。	「从人从乚」與「从入乚」之別。
458	匸	衺徯，有所俠藏也。从乚，上有一覆之。凡匸之屬皆从匸。讀與傒同。	衺徯，有所俠藏也。从乚，上有一覆之。凡匸之屬皆从匸。讀若傒同。	「讀與傒同」與「讀若傒同」之別。

459	匚	受物之器。象形。凡匚之屬皆从匚。讀若方。𠥓，籀文匚。	受物之器。象形。凡匚之屬皆从匚。讀若方。𠥓，籀文匚。	
460	曲	象器曲受物之形。或說曲，蠶薄也。凡曲之屬皆从曲。𠚖，古文曲。	象器曲受物之形也。凡曲之屬皆从曲。或說曲，蠶薄也。𠚖，古文曲。	「象器曲受物之形」與「象器曲受物之形也」之別。 「或說曲，蠶薄也。凡曲之屬皆从曲。」與「凡曲之屬皆从曲。或說曲，蠶薄也。」之別。
461	甾	東楚名缶曰甾。象形。凡甾之屬皆从甾。由，古文。	東楚名缶曰甾。象形也。凡甾之屬皆从甾。由，古文甾。	甾甾之別。 「象形」與「象形也」之別。 「古文」與「古文甾」之別。
462	瓦	土器已燒之總名。象形。凡瓦之屬皆从瓦。	土器已燒之總名。象形也。凡瓦之屬皆从瓦。	「象形」與「象形也」之別。
463	弓	以近窮遠。象形。古者揮作弓。《周禮》六弓：王弓、弧弓——以射甲革甚質。夾弓、庾弓——以射干矦鳥獸。唐弓、大弓——以授學射者。凡弓之屬皆从弓。	窮也。㠯近窮遠者。象形。古者揮作弓。《周禮》六弓：王弓、弧弓——㠯躲甲革甚質。夾弓、庾弓——㠯躲干侯鳥獸。唐弓、大弓——㠯授學躲者。凡弓之屬皆从弓。	段注多了「窮也」一語。 以㠯之別。 射躲之別。
464	弜	彊也。从二弓。凡弜之屬皆从弜。	彊也，重也。从二弓。凡弜之屬皆从弜。闕。	「彊也」與「彊也，重也」之別。 段注多了「闕」字。
465	弦	弓弦也。从弓，象絲軫之形。凡弦之屬皆从弦。	弓弦也。从弓，象絲軫之形。凡弦之屬皆从弦。	
466	系	繫也。从糸丿聲。凡系之屬皆从系。𥾝，系或从毄處。𦃃，籀文系，从爪絲。	縣也。从糸厂聲。凡系之屬皆从系。𥾝，系或从毄處。𦃃，籀文系，从爪絲。	繫縣之別。 丿厂之別。
467	糸	細絲也。象束絲之形。凡糸之屬皆从糸。讀若覛。糸，古文糸。	細絲也。象束絲之形。凡糸之屬皆从糸。讀若覛。糸，古文糸。	
468	素	白緻繒也。从糸㡀，取其澤也。凡素之屬皆从素。	白緻繒也。从糸㡀，取其澤也。凡緊之屬皆从緊。	素緊之別。
469	絲	蠶所吐也。从二糸。凡絲之屬皆从絲。	蠶所吐也。从二糸。凡絲之屬皆从絲。	
470	率	捕鳥畢也。象絲罔，上下其竿柄也。凡率之屬皆从率。	捕鳥畢也。象絲网，上下其竿柄也。凡率之屬皆从率。	罔网之別。

471	虫	一名蝮，博三寸，首大如擘指。象其臥形。物之微細，或行，或毛，或羸，或介，或鱗，以虫爲象。凡虫之屬皆从虫。	一名蝮，博三寸，首大如擘指。象其臥形。物之㣃細，或行，或飛，或毛，或羸，或介，或鱗，㠯虫爲象。凡虫之屬皆从虫。	微㣃之別。段注多了「或飛」一語。
472	蚰	蟲之總名也。从二虫。凡蚰之屬皆从蚰。讀若昆。	蟲之總名也。从二虫。凡蚰之屬皆从蚰。讀若昆。	
473	蟲	有足謂之蟲，無足謂之豸。从三虫。凡蟲之屬皆从蟲。	有足謂之蟲，無足謂之豸。从三虫。凡蟲之屬皆从蟲。	
474	風	八風也。東方曰明庶風，東南曰清明風，南方曰景風，西南曰涼風，西方曰閶闔風，西北曰不周風，北方曰廣莫風，東北曰融風。風動蟲生。故蟲八日而化。从虫凡聲。凡風之屬皆从風。飌，古文風。	八風也。東方曰朙庶風，東南曰清朙風，南方曰景風，西南曰涼風，西方曰閶闔風，西北曰不周風，北方曰廣莫風，東北曰融風。从虫凡聲。風動蟲生，故蟲八日而匕。凡風之屬皆从風。飌，古文風。	明朙之別。閶闔之別。「風動蟲生。故蟲八日而化。从虫凡聲。」與「从虫凡聲。風動蟲生，故蟲八日而匕。」之別。
475	它	虫也。从虫而長，象冤曲垂尾形。上古艸居患它，故相問無它乎。凡它之屬皆从它。蛇，它或从虫。	虫也。从虫而長。象冤曲㲈尾形。上古艸尻患它，故相問無它乎。凡它之屬皆从它。蛇，它或从虫。	垂㲈之別。居尻之別。
476	龜	舊也。外骨内肉者也。从它，龜頭與它頭同。天地之性，廣肩無雄；龜鼈之類，以它爲雄。象足甲尾之形。凡龜之屬皆从龜。𪚰，古文龜。	舊也。外骨內肉者也。从它，龜頭與它頭同。天地之性，廣肩無雄；龜鼈之類，㠯它爲雄。𪚦象足甲尾之形。凡龜之屬皆从龜。𪚰，古文龜。	内內之別。以㠯之別。「象足甲尾之形」與「𪚦象足甲尾之形」之別。
477	黽	鼃黽也。从它，象形。龜頭與它頭同。凡黽之屬皆从黽。鼀，籀文黽。	鼃黽也。从它，象形。龜頭與它頭同。凡黽之屬皆从黽。鼀，籀文黽。	
478	卵	凡物無乳者卵生。象形。凡卵之屬皆从卵。	凡物無乳者卵生。象形。凡卵之屬皆从卵。	
479	二	地之數也。从偶一。凡二之屬皆从二。弍，古文。	地之數也。凡二之屬皆从二。弍，古文二。	大徐多了「从偶一」一語。「古文」與「古文二」之別。
480	土	地之吐生物者也。二象地之下、地之中，物出形也。凡土之屬皆从土。	地之吐生萬物者也。二象地之上，地之中，丨，物出形也。凡土之屬皆从土。	「地之吐生物者也」與「地之吐生萬物者也」之別。「物出形也」與「丨，物出形也」之別。

481	垚	土高也。从三土。凡垚之屬皆从垚。	土高皃。从三土。凡垚之屬皆从垚。	「土高也」與「土高皃」之別。
482	堇	黏土也。从土,从黃省。凡堇之屬皆从堇。蓳、𦱤,皆古文堇。	黏土也。从黃省,从土。凡堇之屬皆从堇。蓳,古文堇。𦱤,亦古文。	「从土,从黃省」與「从黃省,从土」之別。「蓳、𦱤,皆古文堇」與「蓳,古文堇。𦱤,亦古文」之別。
483	里	居也。从田从土。凡里之屬皆从里。	尻也。从田从土。一曰士聲也。凡里之屬皆从里。	居尻之別。段注多了「一曰士聲也」一語。
484	田	陳也。樹穀曰田。象四口。十,阡陌之制也。凡田之屬皆从田。	敶也。樹穀曰田。象形。口十,千百之制也。凡田之屬皆从田。	陳敶之別。穀穀之別。「象四口。十,阡陌之制也」與「象形。口十,千百之制也」之別。
485	畕	比田也。从二田。凡畕之屬皆从畕。	比田也。从二田。凡畕之屬皆从畕。闕。	段注多了「闕」字。
486	黃	地之色也。从田从炗,炗亦聲。炗,古文光。凡黃之屬皆从黃。㙔,古文黃。	地之色也。从田。炗聲。炗,古文光。凡黃之屬皆从黃。㙔,古文黃。	「从田从炗,炗亦聲」與「从田。炗聲」之別。
487	男	丈夫也。从田从力。言男用力於田也。凡男之屬皆从男。	丈夫也。从田力。言男子力於田也。凡男之屬皆从男。	「从田从力」與「从田力」之別。「言男用力於田也」與「言男子力於田也」之別。
488	力	筋也。象人筋之形。治功曰力,能圉大災。凡力之屬皆从力。	筋也。象人筋之形。治功曰力,能禦大災。凡力之屬皆从力。	圉禦之別。
489	劦	同力也。从三力。《山海經》曰:「惟號之山,其風若劦。」凡劦之屬皆从劦。	同力也。从三力。《山海經》曰:「惟號之山,其風若劦。」凡劦之屬皆从劦。	
490	金	五色金也。黃爲之長。久薶不生衣,百鍊不輕,从革不違。西方之行。生於土,从土,左右注,象金在土中形。今聲。凡金之屬皆从金。釒,古文金。	五色金也。黃爲之長。久薶不生衣,百鍊不輕,從革不韋。西方之行。生於土,从土,ナ又注,象金在土中形。今聲。凡金之屬皆从金。釒,古文金。	「从革不違」與「從革不韋」之別。「左右注」與「ナ又注」之別。
491	开	平也。象二干對構,上平也。凡开之屬皆从开。	平也。象二干對冓,上平也。凡开之屬皆从开。	構冓之別。
492	勺	挹取也。象形,中有實,與包同意。凡勺之屬皆从勺。	枓也。所㠯挹取也。象形,中有實,與包同意。凡勺之屬皆从勺。	「挹取也」與「枓也。所㠯挹取也」之別。

493	几	踞几也。象形。《周禮》五几：玉几、雕几、彤几、鬃几、素几。凡几之屬皆從几。	尻几也。象形。《周禮》五几：玉几、彫几、彤几、鬃几、緣几。凡几之屬皆從几。	踞尻之別。雕彫之別。素緣之別。
494	且	薦也。從几。足有二橫，一，其下地也。凡且之屬皆從且。	所已薦也。從几。足有二橫，一，其下地也。凡且之屬皆從且。⊔，古文已爲且，又已爲几字。	「薦也」與「所已薦也」之別。段注多了「⊔，古文已爲且，又已爲几字。」一語。
495	斤	斫木也。象形。凡斤之屬皆從斤。	斫木斧也。象形。凡斤之屬皆從斤。	「斫木也」與「斫木斧也」之別。
496	斗	十升也。象形，有柄。凡斗之屬皆從斗。	十升也。象形，有柄。凡斗之屬皆從斗。	升升之別。
497	矛	酋矛也。建於兵車，長二丈。象形。凡矛之屬皆從矛。戡，古文矛，從戈。	酋矛也。建於兵車，長二丈。象形。凡矛之屬皆從矛。戡，古文矛，從戈。	
498	車	輿輪之緫名。夏后時奚仲所造。象形。凡車之屬皆從車。轊，籀文車。	輿輪之緫名也。夏后時奚仲所造。象形。凡車之屬皆從車。轊，籀文車。	「輿輪之緫名」與「輿輪之緫名也」之別。
499	𠂤	小𨸏也。象形。凡𠂤之屬皆從𠂤。	小𨸏也。象形。凡𠂤之屬皆從𠂤。	
500	𨸏	大陸，山無石者。象形。凡𨸏之屬皆從𨸏。𨻎，古文。	大陸也，山無石者。象形。凡𨸏之屬皆從𨸏。𨻎，古文。	「大陸」與「大陸也」之別。
501	𨺅	兩𨸏之閒也。從二𨸏。凡𨺅之屬皆從𨺅。	网𨸏之閒也。從二𨸏。凡𨺅之屬皆從𨺅。	兩网之別。
502	厽	絫坺土爲牆壁。象形。凡厽之屬皆從厽。	絫坺土爲牆壁。象形。凡厽之屬皆從厽。	
503	四	陰數也。象四分之形。凡四之屬皆從四。𠃢，古文四。三，籀文四。	会數也。象四分之形。凡四之屬皆從四。𠃢，古文四如此。三，籀文四。	陰会之別。「古文四」與「古文四如此」之別。
504	宁	辨積物也。象形。凡宁之屬皆從宁。	辨積物也。象形。凡宁之屬皆從宁。	
505	叕	綴聯也。象形。凡叕之屬皆從叕。	綴聯也。象形。凡叕之屬皆從叕。	
506	亞	醜也。象人局背之形。賈侍中說：以爲次弟也。凡亞之屬皆從亞。	醜也。象人局背之形。賈侍中說：已爲次弟也。凡亞之屬皆從亞。	以已之別。

507	五	五行也。从二，陰陽在天地閒交午也。凡五之屬皆从五。メ，古文五省。	五行也。从二，会易在天地閒交午也。凡五之屬皆从五。メ，古文五如此。	「陰陽」與「会易」之別。 「古文五省」與「古文五如此」之別。
508	六	《易》之數，陰變於六，正於八。从入从八。凡六之屬皆从六。	《易》之數，会變於六，正於八。从入八。凡六之屬皆从六。	陰会之別。 「从入从八」與「从入八」之別。
509	七	陽之正也。从一，微陰从中衺出也。凡七之屬皆从七。	易之正也。从一，微会從中衺出也。凡七之屬皆从七。	陽易之別。 陰会之別。 从從之別。
510	九	陽之變也。象其屈曲究盡之形。凡九之屬皆从九。	易之變也。象其屈曲究盡之形。凡九之屬皆从九。	陽易之別。
511	厹	獸足蹂地也。象形，九聲。《尔疋》曰：「狐狸貛貉醜，其足蹞，其迹厹。」凡厹之屬皆从厹。蹂，篆文，从足柔聲。	獸足蹂地也。象形，九聲。《尔疋》曰：「狐狸貛貉醜，其足蹞，其迹厹。」凡厹之屬皆从厹。蹂，篆文厹，从足柔聲。	「篆文」與「篆文厹」之別。
512	嘼	牷也。象耳、頭、足厹地之形。古文嘼，下从厹。凡嘼之屬皆从嘼。	獸牲也。象耳、頭、足厹地之形。古文嘼，下从厹。凡嘼之屬皆从嘼。	「牷也」與「獸牲也」之別。
513	甲	東方之孟，陽气萌動，从木戴孚甲之象。一曰人頭宐爲甲，甲象人頭。凡甲之屬皆从甲。命，古文甲，始於十，見於千，成於木之象。	東方之孟，易气舋動。从木戴孚甲之象。《大一經》曰：人頭空爲甲。凡甲之屬皆从甲。命，古文甲，始於一，見於十，歲成於木之象。	萌舋之別。 「一曰人頭宐爲甲，甲象人頭。」與《大一經》曰：人頭空爲甲。」之別。 「始於十，見於千，成於木之象。」與「始於一，見於十，歲成於木之象。」之別。
514	乙	象春艸木冤曲而出，陰气尚彊，其出乙乙也。與丨同意。乙承甲，象人頸。凡乙之屬皆从乙。	象春艸木冤曲而出，会气尚彊，其出乙乙也。與丨同意。乙承甲，象人頸。凡乙之屬皆从乙。	陰会之別。
515	丙	位南方，萬物成，炳然。陰气初起，陽气將虧。从一入冂。一者，陽也。丙承乙，象人肩。凡丙之屬皆从丙。	位南方。萬物成，炳然。会气初起，易气將虧。从一入冂。一者，易也。丙承乙，象人肩。凡丙之屬皆从丙。	陰会之別。 陽易之別。
516	丁	夏時萬物皆丁實。象形。丁承丙，象人心。凡丁之屬皆从丁。	夏時萬物皆丁實。象形。丁承丙，象人心。凡丁之屬皆从丁。	

517	戊	中宮也。象六甲五龍相拘絞也。戊承丁，象人脅。凡戊之屬皆从戊。	中宮也。象六甲五龍相拘絞也。戊承丁，象人脅。凡戊之屬皆从戊。	宮宮之別。
518	己	中宮也。象萬物辟藏詘形也。己承戊，象人腹。凡己之屬皆从己。㔾，古文己。	中宮也。象萬物辟藏詘形也。己承戊，象人腹。凡己之屬皆从己。㔾，古文己。	宮宮之別。
519	巴	蟲也。或曰食象蛇。象形。凡巴之屬皆从巴。	蟲也。或曰食象它。象形。凡巴之屬皆从巴。	蛇它之別。
520	庚	位西方，象秋時萬物庚庚有實也。庚承己，象人齎。凡庚之屬皆从庚。	位西方，象秋時萬物庚庚有實也。庚承己，象人㿗。凡庚之屬皆从庚。	齎㿗之別。
521	辛	秋時萬物成而孰。金剛，味辛，辛痛即泣出。从一从辛。辛，辠也。辛承庚，象人股。凡辛之屬皆从辛。	秋時萬物成而孰。金剛，味辛，辛痛卽泣出。从一辛。辛，辠也。辛承庚，象人股。凡辛之屬皆从辛。	孰孰之別。 即卽之別。 「从一从辛」與「从一辛」之別。
522	辡	辠人相與訟也。从二辛。凡辡之屬皆从辡。	辠人相與訟也。从二辛。凡辡之屬皆从辡。	
523	壬	位北方也。陰極陽生，故《易》曰：「龍戰于野。」戰者，接也。象人裏妊之形。承亥壬以子，生之敘也。與巫同意。壬承辛，象人脛。脛，任體也。凡壬之屬皆从壬。	位北方也。侌極昜生，故《易》曰：「龍戰于野。」戰者，接也。象人裏妊之形。承亥壬吕子，生之敘也。壬與巫同意。壬承辛，象人脛。脛，任體也。凡壬之屬皆从壬。	「陰極陽生」與「侌極昜生」之別。 以吕之別。 「與巫同意」與「壬與巫同意」之別。
524	癸	冬時，水土平，可揆度也。象水從四方流入地中之形。癸承壬，象人足。凡癸之屬皆从癸。癸，籀文从癶从矢。	冬時，水土平，可揆度也。象水從四方流入地中之形。癸承壬，象人足。凡癸之屬皆从癸。癸，籀文从癶从矢。	癶癶之別。
525	子	十一月，陽气動，萬物滋，人以爲偁。象形。凡子之屬皆从子。㝈，古文子从巛，象髮也。𡥉，籀文子，囟有髮、臂、脛，在几上也。	十一月，昜气動，萬物滋，人吕爲偁。象形。凡子之屬皆从子。㝈，古文子从巛，象髮也。𡥉，籀文子，囟有髮、臂、脛，在几上也。	陽昜之別。 以吕之別。
526	了	尥也。从子無臂。象形。凡了之屬皆从了。	尥也。从子無臂。象形。凡了之屬皆从了。	
527	孨	謹也。从三子。凡孨之屬皆从孨。讀若翦。	謹也。从三子。凡孨之屬皆从孨。讀若翦。	

528	𠫓	不順忽出也。从到子。《易》曰：「突如其來如。」不孝子突出，不容於內也。凡𠫓之屬皆从𠫓。㐬，或从到古文子，即《易》突字。	不順忽出也。从到子。《易》曰：「突如其來如。」不孝子突出，不容於內也。𠫓卽《易》突字也。凡𠫓之屬皆从𠫓。㐬或从到古文子。	段注將大徐「即《易》突字」改爲「𠫓卽《易》突字也」一語，且改置於中間，不若大徐置於最後。
529	丑	紐也。十二月，萬物動，用事。象手之形。時加丑，亦舉手時也。凡丑之屬皆从丑。	紐也。十二月，萬物動，用事。象手之形。日加丑，亦舉手時也。凡丑之屬皆从丑。	「時加丑」與「日加丑」之別。
530	寅	髕也。正月，陽气動，去黃泉，欲上出，陰尚彊。象宀不達，髕寅於下也。凡寅之屬皆从寅。鼜，古文寅。	髕也。正月，昜气動。去黃泉，欲上出，侌尚強也。象宀不逹，髕寅於下也。凡寅之屬皆从寅。鼜，古文寅。	陽昜之別。 「陰尚彊」與「侌尚強也」之別。達逹之別。
531	卯	冒也。二月，萬物冒地而出。象開門之形。故二月爲天門。凡卯之屬皆从卯。兆，古文卯。	冒也。二月，萬物冒地而出。象開門之形。故二月爲天門。凡卯之屬皆从卯。兆，古文卯。	
532	辰	震也。三月，陽气動，靁電振，民農時也，物皆生，从乙匕，象芒達。厂聲也。辰，房星，天時也。从二，二，古文上字。凡辰之屬皆从辰。𠨷，古文辰。	震也。三月，昜气動，靁電振，民農時也，物皆生。从乙匕，匕象芒達。厂聲。辰，房星，天時也。从二。二，古文上字。凡辰之屬皆从辰。𠨷，古文辰。	陽昜之別。 「象芒達」與「匕象芒達」之別。 「厂聲也」與「厂聲」之別。
533	巳	巳也。四月，陽气巳出，陰气巳藏，萬物見，成文章，故巳爲蛇，象形。凡巳之屬皆从巳。	巳也。四月，昜气巳出，陰气巳臧，萬物見，成彣彰，故巳爲它，象形。凡巳之屬皆从巳。	陽昜之別。 「陰气巳藏」與「陰气巳臧」之別。 「成文章」與「成彣彰」之別。 蛇它之別。
534	午	啎也。五月，陰气午逆陽。冒地而出。此予矢同意。凡午之屬皆从午。	啎也。五月，侌气啎屰昜，冒地而出也。象形。此與矢同意。凡午之屬皆从午。	「陰气午逆陽」與「侌气啎屰昜」之別。 「冒地而出」與「冒地而出也」之別。 「此予矢同意」與「象形。此與矢同意」之別。
535	未	味也。六月，滋味也。五行，木老於未。象木重枝葉也。凡未之屬皆从未。	味也。六月，滋味也。五行，木老於未。象木重枝葉也。凡未之屬皆从未。	

536	申	神也。七月，陰气成，體自申束。从臼，自持也。吏臣餔時聽事，申旦政也。凡申之屬皆从申。串，古文申。㫗，籒文申。	神也。七月，会气成，體自申束。从臼，自持也。吏己餔時聽事，申旦政也。凡申之屬皆从申。串，古文申。㫗，籒文申。	神神之別。陰会之別。申申之別。「吏臣餔時聽事」與「吏己餔時聽事」之別。
537	酉	就也。八月黍成，可爲酎酒。象古文酉之形。凡酉之屬皆从酉。丣，古文酉，从卯。卯爲春門，萬物已出。酉爲秋門，萬物已入。一，閉門象也。	就也。八月黍成，可爲酎酒。象古文酉之形也。凡酉之屬皆从酉。丣，古文酉，从丣。丣爲春門，萬物已出。丣爲秋門，萬物已入。一，閇門象也。	「象古文酉之形」與「象古文酉之形也」之別。卯丣之別。閉閇之別。
538	酋	繹酒也。从酉，水半見於上。《禮》有「大酋」，掌酒官也。凡酋之屬皆从酋。	繹酒也。从酉，水半見於上。《禮》有「大酋」，掌酒官也。凡酋之屬皆从酋。	
539	戌	滅也。九月，陽气微，萬物畢成，陽下入地也。五行，土生於戊，盛於戌。从戊含一。凡戌之屬皆从戌。	威也。九月，易气微，萬物畢成，易下入地也。五行，土生於戊，盛於戌。从戊一，一亦聲。凡戌之屬皆从戌。	滅威之別。陽易之別。「从戊含一」與「从戊一，一亦聲」之別。
540	亥	荄也。十月，微陽起，接盛陰。从二，二，古文上字。一人男，一人女也。从乙，象裹子咳咳之形。《春秋傳》曰：「亥有二首六身。」凡亥之屬皆从亥。𠫓，古文亥爲豕，與豕同。亥而生子，復從一起。	荄也。十月，微易起，接盛会。从二。二，古文上字也。一人男，一人女也。从乚，象裹子咳咳之形也。《春秋傳》曰：「亥有二首六身。」凡亥之屬皆从亥。𠫓，古文亥，亥爲豕，與豕同。亥而生子，復從一起。	陽易之別。陰会之別。「从乙，象裹子咳咳之形」與「从乚，象裹子咳咳之形也」之別。「古文亥爲豕」與「古文亥，亥爲豕」之別。

　　根據上表，我們可以清楚的看到大徐本與段注本在這五百四十個字的《說文》內容不盡相同；完全相同者，共有 171 字，有不同之處者，共有 369 字，如下圖所示：

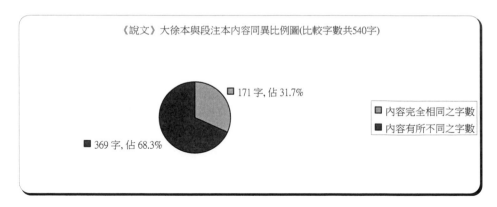

《說文》大徐本與段注本內容同異比例圖(比較字數共540字)

171 字, 佔 31.7%
369 字, 佔 68.3%

內容完全相同之字數
內容有所不同之字數

圖 4-10

從上圖可以清楚地看到，段玉裁修訂《說文》五百四十部首的內容，比例佔了將近七成，這個比例當中有些是文字異體的現象，有些是條例改訂的問題，相關問題將於下文分析說明。

二、大徐本與段注本釋形方式不同

在大徐本與段注本釋形方式的部分，以下從「對於字形歸類不同」、「字形解釋條例不同」、「使用文字形體不同」、「大徐本原有之釋形文字，段注本予以刪除」、「段注本增字、增形以補充說明字形」等面向加以說明。

（一）對於字形歸類不同

本文所謂「對於字形歸類不同」指的是同一個字形，大徐本或以為是篆文，而段注本則以為是古文或籀文等等，這種情況下，則將其歸在此項條目當中。

如 002「上」，大徐本與段注本二者「上」的字頭字形不同，大徐本作「上」形，段注本改為「二」，改小篆「上」為「上」，季師旭昇在《說文新證》上冊「上」字條中，以為段玉裁的更動是有問題的，因為根據先秦字形的考查，六國「古文」的「上」字似還未見到有作「二」形的；此外，根據秦系文字的「上」字都作「上」形，少有例外，因此大徐本《說文》小篆作「上」形應該是非常正確的。〔註73〕又如 374「皀」，大徐本與段注本在字頭後均有重文，大徐本作「皀，篆文。」段注本則作「皀，籀文。」據此可見，段氏以為「皀」形應為籀文而非篆文。

<hr/>

〔註73〕季師旭昇：《說文新證》上冊，頁 34-36。

（二）字形解釋條例不同

許慎《說文》在解釋形、音、義時有其既定的規準，這個規準不見得是牢不可破的，雖然如此，還是具有極大的參考性。因此本文所謂的「字形解釋條例不同」，指的是大徐本與段注本二者在解釋字形的用語有所出入。

如 401「夰」，大徐本作「从大而八分也」，將所从「八」形的形與義相合；段注本則作「从大八。八，分也。」以「从某某」的條例，將「八」先做釋形，之後再言「八，分也」，將所从八形之義做進一步的解釋。

另外，筆者發現在五百四十部中，大徐本「从某从某」之語，段注本一律改作「从某某」，如：009「士」大徐作「从一从十」，段注作「从一十」；018「牛」大徐作「从八从牛」，段注作「从八牛」；030「此」大徐作「从止从匕」，段注作「从止匕」等。

（三）使用文字形體不同

本文所謂「使用文字形體不同」，指的是大徐本與段注本除了個別文字形體不同之外，其他文辭似乎相同。

這種「異文」狀況，在大徐本與段注本當中所佔的比例相當的高。如 003「示」，大徐本作「天垂象」，段注本作「天朿象」，垂朿二字形體並不相同；如 007「珏」，大徐本作「二玉相合爲一珏」，段注本作「二玉相合爲一珏」，珏珏二字形體並不相同；如 027「止」，大徐本作「象艸木出有址」，段注本作「象艸木出有阯」，址阯二字形體並不相同。其他如：𣥠址、少屮、詞䛐、并幷、竝並、廾収、斗斗、兩网、从從、𠛱列、ナ左、史叟、雟儶、玄元、頁頁等，以上各組異文的順序，前者爲大徐本，後者爲段注本。這些異文的產生，有些是異體字，有些是篆體的直接楷化，有些是爲了避諱，有些是譌字等，來源不一而足。這個現象在大徐本與段注本二書中俯拾即是，上述之例只是冰山之一角。如就五百四十部首而言，可參見本文所做之「《說文》大徐本與段注本互校一覽表」。

（四）大徐本原有之釋形文字，段注本予以刪除

在互校的過程當中，筆者發現大徐本原有之釋形文字，段注本會基於某些原因而將它刪除。

如 026「走」，大徐本作「夭止者，屈也。」段注本作「夭者，屈也。」段注云：「依《韵會》訂。夭部曰：夭、屈也。止部曰：止爲足。从夭止者、

安步則足胻較直。趨則屈多。」由此可見，段氏據《韵會》，將大徐本「夨止者，屈也」一語改為「夨者，屈也」，其中的「止」字予以刪除。

如 384「黑」，在釋形部分，大徐本作「从炎，上出囧。囧，古窻字。」然而段注本將「囧，古窻字」四字予以刪除。段注云：「古文囱字。在屋曰囱。大徐本此下增囧古窻字。許本無之。」可惜的是，段氏並沒有接著說明「許本無之」的證據為何，如此直接刪除似有不妥，宜將證據及緣由講得更清楚一些。

（五）段注本增字、增形以補充說明字形

在互校的過程當中，還有一種現象是：段注本透過增字、增形的方式加以補充說明字形的結構，使讀者更容易理解文字構形之由。

如 223「桼」，大徐本作「木汁，可以髹物。象形。桼如水滴而下。凡桼之屬皆从桼。」段注本則作「木汁。可㠯髹物。从木。象形。桼如水滴而下也。凡桼之屬皆从桼。」，較大徐本多了「从木」二字，加強說明桼字的字形意義。

如 234「㲋」，大徐本作「𤕜，古文㲋字，象形及象旌旗之游。」段注本則言「𤕜，古文㲋字，象旌旗之游及㲋之形。」原則上段注採用了徐鍇《說文繫傳》的釋形，小徐比大徐的釋形要來得清楚些。段注云：「此小徐本也。大徐作象形及象旌旗之游。皆不可通。其篆形各本古文與上小篆文皆不可分別。惟小徐本牽連其上端略異。與古文四聲韵及汗簡合。此等不能強為之說。或曰當是㲋古文以為偃字七字之誤。」

如 243「毌」，大徐本作「从一橫貫，象寶貨之形」，段注本則作「从一橫囗，囗象寶貨之形」，據此可見段氏增加了「从一橫囗」的形體說明，比大徐「从一橫貫」之說來得清楚。

如 375「兔」，大徐本作「象踞，後其尾形。」如果讀者不看字頭的話，根本不清楚這個字到底指的是那一個字，或許因為如此，段注本則改作「象兔踞，後其尾形。」並加注云：「兔字今補。」

如 476「龜」，大徐本作「象足甲尾之形」，段注本作「𪚦象足甲尾之形」，補了「𪚦」形作為釋形依據。

三、大徐本與段注本釋音方式不同

在大徐本與段注本釋音方式的部分，以下從「釋音用語有所出入」、「段注本改大徐本條例『从某某聲』為『从某某』、『从某从某』者」、「段注本改

大徐本條例『从某某』、『从某从某』為『从某某聲』、『从某从某，某亦聲』者」、「段注增加或補充說明讀音」等面向加以說明。

（一）釋音用語有所出入

漢代標記讀音的方式，學者稱之為直音法，原則上採用他字作為此字音讀的註解。在許慎《說文》一書也是如此。然而在大徐本與段注本的互校過程當中，發現二者在釋音用語方面，用字遣詞有所差異。

如 014「屮」，大徐本作「讀與岡同」，段注本則作「讀若與岡同」，多了一個「若」字。

如 025「哭」，大徐本作「獄省聲」，段注本則作「从獄省聲」，多了一個「从」字。

如 045「吅」，大徐本作「又讀若呶」，段注本則作「一曰呶」。此為「讀若」與「一曰」的釋語條例問題。

如 106「䤾」，大徐本作「讀若祕」，段注本則作「讀若逼」，段注云：「按：《五經文字》䤾音逼，《廣韵》彼側切，至韵不收。李仁甫《五音韵諩目錄》云：讀若逼。本注云：彼力切。皆由舊也。盡瘦字以為聲，在弟五部。逼音相近也。」據此可知段注據《五經文字》改祕為逼，有其文獻上的依據，其說可參。

（二）段注本改大徐本條例「从某某聲」為「从某某」、「从某从某」者

在互校的過程中，筆者發現大徐本的條例本來是「从某某聲」，就六書理論來說是一個形聲字的條例用語，可是段注本卻將它改成「从某某」或「从某从某」，變成了會意字的條例用語。這種情形在五百四十部首的《說文》原文裡例子較少。

如 081「聿」，大徐本作「从聿一聲」，段注本則作「从聿一」。段注云：「各本作一聲。今正。此从聿而象所書之牘也。」據段注所言，「一」應為「所書之牘」而非「聿」字之聲符。聿，上古音為「余紐物部」；一，上古音為「影紐質部」，兩者上古音相去不遠，大徐所言應可從，然段注之語則提供讀者「以形為主」的思考面向。

（三）段注本改大徐本條例「从某某」、「从某从某」為「从某某聲」、「从某从某，某亦聲」者

在釋音部分，還有一種常見的情況，就是大徐本原來是「从某某」或「从

某从某」的條例用語，段注本則改成「从某某聲」或「从某从某，某亦聲」的形聲條例用語。

如 107「習」，大徐本作「从羽从白」，段注本則作「从羽白聲」，段注云：「按：此合韵也。又部彗、古文作習，亦是从習聲合韵。」據段氏之言，當然是沒有問題的，只是大徐所言「从羽从白」強調的是形體結構問題，而段注改為「从羽白聲」，雖同時具有形、音二項條件，但是否與許慎原意相合，仍有值得詳加考慮的空間存在。

如 130「叔」，大徐本作「从又从尗」，段注本則作「从又尗，尗亦聲」，讓條例變為「亦聲」之例。

如 271「呂」，大徐本作「从肉从旅」，段注本則作「从肉旅聲」，可惜的是，在注文當中並沒有加以說明改動的緣由。

（四）段注增加或補充說明讀音

段玉裁在古音研究上有極大的成就，因此他也在《說文解字注》一書中展現這項成果，因此大徐本與段注本如果用字遣詞產生歧異，常常是段注本多了增加或補充說明讀音的用語。

如 116「瞿」，段注本多了「又音衢」一語，此語不見於大徐本。

如 167「虎」，段注本多了「讀若《春秋傳》曰『虎有餘』。」一語。

如 195「薔」，段注本多了「一曰棘省聲」一語。

如 483「里」，段注本多了「一曰士聲也」一語。段注云：「一說以推十合一之士為形聲。」只提「一說」，沒有指出是誰的看法。

如 485「畕」，段注本多了「闕」字。段注云：「闕，大徐本無，非也。此謂其音讀闕也。」段氏在改動許慎《說文》處，如果覺得《說文》當中沒有交待音讀問題，就會在文末加個「闕」字，這是段注特別之處。

四、大徐本與段注本釋義方式不同

在大徐本與段注本釋音方式的部分，以下從「用字不同，但不影響語義」、「用字不同，造成語義理解的不同」、「語序不同，但不影響語義」、「段注本增字補充字義」等面向加以說明。

（一）用字不同，但不影響語義

就前面的釋形、釋音部分，可以看到大徐本與段注本存在著用字不同的

狀況，就釋義這個角度，用字不同有時會造成語義的不同，有時則不會有差異。此處所例舉的是大徐本與段注本二者用字雖有不同，但還不至於影響語義的例子。

如 001「一」的釋義，大徐與段注有「太始」與「大極」之別。大徐用「太始」二字，所謂「太始」，乃指「古代指天地開闢、萬物開始形成的時代。」〔註74〕如《列子·天瑞》：「太始者，形之始也。」張湛注：「陰陽既判，則品物流形也。」三國魏阮籍《大人先生傳》：「登乎太始之前，覽乎忽漠之初。」隋薛道衡《隋高祖頌》序：「太始太素，荒淫造化之初。」段注用「大極」二字，「大極」亦即「太極」，「古代哲學家稱最原始的混沌之氣。謂太極運動而分化出陰陽，由陰陽而產生四時變化，繼而出現各種自然現象，是宇宙萬物之原。」〔註75〕《易·繫辭上》：「易有太極，是生兩儀，兩儀生四象，四象生八卦。」孔穎達疏：「太極謂天地未分之前，元氣混而為一，即是太初、太一也。」。由此可見，「太始」與「大極」釋義相同，只是大徐本與段注本二者用字有所不同。

如 082「畫」，大徐本作「界也」，段注本則作「介也」，界與介均有邊際、邊界之意，於意可通，故大徐本與段注本雖用字不同，但無礙字義的說明。

如 085「臣」，大徐本作「事君也」，段注本則作「事君者」，二者用字雖有「也」、「者」之別，但不影響釋義的說明。

（二）用字不同，造成語義理解的不同

就釋義這個角度，此處所例舉的是大徐本與段注本二者用字不同，以至於造成語義理解不同的例子。

如 449「氏」，大徐本作「巴蜀山名」，段注本則作「巴蜀名山」，兩者之別，在於「山名」與「名山」二字的排序方式不同，然而也因字序不同產生了語義理解的不同。

如 487「男」，大徐本作「言男用力於田也」，段注本則作「言男子力於田也」，「男用力於田」與「男子力於田」語義有些出入；「男用力於田」強調的是「用力」的概念，「男子力於田」則是事實的陳述，段注云：「農力於田。

〔註74〕根據《漢語大詞典》電子版「太始」條之釋義內容。此電子版由剎那工坊　　　　Accelon3 製作開發而成，特此鳴謝。以下如有釋義而無另行加注者，均引用　　　　此電子版，不再另行說明。

〔註75〕見《漢語大詞典》電子版「太極」條。

自王公以下無非力於田者。」或許段氏在這樣的認知下，將大徐本的「用」字改爲「子」字。

（三）語序不同，但不影響語義

除了用字有所不同之外，有時大徐本與段注本會產生語序不同的現象。本文所謂的語序，指的是一段文字裡，有時大徐本放在前面的文字或語句會被段注本放到後面；另外一個現象是，有時大徐本放在後面的文字或語句會被段注本放到前面。

如 010「｜」，大徐爲「上下通也」，段注爲「下上通也」。就「｜」字字形來看，它是一條豎畫，在解釋上「上下通也」與「下上通也」差異不大，在此並不會影響語義的了解。

如 126「玄」，二者釋義語序不太一樣，大徐本爲「黑而有赤色者爲玄。象幽而入覆之也。」段注本爲「象幽。而ㄇ覆之也。黑而有赤色者爲元。」二者雖有所別，但並不影響語義。

如 474「風」字，大徐本作「風動蟲生。故蟲八日而化。从虫凡聲。」段注本則作「从虫凡聲。風動蟲生，故蟲八日而匕。」段注在「風動蟲生，故蟲八日而匕」十字後云：「依《韵會》此十字在从虫凡聲之下。」據此可知段氏此處根據《韵會》而將大徐本作了語序的改動。

（四）段注本增字補充字義

在釋義的角度，段注本有時會利用增字的方式補充字義，讓原來不夠清楚的陳述得以完整表達某個概念或事件。

如 149「巫」，大徐本作「祝也」，段注本則作「巫祝也」，強調了「祝」的身份爲「巫」，讓字義更加完整。

如 471「虫」，段注本多了「或飛」一語。段注云：「或飛二字依《爾雅》釋文補。」此處段氏根據經典做補充字義的工作。

如 495「斤」，大徐本作「斫木也」，段注本則作「斫木斧也」，強調了「斤」與「斧」的關係。如果單就「斫木也」，有時無法理解這個工具的大致輪廓，但是在「斫木」後面加了「斧」字，只要是曾經看過或使用過「斧」的人，要理解「斤」這個工具樣貌則容易許多。

第五章　結　論

　　文字學在數位內容的世界當中，已悄悄地佔據一方天地，在眾多的數位相關資源裡，常常因為目的性之不同，使用者不見得能夠馬上利用這些數位內容，必須經過一番的處理工夫才能夠得其所需。本文在此所從事者，乃針對這個加值應用的過程進行探索，以大徐本《說文解字》一書為基本材料，旁及段玉裁《說文解字注》，以求提供文字學相關課題的相互證成。

　　首先針對的是《說文》小篆形體問題。關於小篆形體的學習，在文字學課程中，傳統一般的正規方式當然是直接由《說文》五百四十部首入手，以求以簡馭繁之效，透過基本偏旁及部件寫法的熟稔，配合對小篆構形的理解，依此步驟持續努力，便可水到而渠成。但是當數位時代來臨，電腦小篆字型相繼問世，徹底打破了傳統的學習方式，有許多學子直接利用電腦字型替換之法，將電腦文件當中的楷體或明體，直接轉成小篆字形，如果這套字型沒有問題，當然也就不會造成授課教師與學生的學習困擾；可惜的是，電腦小篆字型良莠不齊，造成許多學子寫錯篆形而不自知，這是一個十分嚴重的問題。職是之故，筆者在第二章當中以《說文》五百四十部首為例，詳細的分析目前筆者所得見的幾套電腦小篆字型，以為這些字型或有些許不足之處，也因此引發了筆者想要自己做出一套方便於教學上使用的電腦小篆字型，因筆者所據的版本為汲古閣大徐本《說文》，姑且名之為「汲古閣篆」，為了證明電腦小篆字型設計的可行性，筆者詳細交待如何以一己之力製作電腦小篆字型，期望經由這個加值應用過程的解說，讓有興趣的人也能參與其中，共同讓電腦小篆字型日趨完善，並且讓學子們能夠有更好的數位媒材來學習小篆字形；此外，有了這套電腦小篆字型，未來在電子文字檔的小篆字型排版

上，使用者能有更多的選擇性。

除了處理《說文》的篆形問題外，筆者在第三章說明了如何建構《說文》大徐本與段注本網頁資料庫。處理篆形問題（包含《說文》重文字形），乃屬於文字學數位內容的圖形形態的加值應用；至於建構《說文》大徐本與段注本網頁資料庫，則屬於文字數位內容的文字形態的加值應用。那麼，為何要建構《說文》大徐本與段注本網頁資料庫呢？筆者的初衷也是基於文字學教學上的需求。在授課的過程中，學子會發現大徐本《說文》與段注本《說文》內容有時是不同的，那麼有那些不一樣的地方呢？每當學子問了這個問題，筆者就會先舉幾個例子，然後接著說：「這個文字學課題，已有學者專門在研究段注修訂《說文》之處，你可以到圖書館借相關著作加以閱讀。」每當回答完畢之後，筆者便想徹底解決這些文字學量化的問題，經過一番思索之後，筆者以為最重要的步驟便是要完成《說文解字》全文電子資料庫的製作，當全文電子資料庫完成，只要做適當的檢索運用，便能回答這些文字學課題當中「有那些」、「有多少」的疑惑。也由於如此，在第三章當中，筆者詳細的介紹了目前所得見的《說文解字》資料庫以及它們的優缺點，經由這個介紹與分析的過程，了解使用者或研究者的需求，接著便著手處理文字資料屬性問題，設計出符合需求考量的網頁資料庫。這個過程或許有人會說：找個電腦程式設計師來處理不就好了嗎？在某種情形之下的確是如此；然而我們在網際網路當中也會發現有許多的網頁資料庫不好用，要找什麼也找不到，或是即使找到了資料還是不齊全，還不如直接到圖書館找來得快一點。當有這樣的抱怨聲浪時，其實就是本文的價值之所在，筆者經過幾年的教學相長，很清楚的知道文字學使用者要的是什麼樣的《說文》資料庫，因為筆者自己也有這樣的使用需求，在這個基礎之上，筆者在第三章與大家分享建構的方式及步驟，期望這個加值應用的解說過程，能夠設計出好用的《說文》資料庫。

最後在第四章中，以「大徐本『新附字』的篆形分析」、「大徐本『重文』字形與條例用語的總體掌握」、「《說文》大徐本與段注本『異文』比對——以五百四十部為例」等幾個文字學課題，利用第二章及第三章的成果進行全面式的舉例說明，不厭其煩地將全部所查得的資料進行地毯式的分析，讓這些傳統的文字學課題得以量化的方式說服讀者，以求將問題進一步的深化；讀者如有困惑或不滿之處，也能夠由這些全面性的數據當中重新以自己的方式進行理解與分析，而這也是筆者撰寫第二章與第三章最重要的意義之所在。

筆者深信，文字學數位內容的加值應用，可以讓現代文字學相關課題研究有
更多更廣的可能性，這應是數位時代浪潮下傳統文字學新的生命力之展現。
筆者不揣固陋，尚祈博雅君子斧正。

參考書目

一、古　籍（含今人點校本，分朝依作者姓氏筆畫數排列）

1. 〔漢〕毛亨，鄭玄箋、〔唐〕孔穎達等正義：《毛詩正義》，《十三經注疏》，臺北：藝文印書館，1981 年。

2. 〔漢〕班固著，〔唐〕顏師古注、〔清〕王先謙補注：《漢書補注》，臺北：藝文印書館，1972 年。

3. 〔漢〕許慎著，〔宋〕徐鉉等校定：《説文解字》三十卷，明末虞山毛氏汲古閣刊未刓本配補揚州局刊本。

4. 〔漢〕許慎著，〔宋〕徐鉉等校定：《説文解字》，香港：中華書局，1972 年 6 月初版。

5. 〔清〕段玉裁：《説文解字注》，臺北：黎明文化事業公司，1993 年 7 月十版。

6. 〔清〕段玉裁著，袁國華審訂：《説文解字注》，臺北：藝文印書館，2007 年 8 月初版。

二、近人專著（含博碩士論文，依作者姓氏筆畫數排列）

1. 王宏源：《説文解字（現代版）》，北京：社會科學文獻出版社，2005 年 2 月第 1 版。

2. 王國維：《觀堂集林》卷七，上海：上海書店出版社，1983 年。

3. 何琳儀：《戰國文字通論》，北京：中華書局，1989 年。

4. 宋建華：《漢字理論與教學》，臺北：新學林出版股份有限公司，2009 年 7 月。

5. 周法高，《金文詁林》，京都：中文出版社，1981 年。

6. 季師旭昇：《說文新證》上冊，臺北：藝文印書館，2002 年 10 月。

7. 林安琪、吳鎰州：《數位內容實務：多媒體教學專案》，臺北：學貫行銷股份有限公司，2007 年 5 月。

8. 林聖峰：《大徐本《說文》獨體與偏旁變形研究》，臺北：國立臺灣師範大學國文學系碩士論文，2006 年 6 月。

9. 許師錟輝：《文字學簡編：基礎篇》，臺北：萬卷樓圖書股份有限公司，1999 年 3 月初版。

10. 許師錟輝：《說文重文形體考》，臺北：文津出版社，1973 年 3 月。

11. 陳昭容：《秦系文字研究》，臺北：中央研究院歷史語言研究所，2005 年。

12. 陳惠貞、陳俊榮：《PHP & MySQL 程式設計實例講座》，臺北：學貫行銷，2009 年。

13. 陳會安：《PHP 與 MySQL 網頁設計範例教本》，臺北：學貫行銷，2009 年。

14. 章季濤：《怎樣學習《說文解字》》，臺北：群玉堂出版事業股份有限公司，1992 年 10 月。

15. 廖素琴：《《說文解字》重文中之籀文字形研究》，高雄：國立高雄師範大學國文研究所碩士論文，2008 年 6 月。

16. 臧克和、王平等編：《說文解字全文檢索》，廣州：南方日報出版社，2004 年 4 月第 1 版。

17. 蔡信發：《一九四九年以來臺灣地區《說文》論著專題研究》，臺北：文津出版社，2005 年。

18. 蔡信發：《說文答問》，臺北：國文天地雜誌社，1993 年 6 月。

19. 鄭春蘭：《《說文解字》或體研究》，華中科技大學碩士論文，2004 年 5 月。

20. 羅凡晸：《古文字資料庫建構研究──以《上海博物館藏戰國楚竹書（一）》為例》，臺北：國立臺灣師範大學國文學系博士論文，2003 年 10 月。（此書委託花木蘭文化出版社出版，目前已於排版中，預計 2010 年 9 月出版。）

21. 羅振玉：《殷虛書契考釋》增訂本，臺北：藝文印書館，1981 年。

三、單篇論文及國科會計畫結案報告（依作者姓氏筆畫數排列）

1. 王酩：〈秦代《嶧山刻石》考析──兼論古代「奏下詔書」制度〉，《首都師範大學學報》（社會科學版），2008 年 2 期。

2. 李若暉：〈《說文》古文論略〉，《紅河學院學報》第 4 卷第 1 期，2006 年 2 月。

3. 季師旭昇：〈靜嘉堂及汲古閣大徐本說文解字板本研究〉，九十二年度國

科會計畫，計畫編號：NSC92－2420－H－003－070－。

4. 郭慧：〈《說文解字》新附字初探〉，《漢字文化》2003 年第 2 期。

5. 羅凡晸：〈〈段玉裁《說文解字注》數位內容之設計與建置〉，《興大人文學報》第四十二期，臺中：國立中興大學，2009 年 3 月。

6. 羅凡晸：〈大一國文中的「語文智慧」——淺析《干祿字書·序》文字、文學、書法三度空間的線上教學〉，《東吳中文線上論文》第四期，2008 年 6 月。

7. 羅凡晸：〈楚字典資料庫的建構模式初探〉，「2010 經典與簡帛」學術研討會會議論文，2010 年 5 月 7 日。(此文將收錄於「2010 經典與簡帛」學術研討會的會後論文集，待刊中。)

8. 羅會同：〈《說文解字》中俗體字的產生與發展〉，《蘇州大學學報》(哲學社會科學版) 1996 年第 3 期。

四、電子資料庫及網頁資料 (最後瀏覽日期：2010 年 8 月 15 日)

1. 「《說文解字》在線查詢」
   網址：http://www.codebit.cn/shuowen/index.php

2. 「Apache friends-XAMPP」
   網址：http://www.apachefriends.org/zh_tw/xampp.html

3. 「Cygwin Note」
   網址：http://irw.ncut.edu.tw/peterju/Cygwin.html

4. 「DBConvert for MS Excel & MySQL」
   網址：http://dbconvert.com/convert-excel-to-mysql-pro.php?DB=9

5. 「ff4win　(字體編輯軟體)」
   網址：http://sites.google.com/site/cnhnln2/ff4win

6. 「FontForge for Windows-by Digidea」，
   網址：http://digidea.blogbus.com/logs/20587929.html

7. 「FontForge」
   網址：http://FontForge.sourceforge.net/

8. 「FontForge」
   網址：http://www.reocities.com/alexylee.geo/FontForge2.html

9. 「FontForge」
   網址：http://www.reocities.com/alexylee.geo/FontForge2.html。

10. 「MySQL 初探」
    網址：http://chensh.loxa.edu.tw/php/C_1.php

11. 「Potrace」

　　　網址：http://potrace.sourceforge.net/download/potrace-1.8.win32-i386.zip

12. 「Unicode 5.2.0」
　　　網址：http://www.unicode.org/versions/Unicode5.2.0/

13. 「unofficial FontForge-mingw」
　　　網址：http://www.geocities.jp/meir000/fontforge/

14. 「中國哲學書電子化計劃」，《說文解字》
　　　網址：http://chinese.dsturgeon.net/text.pl?node=26160&if=gb

15. 「中國龍」
　　　網址：http://www.indeed.com.tw/

16. 「中華博物　今古博達網」《說文解字注》
　　　網址：http://www.gg-art.com/imgbook/index_b.php?bookid=53

17. 「文鼎科技發佈新的公眾授權字型」
　　　網址：http://www.arphic.com/tw/news/2010/20100420.html

18. 「文鼎筆順學習程式在『電子字典』上的應用」
　　　網址：http://www.arphic.com/tw/products/e-campus/e-campus-solution.htm

19. 「方正字體對照表」
　　　網址：http://www.pipingsoft.com/ss7/?action-blogdetail-uid-2-id-79

20. 「開源香港常用中文字體計劃」
　　　網址：http://freefonts.oaka.org/material/fontforge4win/fontforge4win.htm

21. 「漢字的結構分析」
　　　網址：http://chinese.exponode.com/3_1.htm

22. 「數位學習國家型科技計畫」辦公室，「數位典藏與數位學習國家型科技
　　　計畫」，網址：http://standard.teldap.tw/node/2

23. Kanji Database Project，「說文解字注データ」
　　　網址：http://kanji-database.sourceforge.net/dict/swjz/index.html

24. Unicode, Inc.，「The Unicode Consortium」
　　　網址：http://www.unicode.org/

25. 中央研究院，「漢籍電子文獻瀚典全文檢索系統」
　　　網址：http://hanji.sinica.edu.tw/index.html?

26. 中央研究院資訊科學研究所，「漢字構形資料庫」
　　　網址：http://cdp.sinica.edu.tw/cdphanzi/

27. 中央研究院歷史語言研究所，「甲骨文數位典藏」
　　　網址：http://rub.ihp.sinica.edu.tw/~oracle/

28. 中央研究院歷史語言研究所，「漢籍電子文獻資料庫」
　　　網址：http://hanchi.ihp.sinica.edu.tw/ihp/hanji.htm

29. 中國文化網,「漢字的形體結構」
網址:http://www.chinaculture.org/gb/cn_zgwh/2004-06/28/content_51191.htm

30. 日本 FontForge
網址:http://www.geocities.jp/meir000/FontForge/FontForge-mingw_2010_05_18.zip

31. 日本早稻田大學所藏《説文解字注》(經韻樓藏版),網址:
http://archive.wul.waseda.ac.jp/kosho/ho04/ho04_00026/ho04_00026_0001/

32. 北一區區域教學資源中心計畫辦公室,「北一區區域教學資源中心」網站,
網址:http://www.nttlrc.scu.edu.tw/ct.aspx?xItem=661501&ctNode=353&mp=100

33. 北京師範大學,「《説文解字》全文檢索測試版」,
網址:http://shuowen.chinese99.com/

34. 北京時代瀚堂科技有限公司,「瀚堂典藏資料庫系統」,
網址:http://www.hytung.cn/

35. 行政院主計處電子資料處理中心,「全字庫」,
網址:http://www.cns11643.gov.tw/AIDB/download.do?name=%E5%AD%97%E5%9E%8B%E4%B8%8B%E8%BC%89

36. 刹那工坊,「無限組字編輯器 Dynamic Glyph Editor」,
網址:http://www.ksana.tw/ccg/index.html

37. 刹那工坊製作,《漢語大詞典》電子版

38. 商務印書館(香港)有限公司,「漢字的結構類型和筆順規則」,
網址:http://www.cp-edu.com/tw/ciku/free_html/fl_hzjglx.asp

39. 國立臺灣師範大學圖書館電子資料庫,「中國基本古籍庫」,
網址:http://www.lib.ntnu.edu.tw/database/database_chinese.jsp#4

40. 國立臺灣師範大學圖書館電子資料庫,「歷代書法碑帖集成」,
網址:http://skqs.lib.ntnu.edu.tw/writingartweb/default.asp

41. 國家圖書館,「unicode 工作小組」,網址:http://unicode.ncl.edu.tw/

42. 國家圖書館,「金石拓片資料庫」,網址:http://rarebook.ncl.edu.tw/gold/

43. 教育部,「國家語文綜合連結檢索系統」,
網址:http://www.nlcsearch.moe.gov.tw/EDMS/admin/dict3/

44. 教育部,「異體字字典」,網址:http://dict.variants.moe.edu.tw/main.htm

45. 華東師範大學中國文字研究與應用中心,「《説文解字》檢索系統」,
網址:http://www.wenzi.cn/shuzi/swjzjs.asp

46. 經濟部數位內容產業推動辦公室,《2003 年數位內容產業白皮書》,
網址:http://www.digitalcontent.org.tw/dc_p5.php

47. 經濟部數位內容產業推動辦公室,《2003 年數位內容產業白皮書》,
網址:http://www.digitalcontent.org.tw/white/picture/pic_1-1.pdf

48. 經濟部數位內容產業推動辦公室,《2009 年數位內容產業年鑑（完整版）》,
網址:http://proj3.moeaidb.gov.tw/nmipo/upload2/content/Yearbook2009/Chapter2.pdf

49. 經濟部數位內容產業推動辦公室,《2003 年數位內容白皮書》,
網址:http://proj3.moeaidb.gov.tw/nmipo/upload/publish/2003/main.htm

50. 僑務委員會,「中華函授學校全文網路課程──文字學」,
網址:http://chcsdl.open2u.com.tw/full_content/A07/index.htm

51. 漢珍數位圖書股份有限公司,「中國基本古籍庫」簡介,
網址:http://www.tbmc.com.tw/tbmc2/cdb/intro/Chinese-caozuo.htm

52. 數位典藏與數位學習國家型科技計畫,「數位典藏與數位學習成果入口網」,網址:http://catalog.digitalarchives.tw/dacs5/System/Main.jsp